LE POISON DE L'APOTHICAIRE

GLASS AND STEELE SÉRIE 3

C.J. ARCHER

Traduction par
VALENTIN TRANSLATION

WWW.CJARCHER.COM

MENTIONS LÉGALE

CHAPITRE 1

LONDRES, PRINTEMPS 1890

— Enfin !

Matt replia son journal et l'abattit d'un grand coup sur la table à côté de son assiette, où il n'avait pas touché à ses œufs accompagnés de bacon et de pain grillé. Il pointa du doigt un court article presque tout en bas de la page.

— Voilà la piste qu'il nous faut. Dépêchez-vous de finir de manger, India. Après le petit déjeuner, nous partons pour l'hôpital.

— Quel hôpital ? demanda Duc en se levant. Qu'est-ce qui s'est passé ?

Willie et Cyclope se rapprochèrent de Matt pour regarder le journal. L'épaule massive de Cyclope m'empêchait de voir quoi que ce soit.

— Quelle est donc cette piste ? demandai-je.

Cyclope s'empara du journal. Willie en attrapa un coin pour le maintenir en place et se mit à lire en bougeant les lèvres sans bruit.

Cyclope émit un sifflement.

— Possible, dit-il. C'est peut-être bien ce qu'on cherchait.

Willie lâcha le journal et passa les bras autour de son cousin pour le serrer contre elle. Matt lui rendit son étreinte. Il faisait tout son possible pour se retenir de sourire, mais il finit par s'avouer vaincu. Il croisa mon regard par-dessus le sommet de la tête de Willie.

J'essayai de lire le journal, mais Duc le prit des mains de Cyclope et je ne pus rien voir. Je n'avais réussi à lire que le titre et le nom du journaliste : GUÉRISON MIRACULEUSE AU LONDON HOSPITAL, par Oscar Barratt.

— Nom d'un chien, murmura Duc tout en lisant.

— Quelqu'un va-t-il enfin me dire de quoi il s'agit ? demandai-je en me retenant à grand-peine de taper du pied. Y a-t-il un médecin doté de pouvoirs magiques ?

— Peut-être, dit Matt. Si cet article dit vrai.

— Pourquoi est-ce qu'il ne dirait pas vrai ? demanda Willie en retournant s'asseoir pour finir ses saucisses et son bacon.

— Parce que les journalistes aiment faire dans le sensationnel.

Matt se rassit lui aussi, et nous l'imitâmes tous.

Je parvins enfin à me saisir du journal et à lire l'article. À en croire Oscar Barratt, un patient du London Hospital qui avait été déclaré mort par un médecin à son arrivée s'était relevé après l'intervention d'un second médecin. D'après un témoin, le patient aurait alors réclamé une bière pour étancher *une soif de tous les diables*. Un porte-parole de l'hôpital a déclaré que le premier médecin avait commis une erreur. Toutefois, le journaliste soutenait que le témoin était fiable et que le patient, à son arrivée, ne respirait pas et que son cœur avait cessé de battre avant que le Dr Hale ne fasse *opérer sa magie*.

— C'est intéressant, comme formulation, commentai-je.

— Ce journaliste l'a déjà employée plusieurs fois, dit Matt. C'est le troisième article de la *Gazette Hebdomadaire* que je lis où Oscar Barratt utilise exactement la même expression.

Voilà qui était curieux.

— Dr Hale, dis-je en posant le journal à côté de mon assiette. Ce nom me dit vaguement quelque chose, mais je ne saurais dire où je l'ai entendu.

Je relus l'article, puis je m'y replongeai une troisième fois. Je sentais le regard de Matt sur moi, mais je ne levai pas les yeux. Je préférais éviter qu'il voie mon expression dubitative. Il finit tout de même par la deviner.

— India ? fit-il d'un ton hésitant. Vous n'avez pas l'air très enthousiaste.

Je m'apprêtais à lui expliquer pourquoi, mais je me ravisai. Le ton de sa voix me laissait penser qu'il avait les mêmes doutes que moi. Les exprimer ne servirait ni à les faire disparaître, ni à changer ce qu'il nous fallait faire à présent. Je découpai le sommet de mon œuf à la coque.

— Plus vite nous finirons de déjeuner, plus vite nous pourrons aller à l'hôpital pour aller vérifier cette histoire par nous-mêmes.

La vieille tante de Matt entra dans la salle à manger, ce qui coupa court à la discussion sur la guérison miraculeuse réussie par le Dr Hale. Elle savait que Matt était malade, mais elle ignorait la nature magique de son mal. Peu de gens la connaissaient, et il valait mieux que cela reste un secret.

— Quelle belle matinée, dit-elle en se versant une tasse de thé sur le buffet. India, voulez-vous faire une promenade avec moi aujourd'hui ?

— J'ai des courses à faire avec Matt, répondis-je. Willie pourrait peut-être vous accompagner.

Willie et Miss Glass me lancèrent toutes les deux le même regard furieux.

— Je ne peux pas, dit Willie. Moi aussi, j'ai des choses à faire.

— Mais non, dit Duc en se renversant sur son siège avec un sourire. Nous sommes libres toute la journée.

— Alors tu n'as qu'à y aller, toi.

— Je veux bien, si Miss Glass accepte ma compagnie.

Miss Glass grignotait son pain grillé du bout des dents.

— Bien volontiers. Votre compagnie est toujours la bienvenue, Duc. Et la vôtre aussi, Cyclope.

Willie laissa tomber sa fourchette sur son assiette, ce qui fit sursauter Miss Glass.

— Et la mienne, de compagnie ?

— Elle est tolérable.

— Très bien. Puisque vous insistez, Letty, je viendrai.

Il s'ensuivit un bref silence lourd de sens qui ne fut rompu que par le soupir résigné de Miss Glass.

— À condition que vous vous absteniez de fumer.

— Nom de nom, marmonna Willie en plantant violemment sa fourchette dans une saucisse. Déjà que vous me donnez des ordres à la maison, vous voulez faire pareil dehors, maintenant ?

— C'est pour votre bien. Fumer est une habitude répugnante. Et j'imagine que vous n'êtes pas disposée à mettre une robe ?

— Non !

— Dans ce cas, il vous faudra marcher quelques pas derrière nous.

Willie lâcha encore sa fourchette, et une saucisse roula de son assiette et tomba par terre.

— Je ne suis pas votre bonne, sacredieu !

Miss Glass tressaillit.

— Vous pourriez utiliser un langage moins vulgaire.

— Ce n'est pas un gros mot, sacredieu. Ce n'est pas comme si j'avais dit...

— Willie !

Matt la fit taire d'un regard noir.

— Ma Tante, laissez Willie marcher à côté de vous.

Willie attrapa une autre saucisse avec les doigts dans son assiette et en croqua le bout tout en regardant Miss Glass d'un air triomphant.

— Vous êtes membres de la même famille, après tout, continua-t-il.

Willie s'étrangla et recracha sa saucisse à moitié mangée.

— Il n'y a aucun lien de sang entre nous, protesta Miss Glass. C'est une distinction importante.

— Ça, c'est vrai, dit Willie.

Miss Glass soupira.

— Soit, elle peut marcher avec moi.

— Merci bien, Votre Altesse.

Willie examina sa saucisse d'un air perplexe.

— Pourquoi je viens de me laisser convaincre, moi ?

Je souris derrière ma tasse de thé, me retenant de lui dire que c'était parce qu'elle était jalouse de l'attention que Miss Glass accordait à Duc et à Cyclope depuis quelque temps. Depuis qu'elle avait engagé du personnel au seize de la rue Park Street, Miss Glass s'était mise à les traiter davantage comme des amis que comme des domestiques. Cependant, c'était la première fois qu'ils allaient sortir en sa compagnie. Il n'était pas anodin, pour une Anglaise de la haute société, de s'afficher aussi publiquement avec ces deux Américains un peu rustres. Malgré ses airs conformistes, elle avait un côté rebelle. Elle enfreignait les règles quand elle le décidait, subtilement, à sa façon.

En lançant un coup d'œil à Matt, je le surpris qui dissimulait lui aussi un sourire derrière sa tasse. Il me fit un clin d'œil, clairement heureux de tous les voir s'entendre aussi bien. Willie faisait une moue renfrognée, mais elle semblait vouloir prendre part à l'expédition, et sa tante n'émit pas d'autre objection. Au contraire, elle ne fit même pas la grimace quand Willie ramassa la saucisse tombée au sol et en mordit le bout.

Une demi-heure plus tard, Matt et moi étions dans la voiture, et Bryce nous emmenait à vive allure à l'hôpital de Whitechapel Road. Cinq minutes de silence gêné en paraissaient le double, jusqu'à ce que Matt prenne enfin la parole.

— Le Dr Hale n'est peut-être pas magicien, dit-il. Il est possible que nous nous déplacions pour rien.

— Mais nous devons en avoir le cœur net, achevai-je à sa place. Il y a de l'espoir, Matt. Vous l'avez dit au petit déjeuner : c'est peut-être une piste.

Deux semaines plus tôt, alors que nous enquêtions sur la disparition d'un magicien cartographe, nous avions découvert que le magicien horloger que Matt cherchait, et qu'il ne connaissait que sous le nom de Chronos, vivait probablement à Londres sous le nom de Pierre DuPont. Nous avions brièvement aperçu DuPont à la fabrique d'horloges où il travaillait, mais il avait aussitôt pris la fuite. Ne l'ayant pas revu depuis, nous avions décidé d'attaquer nos recherches sous un autre angle. Au lieu de fouiller toute la capitale à la recherche de DuPont sans même savoir par où commencer, nous espérions le trouver en suivant la piste de ce qu'il voulait le plus : un médecin qui maîtrisait la magie.

Chronos avait passé des années à en chercher un dont le talent puisse se combiner avec le sien. Et ce médecin, il l'avait trouvé au fin fond des États-Unis, et ils avaient pratiqué une expérience sur Matt, qui venait d'être blessé d'un coup de feu. Leur expérience avait sauvé la vie de Matt, mais le médecin, par la suite, avait eu des scrupules et refusé de réitérer ce genre de magie. Chronos, au contraire, avait été exalté par les résultats, et il avait hâte de poursuivre ses expériences. Comme le Dr Parsons avait refusé, et qu'il avait fini par mourir, Chronos avait besoin d'un autre magicien médecin.

Matt avait suggéré que si Chronos était bel et bien à Londres sous le nom de DuPont, c'était peut-être qu'il avait enfin trouvé ici ce magicien médecin qu'il cherchait. Nous avions donc passé les deux dernières semaines à visiter tous les hôpitaux à la recherche d'un médecin possédant des talents hors du commun, mais aussi un homme répondant au signalement de Chronos. Pour l'instant, nous n'avions trouvé ni l'un ni l'autre.

L'article de la *Gazette Hebdomadaire* était le seul indice susceptible de confirmer notre théorie. Il semblait bien y avoir un magicien médecin à Londres, après tout.

— Nous n'avons pas parlé au Dr Hale lors de notre dernière visite au London Hospital, dis-je. Nous en saurons peut-être plus en l'interrogeant directement.

Matt tapota machinalement la poche de sa veste où il rangeait sa montre magique. Il avait l'air en assez bonne santé aujourd'hui, mais il était encore tôt, et il avait déjà bâillé deux fois depuis que nous avions quitté la maison. Et pourtant, même quand il avait l'air malade ou épuisé, il restait le plus bel homme sur lequel j'aie jamais posé les yeux.

— Nous allons devoir être subtils.

— Et éviter de faire allusion à ma propre magie, pas même pour l'encourager à se confier à nous.

Matt m'observa attentivement.

— Est-ce une promesse ?

— Oui. Dorénavant, je compte me montrer prudente.

Il se pencha en avant et saisit ma main entre les siennes. Ce geste provoqua un frisson en moi, malgré nos gants qui empêchaient tout contact direct.

— Le meurtre de Daniel Gibbons vous a fait peur.

— C'est un avertissement qui est arrivé à point nommé. C'est à cause de sa magie qu'il a été assassiné.

— Il a été assassiné par un rival jaloux de son talent qui croyait faire ce que sa guilde attendait de lui. Puisque vous n'exercez pas l'activité d'horlogère, vous n'aurez pas le même problème.

— Matt, c'est vous qui m'avez conseillé de ne pas révéler mes pouvoirs magiques. Seriez-vous en train de me dire à présent de ne plus les cacher ?

Il se redressa sur son siège.

— J'essaye simplement de dissiper vos craintes.

— Mais vous pensez toujours qu'il vaut mieux ne pas en parler ?

— Oui.

— Je suis du même avis, soupirai-je. Pour le moment. Je me réserve le droit de le dire à quelqu'un si j'estime qu'il a besoin de le savoir.

— Et il faut vous en servir si vous êtes en danger, ajouta-t-il avec un geste du menton en direction du réticule posé sur mes genoux.

Je refermai les doigts autour du sac. À l'intérieur, la forme familière de ma montre me réconfortait. Elle m'avait un jour sauvé la vie, de même qu'une horloge que j'avais manipulée. Ma magie semblait puissante, mais je ne connaissais pas d'incantations pour l'utiliser, et j'étais assurément incapable de réparer la montre de Matt. J'espérais que Chronos pourrait m'apprendre.

Un portier d'un certain âge nous reçut dans le hall d'accueil de l'hôpital.

— Vous n'avez pas l'air souffrants, dit-il en nous jaugeant de la tête aux pieds. Êtes-vous là pour voir un patient ? Les visites sont entre quatre et cinq heures de l'après-midi.

— Nous voulons parler au Dr Hale, dit Matt.

Le portier fit entendre un claquement de langue et maugréa quelque chose à propos des exigences des gens de la haute, avant d'interpeller une infirmière qui venait d'entrer par une porte sur le côté. Elle nous emmena à l'écart pour laisser le portier s'occuper d'un homme qui tenait son bras serré contre sa poitrine.

— Est-il en train d'opérer ? demanda Matt quand l'infirmière nous annonça que le Dr Hale n'était pas disponible.

— Il n'est pas chirurgien, répliqua-t-elle avec raideur. C'est un simple médecin. Il est en train de faire son tour de consultations. Il n'en aura pas pour longtemps, si vous voulez vous asseoir pour l'attendre.

— J'ai lu un article sur le Docteur dans le journal de ce matin, lui dit Matt. L'avez-vous lu ?

L'infirmière leva les yeux au ciel.

— Le Dr Hale a insisté pour me le montrer. À moi et à nous tous. C'est donc pour ça que vous êtes là ?

Son expression se radoucit en regardant Matt.

— Pour qu'il accomplisse un miracle pour vous ? Je savais que ça arriverait ! Je le lui avais bien dit. Vous êtes le premier aujourd'hui, mais je vous garantis que vous ne serez pas le dernier à vous présenter ici dans l'espoir d'une *guérison miraculeuse*.

Elle cracha ces derniers mots comme s'ils lui laissaient un goût amer dans la bouche.

— Ce journaliste n'aurait pas dû écrire ça, et le Dr Hale aurait dû faire plus attention.

— Plus attention à ne laisser personne le voir accomplir son miracle ?

— Plus attention à ne pas laisser croire à ce journaliste qu'il avait accompli un miracle et sauvé la vie de cet homme. Oh, Monsieur, j'espère que vous ne vous étiez pas fait trop d'espoirs !

Matt se figea.

— Vous voulez dire qu'il n'a pas sauvé ce patient ?

— Il est mort une seconde fois peu de temps après. Enfin... pas une seconde fois, pas *vraiment*. Il est mort pour la première fois, puisqu'auparavant, il n'était pas vraiment mort, bien sûr, c'est impossible. Les morts ne ressuscitent pas pour mourir à nouveau quelques minutes plus tard, n'est-ce pas ?

— Il est mort, répéta simplement Matt.

L'infirmière acquiesça. Matt baissa la tête et serra très fort le bord de son chapeau dans sa main. Une foule de possibilités et de questions se bousculaient dans mon esprit. Ce qui m'intriguait, ce n'était pas tant que le patient soit mort à présent, mais le fait qu'il soit revenu quelques minutes à la vie *entre* ses deux morts, si c'était bel et bien ce qui s'était passé.

— Reprenez du début, demandai-je à l'infirmière. Qui était ce patient, et de quoi souffrait-il ?

Elle croisa les bras.

— Je ne suis pas autorisée à divulguer des informations sur nos patients. Mais messieurs-dames, je vous assure qu'il ne faut accorder aucune foi aux affabulations de ce journaliste. Ce qui s'est passé ici n'avait rien de miraculeux.

Elle se pencha vers nous avec un coup d'œil oblique en direction de la porte et poursuivit à voix basse.

— Le Dr Hale n'est qu'un apothicaire qui est monté en grade, du moins c'est ce que disent les autres médecins. Je vous assure qu'il n'a jamais guéri personne. Et maintenant, ce patient est tout ce qu'il y a de plus mort. Je suis navrée si vous êtes venus dans l'espoir que ce docteur pourrait vous aider. Si vous me dites quels sont vos symptômes, j'enverrai chercher un médecin adéquat, spécialiste du genre de maladie dont vous souffrez.

— Nous voulons parler au Dr Hale, répéta Matt, très tendu. Nous attendrons.

Elle soupira.

— Très bien. Je vais dire à une des infirmières d'aller le chercher.

Elle nous indiqua deux chaises libres près de l'endroit où se tenait le portier, à l'entrée.

— Malheureusement, vous allez devoir patienter ici. On envoie les malades dans la salle d'attente des hommes ou celle des femmes, mais puisque vous n'êtes pas malades, vous allez devoir rester ici.

Un autre patient entra, un linge maculé de sang noué autour de la tête. Il nous dévisagea d'un regard mauvais, comme si nous étions des intrus qui n'avaient rien à faire là. Le London Hospital se trouvait au cœur des quartiers les plus populaires de la ville. Les patients étaient de la classe ouvrière, au mieux. Ce n'était pas un hôpital pour des gens comme Matt, ni même comme moi. J'avais l'impression de détonner, avec ma belle robe bleue et couleur crème et mon élégant chapeau orné d'un ruban de satin bleu.

Nous n'eûmes pas à attendre très longtemps : un homme vêtu d'une blouse blanche vint à notre rencontre avec un grand sourire. Il était beaucoup plus jeune que je ne l'aurais cru ; il devait avoir un peu moins de la trentaine, avec une épaisse chevelure brune qui lui tombait sur le front, et des lunettes posées sur un nez à la romaine. Il me semblait avoir déjà vu ce visage quelque part, mais je n'aurais su dire où.

Sans cesser de sourire, il tendit sa main fine à Matt.

— Je suis le Dr Hale. Vous vouliez me parler de la guérison miraculeuse ? Êtes-vous journaliste ?

— Oui, répondit Matt sans une seconde d'hésitation. Mon nom est Matthew Glass, et voici Miss Steele, mon associée.

Son associée ! J'aurais préféré qu'il me mette au courant de son plan avant de s'y jeter la tête la première. Il était peut-être doué pour jouer la comédie, mais pas moi. J'avais besoin de me préparer.

— Votre associée ? s'étonna le Dr Hale. C'est curieux pour un journaliste, de travailler en équipe. Et avec une femme, qui plus est !

— Je suis plutôt son assistante, à vrai dire, répondis-je.

— Cet article sera le sien tout autant que le mien, protesta Matt.

Le Dr Hale claqua des talons et me salua d'un signe de tête.

— Eh bien, je trouve tout cela tout à fait piquant et parfaitement exquis. Je suis ravi de faire votre connaissance à tous les deux. Venez donc dans mon bureau, nous pourrons parler.

Il nous emmena à l'étage, passant devant un bureau où se trouvait une infirmière qui salua le Dr Hale d'un sourire aimable.

— Bon travail, Nurse Benedict, continuez comme ça, dit-il.

— C'est Nurse Barnaby, rectifia-t-elle.

— Mr Glass, Miss Steele, veuillez me suivre. Ah, Dr Wiley.

Le Dr Hale héla un vieil homme qui marchait d'un bon pas et qui plissa les yeux en apercevant Hale.

— Ces deux journalistes travaillent pour... euh...

— Pour le *Times*, dit Matt.

— Le *Times* !

Le Dr Hale faillit trébucher.

— Ma foi, voilà qui est étonnant ! Avez-vous entendu ça, Dr Wiley ? Ils travaillent pour le *Times* !

— J'ai entendu, répliqua sèchement le Dr Wiley.

— Ces deux journalistes du *Times* souhaitent me parler de ma guérison miraculeuse. Vous devriez peut-être vous joindre à nous, étant donné que vous y avez tenu un rôle. Le Dr

Hale se pencha vers nous.

— Mon très estimé confrère est celui qui a annoncé la mort du patient pour la première fois, à son arrivée.

— C'était une erreur, dit le Dr Wiley, dont les joues commençaient à se colorer de rouge. De toute évidence.

— Vraiment ? lui demanda le Dr Hale avec un clin d'œil.

Wiley poussa un profond soupir, comme s'il avait déjà entendu Hale raconter dix fois cette histoire.

— Il n'y a pas de quoi plaisanter. Le Dr Ritter sait-il que vous parlez à des journalistes ?

— Bah ! fit Hale en riant et en chassant cette question d'un revers de la main. Quand il le saura, il me remerciera.

— J'en doute fort. Je crois me rappeler qu'il vous a interdit d'en parler en public.

— Pensez à la publicité que ça fera pour l'hôpital. Et pas dans n'importe quel journal : dans le *Times* !

— Vous jouez un jeu dangereux, Hale. Vous aurez été prévenu, Monsieur, dit Wiley à Matt. Je vous déconseille vivement de croire un seul mot de ce qu'il vous dira. Si vous voulez savoir la vérité, adressez-vous à moi ou au Dr Ritter.

— Il s'imagine toujours le pire, dit Hale en m'adressant un clin d'œil complice. Venez, Miss Steele, Mr Glass, il est temps de commencer. Vous devez avoir hâte de connaître tous les détails.

Le Dr Wiley s'éloigna d'un pas rapide en secouant la tête. Après un bref regard en arrière, il accéléra avant de disparaître derrière une porte.

Le Dr Hale nous fit entrer dans un bureau aux murs couverts de lambris nus. Il referma un livre qui était posé sur la table et le rangea dans le tiroir du haut. C'était le seul livre de toute la pièce, bien qu'un mur entier soit occupé par une bibliothèque. Seulement, à la place des livres, chaque étagère était chargée d'une rangée de bocaux en céramique couleur crème qui portaient tous une étiquette en latin. Je reconnaissais la langue, mais je n'étais pas assez instruite pour la lire.

— Le Dr Wiley est légèrement embarrassé, s'excusa Hale. De tous les médecins de cet hôpital, c'est lui qui a le plus d'expérience, hormis notre médecin-chef, le Dr Ritter, naturellement.

Il s'assit à son bureau et nous invita à l'imiter.

— Le Dr Wiley a annoncé le décès du patient, et quand je l'ai ramené à la vie, ce brave docteur a failli s'évanouir.

Hale se mit à rire.

— L'une des infirmières a dû l'emmener se coucher sur un lit vacant.

— Et il était mort ? demanda Matt tout à trac.

Le Dr Hale considéra Matt, puis moi.

— Vous paraissez surprise, Miss Steele. On dirait que vous ne vous attendiez pas à ce que votre collègue me pose cette question sans préambule.

— Mr Glass est un homme plein de surprises, dis-je sans grand aplomb.

Mais il avait raison : j'avais été prise au dépourvu par la franchise de Matt, surtout dans la mesure où Hale pouvait nous mener à Chronos. Nous avions besoin de lui, mais Matt semblait avoir envie d'effacer le sourire satisfait du visage de Hale à coups de poing. C'était peut-être la frustration de découvrir, alors que nous étions si près du but, que cet homme dont nous avions besoin était absolument détestable.

— Dr Hale, nous sommes très occupés, et je suis sûr que vous l'êtes aussi, dit Matt. Nous aimerions élucider ce mystère dès que possible. S'il n'y a pas eu de miracle, je crains que nous ne perdions notre temps.

Il fit mine de se lever.

— Miss Steele ?

— Attendez !

Hale fit signe à Matt de se rasseoir.

— Vous ne perdez pas votre temps. Seulement... on m'a défendu d'en parler, vous comprenez.

Il jeta un coup d'œil vers la porte.

— Le Dr Ritter, votre médecin-chef ?

— Lui, et d'autres aussi.

— Pourquoi ? Que craignez-vous qu'il arrive ?

— Ce n'est pas moi qui ai peur des conséquences, Mr Glass. Au contraire, j'ai plutôt hâte de voir ce que tout cela va donner.

Ce sont eux qui ont peur : le Dr Ritter, le Dr Wiley, et... les autres.

Il croisa les mains sur son bureau et pointa un doigt vers Matt.

— Je crois que nous voyons les choses de la même façon, Mr Glass, et Mr Barratt aussi, bien sûr.

— Le journaliste de la *Gazette Hebdomadaire* ? demandai-je.

Il acquiesça.

— Pourtant, même lui n'y a fait qu'une allusion dans son article, alors qu'il m'avait laissé entendre qu'il dirait la vérité. Il n'a même pas publié ma déclaration.

— Allusion à quoi ? demanda Matt.

— Ah.

Il s'adossa dans son fauteuil avec un sourire trop mielleux pour être honnête.

— Vous voulez que je le dise le premier, n'est-ce pas ? Dans ce cas, je crois bien que je vais le dire. La magie, Mr Glass. La magie existe, et je suis moi-même magicien.

Il ouvrit grand les mains tel un messie accueillant ses disciples.

— Vous n'avez pas l'air surpris, ni l'un ni l'autre.

— Nous avons entendu parler de la magie, dit Matt. Mais rares sont ceux qui en parlent ouvertement.

— On le leur a défendu.

— Et à vous aussi, d'après vos dires, mais cela ne vous empêche pas de le faire.

Son sourire se fit plus suffisant.

— Cette découverte dépasse le Dr Ritter et tous les autres. Elle dépasse cet hôpital, et même les guildes. On ne peut pas la passer sous silence. Elle devrait être célébrée. Ce que j'ai fait avant-hier est un miracle, comme l'a affirmé l'article. Personne n'avait jamais ramené un mort à la vie.

— Mais il n'est plus en vie, dis-je. Il est mort.

Hale cessa un instant de sourire.

— Je ferai en sorte de prolonger la magie pour qu'elle fasse effet plus longtemps. Mais c'était une première étape décisive.

— Et comment comptez-vous la prolonger ? lui demandai-je.

Les narines de Hale se dilatèrent.

— C'est un secret que je ne peux pas vous révéler. Si vous publiez mes idées, un autre magicien pourrait me les voler.

Je cherchai un moyen de glisser une question sur la magie du temps pour découvrir ce qu'il savait sans me démasquer, mais je n'en trouvai aucun.

— Était-il déjà mort ? demanda Matt. Ou seulement à l'article de la mort ?

Hale se mit à rire.

— Tout dépend à qui vous posez la question. Le Dr Wiley jure qu'il était mort, mais l'une des infirmières dit avoir vu sa poitrine se soulever, ce qui indique qu'il respirait.

— Et vous, qu'en pensez-vous ?

— Très franchement, je n'en suis pas certain. Mais ça ne change rien. Ma magie...

— Comment pouvez-vous ne pas en être certain ? lui demanda Matt. Vous êtes médecin !

Le Dr Hale se remit à sourire d'un air plus cynique qu'auparavant.

— Je n'ai pas vérifié. Je sais, je sais, c'était une erreur, mais j'ai cru le Dr Wiley sans me poser de questions. Il a beaucoup d'expérience.

— Il est vieux, dit Matt. Et une infirmière vous a assuré que le patient respirait. Vous auriez dû vérifier.

Les lèvres de Hale remuèrent mais aucun son n'en sortit. Il semblait prêt à se pencher par-dessus son bureau et à étrangler Matt pour le faire taire.

— Quoi qu'il en soit, reprit-il enfin, que le patient soit déjà mort ou qu'il ait été sur le point de mourir, je lui ai rendu toutes ses forces l'espace de quelques minutes. Hélas, cela n'a pas duré. Mais rendez-vous compte de ce que cela implique, Mr Glass. Rendez-vous compte de ce que cela signifie.

— Je m'en rends bien compte, dit Matt gravement. Je ne pense qu'à cela.

— Si je pouvais perfectionner mon remède pour qu'il fasse effet plus longtemps...

Il laissa sa phrase en suspens, mais il avait retrouvé son sourire.

— Mais c'est impossible.

Je me tournai vers Matt, mais il secoua imperceptiblement la tête. Il ne voulait pas que je lui révèle que nous savions qu'il était possible de combiner la magie du temps avec les autres types de magie. J'étais de son avis, pour le moment. Mieux valait ne pas divulguer ce que nous savions tant que nous n'étions pas sûrs de pouvoir faire confiance à Hale. Il avait peut-être inventé toute cette histoire pour se faire remarquer.

— Je suis très heureux que ce sujet vous intéresse, poursuivit Hale. La *Gazette Hebdomadaire*, c'est bien, mais le *Times*, c'est tout de même autre chose. Votre popularité est inégalée, et la réputation du journal est au-dessus de tout soupçon. Si vous parlez de magie dans votre article, et si vous assurez qu'elle existe, on vous croira.

Il se leva et se mit à faire les cent pas devant sa fenêtre comme s'il ne tenait pas en place.

— C'est un événement palpitant, et totalement inattendu. Je pense que le monde est prêt à y croire. Les gens *veulent* que la magie existe. Ils sont las de leur quotidien trivial. Ils veulent en rompre la monotonie. Avec la magie, c'est possible.

Il claqua des doigts et les pointa vers Matt.

— Allez parler à Oscar Barratt. Il pourra peut-être vous donner des informations sur d'autres occurrences magiques. Je crois que je ne suis pas le premier magicien à qui il ait consacré un article.

Plus il parlait, plus je commençais à le croire. Il était peut-être arrogant et un peu agaçant, mais il semblait sincère. C'était bien un magicien. J'en étais certaine.

Mon cœur fit une petite pirouette dans ma poitrine. Si cet homme était un médecin doué de pouvoirs magiques, Chronos était peut-être au courant de son existence, et il était peut-être venu ici. Je m'apprêtais à poser la question à Hale quand Matt s'avança soudain sur son siège. Il avait douté de l'histoire de Hale, mais je devinais qu'il était désormais du même avis que moi.

— Connaissez-vous un homme du nom de Pierre DuPont ? lui demanda-t-il avec un empressement tel que les mots semblèrent s'échapper de ses lèvres.

Hale secoua la tête.

— Est-ce un journaliste qui s'intéresse à la magie, lui aussi ?

— Il se fait également appeler Chronos.

La surprise se peignit sur le visage de Hale.

— Le vieil horloger ? Il est venu me voir il y a quelque temps. Il ne m'a pas dit son vrai nom. DuPont, c'est un nom qui sonne français, mais ce Chronos n'avait pas d'accent.

Ma gorge se noua, me coupant le souffle. Nous avions soupçonné son nom et son accent de n'être qu'un faux-semblant, mais c'était un soulagement d'entendre Hale le confirmer. Dire qu'il avait rencontré Chronos ! C'était plus que je n'en avais espéré.

— À quoi ressemble-t-il ? demanda Matt.

Il gardait un air impassible, mais la coloration soudaine de ses joues trahissait son agitation.

— Les cheveux blancs, vieux, mais plutôt alerte pour son âge.

Hale se pencha en avant et nous lança à chacun tour à tour un coup d'œil.

— C'est un magicien.

Puis il se redressa.

— Mais je vois que vous le saviez déjà, tous les deux.

Matt tenait le poing serré et les jointures de ses doigts étaient de plus en plus blanches.

— Savez-vous où nous pouvons le trouver ?

— Oui.

— Où cela ? m'écriai-je en même temps que Matt.

CHAPITRE 2

— Pourquoi cet intérêt si soudain pour Chronos ? Même si l'expression de Hale ne laissait rien paraître, sa voix trahissait sa déception.

— Je croyais que c'était moi que vous vouliez interviewer pour votre article.

— C'est bien le cas, dis-je avant que le désintérêt de Matt ne gâche notre unique chance non seulement de trouver Chronos, mais aussi d'obtenir l'aide de Hale une fois que nous l'aurions trouvé. Bien que le Dr Parsons, le médecin qui avait été le premier à exercer sa magie sur Matt, ait affirmé que le problème venait de la montre de Matt et non de son corps, il était possible qu'il se soit trompé. Peut-être était-il tout de même nécessaire que les deux magiciens travaillent ensemble.

— Vous ne voulez donc pas savoir en détail comment j'ai guéri le patient ? demanda Hale en nous montrant sa bibliothèque pleine de bocaux.

— Si, bien sûr, dis-je en puisant dans des réserves de patience insoupçonnées.

Le corps de Matt s'était raidi comme s'il s'efforçait de se contenir.

— Mais nous nous intéressons à tous les types de magie, et nous avons entendu parler de Chronos. Pouvons-nous avoir son adresse, s'il vous plaît ?

17

— Oh, je ne sais pas où il habite, dit Hale, je connais juste le nom d'une taverne où il boit. Il m'a dit de le contacter aux Cross Keys, sur High Holborn, si je rencontrais un magicien médecin.

Matt se leva.

— Merci, Docteur.

Il consulta la montre qu'il avait dans la poche – pas sa montre magique, l'autre – et se dirigea vers la porte.

— India ? appela-t-il en s'apercevant que je ne l'avais pas suivi.

Mais j'étais incapable de quitter des yeux le Dr Hale.

— Qu'entendait-il par *si vous rencontrez un magicien médecin* ? Vous êtes vous-même un magicien médecin.

— Ah, vous avez fait la même erreur que Chronos.

Matt revint à mes côtés en quelques enjambées et appuya ses phalanges sur le bureau.

— Vous nous aviez dit avoir des pouvoirs magiques.

— Et c'est la vérité. Mais je suis apothicaire, pas médecin. Enfin, je veux dire, je suis bien médecin de profession, mais la magie que je pratique se limite aux remèdes.

À nouveau, il nous indiqua d'un geste ses rangées de bocaux.

— Comprenez-vous la différence ?

Matt baissa la tête. Il avait dû penser la même chose que moi : que s'il nous fallait un magicien médecin et un magicien horloger, nous avions au moins trouvé le premier. Mais ce n'était pas le cas.

Je me levai et lui touchai le bras.

— Chronos était-il déçu quand il l'a découvert ?

— Furieux, dit Hale. Il a été pris d'une colère noire. Il s'est même emparé de l'un de mes bocaux, et il allait le jeter contre le mur, mais je le lui ai arraché des mains. J'ai réussi à le calmer et à lui expliquer la différence entre ma profession et ma magie. Je travaille dans un domaine différent de celui de ma magie, bien qu'il y ait des similarités entre les deux.

J'agitai mon index dans sa direction.

— Ça me revient, maintenant, je sais où j'ai entendu votre nom ! Vous êtes le Dr Hale de l'Élixir Miracle du Dr Hale.

Nous avions toujours un flacon de son remède dans la

cuisine. Il apaisait parfois les maux de tête, mais il ne soignait pas grand-chose d'autre, malgré les promesses de son nom.

— Mais si vous n'exercez pas en tant qu'apothicaire, pourquoi y a-t-il votre nom sur ces flacons ?

— Il arrive souvent que de vrais médecins prêtent leur nom à des remèdes. Ça leur donne un air d'authenticité aux yeux du public, vous comprenez, et ils se vendent mieux. Un ami pharmacien m'a demandé de donner mon nom à son élixir, et j'ai accepté sans hésiter. C'est lui qui a fabriqué la plupart de ces remèdes, précisa-t-il en nous montrant les bocaux.

— Certains sont de moi ; ils étaient autrefois imprégnés de magie, mais malheureusement, elle ne fait plus effet. J'en avais dans ma poche quand ce patient est arrivé.

Il ouvrit son tiroir et en sortir un petit flacon marron fermé par un bouchon en liège.

— Quand je l'ai vu pousser son dernier soupir – à moins que ce n'ait été qu'un soupir très ordinaire – j'ai chuchoté mon incantation dans le flacon et je lui ai versé quelques gouttes du remède dans la bouche.

— L'article ne mentionnait aucun remède, dis-je gravement.

— Un oubli de Barratt. Hélas, cela n'a rendu la vie au patient que pour quelques minutes. J'avais espéré que cela durerait plusieurs jours, voire plusieurs semaines. Imaginez le retentissement que l'affaire aurait eu !

Il rangea le flacon dans son tiroir.

— Vous avez tous les deux l'air aussi déçus que Chronos quand il a compris que ma magie s'appliquait aux remèdes et non à la médecine proprement dite.

Je lançai un coup d'œil à Matt. Il n'avait pas l'air déçu, mais pressé de s'en aller.

— La magie des apothicaires est tout aussi intéressante et importante que les autres, protesta Hale.

— Un magicien médecin est capable de guérir un homme par simple imposition des mains, rétorqua Matt en lançant vers les bocaux un regard lourd de sens.

Hale renifla et croisa les bras.

— Oui. Bon. En tant que médecin, je peux aussi guérir les maux de mes patients, parfois pour de bon, alors que les effets de la magie sont temporaires, que celle-ci ait été accomplie par un médecin ou par un apothicaire. Et d'ailleurs, il semblerait que les magiciens médecins soient rares.

— Vous n'en avez jamais rencontré aucun ? demanda Matt.

— Non.

— Vous n'avez jamais soupçonné l'un de vos confrères d'avoir des pouvoirs magiques ? Y en a-t-il un qui aurait réussi une guérison trop extraordinaire pour pouvoir être expliquée par la science ?

— Non. Je vous l'ai dit, la magie est rare, et le genre de magicien que vous cherchez est plus rare encore, à en croire Chronos. Même lui n'était pas sûr qu'il en existe un. Mais naturellement, je ne m'attends pas à ce que des profanes comme vous comprennent.

— Nous nous efforçons d'apprendre, dis-je.

— Quoi qu'il en soit, j'étais content de voir que ma magie fonctionne encore, étant donné que je ne m'en sers pas souvent, et le plus satisfaisant, c'est qu'elle ait attiré l'attention de Barratt. Avec cet article, je parie que l'Élixir Miracle du Dr Hale se vendra comme des petits pains. Mon ami sera ravi.

— Tous les flacons d'élixir sont-ils imprégnés de votre magie ? demanda Matt.

Il hésita.

— Seulement mes propres remèdes.

Une fois de plus, il nous indiqua les nombreuses étagères chargées de flacons de toutes les formes et toutes les tailles. Je n'y vis pas d'Élixir Miracle, hormis son flacon personnel qu'il avait rangé dans le tiroir de son bureau.

— Venez, India, dit Matt. Nous avons du travail.

Hale tendit la main à Matt, qui la serra et le remercia.

— C'était un plaisir de faire votre connaissance à tous les deux, dit Hale. N'oubliez pas de me dire quand le *Times* publiera l'article, pour que je puisse avertir tous mes amis et le personnel de l'hôpital. Je suis sûr qu'ils seront ravis de le lire.

Matt s'avança vers la porte, mais quelqu'un de l'autre côté l'ouvrit à la volée. Le Dr Wiley se tenait derrière avec un autre homme d'un âge avancé qui portait une épaisse barbe grise et des sourcils tout aussi fournis qui se rejoignaient, froncés d'un air sévère. Ils s'écartèrent pour nous laisser passer.

— Vous êtes du *Times*, c'est bien cela ? demanda le vieillard.

Matt confirma d'un signe de tête sans s'arrêter.

— Avez-vous sur vous une lettre d'introduction de votre rédacteur en chef ?

Matt s'immobilisa.

— D'habitude, je n'en ai pas besoin.

L'homme toisa Matt, puis il se redressa et bomba le torse. Sa carrure restait tout de même nettement moins impressionnante que celle de Matt.

— Alors comment pouvons-nous être certains que vous êtes bien qui vous prétendez être ?

— Nous n'avons pas le temps pour ça, maugréa Matt.

— Comment avez-vous dit vous appeler ?

— Son nom est Glass, dit le Dr Hale en nous rejoignant sur le seuil. Et voici Miss Steele. Dr Ritter, ce sont de vrais journalistes, je vous assure.

Le Dr Ritter était le médecin-chef de l'hôpital, ce qui faisait de lui le chef du personnel. Il était le supérieur du Dr Hale.

— Votre caution n'a aucune valeur, Hale.

Hale cligna rapidement des yeux derrière ses lunettes.

— Je vous demande pardon ?

Ritter me poussa pour entrer dans le bureau, Wiley sur ses talons.

— Rassemblez vos affaires et allez-vous-en, dit Ritter tandis que Wiley refermait la porte. Vous ne travaillez plus ici.

— Mais... mais... je ne peux pas partir comme ça, implora Hale. Que vont devenir mes patients ?

Je fis un signe de la main à Matt, qui se tenait un peu plus loin en tapotant du bout des doigts sur sa cuisse. Je pressai l'oreille contre la porte fermée et parvins tout juste à distinguer les imprécations furieuses de Ritter.

— C'est le dernier scandale que vous causez dans cet hôpital ! Vous faites honte à votre profession, et j'en ai assez ! Cet article, c'est la goutte d'eau qui fait déborder le vase ! Vous faire remarquer avec des affabulations aussi ridicules, prétendre faire des miracles… C'en est trop ! Prenez vos remèdes et partez avant que je ne vous jette dehors moi-même.

La porte se rouvrit et je m'éloignai en hâte, mais j'entendais toujours leurs voix à travers l'entrebâillement de la porte.

— Vous ne pouvez pas me faire ça ! s'écria Hale. Je suis trop important pour…

— Trop important ? Ne me faites pas rire ! Vous n'êtes qu'un apothicaire qui se prend pour un docteur. Vos compétences en médecine sont limitées, tout au plus. Retournez exercer la pharmacie, Hale. Si tant est que vous arriviez à trouver du travail.

— Que voulez-vous dire par-là ?

— Ce que je veux dire, c'est que j'ai contacté la Guilde des Apothicaires pour leur dire de se méfier de vous. Ils étaient très intéressés quand je leur ai raconté vos agissements et vos histoires abracadabrantes de magie et de miracles. Je suis sûr qu'ils ne voudront pas d'un illuminé dans leurs rangs, eux non plus.

La dernière chose que j'entendis en me hâtant dans le couloir fut la voix de Hale qui protestait.

— Je ne suis pas un illuminé ! Je suis un magicien entouré de profanes imbéciles.

Ni Matt ni moi ne prononçâmes le moindre mot avant d'avoir rejoint notre voiture.

— L'auberge des Cross Keys, sur High Holborn, indiqua Matt à Bryce.

Il avait à peine eu le temps de s'installer sur la banquette en face de moi quand le carrosse fit un bond en avant.

— Je doute que Chronos y soit à cette heure-ci, dis-je en regardant ma montre.

Il n'était que dix heures quarante-cinq.

— Je ne me fais pas trop d'espoir : nous ne l'y trouverons peut-être pas du tout.

Pourtant, les yeux brillants et limpides de Matt disaient tout le contraire. Il avait l'air revigoré, plus en forme et plus alerte que je ne l'avais vu depuis des semaines. Sa santé s'était peu à peu dégradée depuis notre première rencontre, et il avait besoin d'utiliser sa montre plus souvent. Personne n'y avait jamais fait allusion, mais je sentais bien que tout le monde s'inquiétait.

— Je pense que vous avez le droit d'avoir un peu d'espoir, Matt. Nous n'avons jamais été aussi près de trouver Chronos. Quand Hale a confirmé lui avoir parlé, j'ai failli pousser un cri de joie comme l'aurait fait Willie.

J'aurais voulu tendre la main vers lui et lui toucher le genou, la main, *n'importe quoi*, pour lui montrer combien j'étais soulagée, parce que de simples paroles me paraissaient ne pas suffire.

Mais je n'en fis rien. Les femmes respectables étaient élevées dans l'idée qu'on ne touche pas un homme, même si on le considérait comme un ami. Je n'avais même jamais tenu la main d'Eddie, l'homme auquel j'avais autrefois été fiancée.

— Il faudra nous attendre à ce qu'il prenne la fuite en nous voyant, dit Matt en secouant la tête. Dieu sait pourquoi il s'est enfui quand nous l'avons vu à la fabrique.

— Vous n'aurez qu'à rester à la porte de la taverne, et moi, j'entrerai. Si je vois l'homme qui se fait appeler DuPont, je vous ferai signe. Je pense que nous pouvons tabler sur le fait que DuPont et Chronos sont une seule et même personne.

— Que ferais-je sans vous, India ?

Je levai les yeux au ciel.

— Mon plan n'a rien d'extraordinaire. Vous alliez probablement suggérer la même chose, vous aussi.

Son sourire me confirma que j'avais vu juste. Je lui souris à mon tour, heureuse de le voir de bonne humeur.

— Laissez-moi vous faire des compliments de temps en temps. Vous le méritez, dit-il. Après tout, c'est vous qui avez su charmer le Dr Hale, alors que moi, j'ai eu plus d'une fois l'envie de lui coller mon poing dans la figure.

— Visiblement, vous n'étiez pas le seul. D'abord Chronos lui-même, après avoir découvert que Hale était un magicien apothicaire et non pas un magicien médecin, et ensuite, le Dr Ritter.

— Et sans doute le Dr Wiley aussi, puisque Hale prenait plaisir à lui rappeler que c'était lui qui avait déclaré la mort d'un patient qui, de toute évidence, ne l'était pas.

— À la place de Ritter, j'aurais renvoyé Hale aussi, dis-je. Il me faisait penser à cette substance visqueuse qu'on trouve au fond des mares.

Il partit d'un léger rire.

— Ce n'est pas un motif de renvoi. Il pouvait être renvoyé pour négligence, ou pour avoir nui à la réputation de l'hôpital. J'ignore ce que Hale cherchait à accomplir en utilisant sa magie sur ce patient, puis en en parlant à Barratt. C'est un imbécile, et maintenant, il va en payer le prix.

— En êtes-vous vraiment sûr ?

Il fronça les sourcils.

— Que voulez-vous dire ?

— Il voulait peut-être faire de la publicité pour l'Élixir Miracle du Dr Hale. Maintenant que son nom est dans les journaux dans un article intitulé *Guérison miraculeuse*, cela fera parler de son remède, même si celui-ci n'est pas explicitement mentionné. Il a dit lui-même que ça ferait vendre.

— Peut-être. Mais il a aussi attiré l'attention de la Guilde des Apothicaires, et il se retrouve sans emploi. S'il touche un pourcentage sur les ventes de l'élixir, il estime peut-être que cela valait le coup, mais si on lui a versé une somme fixe pour avoir son nom sur l'étiquette, quel est l'intérêt pour lui ?

— Quoi qu'il advienne de lui, dis-je, Hale, sa magie et son arrogance sont une aubaine pour nous. Maintenant, nous savons où trouver Chronos.

— C'est aussi grâce à ce journaliste, Oscar Barratt.

Je m'interrogeais sur ce Barratt et son intérêt pour la magie. Il serait peut-être utile de lui parler pour savoir s'il connaissait des magiciens horlogers. Mais après tout, si nous trouvions Chronos, cela n'aurait plus d'importance. Il ne nous en fallait qu'un.

High Holborn n'était pas loin de la fabrique de montres de Worthey à Clerkenwell, où nous avions vu DuPont. La taverne des Cross Keys semblait avoir occupé le même emplacement depuis des siècles, avec sa façade en bois et ses fenêtres aux vitres étroites qui invitaient les passants à entrer pour boire tranquillement une bière. Agrippant d'une main mon chapeau pour le maintenir en place, je renversai la tête en arrière et regardai au-dessus de moi. Les rayons du soleil faisaient scintiller l'inscription en grosses lettres dorées sur la peinture noire, mais l'enseigne ne retint pas longtemps mon attention.

— Ça ne m'étonne pas que Chronos vienne boire ici, dis-je.

Matt suivit mon regard jusqu'à la grosse horloge qui dépassait du milieu du bâtiment, un étage plus haut. Il sourit et m'ouvrit la porte.

— Soyez discrète.

Je rabattis le bord de mon chapeau pour dissimuler mon visage du mieux que je le pouvais et j'entrai. Matt franchit la porte et resta juste à l'entrée, à côté du râtelier prévu pour les parapluies, son chapeau rabattu sur son visage, lui aussi.

Un comptoir en bois poli occupait presque toute la longueur de la pièce. Derrière le comptoir, des bouteilles, des fûts, des verres, et un tavernier qui me regardait comme si c'était la première fois qu'une femme entrait dans son établissement. L'autre côté de la salle était occupé par des tables et des chaises vides à côté desquelles se trouvaient des alcôves installées un peu à l'écart, qui n'étaient pas visibles depuis la porte d'entrée. J'inspectai rapidement chacune d'entre elles avant de revenir auprès de Matt.

— Il n'y a que six clients pour l'instant, lui dis-je. DuPont n'est pas parmi eux. Je pense que vous devriez tout de même vérifier au cas où DuPont ne serait pas Chronos.

Il salua le tavernier d'un signe de tête en passant et regarda dans chacune des alcôves. Il me fit non de la tête et aborda le tavernier. Ils échangèrent quelques mots, puis Matt plongea la main dans sa poche et lui tendit un peu d'argent. Le tavernier l'empocha en hochant la tête.

Matt me rejoignit et plaça ma main au creux de son bras. Il m'entraîna jusqu'à la voiture et, sur un ton enjoué, il demanda à Bryce de nous reconduire chez nous. Malgré la fatigue qui les entourait de cernes noirs, les yeux de Matt brillaient de bonne humeur et d'espoir. Nous n'avions peut-être pas trouvé Chronos, mais nous étions en bonne voie. Il le sentait comme moi.

— Qu'a dit le tavernier ? demandai-je en saisissant la main que me tendait Matt pour m'aider à monter dans la voiture.

— Qu'un homme uniquement connu sous le nom de Chronos vient parfois boire ici. Sa description correspond.

Je battis des mains.

— C'est lui, Matt ! Nous l'avons trouvé.

Il referma la portière mais la voiture démarra avec une brusque secousse avant qu'il n'ait eu le temps de s'asseoir. Il serait tombé sur moi s'il n'avait pas appuyé une main contre le plafond et l'autre contre la cloison derrière ma tête. Dans cette position, il se retrouva tout près de moi, son torse à quelques centimètres à peine de mon visage.

Je levai les yeux au moment où il baissa les siens. Son expression se radoucit et son sourire disparut. La main qu'il tenait au plafond se déplaça jusqu'à mon épaule, son pouce caressant le dessous de ma mâchoire.

Je déglutis péniblement, espérant qu'il m'embrasse, en proie à une impatience insoutenable. Ses yeux se voilèrent et ses lèvres s'entrouvrirent. Il se rapprocha de plus en plus, jusqu'à occuper tout mon champ de vision, troublant tous mes sens.

— India, murmura-t-il d'une voix rauque, quand je serai guéri...

La voiture prit un virage et il perdit l'équilibre. Avant même que je ne puisse reprendre mon souffle, Matt était assis sur la banquette en face de moi. Il gardait les yeux fixés sur la vitre, l'air impassible, comme si nous ne venions pas de partager un moment fort.

— Tout va bien, Matt ?

— Très bien.

Il se racla la gorge et se força à me regarder.

— Et vous ?

— Moi aussi, je vais bien, je vous remercie. Je serrai plus fort mon réticule contre moi et attendis qu'il recommence à parler, mais il gardait le silence.

— Vous disiez ?

Il massa le pli qui lui barrait le front jusqu'à le faire disparaître.

— Ce que je viens de faire est impardonnable. Je vous présente mes excuses. Je... je ne sais pas ce qui m'a pris.

J'espérais qu'il avait été en proie à la même pulsion que moi, mais visiblement, ce n'était pas le cas. Il ne montrait aucun signe de désir : il ne rougissait pas, son souffle ne s'était pas accéléré, et il ne semblait avoir aucune envie de revenir près de moi. Il refusait même de me regarder en face. J'étais si blessée de me sentir ainsi rejetée que les larmes me montèrent aux yeux. Je fis mine de m'intéresser au réticule que je tenais sur mes genoux jusqu'à avoir repris une contenance. En relevant les yeux, je m'aperçus qu'il m'observait depuis tout ce temps.

Mes joues s'empourprèrent, mais il resta de marbre.

— Avez-vous payé le tavernier pour qu'il vous avertisse si jamais Chronos revenait ? demandai-je, bien décidée à ne pas lui montrer l'effet qu'il avait eu sur moi.

Il confirma d'un signe de tête.

— Je lui ai demandé de tâcher de découvrir où Chronos habitait, et aussi d'envoyer quelqu'un me chercher immédiatement. Apparemment, Chronos va boire là-bas une fois par semaine, parfois deux, et toujours seul. Il a payé le patron pour le prévenir si quelqu'un le demandait. Il se sert du personnel pour faire passer ses messages, en quelque sorte.

— Mais si le patron de l'établissement parle de nous à Chronos, il risque encore de s'enfuir.

— C'est justement pour ça que je lui ai donné plus que ce que lui donne Chronos.

Je soupirai avec un optimisme prudent.

— Alors espérons qu'il soit assez cupide pour vendre ses services au plus offrant.

Bristow vint nous accueillir à la porte d'entrée à l'instant exact où l'aiguille de l'horloge en ébène et en laiton du vestibule indiqua onze heures cinquante.

— Vous avez de la visite, Monsieur. Lady Rycroft et ses filles.

— Toutes les trois ? demanda Matt en tendant son chapeau à Bristow.

— Toutes les trois.

— Ma tante Letitia est-elle avec elles ?

— Oui, Monsieur.

Matt lança un regard en direction de la porte qui donnait sur le salon, derrière moi. Hope Glass, la plus jeune de ses cousines, lui sourit avec un signe de la main. Ses deux sœurs, à côté d'elle sur le sofa, firent mine de ne pas nous remarquer. De là où nous nous trouvions, les deux tantes de Matt n'étaient pas visibles, et je ne voyais pas Willie, ni Cyclope ou Duc.

— Eh bien, allons-y, India. dit Matt.

Il semblait que je n'avais aucun moyen d'y couper. Et Matt n'avait pas non plus l'air de vouloir se dérober sous quelque prétexte. Il était peut-être trop tard pour cela, maintenant que nous avions été repérés, mais je ne m'attendais pas à ce qu'il ait *envie* d'y aller. Sa tante et ses cousines étaient venues lui rendre visite deux fois au cours des deux dernières semaines, et il était allé se joindre à elles. Son oncle n'était pas venu, ce qui ne me surprenait guère étant donné que Matt avait failli le rouer de coups sous son propre toit. Je voyais bien que sa tante Beatrice aurait préféré avaler sa langue plutôt que de bavarder avec l'un de nous, mais son désir de marier l'une de ses filles à l'héritier de son époux était plus fort que son aversion pour cet Américain et pour son assistante insignifiante.

— Pssst, nous souffla Willie depuis l'escalier tout en nous faisant signe d'approcher. Elle ne descendit pas de la première marche, comme si c'était un refuge la protégeant d'un destin potentiellement atroce.

— Tu ne vas pas t'asseoir au salon avec tes cousines ? lui demandai-je avec une innocence feinte.

Elle fit une grimace.

— Ces petites bécasses ne sont pas *mes* cousines et tu le sais très bien, India Steele.

— Ce n'est pas très courageux.

— Je trouve que c'est plutôt futé. Je peux me permettre de ne pas me les infliger.

Elle me toisa d'un air supérieur.

— Pas toi ?

Là, je dois dire qu'elle marquait un point.

— Comment ça s'est passé, à l'hôpital ? demanda-t-elle à Matt.

— Bien, répondit-il. Nous en parlerons plus tard.

Elle fronça le nez et, d'un geste du menton, elle désigna le salon.

— Tu as hâte d'y aller, on dirait.

— Je ne trouve pas que mes cousines soient toutes des bécasses stupides, Willie.

— Ne va pas commencer à te faire des idées sur la petite Hope, le prévint-elle. Le soleil de Californie ne réussit pas trop aux Anglaises.

— Je n'ai pas prévu de ramener qui que soit en Amérique.

— En plus, Letty ne l'aime pas, ajouta-t-elle comme s'il n'avait rien dit. J'ai plus confiance en l'opinion de ta tante qu'en la tienne. Les hommes se laissent trop facilement berner par un joli minois et des formes séduisantes.

J'étais plutôt d'accord avec elle ; non pas tant pour ce qui était de sa remarque sur les jolis minois que sur la valeur de l'opinion de Miss Glass. À en juger par ce que j'avais pu voir de Hope Glass, elle n'était pas toujours la douce ingénue qu'elle prétendait être. Elle avait parfaitement conscience de l'attrait qu'elle exerçait sur les hommes, et je la soupçonnais de savoir comment les manipuler. Je me trouvais un peu cruelle de penser une telle chose alors que je n'en avais aucune preuve. J'avais peut-être accordé trop de crédit à l'opinion que Miss Glass avait de sa nièce.

À moins que je ne sois jalouse. En tout cas, Matt semblait beaucoup l'apprécier. Il s'avançait déjà vers le salon d'un pas assuré. Il attendit à la porte que je le rattrape et me laissa passer devant lui.

— Ah, vous voilà, dit Lady Rycroft en nous voyant entrer. Cela fait une éternité que nous vous attendions, Matthew.

— Une éternité, répéta Miss Glass en lançant un regard noir à son neveu. Elles sont arrivées peu après notre retour de promenade. Willemina, Cyclope et Duc ont aussitôt déguerpi, évidemment.

— Vous ne pensiez tout de même pas qu'ils allaient prendre le thé avec nous ? s'indigna Lady Rycroft, les narines dilatées. Cette fille a beau être de la famille de Matthew, elle est plus grossière qu'un charretier. Et que dire de ces hommes !

Elle en frémit d'horreur.

— Le Noir, avec son bandeau sur l'œil, a des airs de forçat évadé.

Je pensais que Matt allait prendre la défense de Cyclope, mais il se contenta de s'asseoir sur le tabouret de piano tandis que je prenais la chaise à côté de Miss Glass.

— Mais enfin, Maman, protesta Hope.

— Moi, je lui trouve fière allure avec son cache-œil, dit Charity, la cadette.

Elle n'était pas aussi jolie que Hope ni aussi spirituelle, mais des trois sœurs, c'était celle qui semblait avoir le plus le goût de l'aventure. Au moins, elle était capable de tenir une conversation. Patience, l'aînée, était très timide et gardait les yeux presque constamment rivés sur ses genoux.

— Ça lui donne des airs de pirate, poursuivit Charity. Les pirates, c'est si romantique !

Hope leva les yeux au ciel.

— Tu dis vraiment des âneries, parfois.

— Cyclope est très gentil, dit Miss Glass. Je l'aime beaucoup.

— Oui, moi aussi, ajoutai-je.

Matt me fit un petit sourire, mais personne d'autre ne fit attention à moi. Cela ne m'empêcha pas de continuer.

— Et une chose est sûre, c'est qu'il n'a rien d'un bandit.

Matt changea de position sur son siège, l'air mal à l'aise. Je lui fis les gros yeux, mais il évitait mon regard.

— India, servez-vous donc une tasse de thé, à vous et à Matt, dit Miss Glass. Maintenant que Matthew est arrivé, je suis sûre que ma belle-sœur restera un peu plus longtemps.

Je m'exécutai et tendis une tasse à Matt. Il avait l'air encore plus fatigué, et je craignais qu'il n'ait besoin d'utiliser sa montre. Pourtant, il ne faisait rien pour écourter cette visite. Il était bien trop fier pour laisser voir son épuisement, même à sa propre famille.

— Nous avons une grande nouvelle, Matthew, annonça Lady Rycroft avec un sourire triomphant qui éclairait ses traits austères. Patience se marie cet été, à Rycroft. Si vous êtes toujours en Angleterre, vous serez invité.

— Félicitations, dit Matt à Patience. Je suis très heureux pour vous.

Elle parvint à relever le menton le temps de murmurer un remerciement tout en rougissant jusqu'aux oreilles.

— Qui est l'heureux élu ?

— Un baron du nom de Cox, dit Lady Rycroft.

— Sa femme est décédée l'an dernier, précisa Charity avec un sourire narquois. Il a quatre enfants en bas âge dans son domaine de Cox, dans les confins du Yorkshire. Oh ça oui, c'est un excellent parti pour la plus *vieille* d'entre nous.

Patience baissa un peu plus la tête.

— Cesse de te moquer, la réprimanda Hope.

Charity répondit par un reniflement qui était une réplique parfaite de celui de sa mère, et se détourna de sa jeune sœur.

— Une de mariée, plus que deux à caser, reprit Hope, d'un ton plus enjoué. C'est un début.

Sa mère fit un claquement de langue agacé.

— Vraiment, Hope ! Un tel sarcasme est déplacé.

— Lord Cox a-t-il des frères ? s'enquit Miss Glass. Ou des amis célibataires ? Hope a tout à fait raison : nous devons trouver des époux convenables pour elle et pour Charity. Vous ne devriez pas partir du principe que Matthew choisira l'une d'elles, Beatrice.

— Absolument, opina Matt, et ce n'était pas la première fois. Je ne compte épouser personne pour l'instant.

— Vous ne cessez de le répéter, dit Lady Rycroft en reprenant sa tasse de thé, mais tous les hommes doivent prendre femme, Matthew. Vous comme les autres. Il serait logique de choisir une jeune fille qui connaît déjà la maison et le domaine.

Avec Lady Rycroft, les conversations finissaient toujours par revenir à la question du mariage de Matthew avec l'une de ses filles. En général, il parvenait à changer de sujet sans trop faire d'histoires, mais cette fois-ci, il avait l'air de s'impatienter. J'étais tentée de lui rappeler que c'était lui qui était passé au salon de son plein gré.

— Racontez-moi ce que vous avez fait aujourd'hui, Matt, dit Hope pour éviter que la tension n'atteigne son paroxysme.

Il lui sourit, soulagé.

— India et moi avions des affaires à régler.

— Pauvre Miss Steele, toujours à courir un peu partout pour vous suivre à travers la ville. J'espère que vous lui avez donné un petit quelque chose pour la récompenser, au moins.

— Je crois qu'il y a un malentendu : je ne suis pas un chien, répliquai-je sans laisser à Matt le temps de répondre.

Hope cligna des yeux, prise au dépourvu par ma répartie impertinente. Lady Rycroft pinça les lèvres, ce qui accentua les plis tombants qui allaient de sa bouche à son menton.

— Vraiment, Letitia, vous devriez contrôler les paroles de votre dame de compagnie.

— Et vous, celles de votre fille, rétorqua Miss Glass.

— Hope n'a rien dit de mal.

— C'est vrai, dit Hope, la main sur le cœur. Si je vous ai offensée, Miss Steele, je m'en excuse sincèrement. Je n'avais pas l'intention d'être blessante. Comme j'ai été sotte ! Je n'ai pas réfléchi. Je m'en veux terriblement de vous avoir fait de la peine.

Elle avait trouvé le moyen de me faire passer pour une idiote qui se vexait d'un propos innocent. Au moins, j'avais l'appui de Miss Glass... et celui de Charity. Elle leva les yeux au ciel, doutant clairement de la sincérité des excuses de sa sœur.

— Matt, vous me croyez, vous, n'est-ce pas ? lui demanda Hope en prenant une petite moue désolée.

— Mon opinion est sans importance, dit-il.

Il se leva sans laisser à personne le temps de répondre.

— Si vous voulez bien m'excuser, j'ai quelques affaires professionnelles à régler. India, j'aurai besoin de votre aide.

Dieu merci ! Je terminai mon thé, puis je quittai le salon après lui et le suivis à l'étage.

— Je commence à voir ce que voulait dire Tante Letitia lorsqu'elle parlait de Hope, dit-il. C'est dommage. Et dire que je la trouvais plus intéressante que les deux autres.

Nous avions tout juste atteint le palier quand Hope nous appela depuis le vestibule, un étage plus bas. Elle s'approcha en relevant ses jupes, sa sœur Charity deux pas derrière elle. Sa mère, Patience et Miss Glass attendaient au pied des escaliers.

— Miss Steele, dit Hope en nous rejoignant sur le palier, je tenais encore à m'excuser. J'ai parlé sans réfléchir, et je n'avais pas l'intention de vous offenser. Je sais que vous n'allez sans doute pas me croire, mais c'est la vérité.

Elle me prit la main.

— Je vous apprécie beaucoup, et j'ai une immense admiration pour vous.

— Pour moi ?

— Mais oui, pour vous. Vous êtes calme et mesurée, et je suis sûre que vous ne dites ni ne faites jamais rien d'irréfléchi.

Je lançai un coup d'œil oblique à Matt, mais il s'abstint de lui raconter certaines des choses irréfléchies que j'avais dites ou faites.

— Cela m'arrive, lui dis-je.

— J'aimerais vous ressembler davantage.

À côté d'elle, Charity leva à nouveau les yeux au ciel, mais elle s'arrêta net en apercevant Duc et Cyclope qui se tenaient en haut de l'escalier.

— Mr Cyclope ! s'exclama-t-elle en se touchant les cheveux. Quelle charmante surprise ! Viendrez-vous prendre le thé avec nous ?

Cyclope regarda Duc, qui se contenta de hausser les épaules.

— Nous partons, Charity, dit Hope en attrapant fermement sa sœur par le bras. Miss Steele, je vous en prie, dites-moi que vous me pardonnez, ou je ne pourrai pas fermer l'œil de la nuit.

— Je vous pardonne, lui dis-je.

Que pouvais-je dire d'autre ? Je doutais que ses excuses soient totalement sincères, mais j'aurais l'air d'une ingrate si je le lui disais.

— Merci de vous être excusée.

Elle me salua d'une rapide révérence et, tirant violemment sa sœur par le bras, elle redescendit l'escalier. Charity fit un sourire à Cyclope. Il ouvrit de grands yeux ronds et s'éloigna à reculons. Le large visage de Duc se fendit d'un immense sourire.

Je continuai de monter l'escalier à la suite de Matt, et nous entrâmes dans un petit salon moins formel que celui d'en bas, et qui était réservé aux membres de la famille plutôt qu'aux visiteurs.

— Elles sont parties ? demanda Willie en s'asseyant en travers d'un fauteuil, les jambes passées par-dessus l'accoudoir.

— Elles sont en train de prendre congé, dit Matt tandis que Duc et Cyclope se joignaient à nous.

— Pas trop tôt.

Elle reposa ses pieds par terre et se pencha en avant, les coudes appuyés sur les genoux.

— Alors, comment ça s'est passé, à l'hôpital ?

Matt leur raconta ce que nous avait révélé Hale, et l'accord qu'il avait passé avec le tavernier des Cross Keys pour nous prévenir dès que Chronos reviendrait.

— Sacré nom d'un chien, murmura Willie. Cyclope sourit et

Duc se mit une grande claque sur la jambe en poussant un cri de joie.

— On attend, alors, dit Cyclope, rayonnant.

Matt confirma d'un signe de tête.

— On attend.

— J'en ai marre, d'attendre, grommela Willie. On n'a rien d'autre à faire que d'aller se promener et prendre le thé avec ta famille de cinglés.

— Tu n'es pas cinglée, dit Duc. Juste excentrique.

Willie lui répondit par une grimace qui le fit pouffer de rire.

— Veux-tu que je donne congé aux domestiques pour que tu fasses leur travail à leur place ? lui demanda Matt.

Elle se renfonça dans son fauteuil et croisa les bras.

— Nous touchons au but, Willie, lui dis-je. En attendant, ce qu'il te faut, c'est un passe-temps.

— J'en avais un, de passe-temps. Mais vous ne me laissez plus jouer au poker.

— Les jeux d'argent t'ont fait perdre une fortune, lui rappela Matt. Et cette promenade de ce matin, comment c'était ? Je vois que Tante Letitia et toi, vous avez réussi à ne pas vous entretuer.

— Tout s'est bien passé, jusqu'au moment où, en rentrant à la maison, on est tombés sur ton autre tante et tes cousines qui nous attendaient, dit Duc. On est montés se réfugier ici.

— On n'aurait pas voulu de nous au salon, de toute façon, ajouta Cyclope.

— J'en connais une qui aurait bien voulu de toi, dit Duc en lui faisant un clin d'œil. Miss Charity Glass te dévorait des yeux. Méfie-toi, Cyclope, ou tu risques de finir marié à une délicate rose d'Angleterre.

Les larges épaules de Cyclope furent secouées d'un rire silencieux.

— Elle est trop chic pour quelqu'un comme moi, dit-il sans la moindre trace de déception ni d'amertume dans sa voix.

— Les roses d'Amérique sont tout aussi bien, maugréa Willie.

— C'est vrai, dit Duc. Mais il faut faire attention aux épines.

Duc et Cyclope s'esclaffèrent. Willie leur fit un geste grossier de la main.

— Je vais me reposer avant le déjeuner, annonça Matt. India, puis-je vous parler un instant ?

Je montai l'escalier avec lui, curieuse de savoir pourquoi il tenait à me parler seul à seule.

— Si c'est à propos de Hope, ce n'est rien, Matt. On m'a déjà traitée de bien pire qu'un chien.

— Pour sa défense, elle ne vous a pas traitée de chien, elle n'a fait que l'insinuer. Et je suis tenté de la croire lorsqu'elle dit que ce n'était pas son intention.

Je ralentis le pas, et il fit de même.

— Elle vous plaît, dis-je sans rien ajouter d'autre.

Il inclina la tête sur le côté.

— Je ne suis pas sûr de comprendre.

— C'est compréhensible : elle est jolie et intelligente. Sans compter qu'elle était jeune. Elle était à l'âge parfait pour attirer l'attention d'un homme.

Nous nous arrêtâmes devant la porte de ses appartements et il se tourna vers moi.

— India, vous vous trompez. Je n'ai aucune intention de l'épouser.

— Ce n'est pas ce que j'ai dit, ni ce que j'entendais par-là. Je sais bien que vous ne vous marierez pas tant que vous ne serez pas guéri, mais ça ne signifie pas qu'elle ne peut pas vous plaire.

Je croisai les bras pour dissiper le froid qui m'envahissait tout d'un coup.

— Je suis navrée, je n'aurais pas dû dire ça. Ça ne me regarde pas.

Je tournai les talons pour m'en aller mais il m'attrapa le bras avant de le lâcher tout aussi soudainement.

Il croisa les bras, coinçant ses mains dans ses coudes.

— Vous avez raison, admit-il à mi-voix. C'est vrai qu'elle me plaît. Elle n'aime pas plus que moi cette situation gênante dans laquelle on nous a mis, et elle se sert de son humour pour dédramatiser. Mais ce n'est pas parce que j'apprécie sa compagnie pour une heure ou deux par semaine que je veux passer ma vie avec elle. Vous comprenez la différence, non ?

— Je suppose.

Je secouai la tête, regrettant de ne pas pouvoir le faire assez fort pour faire disparaître toute cette conversation. Hope était peut-être capable de dédramatiser une situation gênante grâce à l'humour, mais pas moi.

— C'est donc de ça que vous vouliez me parler ?

Il partit d'un léger rire.

— Non, pas du tout.

Il reprit son sérieux et s'éclaircit la gorge.

— Je tiens à vous renouveler mes excuses pour ce qui s'est passé dans la voiture.

— Ce n'est pas nécessaire.

— Mais si. Ça ne me ressemble pas, d'abuser ainsi d'une femme seule. Je m'en veux terriblement.

— C'est vrai que vous avez une mine affreuse, mais c'est la fatigue. Allez vous reposer, et ne pensez plus à ce qui s'est passé. D'ailleurs, il ne s'est rien passé. Et puis j'avais déjà oublié.

Sans attendre de voir ou d'entendre comment il allait réagir, je tournai les talons et m'éloignai pour qui ne puisse pas voir que j'avais menti. Parce que je n'avais pas oublié. Comment l'aurais-je pu ? Il avait failli m'embrasser.

* * *

LE LENDEMAIN MATIN, Matt et moi étions en train de nous préparer à partir pour la *Gazette Hebdomadaire* afin de parler de magie et de magiciens avec Oscar Barratt. Cependant, nous n'eûmes pas le temps de quitter la maison : alors que nous mettions nos gants et notre chapeau dans le vestibule, on frappa vigoureusement à la porte, et Bristow ouvrit. C'était le Commissaire Munro, de Scotland Yard. Il était flanqué de deux agents de police, ce qui signifiait qu'il ne s'agissait pas d'une visite de courtoisie.

— Commissaire, dit Matt en remarquant les deux agents. Que nous vaut cette visite ?

La moustache de Munro s'affaissa en même temps que la courbe de ses lèvres.

— Je suis au regret de vous dire que je viens pour vous arrêter pour le meurtre du Dr Hale.

CHAPITRE 3

   — **U**n meurtre ! rugit Matt.

— L'arrêter ! m'écriai-je en venant me placer devant Matt. Non, vous ne pouvez pas faire ça ! Il n'a assassiné personne.

— India, dit Matt d'une voix douce. Il a dit qu'il venait pour m'arrêter, pas qu'il allait le faire.

Il haussa les sourcils à l'intention du Commissaire.

— C'est pour cela que vous êtes venu en personne, n'est-ce pas, Munro ?

Le Commissaire hésita avant de répondre par un bref hochement de tête.

— Pouvons-nous entrer ? Nous ne voulons pas inquiéter le voisinage.

— Mes voisins ont l'habitude que je me fasse arrêter, dit Matt en faisant un pas de côté.

La figure déjà austère de Munro s'assombrit encore davantage.

— C'était un malentendu.

— Voulez-vous entrer au salon ? proposai-je en lui montrant le chemin avant que Matt ne dise quelque chose qu'il risquerait de regretter.

— Qu'est-ce qui se passe ? demanda Willie depuis l'escalier. Qu'est-ce qu'il fait là ? Il est arrivé quelque chose ?

— Le Dr Hale est mort, lui expliqua Matt. Munro veut nous parler, puisque nous avons vu Hale hier.

— Heureusement que tu l'as vu avant que...

Willie aspira brusquement sa lèvre supérieure avant de la relâcher avec un bruit bref.

— Non, rien.

— Et si tu éloignais Miss Glass jusqu'au départ du Commissaire ? lui demandai-je.

Elle opina et remonta à l'étage d'un pas vif.

Munro ordonna à ses agents de rester à la porte du salon, que Matt referma devant eux. Je brûlais d'en savoir plus sur ce qui était arrivé au Dr Hale, mais la politesse et l'inquiétude m'obligeaient à demander d'abord au commissaire comment il avait été affecté par la mort de son fils. Cela ne faisait que de semaines qu'il avait découvert que son fils illégitime avait été assassiné par un de ses confrères, apprenti cartographe comme lui.

— Je vais bien, répondit-il simplement.

— Et la mère du jeune homme ?

— Je ne l'ai pas revue depuis l'enterrement.

Voyant que ni moi ni Matt ne meublions le silence qui s'ensuivit, il ajouta :

— Elle ne se remettra jamais de la mort de Daniel. J'ai mon travail, mais elle, elle n'a rien.

Rien ni personne, étais-je tentée d'ajouter, mais je m'abstins. Munro était toujours marié à son épouse, mais j'ignorais si elle était au courant pour Daniel.

— Venons-en au fait, dit Munro avec une raideur toute militaire. L'Inspecteur-chef chargé de l'affaire voulait vous faire arrêter. Je lui ai dit que je vous parlerais d'abord. Je vous dois bien cela, Glass, étant donnés... nos antécédents.

— Merci, dit Matt d'un air méfiant.

— Vous voulez dire qu'il risque encore d'être arrêté ? m'inquiétai-je. Mais il n'a tué personne ! Pourquoi aurait-il assassiné le Dr Hale ? C'est absurde. Votre inspecteur est un incapable. S'agit-il de Nunce, du commissariat de Vine Street ?

Matt posa sa main sur la mienne et je ravalai le reste de mes questions et de mes protestations. Une crise d'hystérie ne nous avancerait à rien. Je serrai cependant ses doigts dans les miens.

Je voulais qu'il sache que je ne l'abandonnerais pas, quoi que fasse Munro.

— Miss Steele, vous semblez croire que je suis là uniquement pour interroger Mr Glass. Vous êtes une suspecte, vous aussi.

Je déglutis péniblement et me mordis la langue.

Matt serra ma main plus fort.

— Je vous conseille de vous expliquer, gronda-t-il d'un ton menaçant.

Munro croisa les mains sur son ventre et se renversa contre le dossier de son fauteuil.

— Vous avez rendu visite à Hale hier, tous les deux.

— Et alors ?

— Vous vous êtes fait passer pour des journalistes du *Times*.

— C'est un peu léger, Munro.

— Vous, Mr Glass, vous êtes expert en matière de poisons, et le Dr Hale a été empoisonné.

J'inspirai brusquement et lançai à Matt un regard en coin. Était-il réellement expert en poisons ? Son expression était indéchiffrable.

— Ce n'est pas une raison suffisante pour le soupçonner d'avoir assassiné le Dr Hale, protestai-je.

— Mon Inspecteur-chef n'est pas de cet avis. Ce détail justifie au moins un interrogatoire.

— Qui vous a dit que je m'y connaissais en poisons ? demanda Matt sur un ton détaché que démentait la raideur de sa posture.

Munro joignit les pouces.

— Peu importe.

— Cela m'importe, à moi.

— Où étiez-vous cette nuit ? demanda Munro.

— Ici, toute la nuit.

— Je vous le confirme, dis-je aussitôt.

Munro baissa les yeux sur ma main, qui étreignait toujours celle de Matt.

Matt retira la sienne.

— Ce qu'elle veut dire, c'est que nous étions ensemble au salon jusqu'à dix heures du soir, avec mes amis, ma cousine et ma tante. Tous ces gens, ainsi que les domestiques, pourront témoigner que ni moi ni India n'avons quitté la maison.

— Et après dix heures ?

— Je suis allé me coucher, seul. Il vous faudra vous contenter de ma parole d'honneur : je ne suis pas sorti en catimini pendant la nuit pour aller commettre un meurtre.

Le murmure pensif de Munro ne laissait rien paraître, ce qui n'était pas pour me rassurer.

— Pourquoi avez-vous rendu visite à Hale hier ? Et pourquoi vous faire passer pour des journalistes ?

— Il s'agit d'une affaire privée.

Munro attendit, mais Matt n'en dit pas plus. Les deux hommes se toisèrent sans qu'aucun d'eux ne détourne le regard, mais ce fut Munro qui fut le premier à prendre la parole.

— Ce n'est pas dans votre intérêt, Glass. Dites-moi ce que vous êtes allé faire là-bas hier.

Matt gardait toujours le silence. Les narines de Munro se dilataient, mais il laissa le silence se prolonger. C'était une technique dont se servaient certains pour pousser leur interlocuteur à parler. Elle était sans effet sur Matt, mais elle fonctionna sur moi.

— Nous avions lu dans la *Gazette Hebdomadaire* un article qui parlait d'une guérison miraculeuse accomplie par Hale sur un patient, et nous avions espéré qu'il pourrait faire le même miracle pour nous. Voyez-vous, Mr Glass est malade, et des médecins américains lui ont dit qu'il n'existait aucun remède.

Matt se tourna brusquement vers moi et je sentis toute la violence de son courroux. Je relevai le menton. Je ne regrettai pas de l'avoir dit à Munro. Ce n'était pas le moment de laisser son orgueil lui dicter ses actions.

— Vous n'avez pas l'air malade, fit remarquer Munro.

— Nous tenions à parler au Dr Hale de façon impartiale, dis-je à Munro. Nous voulions comprendre comment il avait accompli son miracle avant de l'informer de la maladie de Matt. Voilà pourquoi nous nous sommes fait passer pour des journalistes.

— Et qu'avez-vous appris ? demanda Munro.

— Que le patient qu'il a sauvé n'était sans doute pas mort, mais qu'il est bien décédé peu de temps après, en revanche.

— C'est aussi ce que mes hommes ont découvert. Il n'y a pas eu de miracle. Vous avez perdu votre temps.

De notre point de vue, cette visite avait été tout sauf une perte de temps : maintenant, nous avions un moyen de rencontrer Chronos, grâce à Hale. Quelle chance que nous ayons pu lui parler avant sa mort !

Munro se leva.

— Merci d'avoir été honnête avec moi, Miss Steele, et je suis navré de vous avoir inquiétée. Nous nous devons d'explorer toutes les pistes, et quand j'ai appris qu'un dénommé Glass avait rendu visite au Dr Hale hier accompagné de son assistante, une certaine Miss Steele, cela a éveillé ma curiosité.

— Votre curiosité, ou vos soupçons ? insista Matt.

Munro ignora sa question.

— Si on ne vous avait pas dit que je m'y connaissais en poisons, vous ne seriez pas venu, dit Matt.

Là encore, Munro ne répondit pas.

— Je ne vous ai jamais parlé de mon intérêt pour la chimie.

— J'ai pour habitude de me renseigner minutieusement sur les gens qui travaillent pour moi, répondit enfin Munro. Et vous ne faites pas exception, malgré la tâche que vous et Miss Steele avez accomplie pour moi dernièrement.

Il joignit ses mains dans son dos.

— J'espère que vous comprenez, Glass. Je suis sûr que vous en feriez autant, à ma place.

— Mes informations viennent toujours de sources que je connais bien. Je leur fais totalement confiance. Je me méfie des informations que me fournissent des inconnus à la réputation douteuse.

Je compris soudain à quoi Matt faisait allusion. Le commissaire avait été informé de l'intérêt de Matt pour la chimie par quelqu'un qui cherchait à salir sa réputation : le shérif Payne. C'était *forcément* lui. Payne était déjà allé voir Munro une fois dans le but de discréditer Matt. Heureusement, Munro n'avait accordé aucune foi aux calomnies de ce shérif malveillant.

— Merci de vous être personnellement déplacé, Monsieur, dis-je. Nous admirons votre diligence pour faire toute la lumière sur cette affaire.

— Je dirai à mon inspecteur de se trouver d'autres suspects. Il est jeune et zélé, alors je suis sûr qu'il ne tardera pas à découvrir quelque chose.

— Est-il bien prudent de laisser une enquête pour meurtre entre les mains d'un homme si jeune ? demanda Matt.

Munro se hérissa.

— Douteriez-vous de mes méthodes ?

— Je pourrais sans doute l'aider, poursuivit Matt. L'aiguiller dans la bonne direction, quelque chose de ce genre.

— Ce serait un conflit d'intérêts.

— Seulement si j'étais coupable, or je ne le suis pas.

Munro grommela.

— Je réfléchirai à votre offre.

Il ouvrit la porte et ses agents lui emboîtèrent le pas.

Matt me toucha l'épaule et articula silencieusement : *Posez-lui des questions*. Pensait-il que Munro refuserait de lui répondre, mais qu'il m'en dirait plus, à moi ?

— Comment Hale a-t-il été empoisonné ? demandai-je en réfléchissant à toute vitesse. Le poison était-il dans sa nourriture ?

— Nous n'en sommes pas encore sûrs, dit Munro sans ralentir le pas. Cependant, on a retrouvé près de son cadavre un flacon de son élixir miracle dont le contenu avait été répandu sur ses papiers.

— Où a-t-on trouvé le corps ?

— À l'hôpital, dans son bureau, assis à sa table de travail. On ignore de quel type de poison il s'agissait. Son corps ne présentait aucun symptôme se rapprochant de ce que nous connaissons.

— Hale était apothicaire, fit remarquer Matt. Il a peut-être concocté lui-même son poison.

— Et il l'aurait avalé par mégarde ? Ou volontairement ?

Munro hocha lentement la tête.

— C'est possible.

Matt me fit signe de continuer de l'interroger, mais Bristow était déjà en train d'ouvrir la porte d'entrée.

— Il a été retrouvé à l'hôpital, assis à son bureau, dis-je, mais lorsque nous sommes partis, il venait d'être renvoyé de son poste.

— On lui avait donné jusqu'à la fin de la journée, dit Munro. À cinq heures, réalisant que personne n'avait vu Hale s'en aller, le Dr Ritter est allé voir dans son bureau, et c'est là qu'il l'a retrouvé mort.

— Cela a dû être affreux pour lui !

— Il voit des cadavres tous les jours, répondit Munro d'un ton parfaitement indifférent. Je doute que la vue d'un de plus l'ait affecté.

Oui, mais c'était quelqu'un qu'il connaissait, quelqu'un avec qui il avait travaillé.

— Le Dr Hale avait-il de la famille ? demandai-je.

Matt approuva d'un signe de tête, satisfait de ma question.

— Pas à notre connaissance. Nous ne savons pas encore s'il avait des héritiers, ni même un testament.

— Avait-il des ennemis ? À part le Dr Wiley, peut-être.

Munro s'immobilisa sur le pas de porte. Ses agents s'arrêtèrent aussi, semblables à des automates aux mécanismes rouillés.

— Wiley ?

— Vous n'avez pas entendu parler de lui ? demanda Matt d'un air innocent. Êtes-vous sûr de ne pas avoir besoin de mon aide ?

Munro fronça les sourcils.

— Bonne journée, Mr Glass, et à vous aussi, Miss Steele.

Bristow referma la porte et Matt resta à la contempler.

— Nous devons éclaircir cette affaire. Je refuse de laisser notre liberté entre les mains d'un jeune inspecteur trop zélé. C'est le meilleur moyen de se faire arrêter à tort.

— Je suis bien de votre avis.

Mais j'avais une inquiétude plus pressante, et il fallait que je dissipe les tensions. J'attendis que Bristow ait disparu à l'arrière de la maison avant de parler.

— Matt, je suis désolée de lui avoir parlé de votre maladie, mais je ne voyais pas d'autre solution.

Il soupira.

— Moi non plus, mais...

— Mais vous auriez tout de même préféré qu'il n'en sache rien.

— J'aurais préféré que personne n'en sache rien, India. Pas même vous.

Son doux sourire atténuait le côté blessant de ses paroles.

— Mais je comprends pourquoi vous lui en avez parlé, et je ne vous en veux pas.

— Il ne manquerait plus que ça.

Je rassemblai mes jupes et montai l'escalier d'un pas décidé. Il me rattrapa prestement.

— Pourquoi ?

— Parce que ce n'est pas ma faute si vous êtes trop fier, Matt. Vous n'aimez pas que les gens sachent parce que vous n'aimez pas avoir l'air faible.

— Citez-moi un seul homme qui aime ça.

— N'allez pas me rabrouer parce que je vous fais remarquer votre défaut. Ce n'est qu'un défaut mineur, après tout, et vous n'en avez que peu qui soient vraiment notables, voire pas du tout.

— Me voilà parfaitement rassuré, marmonna-t-il.

Je m'arrêtai sur le palier.

— Et maintenant, vous voilà fâché.

— Mais non.

— Et vous vous conduisez comme un enfant.

Il fronça les sourcils.

— Je crois que c'est *vous* qui êtes fâchée contre moi.

— Pourquoi serais-je fâchée contre vous ?

— À cause de ce qui s'est passé hier dans la voiture.

— Pas du tout. J'avais oublié cet incident, pour être honnête.

Je me remis à monter les marches. Il attendit que je sois à la moitié de l'étage pour me suivre.

— Je ne l'avais pas oublié, moi, dit-il à mi-voix.

Nous trouvâmes les autres en train de jouer aux cartes dans le salon. Willie jeta ses cartes sur la table en nous voyant entrer, mais les autres continuèrent de jouer.

— Est-ce qu'il veut que tu enquêtes sur le meurtre ? demanda Duc en jetant deux cartes avant d'en accepter deux autres que lui tendait Cyclope.

Matt secoua la tête.

— Où est ma tante ?

— Dans son salon particulier, elle écrit des lettres, dit Willie. Matt, qu'est-ce qui se passe ? Tu n'as pas l'air bien. Tu as déjà besoin de ta montre ?

— Non, maugréa-t-il. Et je voudrais qu'on arrête de toujours me parler de ma santé.

— C'était juste une question. Tu es de sale humeur, ce matin !

Matt se plaça devant la cheminée, où brûlait un petit feu qui réchauffait la pièce.

— Si Munro est venu, ce n'est pas pour me demander de l'aider à découvrir qui a assassiné Hale. Il est venu nous interroger sur notre implication dans son meurtre.

Willie fit un bond.

— Vous interroger, ou vous arrêter ?

Les mains sur les hanches, elle se dirigea à grands pas vers la porte, qu'elle claqua brutalement.

— Il ne les a pas arrêtés, Willie, la rassura Cyclope avec un signe de tête dans notre direction. Ils sont encore là.

— J'ai bien envie de le rattraper pour lui dire deux mots. Vous soupçonner, vous, après tout ce que vous avez fait pour lui !

— Qu'avons-nous fait pour lui ? rétorqua Matt. Son fils est mort.

— Vous n'y étiez pour rien. Sans toi et India, ils n'auraient jamais retrouvé son corps.

Matt se passa la main dans les cheveux et se frotta l'arrière de la nuque.

— C'est justement pour ça qu'il est venu en personne. Il nous accorde le bénéfice du doute...

— Le bénéfice du doute ! s'indigna Willie en levant les mains avant de les laisser retomber sur ses hanches. Qu'est-ce qui lui fait croire que vous êtes mêlés au meurtre de Hale ?

— Si tu le laissais finir, dit Duc, il nous le dirait peut-être.

Je m'assis sur le sofa et tapotai la place à côté de moi.

— Tu vas user le tapis à force de faire les cent pas comme ça, Willie. Viens t'asseoir à côté de moi et Matt vous racontera ce qui s'est passé.

— N'oublie aucun détail, lui dit-elle en s'asseyant sagement.

Matt leur expliqua pourquoi la police nous soupçonnait.

— Payne a dû parler au Commissaire, dit-il pour conclure. À lui, ou à son inspecteur. C'est sûrement lui qui est allé lui raconter que je m'y connaissais en poisons.

Willie se releva d'un bond.

— Si je savais où se cache ce misérable, j'irais le trouver pour lui faire sauter la cervelle.

— Ce qui ne ferait qu'attirer encore plus d'ennuis à Matt, lui dis-je.

— Assieds-toi, Willie, se fâcha Duc. Et cesse de démarrer au quart de tour. Contente-toi d'écouter, pour une fois.

Refusant de se rasseoir, elle resta debout à côté de Matt, les bras croisés, en jetant à Duc un regard noir comme si c'était à cause de lui que Matt était dans cette situation. Le pauvre Duc ne put que soupirer.

— Tu as un plan pour prouver ton innocence, dit Cyclope dont les lèvres esquissaient l'ombre d'un sourire. Tu vas démasquer le véritable assassin.

— Je vais essayer, dit Matt.

— Comment ? lui demandai-je.

— Je ne sais pas encore, mais il n'est pas question que je laisse mon destin entre les mains d'un jeune inspecteur trop zélé qui a peut-être été influencé par Payne.

— Je suis d'accord, dis-je. Réfléchissons : par où commencer ? Nous devrions peut-être mettre la main sur ce flacon d'élixir empoisonné, ou parler au Dr Ritter ou à Wiley, et peut-être aux infirmières ? On en apprend parfois plus long auprès des petites mains qu'auprès des dirigeants.

Matt tambourinait du bout des doigts sur le manteau de la cheminée en hochant lentement la tête.

— Cyclope, Duc et Willie, tâchez de voir ce que vous pourrez découvrir à l'hôpital. Il y a certainement des rumeurs qui courent sur la mort de Hale.

— Mais comment ? demanda Duc. Aucun d'entre nous n'a de connaissances en médecine. Nous ne pouvons pas nous faire passer pour des médecins.

— L'un de vous trois n'a qu'à se faire passer pour un patient, suggérai-je, et les deux autres pour ses amis qui s'inquiètent.

Duc se campa devant Cyclope.

— Allez, vas-y. Mets-moi un coup de poing dans la mâchoire.

Il fit craquer les os de sa nuque d'un côté, puis de l'autre.

— Je suis prêt.

— Moi, je veux bien ! s'écria Willie en s'éloignant vivement de la cheminée, mais Matt la rattrapa par le bras.

— Il suffirait que tu fasses semblant d'être malade, dit-il.

— Rabat-joie.

— Et vous deux, qu'est-ce que vous allez faire ? demanda Cyclope.

— Nous allons rendre visite à Oscar Barratt, l'auteur de l'article qui parlait de la guérison miraculeuse opérée par Hale, dit Matt. Maintenant, nous avons autre chose à lui demander : s'il sait qui aurait pu vouloir assassiner le Dr Hale.

* * *

LES LOCAUX de la *Gazette Hebdomadaire* étaient aussi proches des sièges de la plupart des journaux influents de Londres installé sur Fleet Street qu'ils pouvaient l'être sans être dans la même rue à proprement parler. Notre voiture passa devant les imposants édifices du *Evening Standard* et du *Daily Telegraph* avant de s'engager dans une ruelle qui avait l'air d'être la décharge de Fleet Street. Des feuilles de journaux s'agitaient et virevoltaient dans la brise pour finir en petits tas sur le seuil des portes et au pied des lampadaires. Alors que Fleet Street fourmillait d'une activité qui la faisait considérer, à juste titre, comme le centre de la production journalistique de la capitale, Lower Mire Lane semblait se cramponner avec ses ongles sales aux jupons de sa grande sœur plus raffinée. La seule apparence de vie dans cette rue sinistre et déserte était une pancarte rouge vif à la peinture encore toute récente au-dessus de la porte de la *Gazette Hebdomadaire*.

Nous avions décidé d'utiliser nos vrais noms et de dire à Oscar Barratt que nous nous intéressions à la magie, puisque nous étions certains qu'il était au courant de son existence.

C'était assurément ce que laissaient penser ses articles, quand on les analysait sous cet angle. Matt ne m'avait pas interdit de parler de ma propre magie, mais je me doutais qu'il voulait d'abord déterminer par lui-même si Barratt constituait une menace. Et j'étais du même avis.

Avisant un jeune garçon au visage couvert de boutons dans l'antichambre du bureau, nous lui demandâmes si Mr Barratt était disponible, en lui indiquant nos noms.

— De quoi voulez-vous lui parler ? demanda-t-il d'un air ennuyé. Était-il donc si courant que les passants entrent depuis la rue pour demander à parler à un journaliste ? À moins qu'il ne déteste simplement son travail.

— Du meurtre du Dr Hale, dit Matt.

Une lueur s'alluma dans les yeux du jeune garçon, qui sortit précipitamment par une porte située derrière un bureau, comme si notre arrivée était la chose la plus palpitante qui lui soit arrivée de toute la semaine.

— Quel enthousiasme, commentai-je.

— C'est toujours le cas quand on leur offre une information juteuse, et la *Gazette Hebdomadaire* est l'un des pires journaux dans ce domaine.

— Vous ne l'aimez pas ? Mais je pensais que vous aviez plaisir à la lire. Vous l'achetez toutes les semaines.

— J'achète presque tous les journaux et périodiques qui me tombent sous la main. On ne sait jamais quand une nouvelle intéressante va se présenter, comme dans l'édition d'hier. Ce n'est pas parce que je la lis que j'aime le sensationnalisme de sa ligne éditoriale. Ça ne m'étonnerait pas que la moitié de leurs histoires soient inventées de toutes pièces. Ou tout du moins, qu'ils omettent ou déforment des éléments pertinents.

— Comme le fait que le patient miraculé du Dr Hale n'était pas mort, et qu'il lui a administré un remède ?

— Tout juste.

Il prit sur le bureau un exemplaire de la dernière édition, qu'il se mit à feuilleter.

Je poussai un soupir.

Il leva les yeux du journal.

— Y a-t-il quelque chose qui ne va pas ?

— Je ne lis pas beaucoup les journaux, mais j'avais toujours pensé que les journalistes rapportaient les faits aussi fidèlement qu'ils le pouvaient. Je suis quelque peu déconcertée d'apprendre que ce n'est pas le cas. Je ne croirai plus jamais ce que je lirai dans la presse. Mr Barratt vient de considérablement baisser dans mon estime.

La porte derrière le bureau s'ouvrit brusquement et un homme entra d'un pas vif. Il avait les joues légèrement rosies et paraissait un peu essoufflé.

— Navré de vous avoir fait attendre, dit-il. J'étais dans l'arrière-boutique, et je suis venu aussi vite que j'ai pu.

Il tendit la main à Matt.

— Oscar Barratt, pour vous servir.

Mr Barratt s'exprimait comme un Londonien instruit et de bonne famille, mais sans l'intonation aristocratique des personnes de la classe sociale de Miss Glass. Il avait à peu près mon âge, peut-être un peu plus, ce qui m'étonna. Je m'attendais à ce que ce soit un homme d'âge mûr avec de longues années d'expérience. De plus, il était bel homme, avec des cheveux d'un brun sombre, la peau lisse et une courte barbiche. De ses yeux d'un brun profond auxquels rien n'échappait, il détailla rapidement Matt de la tête aux pieds avant de tourner son attention vers moi. Il me sourit et me serra la main franchement, comme si j'étais son égale. J'en fus agréablement surprise.

— Mon nom est Matthew Glass, dit Matt, et voici Miss Steele.

— Glass et Steele ! J'ai déjà entendu ces deux noms. Vous étiez impliqués dans la découverte du corps de cet apprenti cartographe. Et vous, Miss Steele, vous avez joué un rôle essentiel dans la capture du Cavalier Noir, il y a quelques semaines.

— Vous avez entendu parler de nous, répétai-je, quelque peu hébétée.

Qui aurait pu croire que je deviendrais une célébrité ?

— J'ai lu des articles de presse qui parlaient de vous, même si je n'ai rien écrit moi-même sur ces deux incidents. Je suis charmé de vous rencontrer... et un peu impressionné. Vous êtes quelqu'un de remarquable, Miss Steele. Tout à fait remarquable.

Je me mis à rougir, embarrassée qu'il me dévisage avec ce regard si pénétrant et ce sourire plein de curiosité.

— Oh, murmurai-je. Merci, mais mon rôle n'était que secondaire.

— Balivernes, s'indigna Matt. Vous avez joué un rôle essentiel dans les deux situations. Et maintenant, venons-en au fait. Nous avons des questions à vous poser sur votre article paru dans la dernière édition de la *Gazette*.

Il montra du doigt la page du journal étalé sur le bureau.

— Vous savez que le Dr Hale a été assassiné, n'est-ce pas ?

Barratt hocha la tête.

— Je suis au courant.

— Comment l'avez-vous appris ?

La porte d'entrée s'ouvrit et un homme entra, poussant un chariot où s'empilaient de volumineux paquets emballés dans du papier brun. En s'ouvrant, la porte actionna une clochette fixée au-dessus d'elle. Le garçon boutonneux ressortit de l'arrière-boutique.

— Suivez-moi dans mon bureau, nous dit Barratt. On y est plus tranquille quand la presse est à l'arrêt.

— C'est ici que vous imprimez la *Gazette* ? demanda Matt alors que nous franchissions la porte, qui donnait sur une vaste pièce où s'accumulaient d'autres paquets. Certains d'entre eux, ouverts, laissaient voir des liasses de papier vierge.

— Au sous-sol.

Barratt nous indiqua d'un geste une porte derrière un homme qui ne leva pas les yeux de son bureau.

— On ne s'entend pas parler ici quand la presse est en marche. Cela dit, elle tourne surtout la nuit, en prévision de la livraison du matin, et une seule fois par semaine. J'étais en bas, justement, en train de m'entretenir avec mon rédacteur en chef et l'imprimeur du journal.

Il nous fit passer par une autre porte, suivre un petit couloir et entrer dans un bureau exigu. Une immense carte de Londres placée pile en face du bureau offrait un contraste intéressant avec les tas de journaux, les piles de livres et les coupures d'articles épinglées sur un tableau en liège.

— Vous avez eu de la chance que je sois encore là, dit Barratt. J'étais sur le point de sortir pour voir ce que je pourrais apprendre sur la mort de Hale. Je viens moi-même d'en être informé.

— Comment ? lui redemanda Matt.

Barratt hésita, comme surpris par la gravité de Matt.

— Par l'un de mes informateurs à l'hôpital.

— Vous avez des informateurs à l'hôpital ?

Barratt lui adressa un drôle de petit sourire.

— Bien sûr.

— Mais vous êtes journaliste, pas policier, m'étonnai-je.

Le sourire de Barratt s'élargit.

— Nous autres journalistes cherchons également à découvrir la vérité, Miss Steele.

— Vraiment ? rétorquai-je en m'efforçant de garder mon regard fixé sur lui sans lancer de coup d'œil en direction de Matt.

— C'est très noble de votre part.

Barratt s'inclina brièvement.

— Merci. C'est bien la première fois que j'entends quelqu'un qualifier un journaliste de noble. J'espère que vous le pensez réellement, et que vous ne dites pas cela simplement parce que vous voulez obtenir quelque chose de moi.

— Oh, je... euh...

Il me fit un clin d'œil, sans une ombre de déception sur son visage.

— Ne vous en faites pas, Miss Steele, j'ai le cuir solide. Alors, dites-moi, avez-vous des informations concernant la mort du Dr Hale ?

— Si nous avions des informations sur ce meurtre, c'est à la police que nous irions nous adresser, dit Matt. Nous sommes venus vous parler d'un autre sujet, qui pourrait bien avoir un lien avec la mort de Hale.

— Dans ce cas, vous devriez vous asseoir, dit Barratt en nous indiquant des sièges.

Matt recula ma chaise pour moi.

— Nous avions l'intention de venir vous parler avant la mort du Dr Hale, dis-je à Barratt. Voyez-vous, nous avons lu hier votre article sur la guérison miraculeuse pratiquée par Hale, et nous avons décidé d'aller voir par nous-mêmes si cette histoire était vraie ou non.

— Pourquoi ne serait-elle pas vraie ? demanda Barratt en écartant les mains.

— Ce ne serait pas la première fois qu'un journaliste enjolive les faits pour faire vendre plus d'exemplaires.

— Ce n'est pas mon genre.

— Ne faites pas l'innocent avec nous, Mr Barratt, gronda Matt. Vous n'êtes pas différent des autres.

Pourquoi Matt se montrait-il si hostile avec lui ? Nous avions besoin que Barratt réponde à nos questions.

— Ce que veut dire Mr Glass, dis-je, c'est que nous avons découvert que vous avez omis certains éléments dans votre article. Par exemple, vous n'avez pas mentionné que le patient n'était sans pas mort à ce moment-là, et que le Dr Hale lui a administré un remède. Ce n'était pas un miracle.

Barratt ne semblait aucunement troublé d'avoir été pris en défaut. Il se contenta de hocher la tête.

— Le témoin à qui j'ai parlé m'a juré que le patient était mort quand Hale s'est occupé de lui. Un autre témoin a dit que non, mais comme il n'en était pas totalement sûr, j'ai choisi de ne pas approfondir cette piste. J'avais un délai à respecter, vous comprenez, et il fallait que je soumette mon article si je voulais qu'il soit imprimé à temps. Quant au fait que le Dr Hale ait eu recours à un remède, je l'ai inclus dans mon article. C'est mon rédacteur en chef qui a supprimé ce passage sans me le dire. C'est regrettable, mais il peut faire ce qu'il veut : c'est mon patron.

— C'est injuste, dis-je. L'article est signé de votre nom, pas du sien. Il ne devrait pas avoir le droit de faire ça.

Barratt se contenta de hausser les épaules.

— Je dois faire de mon mieux pour rapporter la vérité telle que je la vois, Miss Steele. Le travail de mon rédacteur en chef, c'est de vendre un maximum de journaux. Parfois, cela implique d'apporter quelques modifications çà et là, pour mieux intéresser les lecteurs. Et maintenant, puis-je vous poser une question ?

Cette dernière phrase ne s'adressait pas à moi, mais à Matt.

— Pourquoi un tel intérêt pour la guérison miraculeuse faite par le Dr Hale ?

Je me mordis l'intérieur de la joue tout en lançant un regard en coin à Matt. Je ne le voyais pas avouer à Barratt qu'il était malade.

— Nous nous intéressons à la magie.

Les paroles de Matt furent accueillies par un silence pesant.

J'inspirai brusquement et retins mon souffle.

Il me semblait que Barratt aussi avait cessé de respirer.

— Je vous écoute.

Il n'avait pas ri ni eu de réaction méprisante ou nié l'existence de la magie. Cet homme savait. J'en étais certaine, à présent.

— Vous avez écrit plusieurs articles qui font allusion à des occurrences magiques, dit Matt.

— Mais toujours en termes voilés.

— Le dernier, c'était celui sur ce prétendu miracle du Dr Hale.

— Et donc ? fit Barratt, l'encourageant à poursuivre.

— Pourquoi ? insista Matt. Que cherchez-vous à accomplir ?

Barratt se leva et fit le tour du bureau. Il s'assit sur le bord près de Matt et croisa les bras sur sa poitrine. L'espace d'un instant, je crus que c'était pour intimider Matt et le forcer à retirer sa question, mais il finit par répondre :

— Je cherche à attirer des gens. Des gens qui s'intéressent à la magie, comme vous, qui recherchent des signes que la magie existe. Avec mes articles, je leur donne ces signes.

— Mais, répéta Matt d'une voix rauque et menaçante, pourquoi ?

Barratt décroisa les bras, faisant tomber une pile de feuilles posée sur son bureau. Elles s'éparpillèrent sur le sol aux pieds de Matt. L'une d'entre elles tomba entre Matt et moi. Matt en ramassa quelques-unes pour les rendre à Barratt.

— Eh bien ? lui demanda Matt. Dites-nous quel intérêt vous avez à attirer à vous les gens qui veulent en savoir plus sur la magie.

Barratt gardait les yeux fixés sur les feuilles qu'il tenait à la main. Un léger pli apparut entre ses sourcils. Il leva les yeux sur Matt, puis les reporta sur ses feuilles de papier et soupira. Celle qu'il lui fallait était peut-être celle qui était tombée entre nous deux. Je la ramassai, mais la relâchai aussitôt avec un hoquet de surprise.

Le papier était chaud, alors qu'il faisait plutôt froid dans la pièce.

— India ? s'inquiéta Matt. Que se passe-t-il ?

Barratt me dévisagea avec une intensité que je n'avais encore vue que sur le visage de Matt. C'était comme si le monde s'était rétréci et qu'il n'y avait que lui et moi dans cette pièce.

— Miss Steele ? appela-t-il d'une voix à peine plus haute qu'un murmure. Qu'y a-t-il ?

Je ramassai à nouveau la feuille. Cette fois-ci, sa chaleur se diffusa en moi, remontant doucement le long de mon bras. C'était une chaleur magique, qui réagissait à ma propre magie.

— Vous avez des pouvoirs magiques.

Ces mots m'échappèrent avant que j'aie eu le temps de les formuler ; avant de réaliser la conclusion qu'il en tirerait. Je laissai vivement tomber la feuille sur son bureau, puis je cachai ma main entre les plis de ma jupe.

Barratt suivit mon geste du regard, puis il leva les yeux vers mon visage.

— Oui, Miss Steele. En effet. Et à voir votre réaction, je devine que vous aussi.

CHAPITRE 4

J'ai quelques pouvoirs magiques, dis-je avant que Matt ne puisse m'en empêcher.

Avant de pouvoir m'en empêcher moi-même. Je voulais le dire à Barratt, mais je risquais de me laisser tétaniser par la peur.

— Moi, ce sont les horloges, ajoutai-je.

Mr Barratt me sourit ; c'était un sourire sincère, qui venait du fond du cœur.

— Merci de me l'avoir dit, Miss Steele. Je vois bien que vous êtes inquiète à l'idée de confier une information aussi personnelle à un inconnu.

— À juste titre, intervint Matt. Si ce détail est mentionné en dehors de cette pièce, vous recevrez une nouvelle visite de ma part. Et elle sera beaucoup moins civile.

Barratt leva les mains en signe de capitulation.

— Je vois que vous êtes très protecteur avec elle.

Cette remarque eut l'air de désamorcer quelque peu la colère de Matt. Il tapota du doigt la feuille que j'avais ramassée.

— Vos pouvoirs sont en lien avec le papier ?

— Non, avec l'encre. C'est la chaleur magique de l'encre qu'a sentie Miss Steele, pas celle du papier.

— À quoi sert la magie de l'encre ?

Barratt s'assit et attira vers lui une feuille vierge, puis il trempa son porte-plume dans l'encrier. Il se mit à écrire. *Regardez bien ces mots, Miss Steele*, écrit-il. *Ce sont des mots remarquables pour une femme remarquable.*

— Il ne se passe rien, grommela Matt.

Barratt commença à réciter des mots poétiques dans une autre langue. Je ne les comprenais pas mais, prononcés d'une voix aussi riche et chantante, ils semblaient sortis tout droit d'un rêve. J'étais comme hypnotisée.

C'est alors que les mots se détachèrent de la page.

Je me redressai et les regardai, interdite. Les mots s'envolaient comme des feuilles agitées par un coup de vent. Les lettres tournoyaient dans l'air tout en conservant la position qu'elles avaient dans le mot et dans la phrase, de sorte qu'on aurait dit des rubans virevoltants.

— Comme c'est beau !

Je tendis la main, et comme Barratt décalait simplement quelques papiers sur le côté de son bureau sans chercher à m'arrêter, j'en touchai un.

L'encre se désagrégea et les phrases retombèrent, maculant d'encre mes doigts, la surface du bureau et quelques-unes des feuilles.

— Oh ! Je suis vraiment désolée, dis-je.

Barratt sourit et sortit du tiroir de son bureau un chiffon qu'il me tendit.

— Ce n'est rien, Miss Steele.

— C'était magnifique, dis-je en essuyant mes gants à l'aide du chiffon. Et pas seulement la façon dont les mots flottaient, mais aussi l'incantation que vous avez prononcée. C'était de la poésie pure. Je pourrais vous écouter en réciter pendant des heures.

Il eut un petit rire.

— Vous me flattez.

Je ravalai la suite de mon compliment en réalisant de quoi j'avais l'air, à m'extasier ainsi. Ce n'était pas l'impression que je voulais lui donner.

— En effet, c'est joli, dit Matt d'une voix où il restait une pointe de mauvaise humeur. Mais quelle en est l'utilité ?

— Ça ne sert pas à grand-chose de faire flotter les lettres, mais ça fait toujours son petit effet, répondit Barratt avec un sourire qui ne fit qu'irriter davantage Matt. Je connais une autre incantation qui fait sécher l'encre plus vite, ce qui m'évite les bavures. J'écris encore à la main, voyez-vous. Certains de mes collègues sont passés à la machine à écrire mécanique, mais je préfère faire comme ça.

Il haussa les épaules, les paumes levées.

— Hélas, ce n'est pas une magie très utile. Ma famille fabrique de l'encre depuis plusieurs générations. Elle produit la meilleure qualité d'encre au monde. C'est mon frère qui dirige la société aujourd'hui, et j'ai décidé de quitter l'entreprise familiale pour suivre ma propre voie.

Il reprit le chiffon qu'il m'avait donné et essuya les éclaboussures d'encre.

— Mais je n'ai pas pu m'affranchir de tout ce qui touche à l'encre. Elle m'appelle, vous comprenez. Je me sens contraint de rester dans ce domaine. Vous comprenez, Miss Steele.

— Oui, murmurai-je. Oui, je comprends.

— Mon père m'a dit qu'il existait une incantation pour faire écrire le magicien de l'encre plus vite, mais qu'il ne la connaissait pas. Plus personne ne la connaît. Depuis que les magiciens ont cessé de pratiquer ouvertement leur magie, ils ont perdu le contact les uns avec les autres et ont arrêté de partager leurs incantations. Certains magiciens ont choisi de vivre cachés et ont tout bonnement cessé de pratiquer leur magie, et les autres n'enseignaient plus à leurs enfants que des incantations de base, de peur que les guildes ne découvrent leur existence s'ils faisaient quoi que ce soit de trop élaboré. Et c'est ainsi que l'art de la magie est tombé dans l'oubli. Je trouve que c'est une tragédie. Pas vous, Miss Steele ?

— Je... je ne sais pas vraiment quoi en penser. Voyez-vous, je n'ai découvert mes pouvoirs magiques que tout récemment. Je ne connais pas d'incantations. Mon père était un profane, et il ne m'en a jamais parlé. J'ignore sur combien de générations il faudrait remonter pour savoir de quel ancêtre me vient ce don.

Plus je parlais, plus ses sourcils se fronçaient.

— Vous m'en voyez navré. Nous pourrions peut-être collaborer pour en savoir plus sur votre magie. Hélas, je ne connais pas de magiciens horlogers, mais on ne sait jamais, il pourrait s'en présenter un à tout moment. Comme c'est le cas pour vous deux aujourd'hui.

— C'est donc pour cela que vous écrivez des articles sur la magie ? lui demanda Matt. Pour que les magiciens viennent à vous ?

Barratt hocha la tête.

— Je veux créer une communauté où nous serons en sécurité, un endroit où nous pourrons recommencer à parler de notre magie, et la pratiquer sans personne qui ait peur de nous.

— Les membres des guildes, par exemple, dis-je.

— Vous avez eu des déboires avec des guildes ?

Il inclina la tête sur le côté.

— J'ai l'intuition que le jeune cartographe qui a été retrouvé assassiné était un magicien.

Matt confirma d'un signe de tête.

— Tué par un rival jaloux.

— Et vous pensez que c'est le maître de sa guilde qui l'y a encouragé ? Selon certaines rumeurs, les membres des guildes tuaient les magiciens, il y a plusieurs siècles, et c'est pourquoi leur magie doit demeurer secrète. Mais bien sûr, ce ne sont que des rumeurs.

— Nous avons entendu ces rumeurs, nous aussi, lui dis-je. Si c'était vrai, c'était plus qu'inquiétant.

— Le maître de la Guilde des Cartographes a commandité l'enlèvement, mais pas le meurtre, dit Matt. Il est possible que le maître de la Guilde des Horlogers ait été mêlé à l'enlèvement de cet apprenti, lui aussi. Mais pour ce qui est du meurtrier, il a agi seul.

Barratt me lança un bref coup d'œil.

— Avez -vous eu des ennuis avec la Guilde des Horlogers, Miss Steele ?

— Ils n'ont pas voulu que je rejoigne leurs rangs, lui dis-je. Mon père avait tenté de les convaincre avant sa mort, mais ils ont refusé. Après son décès, il m'a été impossible de trouver du travail.

Je passai sous silence le rôle qu'avait joué Eddie Hardacre, à qui j'étais fiancée à l'époque. Moins je pensais à lui, mieux je me portais.

— Aucun membre de la guilde n'a voulu m'employer. Pire encore, ils semblaient tous se méfier de moi. Ils ne m'ont jamais dit pourquoi, mais je me suis doutée que c'était parce qu'ils avaient eu vent de mes pouvoirs, d'une façon ou d'une autre.

— Et vous, comment les avez-vous découverts ?

— On m'a fait remarquer que j'avais un talent naturel pour réparer les montres et les horloges. Matt connaissait un peu la magie, et il a laissé entendre que j'avais peut-être des pouvoirs magiques. Par la suite, j'ai appris que la magie laissait derrière elle une chaleur résiduelle. Je dois une bonne partie de ce que j'ai appris à la famille de l'apprenti cartographe et à un suspect dans cette affaire.

Je ne lui dis pas que ma montre et une horloge m'avaient sauvé la vie, et je ne mentionnai pas non plus qu'il était possible de combiner ma magie avec celle d'un autre magicien pour prolonger les effets de celle-ci, comme pour la montre de Matt. Il y avait des choses qu'il valait mieux garder pour soi lors d'une première rencontre.

— C'est fascinant, dit Barratt. Quelle chance que vous soyez venue aujourd'hui, Miss Steele ! M'autoriserez-vous à vous rendre visite pour parler plus en détail de votre expérience ? Et si j'arrive à rassembler d'autres magiciens, nous pourrions peut-être tous nous rencontrer.

En coulant un regard furtif vers Matt, je m'aperçus qu'il fixait déjà sur moi des yeux emplis d'ombres noires et lourdes de menaces. Ne voulait-il donc pas que je rencontre d'autres magiciens ? S'inquiétait-il de voir des magiciens affluer chez lui ? Peut-être craignait-il que sa tante ne fasse une découverte qui risquerait de troubler son esprit déjà fragile.

— Je viendrai vous trouver quand je me sentirai prête, dis-je à Mr Barratt.

Il regarda à son tour dans la direction de Matt et poussa un soupir.

— Je suis content que mon article ait marché, dit-il. C'est ennuyeux que Hale soit mort avant que nous n'ayons pu lui parler plus amplement de sa magie.

— Pour Hale et sa famille, c'est plus qu'ennuyeux, dit Matt.

— Il n'avait pas de famille. Je lui ai posé la question quand je l'ai rencontré, parce que je voulais savoir d'où lui venaient ses pouvoirs. Ses parents sont morts quand il était jeune, et il a été élevé par son grand-père. C'est lui qui lui a révélé qu'il était un magicien apothicaire.

— Savez-vous à qui reviendra son héritage ? lui demanda Matt.

Barratt secoua la tête.

— Aucune idée. À vous entendre, on dirait que vous cherchez à découvrir qui l'a tué. Est-ce une nouvelle mission que vous vous êtes fixée tous les deux, après les affaires que vous avez élucidées avec succès ?

— Non, dis-je à l'instant précis où Matt répondait *oui*.

Barratt eut un petit rire.

— Quelles que soient vos raisons, je tâcherai de vous aider si je le peux.

Il se pencha en avant.

— À condition que je sois le seul journaliste à qui vous parlerez lorsque vous aurez découvert qui a tué Hale.

— *Si* nous découvrons qui l'a tué, rectifiai-je.

— Mr Glass ? demanda Barratt. Me le promettez-vous ?

— Cela dépendra de l'aide que vous nous apporterez, dit Matt.

— Je comprends. Que voulez-vous savoir d'autre à propos de Hale ?

— Avez-vous parlé au Dr Wiley ?

— Le médecin qui a déclaré le décès du patient ? Pas du tout, mais nous l'avons croisé quand j'étais dans le couloir avec Hale. Si un regard pouvait tuer, il serait sans aucun doute parmi les suspects.

— Et que pensez-vous du Dr Ritter, le médecin-chef ?

— Je ne l'ai pas rencontré. Hale a laissé entendre que la direction de l'hôpital ne verrait pas d'un bon œil la diffusion de cette histoire dans la presse, mais il semblait en faire peu de cas. Il n'a cité aucun nom.

— Hale tenait-il à ce que vous parliez de sa magie dans votre article ? lui demandai-je.

Barratt hocha la tête.

— Il pensait que ce serait une bonne idée de rassembler tous les magiciens de Londres. Il ne veut pas... enfin, il ne voulait pas que la magie disparaisse purement et simplement de la surface de la terre, même une magie sans grande utilité comme la mienne. Il estimait que mes articles étaient un bon moyen d'inciter les magiciens à se dévoiler.

Il se passa une main sur le front.

— Je n'arrive toujours pas à croire qu'il soit mort. De tous les magiciens que j'ai rencontrés, il était le seul qui ne s'en cachait pas.

— Il n'avait rien à craindre, fis-je remarquer. Étant donné qu'il n'exerçait pas en tant qu'apothicaire, il n'avait pas besoin de l'approbation de la Guilde.

— Même moi, je dois veiller à ce qu'aucune guilde n'ait vent de mes pouvoirs, admit Barratt. Si la Guilde des Fabricants d'encre apprenait mon existence, elle remonterait la piste jusqu'aux membres de ma famille qui possèdent les mêmes pouvoirs, et elle les chasserait de la Guilde.

— Et ils seraient obligés de renoncer à leur activité, dis-je à mi-voix.

S'ils n'étaient pas membres de la Guilde, il leur serait interdit de créer et de vendre. C'était la loi.

— Hale n'avait pas cette crainte, puisqu'il n'avait pas de famille.

— Ce système anglais de guildes est archaïque et injuste, intervint Matt. Il faudrait le changer. N'importe qui, homme ou femme, devrait avoir le droit de fabriquer des marchandises ou de posséder un commerce ; ça ne devrait pas être réservé aux membres des guildes.

— On voit bien que vous êtes étranger, dit Barratt avec un rire cynique. Les enjeux sont bien trop importants. Les guildes s'accrochent de toutes leurs forces à leurs privilèges, et elles ont des amis au Parlement qui refusent de changer la loi. Ce système perdurera longtemps, j'en ai bien peur.

Avec une lueur dans les yeux, il ramassa son porte-plume et le plongea dans l'encrier. Il écrivit quelque chose sur la feuille posée devant lui.

— À moins que l'opinion publique ne l'exige, bien sûr. Dans ce cas, les parlementaires seront obligés d'en tenir compte.

— C'est donc ça, l'objectif que vous espérez accomplir ? lui demanda Matt. Gagner l'opinion publique ?

— Très lentement et avec beaucoup de précautions, Mr Glass. L'opinion publique redeviendra peut-être favorable aux magiciens un jour, mais nous devons la familiariser avec cette idée pour faire en sorte qu'elle n'ait pas peur de nous. La première étape est de lui faire prendre conscience de notre existence.

— Par le biais d'articles dans les journaux, dis-je.

— Par le biais d'articles dans les journaux qui montrent les bienfaits de la magie.

— Vous ne comptez pas en montrer les effets négatifs ? demanda Matt. Vous censurez la réalité, une fois de plus ?

Barratt me tendit une feuille de papier vierge.

— Tenez ce papier, Miss Steele, je vous prie. Vous avez raison, Mr Glass, je n'ai jamais relaté que les aspects positifs de la magie, mais c'est seulement parce que je n'en ai jamais rencontré de négatifs. Ceux qui commettaient le mal étaient toujours des profanes cherchant à persécuter les magiciens.

Il me sourit et entonna une incantation mélodieuse.

Les mots à l'encre encore fraîche se détachèrent de la page et flottèrent dans les airs, s'animant en cadence, tournoyant, se soulevant et s'abaissant au rythme de la mélodie de son incantation. Enfin, les mots vinrent se placer sur la page que je tenais sur le plat de mes mains.

— Lowther Street, numéro 24, à Chelsea, déchiffrai-je.

— C'est mon adresse, précisa-t-il. Je vis seul. N'hésitez pas à venir quand vous voudrez, que ce soit chez moi ou ici. Je serai ravi de parler de magie avec vous, Miss Steele. Ou de n'importe quoi d'autre, comme il vous plaira.

— C'est très aimable à vous, Mr Barratt. Vraiment très aimable.

Je pliai la feuille et la rangeai dans mon réticule.

Matt se frotta la mâchoire, puis il se leva.

— Il est temps de partir, India.

— Mais j'ai encore des questions.

Je me tournai vers Barratt.

— Je ne pense pas que le Dr Hale se soit suicidé, puisqu'il prévoyait de collaborer avec vous. Est-ce la conclusion à laquelle vous êtes arrivé aussi ?

— Oui, dit Barratt. Il voyait l'avenir avec enthousiasme. Vous pensez qu'il aurait pu se donner la mort ?

— C'est une possibilité, mais que j'écarte aussi. Il n'avait pas l'air du genre à faire cela. Et je ne crois pas non plus qu'il ait versé du poison dans son flacon d'élixir par accident. Et d'ailleurs, pourquoi aurait-il recours à des poisons, avec le métier qu'il exerçait ?

Son front se plissa sous l'effet de la réflexion.

— Il vous faudra approfondir le sujet.

— Merci, Mr Barratt, dit Matt d'un air pincé. Nous savons ce que nous allons devoir faire maintenant.

— Ah bon ? demandai-je en me levant.

Matt remercia Barratt, qui me prit ensuite la main et s'inclina au-dessus.

— Mais je vous en prie, me dit Barratt, alors que ce n'était pas moi qui m'étais adressée à lui.

Il nous raccompagna jusqu'à la partie du bureau qui donnait sur la rue. Matt ouvrit la porte, mais il s'interrompit. Il semblait en proie à un dilemme intérieur, et finit par se décider.

— Si vous entendez parler d'un magicien horloger ou médecin, contactez-nous au 16 rue Park Street, à Mayfair, lui dit-il à mi-voix. Je vous payerai pour votre peine, bien entendu.

Barratt cligna des yeux.

— Inutile de me payer. Je serai ravi de vous aider. Mais pourquoi des magiciens spécialisés en médecine, Mr Glass ? Je comprends votre intérêt pour les magiciens horlogers, si Miss Steele souhaite en savoir plus sur sa magie. Mais pourquoi la médecine ?

— Au revoir, Mr Barratt, dit Matt en ouvrant grand la porte pour me laisser passer.

Nous montâmes en voiture et Matt ordonna à Bryce de nous ramener à la maison.

— Eh bien, dis-je en adressant un signe de la main par la vitre à Barratt tandis que le carrosse se mettait à rouler.

— Voilà qui était très instructif. Je suis bien contente que nous lui ayons parlé. Merci d'avoir eu cette idée.

Son expression se détendit pour la première fois depuis notre rencontre avec Barratt. Il souriait presque.

— Je suis ravi de vous voir heureuse, India. Même si j'ai dû endurer sa présence, ça en valait la peine.

— Endurer sa présence ? Mais enfin, que voulez-vous dire ? Je l'ai trouvé tout à fait charmant.

— Évidemment. Il n'a cessé de flirter avec vous.

— Mais pas du tout !

Il haussa les sourcils.

Je n'aurais su dire si l'attitude empressée de Barratt à mon égard le dérangeait ou non. Était-ce trop demander, qu'il soit un peu jaloux quand un autre homme s'intéressait à moi ?

— C'est donc pour cela que vous vous êtes montré si hostile avec Mr Barratt ? lui demandai-je. Parce qu'il flirtait avec vous ?

Matt regarda simplement par la vitre, et mon cœur se serra.

— C'est un suspect dans la mort de Hale.

— Impossible ! m'écriai-je.

Il se tourna lentement pour me regarder, les dents à nouveau serrées.

— Nous ne pouvons pas exclure cette piste, India.

— Pourquoi pas ? Quelle raison aurait-il eue de tuer Hale ?

— Je n'ai pas encore trouvé de mobile. Mais il a parlé avec Hale récemment, et il a parlé de lui dans son journal. Je vous le répète : il est encore trop tôt pour exclure cette piste.

Je secouai la tête.

— Ce n'est pas un assassin. Il a été très aimable avec nous.

— Il a été aimable avec *vous*, India. Avec moi, il s'est juste montré poli. Je pense qu'il préférerait vous parler seul à seule.

J'ouvris la bouche et la refermai sans rien dire. Les mots n'arrivaient pas à sortir.

— Et n'oubliez pas qu'il a omis des éléments importants dans son article sur Hale, poursuivit-il. Je ne crois pas que son rédacteur en chef soit le seul responsable.

— Puisque vous ne l'aimez pas, pourquoi lui avoir donné votre adresse ? m'étonnai-je. Il est clair que vous n'avez aucune envie qu'il vienne ici.

Il déglutit bruyamment et baissa les yeux sur ses mains.

— S'il rencontre un magicien horloger dans le cadre de son travail, alors je veux qu'il vienne. Je veux qu'il vous dise où trouver quelqu'un comme vous. Je sais que vous vous sentez très seule.

Je ravalai ma répartie cinglante. Tout à coup, il semblait mélancolique.

— Je ne me sens pas seule, Matt. Plus depuis que je vous ai rencontrés, vous et vos amis. Et le seul magicien horloger que je souhaite rencontrer, c'est Chronos, pour qu'il puisse réparer votre montre.

Ses yeux rencontrèrent les miens et il me sourit d'un air hésitant.

— Dans ce cas, Barratt pourra peut-être l'orienter vers nous s'il le rencontre.

— Je doute que Mr Barratt le rencontre, dis-je avec un soupir. Chronos n'a aucune envie de révéler son identité. Il évite certainement les journalistes comme la peste.

Matt ferma les yeux et renversa sa tête en arrière. Il passa le reste du trajet du retour à se reposer.

* * *

CET APRÈS-MIDI, tandis que nous attendions le retour de Duc, Willie et Cyclope de l'hôpital, Matt ne tenait pas en place. Il fit les cent pas à travers le salon jusqu'à ce que sa tante lui ordonne de sortir.

— Va te promener un peu pour te calmer avant l'arrivée de nos invitées, dit-elle.

À ces mots, Matt s'arrêta net.

— Nous avons des invitées ? Pas encore mes cousines !

— Vous ne voulez pas voir Hope Glass ? le taquinai-je dans l'espoir de lui arracher un sourire.

Ma tentative fut un échec ; il me regarda simplement en plissant les yeux.

— Pas en ce moment, précisa-t-il. Pourquoi donc ?

Je haussai une épaule et me remis à lire la lettre que m'avait envoyée mon amie Catherine Mason. Elle disait vouloir venir me

65

rendre visite, et j'étais aux anges. Il m'était devenu difficile d'aller la voir depuis que ses parents s'inquiétaient de la voir fréquenter quelqu'un qui n'avait pas l'approbation de la Guilde des Horlogers. Je préférais éviter de rendre leur situation plus délicate qu'elle ne l'était déjà.

— Mrs Haviland et sa fille, Oriel, dit Miss Glass.

Matt soupira, excédé.

— Encore ? Ma Tante, je vous ai dit pourquoi je ne pouvais épouser personne, et si je le pouvais, ce n'est pas Oriel Haviland que je choisirais.

Elle l'observa par-dessus ses lunettes de lecture.

— Si Oriel Haviland vient, c'est parce que je tenais absolument à ce que sa mère soit présente. Elle est amie avec Lady Abbington, et puisque je connais à peine la Comtesse, j'ai jugé plus sage d'inviter une connaissance commune.

— Ah, oui, la fameuse veuve qui ferait un très bon parti, dit Matt sans enthousiasme. Celle qui, selon vous, me conviendrait mieux qu'Oriel.

— Oui, elle a un esprit indépendant, et elle est très avenante.

— Peut-être, mais mon état de santé n'a pas changé. Je n'épouserai personne tant que je serai malade.

— Tu trouveras bientôt un remède.

Puis elle retourna à sa correspondance étalée sur ses genoux.

— N'es-tu pas allé hier à l'hôpital pour t'entretenir avec ce médecin de génie, celui qui a accompli un miracle ?

— Rien ne vous échappe, n'est-ce pas ? dit-il en secouant la tête avec l'ombre d'un sourire.

— On sous-estime toujours les femmes d'un certain âge. Ou les femmes en général, ajouta-t-elle avec un clin d'œil à mon intention.

J'étais heureuse de lui voir esprit alerte, aujourd'hui. Quelques jours plus tôt, elle avait tenu des propos incohérents, parlant d'un chevalier sur un destrier blanc, et prenant Matt pour son père. Ces crises semblaient se faire plus rares, mais elles continuaient de se produire, ce qui nous inquiétait tous, en particulier Matt.

— Dois-je vraiment être présent pour accueillir vos invitées ?

demanda Matt en tambourinant du bout des doigts sur le manteau de la cheminée.

— Oui, répondit-elle sans lever les yeux.

— Je crains de ne pas être de très bonne compagnie.

— Tu es toujours de bonne compagnie, Matthew, en particulier avec les dames. Elles te trouvent toutes charmant. N'ai-je pas raison, India ?

Et comment !

— Tout à fait, parvins-je à articuler.

Les doigts de Matt cessèrent un bref instant de tambouriner et il m'observa à travers ses cils baissés. Je me replongeai dans la lettre de Catherine, les joues en feu, et les doigts de Matt reprirent leur martèlement impatient.

Miss Glass posa sa lettre avec un claquement de langue agacé.

— Vas-tu cesser cette sarabande infernale !

— Allons nous promener, Matt, intervins-je aussitôt. Vous m'avez l'air d'avoir besoin de sortir prendre l'air.

Il acquiesça.

— Non ! s'exclama sa tante. Reste ici, Matthew.

— Mais c'est vous qui avez suggéré que je sorte marcher un peu, protesta-t-il.

— Je voulais dire que tu devrais sortir te promener seul, pour te vider l'esprit. Tu n'y arriveras pas si tu es accompagné.

Elle me regarda avec l'air de s'excuser.

— Vous savez que je vous apprécie beaucoup, India, mais vous avez parfois tendance à être trop bavarde.

— Mais non, ma Tante. Les paroles d'India sont toujours mesurées.

Il me tendit la main.

— Sortons tant qu'il fait encore jour.

Miss Glass prit un air peiné.

— Faites attention, India. Matthew et vous passez beaucoup trop de temps ensemble, en ce moment. Cela va faire jaser.

— C'est mon assistante, rien de plus.

Il ouvrit les doigts.

— India ?

— Ne vous inquiétez pas trop, Miss Glass, dis-je en m'efforçant de prendre un ton enjoué. Personne d'important n'imaginera jamais ce genre de choses entre Matt et moi. Je suis bien trop vieille et trop quelconque, pour commencer.

Je fus surprise de voir ses yeux devenir soudain humides.

— Oh, India, quand il s'agit des hommes, vous êtes aussi naïve qu'une jeune fille de la moitié de votre âge. J'espère que vous n'imaginez pas que mes remarques signifient que vous ne trouverez pas un jour un homme qui vous conviendra. Vous trouverez quelqu'un.

J'entendis clairement les mots qu'elle n'osait prononcer : *Mais pas Matthew*.

Je déglutis péniblement malgré la boule que j'avais dans la gorge.

— Je comprends parfaitement.

Je pris la main de Matt et le laissai m'escorter hors du salon comme un gentleman escorterait une dame jusqu'à la piste de danse.

— Je ne sais plus quoi lui dire, dit-il tout en descendant les marches à mes côtés. Elle ne m'écoute pas. Et elle se montre très impolie avec vous, c'est impardonnable.

— Elle n'a pas été impolie, répliquai-je. Pas intentionnellement, du moins. Je trouve qu'elle a été tout à fait bienveillante.

— Vous êtes bien trop indulgente avec elle.

C'était elle qui avait été bonne pour moi, acceptant de faire de moi sa dame de compagnie, moi qui n'étais qu'une simple employée de boutique. Mais je ne le fis pas remarquer à Matt : j'étais trop pressée de mettre un terme à cette discussion.

Après avoir demandé à Bristow nos chapeaux et nos gants, nous partîmes en direction de Hyde Park. Il y avait du monde, pour un jour de semaine. Le soleil de cette fin d'après-midi de printemps avait donné des envies de promenades à toutes les dames distinguées de Mayfair, ainsi qu'aux nourrices qui poussaient leurs landaus et aux gouvernantes qui faisaient de leur mieux pour contenir l'excitation de leurs petits protégés. Les hommes étant rares, on remarquait tout de suite Matt, surtout avec sa haute stature. Plusieurs passants le jaugèrent d'un œil critique, mais soit il ne s'en aperçut réellement pas, soit il fit mine de ne pas les remarquer.

En général, les gens bien mis sortaient après cinq heures et remontaient lentement l'Allée des Calèches à bord de leur attelage ouvert, ou suivaient à cheval la Piste des Cavaliers. Je préférais largement le calme qui y régnait en début d'après-midi.

— Cela faisait longtemps que je n'étais pas venue à Hyde Park en cette saison, dis-je. J'avais oublié combien c'est agréable. L'air y est presque pur, aujourd'hui.

— Vous devriez quitter Londres plus souvent, India. L'air est tout sauf pur.

Je ris et, en offrant mon visage aux rayons du soleil, je le surpris qui me considérait avec sérieux. Je ne voulais pas être sérieuse. Je voulais retrousser mes jupes et m'éloigner du chemin. Je voulais m'élancer à travers les hautes herbes à la poursuite des papillons. Les dernières semaines avaient été tendues, entre la santé de Matt qui se détériorait à vue d'œil et notre enquête sur la mort de ce pauvre Daniel Gibbons. Je voulais tirer un trait sur tout ça.

— Ma tante avait raison sur une chose, dit-il à mi-voix. Vous n'êtes ni vieille ni quelconque.

Je me remis à regarder droit devant moi.

— Pouvons-nous clore cette discussion, s'il vous plaît ? Je n'ai aucune envie de parler de ça.

— Très bien.

Mais après avoir fait quelques pas dans un silence gêné, il reprit :

— Est-ce vraiment ce que vous pensez ?

— Arrêtez, Matt. C'est une belle journée. Évitons de la gâcher.

— J'aurais deux mots à dire à Eddie Hardacre, marmonna-t-il.

— Ce n'est tout de même pas sa faute si, à vingt-sept ans, je ne suis toujours pas mariée.

— Vous attendez peut-être simplement de trouver le bon. Tout comme j'attends, moi, de trouver la femme qu'il me faut.

— J'espère que la femme qu'il vous faut sera l'une de celles qu'a choisies votre tante ; autrement, malheur à vous ! Elle sera très contrariée si ce n'est pas le cas.

— Changeons de sujet, voulez-vous ?

— Alors comme ça, vous pouvez demander à changer de sujet, mais pas moi ?

— Il n'est pas rare que vous persistiez dans une discussion bien trop longtemps à mon goût.

Son sourire chassa le pli soucieux de ses lèvres et les ombres qu'il avait au fond des yeux. En cet instant, il avait l'air réellement heureux.

Je lui donnai un léger coup de coude.

— De quoi pouvons-nous parler sans crainte ? Pas de notre enquête en cours, car on risquerait de nous entendre, ni de nos relations avec d'hypothétiques prétendants.

— Nous pouvons toujours parler du temps qu'il fait. C'est un sujet qui a l'air de vous passionner, vous, les Anglais.

— Ou vous pourriez m'expliquer pourquoi vous n'avez pas défendu la réputation de Cyclope hier, quand votre cousine l'a traité de pirate.

— Je voudrais bien, mais je n'en ferai rien. C'est à lui de raconter son passé, pas à moi. J'espère que vous comprenez.

— Oui, Matt, je comprends, et je respecte votre silence. Soit, parlons du temps qu'il fait, alors.

Finalement, nous parlâmes très peu du temps qu'il faisait. Au lieu de cela, il me posa toutes sortes de questions sur les entreprises, le commerce et l'industrie en Angleterre. Je fis de mon mieux pour lui répondre malgré mon sentiment de ne pas y connaître grand-chose. Il en savait probablement plus que moi, vu le temps qu'il passait chaque jour à lire les journaux.

— Pourquoi cela vous intéresse-t-il ? lui demandai-je alors que nous reprenions lentement le chemin de Park Lane.

— J'envisage de développer mes investissements ici.

— Dans ce cas, vous aurez besoin d'un chargé d'affaires pour vous conseiller convenablement, pas d'une assistante qui ne connaît guère que la fabrication des montres.

— Je préfère le faire moi-même plutôt que d'employer un chargé d'affaires. Mon avocat suffira pour établir les contrats, mais vos conseils sont plus précieux que vous ne le croyez.

— Que voulez-vous dire ?

— Par exemple, que pensez-vous des caramels mous que j'ai demandé à Mrs Potter de faire ?

— Que viennent faire les caramels mous dans cette histoire ?

— Je réfléchis à me lancer dans leur fabrication. C'est une confiserie très populaire en Amérique, et je suis sûr que les goûts des Anglais ne sont pas si différents.

— Dans ce cas, ils m'ont beaucoup plu. Vous faites beaucoup de projets, pour un homme qui...

Je me mordis aussitôt la langue et gardai le regard fixé droit devant moi.

— Pour un homme qui est malade ?

— Je... je suis désolée, Matt. Je ne voulais pas évoquer votre état de santé.

Il soupira.

— Ça ne fait rien. Je n'avais pas l'intention de vous parler sur ce ton. Seulement, je regrette que vous considériez mon état de santé comme un obstacle pour moi, parce que ce n'est pas le cas. Ou tout du moins, je ne veux pas en faire un obstacle.

Je resserrai mon étreinte sur son bras. Ses muscles se contractèrent, puis se détendirent.

— Mais alors pourquoi le laissez-vous entraver vos projets de mariage ?

Il ralentit le pas.

— C'est différent.

— Ça ne devrait pas l'être.

— India, je ne peux pas forcer une femme à s'encombrer de moi tant que je suis malade. Un époux doit être en mesure de protéger ceux qu'il aime. J'ignore combien de temps je conserverai encore mes forces.

La douleur dans sa voix me déchirait le cœur. Il ne supportait pas de devenir si faible sous l'effet de l'épuisement, et moi, je ne supportais pas qu'il pense que cela enlevait quoi que ce soit à sa valeur en tant qu'homme.

— Je ne suis pas de votre avis. Une femme qui vous aime serait heureuse de vous avoir pour époux, ne serait-ce que pour quelques jours.

— Vous êtes trop aimable, marmonna-t-il, mais nous ne tomberons pas d'accord sur ce point.

Une fois arrivés à la maison, on nous annonça que les Haviland et Lady Abbington étaient arrivées en notre absence. Matt m'attendit pendant que je confiais mon chapeau à Bristow.

— Après vous, dit-il.

Je secouai la tête.

— Non, pas cette fois. Ce sont vos invitées. Je me sens...

... *de trop*, aurais-je voulu dire.

— Je me sens un peu lasse, dis-je à la place.

Et c'était vrai. J'étais lasse de voir les femmes se disputer son attention, lasse de le voir les charmer sans même le vouloir, lasse de regretter que mon statut social m'empêche de pouvoir prétendre à son cœur.

Un léger pli apparut entre ses sourcils.

— Très bien.

Je restai à lire dans ma chambre jusqu'à ce que, une heure et demie plus tard, Matt vienne frapper à ma porte. Son teint avait la couleur de la cendre, alors que je l'avais vu utiliser sa montre à peine quelques heures plus tôt.

— Vous sentez-vous mieux ? s'enquit-il.

Je hochai la tête et faillis lever la main pour la poser sur sa joue mais, me reprenant au dernier moment, je la passai dans mes cheveux.

— Les autres sont-ils revenus, maintenant ?

Il fit non de la tête.

— S'ils ne rentrent pas bientôt, j'irai à l'hôpital.

— Comment avez-vous trouvé la fameuse Lady Abbington ? lui demandai-je.

— Difficile à dire. Elle n'a pas réussi à dire grand-chose tant Mrs Haviland a monopolisé la conversation.

— J'ai entendu quelqu'un jouer du piano à merveille.

— C'était Oriel Haviland, sur l'insistance de sa mère. Entre la mère et la fille, c'est à peine si j'ai pu faire connaissance avec Lady Abbington.

— Alors préparez-vous à recevoir une nouvelle visite de sa part, mais sans les Haviland, la prochaine fois. Votre tante ne renoncera pas aussi facilement.

Il sourit, mais sans faire disparaître l'épuisement qui se lisait dans ses yeux.

— Allez vous reposer, Matt.

Il acquiesça.

— Je tenais d'abord à voir si vous alliez bien.

Je croisai les bras pour rester aussi immobile que possible.

— Pourquoi n'irais-je pas bien ?

— Je ne sais pas, tout à l'heure, j'ai trouvé que... vous n'aviez pas l'air dans votre assiette.

Je haussai les épaules sans savoir quoi répondre. Je ne voulais pas qu'il sache ce que j'éprouvais vraiment pour lui. D'ailleurs, je n'étais même pas sûre de ce que j'éprouvais. Tout ce que je savais, c'était que j'aimais passer du temps avec lui, et que je m'inquiétais pour son avenir. Parfois à m'en rendre malade.

Mrs Bristow, l'intendante, apparut derrière Matt, et il fit un pas de côté pour la laisser passer. Elle me tendit un plateau sur lequel se trouvait un plat recouvert d'une cloche.

— Miss Glass m'a chargée de vous apporter ça, dit-elle en soulevant la cloche.

Sur une assiette trônaient deux énormes choux à la crème de la taille de mon poing, saupoudrés d'une fine couche de sucre glace.

— J'adore les choux à la crème, dis-je. Est-ce que ce sont des restes du thé de cet après-midi ?

— Nous n'avons pas mangé de choux à la crème, dit Matt, qui semblait interloqué.

— Miss Glass a demandé à Mrs Potter de les faire pendant que vous étiez sortis vous promener, expliqua Mrs Bristow. Elle a expressément demandé des choux à la crème parce qu'elle sait que ce sont vos pâtisseries préférées.

— Je me demande bien pourquoi votre tante a demandé à Mrs Potter de n'en faire rien que pour moi, dis-je à Matt.

— Elle s'en veut pour tout à l'heure.

Il posa la main sur la poignée de la porte.

— Savourez vos choux à la crème, India. Nous nous verrons au dîner, s'ils ne vous ont pas coupé l'appétit.

Je mangeai mes choux à la crème au bord de la fenêtre, tout en contemplant les toits de Londres. De ma chambre au quatrième étage, j'avais une vue imprenable sur la ville et sur le ciel. Cela faisait des mois qu'il n'avait pas été aussi bleu, quoi qu'en dise Matt. Je souris et remerciai intérieurement le sort de m'avoir guidée vers un endroit où j'étais respectée et protégée. Je n'avais pas à m'inquiéter de mon prochain repas, ni à me demander si j'aurais un toit au-dessus de la tête, comme cela avait été le cas après la mort de mon père.

En dépit des inquiétudes de Miss Glass, je ne comptais pas risquer ma situation actuelle pour attirer l'attention de Matt. Je ne comptais pas lui avouer mes sentiments et m'exposer à son rejet et au courroux de sa tante. Je tenais trop à la vie que je menais au numéro seize de la rue Park Street.

* * *

CYCLOPE, Duc et Willie rentrèrent à temps pour manger avec nous. Matt avait l'air d'avoir repris des forces, et sa tante se fit monter son dîner dans sa chambre. J'étais allée la voir juste avant que sonne l'heure du repas afin de la remercier pour les choux à la crème.

Elle me dévisagea, l'air interloquée, et me demanda :

— Quels choux à la crème ? Je ne mange pas ces saletés-là. Elles font grossir. Vous le savez bien, Veronica.

Je refermai la porte avec un sourire triste, en me demandant qui était Veronica.

— Qu'avez-vous découvert ? demanda Matt dès que Bristow eut fait sortir le valet de pied et refermé la porte, nous laissant seuls tous les cinq dans la salle à manger.

— Qu'est-ce qui te fait croire qu'on a découvert quelque chose ? dit Willie en se servant une large portion de haricots.

— La tête de Duc.

Duc fit de son mieux pour garder un visage impassible, mais sans succès. Il ne réussit qu'à avoir un sourcil plus haut que l'autre et les joues creusées.

Willie secoua la tête.

— C'est pour ça que tu perds au poker, Duc. On lit en toi comme dans un livre.

— Ha ! s'esclaffa-t-il. Tu dois avoir du mal, alors. Ça fait des années que tu n'en as pas lu un seul, de livre.

Matt se tourna alors vers Cyclope.

— Alors ?

— Ce n'est pas tant ce qu'on a découvert, dit Cyclope, mais plutôt ce qu'on a trouvé.

Il ouvrit le pan de sa veste et sortit un flacon de sa poche intérieure. Il le passa à Matt par-dessus la table.

— C'est le flacon qui contenait le poison.

— Vous l'avez volé ! m'indignai-je. Cyclope !

— Je n'avais pas le choix, India, se défendit le colosse.

Matt déboucha le flacon.

— Vous êtes sûrs que c'est bien celui qu'on a retrouvé à côté du corps de Hale ?

Duc hocha la tête.

— Il y avait un agent pour monter la garde, tout le tintouin.

— La police se sert de l'équipement de l'hôpital et d'un médecin pour l'analyser, dit Cyclope.

— Au sous-sol, précisa Willie en se servant un morceau de bœuf. Ils étaient trois là-bas, quatre en comptant le médecin. Ça n'a pas été facile de leur piquer, mais Cyclope sait y faire, dit-elle avec un sourire à son intention.

Cyclope me jeta un bref coup d'œil avant de se concentrer sur ses pommes de terre.

Matt renifla une fois le flacon, puis une deuxième fois.

— Je ne détecte aucune odeur de poison, mais il en existe plusieurs qui sont inodores. India, vous qui avez déjà pris de l'élixir du Dr Hale...

Il me tendit le flacon.

— Est-ce bien son odeur habituelle ?

Je le pris pour le renifler, mais j'éloignai aussitôt le flacon de mon nez. Le plus loin possible.

— Seigneur, soufflai-je.

— Qu'y a-t-il ? Il me reprit le flacon et le sentit à nouveau.

— Qu'avez-vous senti ?

— Ce n'est pas son odeur que j'ai sentie, leur dis-je. C'est la chaleur qui s'en dégage. Une chaleur magique.

CHAPITRE 5

— Tu en es sûre ? me demanda Willie en tendant le bras par-dessus la table pour attraper le flacon.

Matt le lui passa.

— Est-ce que le verre lui-même est chaud ?

Je secouai la tête.

— La chaleur venait de l'intérieur, ça ne fait aucun doute. Matt, le contenu de ce flacon a été altéré par la magie. Et si ce qu'il y avait dans ce flacon était magique, cela ne peut signifier qu'une chose : l'assassin est un magicien apothicaire.

Willie passa le flacon à Duc, qui le renifla, puis le tendit à Cyclope, qui fit de même.

— Est-ce que c'est l'odeur normale de l'Élixir Miracle ? me demanda Cyclope.

— Oui, d'après mes souvenirs, dis-je. Il serait facile de trouver un autre flacon pour les comparer. Mrs Bristow en a peut-être un.

Matt se leva et sonna. Quelques instants plus tard, Bristow entra et Matt lui demanda d'aller lui chercher un flacon d'Élixir Miracle, si sa femme en avait. Le majordome sortit sans paraître s'étonner de cette demande.

— Est-ce que le magicien pourrait être autre chose qu'un apothicaire ? demanda Duc. Il aurait peut-être pu ensorceler un

76

autre liquide, de l'eau par exemple, et verser le tout dans le flacon ?

— Un magicien de l'eau, ça n'existe pas, dit Willie.

— Qu'est-ce que tu en sais ?

— Parce que la magie réside dans des objets qui sont des créations humaines. Les montres, les cartes, les médicaments.

— McArdle possédait la magie de l'or. Ce n'est pas une création humaine, l'or.

— McArdle ne pouvait pas exercer sa magie sur de l'or à l'état brut, lui dit Matt, seulement sur de l'or qui avait été travaillé par un orfèvre.

— Comme ces deux pièces de l'époque romaine, dit Willie en engloutissant ses haricots.

— De la bière, alors, suggéra Duc. Ou du vin. Ce sont des créations humaines, ça. Si ce genre de magiciens existe, l'un d'eux aurait pu en verser dans le flacon.

Cyclope leva son verre de vin.

— On aurait senti l'odeur de la bière ou du vin dans le flacon.

Bristow revint et donna à Matt un flacon d'Élixir Miracle avant de ressortir. Matt renifla les deux flacons, puis il me les tendit.

— Ils ont bien la même odeur, confirmai-je en faisant passer les deux flacons à Cyclope. Et surtout, n'oublions pas que, quelle que soit l'origine de cette magie, elle s'est peut-être déjà dissipée.

Tout le monde sentit les deux flacons, et nous tombâmes tous d'accord pour dire qu'ils avaient la même odeur. Ce qui n'excluait pas la possibilité qu'une quantité infime de liquide imprégné de magie ait pu y être instillée.

— De l'encre, lâcha Matt tout à trac. L'encre est un liquide.

— Matt, protestai-je. Mr Barratt n'est pas un meurtrier.

— Barratt a flirté avec elle, dit-il aux autres comme si cela suffisait à expliquer mon opinion.

— Il était charmant, rétorquai-je, mais je suis parfaitement objective. Il n'avait aucune raison de tuer Hale.

— À notre connaissance, pour l'instant.

— Je pense qu'India a raison, dit Cyclope. Je ne crois pas que ce soit lui qui l'ait empoisonné.

— Qu'est-ce que tu en sais ? demanda Willie, qui s'était désintéressée de son assiette.

Il leva les deux flacons.

— Puisque les deux contenus ont la même odeur, il est peu probable qu'on y ait versé une autre substance, surtout une aussi détectable que l'encre.

Il versa une goutte de chaque sur la nappe. Elles étaient toutes les deux incolores. De l'encre aurait teinté le liquide.

— Ce magicien a certainement le pouvoir de changer le médicament d'origine en poison. Je ne suis pas un expert, mais je suis prêt à parier qu'il n'y a qu'un apothicaire pour savoir faire ça.

Matt planta violemment sa fourchette dans une tranche de bœuf.

— Tu as sûrement raison. Mais à part Hale lui-même, nous ne connaissons pas d'autres magiciens apothicaires.

— Alors nous allons devoir en trouver un, dis-je. Commençons par l'associé du Dr Hale.

— Je suis d'accord. Nous irons le voir demain matin.

Matt examina l'un des flacons.

— Il y a une adresse en bas de l'étiquette : *Maison Pitt, Potions et Remèdes, 167 New Bond Street*. Nous irons ensemble, India. Cyclope, tu ferais mieux de rapporter le flacon à l'hôpital. Le médecin et les policiers profanes n'y trouveront rien, mais comportons-nous de façon honorable.

Cyclope regarda les deux flacons posés côte à côte devant Matt.

— Lequel est le bon ?

Je me saisis des deux et posai la main au-dessus des deux goulots.

— Le poison magique est dans celle-ci, dis-je en donnant le flacon à Cyclope.

— Je vais rapporter l'autre à Mrs Bristow.

— Tu retournes à l'hôpital avec moi ? demanda Cyclope à Willie. On ira cette nuit.

— Tu peux compter sur moi, dit-elle. Y a rien à faire ici, à part apprendre à Letty à jouer au poker.

Matt la regarda en plissant les yeux.

— Je t'*interdis* d'apprendre à ma tante à jouer au poker.

Willie lui fit un grand sourire et se remit à manger.

Je réussis à trouver Cyclope seul devant sa chambre avant qu'il ne retourne à l'hôpital avec Duc et Willie. Ils avaient décidé de partir tard, à une heure où il ne resterait plus que quelques rares employés chargés de s'occuper des patients pendant la nuit.

— Tout va bien ? me demanda-t-il, l'air intrigué. Il y a un problème avec Matt ?

— Non, non, rien de ce genre, le rassurai-je. Je veux savoir comment vous allez vous y prendre pour remettre le flacon à sa place à l'hôpital.

Il s'appuya d'une épaule contre le mur près de la porte et croisa les bras. Dans la pénombre du corridor, son œil unique semblait plus sombre, son visage plus grave.

— C'est tout ?

Je me mordis l'intérieur de la joue.

— Euh, oui...

— Vous ne voulez pas savoir comment j'ai fait pour voler ce flacon au nez et à la barbe de trois agents de police et un médecin ?

— Ma foi, maintenant que vous en parlez, c'est vrai que je me suis posé la question.

— Ce n'était pas très difficile. Willie et Duc ont fait diversion pendant que je volais le flacon.

— Comment Willie et Duc ont-ils fait diversion ? Et d'ailleurs, pour commencer, comment saviez-vous que le flacon était au sous-sol ?

— En graissant la patte de l'une des infirmières.

— Vous l'avez soudoyée ?

— C'est toujours mieux que de foncer dans le tas.

Il n'avait pas tort.

— Elle nous a dit que le flacon était dans le laboratoire, au sous-sol, et qui montait la garde. On a fait comme si on était trois garde-malades, et on est descendus. Personne ne nous en a empêchés. Les garde-malades sont un peu comme des domestiques.

— Invisibles ?

Il acquiesça.

— Une fois au sous-sol, Willie a simulé une crise de folie. Elle a ameuté tout le monde, elle délirait, elle avait la bave aux lèvres, tout le toutim. Deux des agents se sont mis à sa poursuite. Duc et moi, on a profité qu'ils étaient partis pour éteindre les lampes. Le sous-sol n'a pas de fenêtre qui laisse entrer la lumière. Le troisième agent est sorti pour voir ce qui se passait. La comédie de Willie l'a incité à s'éloigner encore un peu plus. Duc et moi, on est entrés dans le laboratoire en nous faisant passer pour des garde-malades venus trouver le médecin à propos d'une livraison. Comme il ne comprenait pas de quoi on lui parlait, il a dû partir chercher le registre. Dès qu'il a eu le dos tourné, j'ai glissé dans ma poche le flacon d'élixir qu'il était en train d'analyser, et on est sortis. Willie nous a rejoints dans les escaliers.

Je restai à le dévisager, ébahie par l'audace de leur cambriolage.

— Il y a tant de choses qui auraient pu mal tourner ! Et si les agents ne s'étaient pas lancés à la poursuite de Willie ? Ou si le médecin vous avait ordonné de ressortir sans consulter son registre ?

Il haussa une de ses larges épaules.

— On aurait changé de stratégie, on aurait tenté une autre approche. On était trois, et eux, ils étaient quatre. Dont deux tout maigrichons. Ils n'auraient pas fait le poids.

— Vous auriez fini par foncer dans le tas, alors ?

— On ne leur aurait pas fait trop mal.

J'étais drôlement impressionnée qu'ils aient réussi à voler ce flacon sans que personne ne soit blessé, mais je m'inquiétais des moyens extrêmes qu'ils étaient prêts à employer.

— Et pour le remettre à sa place ce soir ? demandai-je.

— Ce sera bien plus facile. Le laboratoire sera plongé dans le noir, et il n'y aura personne.

— La porte sera fermée à clé.

— Ce n'est pas un verrou qui va m'arrêter. Duc et Willie non plus, d'ailleurs.

— Ni Matt, ajoutai-je. C'est avec la famille de hors-la-loi de Matt que vous avez appris tout cela ?

— Les autres, oui, mais pas moi.

Il se redressa, s'écartant du mur.

— Ce n'est pas à ma famille que je dois mes talents. J'ai tout appris en traversant tout le Nevada pour échapper aux autorités.

Un frisson parcourut ma colonne vertébrale, mais je ne frémis pas et ne montrai pas le moindre signe de l'effet que me faisaient ses paroles. Je ne voulais pas qu'il pense que j'avais peur de lui, parce que ce n'était pas le cas. C'était quelqu'un de bien, et les représentants de l'ordre n'étaient pas toujours honnêtes. Le Shérif Payne l'avait bien prouvé.

Il haussa le sourcil qui surmontait l'œil qui lui restait.

— Vous ne voulez pas savoir pourquoi je voulais leur échapper ?

— Je ne voudrais pas me mêler de votre vie privée, répondis-je prudemment.

Il eut un petit rire.

— Vous, les Anglais, vous êtes trop polis. Comment faites-vous pour apprendre quoi que ce soit sur les gens ?

— Nous faisons des commérages dans leur dos.

Son gros rire gras me rassura. Je me mis à rire aussi.

— Je vous raconterai ça une autre fois, dit-il. Pour l'instant, j'ai un flacon d'Élixir Miracle à rapporter à l'hôpital.

* * *

La boutique de la maison Pitt, située dans la rue New Bond Street, comptait sur ses étagères au moins dix fois plus de bocaux et de flacons que n'en avait le Dr Hale dans son bureau. Certains portaient des étiquettes qui promettaient de guérir miraculeusement toutes sortes de maux, des migraines aux problèmes digestifs, et bien d'autres encore. Étonnamment, une bonne partie était destinée aux indispositions féminines. Si ne serait-ce que la moitié d'entre eux marchaient, il n'y aurait plus de souffrance dans le monde, mais pour en avoir utilisé quelques-uns par le passé, je savais que la plupart étaient loin d'être aussi efficaces que ne le prétendait leur étiquette. Les pharmaciens ne devraient pas avoir le droit de faire une publi-cité aussi mensongère.

Néanmoins, ce qui attira mon attention n'était ni un médica-ment, ni un onguent, ni une crème. C'était l'horloge sur pied qui semblait monter la garde près de la porte, avec le battement lourd et régulier de son balancier. Comme appelée par son rythme, je m'approchai pour l'examiner. Je sortis ma montre de mon réticule et fis une moue perplexe. L'horloge retardait de trois minutes.

Quant à Matt, il ne s'intéressait pas non plus aux médicaments. Il était comme hypnotisé par les énormes bocaux de verre sur la table, où nageaient de drôles d'objets conservés dans du liquide. Il se pencha pour inspecter une collection de bocaux dont l'un contenait un serpent jaune enroulé sur lui-même, un autre une griffe d'une bête que je ne reconnaissais pas, et un troisième le squelette d'une sorte de rongeur.

Je me retournai pour sourire à l'homme à lunettes qui se tenait derrière le comptoir où étaient empilés des flacons d'Élixir Miracle du Dr Hale formant une pyramide plus haute que lui.

— Bonjour. Êtes-vous Mr Pitt ?

— Oui, Madame, c'est moi.

Il remonta en souriant ses lunettes sur l'arête de son nez. Il n'avait pas l'air d'un homme qui venait de perdre son associé. Âgé d'une trentaine d'années, il avait un visage avenant, bien qu'un peu pâle, et des yeux d'un bleu si clair que ses iris se confondaient presque avec le blanc qui les entourait.

— Que puis-je faire pour vous et votre époux ?

— Nous ne sommes pas mariés, dis-je. Mr Glass est un enquêteur privé, et je suis son assistante.

Dans la voiture, Matt et moi avions discuté des rôles que nous devrions jouer, et nous avions décidé que pour cette fois, il valait mieux opter pour une approche officielle, étant donné que nous avions beaucoup de questions.

— Mon associée, rectifia Matt en s'arrachant malgré lui à la contemplation de toutes ces curiosités. Miss Steele est mon associée, pas mon assistante. C'est une promotion récente, elle ne s'y est pas encore habituée.

Mr Pitt eut l'air tout aussi surpris que moi, mais je tâchai de garder une contenance aussi professionnelle que possible.

— Des enquêteurs ? répéta Mr Pitt. Est-ce au sujet de la mort de Jonathon ?

— Le Dr Hale, oui.

— J'ai déjà parlé aux policiers. Je n'ai rien de plus à ajouter.

— Nos questions seront peut-être différentes, poursuivit Matt sans se laisser décontenancer.

Pitt se remit à ranger les bocaux vides d'une caisse en bois posée sur le comptoir.

— Travaillez-vous pour la guilde ?

— Quelle guilde ?

— La Guilde des Apothicaires, bien sûr. Quelle question !

— Je m'assure simplement que nous nous comprenons bien, Mr Pitt.

La voix de Matt était empreinte de patience et de politesse, et Mr Pitt eut l'air embarrassé d'avoir parlé sur un ton aussi hostile.

— Nous ne travaillons pas pour la guilde, reprit Matt. Cependant, notre employeur préfère rester anonyme.

Il s'interrompit dans son travail.

— Anonyme ? Mais pourquoi ?

— C'est quelqu'un qui a tout intérêt à ce que justice soit faite. Quelqu'un qui ne fait pas confiance à Scotland Yard.

— Je vois, dit Mr Pitt d'un air prudent. Vous m'intriguez, Mr Glass, mais du moment que ce n'est pas pour la guilde, je ferai de mon mieux pour répondre à vos questions.

Pourquoi n'aimait-il pas l'idée que la guilde enquête sur cette affaire ?

— Savez-vous qui sont les légataires du Dr Hale ? demanda Matt.

— Il se trouve que oui.

Il nous sourit, les lèvres pincées, sans la moindre trace d'humour.

— C'est moi.

— Vous ? m'écriai-je. Il n'avait donc pas de famille ?

Mr Pitt secoua la tête.

— Pas même des parents éloignés.

— Étiez-vous proche de lui ?

— Pas vraiment, même s'il lui arrivait de manger chez moi de temps à autre. Ma femme avait de la peine pour lui, vous comprenez, et elle l'invitait à dîner une fois par semaine. Elle pensait qu'il devait se sentir seul, mais à mon avis, ça ne le gênait pas. C'est juste qu'il ne cherchait pas à se faire des amis, et il ne s'est jamais marié. Ça n'avait pas l'air de l'intéresser. Jonathon était... étrange. Je ne dirais pas qu'il était antipathique ; seulement, les gens avaient tendance à garder leurs distances avec lui. J'étais pour lui ce qui se rapprochait le plus d'un ami, alors je suppose que c'est pourquoi il m'a tout légué.

Il leva un doigt.

— En tout cas, c'est ce qu'il m'a dit il y a trois ans, quand il a fait son testament. Il est tout à fait possible que, depuis, il en ait fait un autre et qu'il ait légué sa fortune à quelqu'un d'autre. Je le saurai demain, quand il en sera fait lecture à l'étude de son avocat. J'ai été convoqué.

Il avait l'air très pragmatique, et pas le moins du monde affecté par le décès de Hale. Si cet homme était ce qui, pour le Dr Hale, c'était le plus rapproché d'un ami, c'était plutôt triste.

— Avant que votre esprit d'enquêteur ne m'accuse du meurtre, dit Mr Pitt, je me permets de vous signaler que je ne me suis pas approché de l'hôpital ce jour-là. Et par ailleurs, ma fortune est déjà faite, grâce au succès de mon élixir miracle, ajouta-t-il en nous montrant la pyramide de bocaux. Je n'ai pas besoin de l'argent de Jonathon.

— *Votre* élixir ?

Matt se saisit d'un flacon au sommet de la pile et fit mine de l'examiner avec intérêt.

— C'est le nom du Dr Hale, sur l'étiquette.

Les narines de Mr Pitt se dilatèrent. Il gratifia Matt d'un sourire glacial.

— C'est moi qui l'ai conçu, et je lui ai demandé d'y apposer son nom. L'Élixir Miracle du Dr Hale, c'est un nom qui sonne mieux que l'Élixir Miracle de Pitt. Hale, c'est un nom qui évoque une santé de fer, tandis que Pitt fait penser au mot *pitoyable*.

— Sans compter que vous donnez l'impression que votre produit a été approuvé par un médecin, dit Matt.

— Mais il a bel et bien été approuvé par un médecin. Je devine à votre accent que vous n'êtes pas anglais, Mr Glass, mais je peux vous assurer que mon élixir jouit d'une excellente réputation ici. L'avez-vous déjà utilisé, Miss Steele ?

— Oui, répondis-je. Je le trouve très efficace contre toutes sortes de maux.

Cet éloge était sans doute un peu exagéré, mais il eut le mérite de faire sourire Mr Pitt. Mieux valait se le concilier au prix d'un peu de flatterie que de s'en faire un ennemi.

— Formidable. Je suis heureux de vous l'entendre dire. Ma femme ne jure que par celui-ci. Elle dit qu'il lui sert à endormir les enfants quand ils sont agités parce qu'ils ont mal quelque part, et c'est un remède infaillible contre tous les troubles dont souffre le sexe faible.

— Absolument, dis-je d'un air pincé.

— Alors, comme vous le voyez, la mort de Jonathon est mauvaise pour mes affaires.

Il regarda l'horloge en secouant la tête. J'allais lui faire remarquer qu'elle retardait, lorsqu'il reprit :

— Nous sommes au milieu de la matinée, et je n'ai pas encore eu un seul client. Ils s'arrêtent pour échanger des messes basses en regardant ma devanture avec des yeux ronds, puis ils passent leur chemin. Si je trouve l'assassin, je lui tordrai le cou. Il va me ruiner.

Il avait fait plus que ruiner le Dr Hale, mais je m'abstins de faire ce commentaire.

— Est-ce parce que les journaux ont révélé que le poison était dans un flacon d'Élixir Miracle ? s'enquit Matt.

Mr Pitt acquiesça.

— Ce n'était pas la peine d'aller le raconter, je trouve ça sacrément irresponsable.

Une cliente eut l'air de vouloir entrer, mais la femme qui l'accompagnait secoua la tête et, montrant du doigt les flacons sur le comptoir, lui dit quelque chose qui fit pousser un cri d'horreur à son amie. Elles s'éloignèrent en hâte.

— C'est un revers, mais je peux encore m'en sortir, dit Mr Pitt sur le ton dont un général haranguerait ses troupes. Je lui trouverai un nouveau nom s'il le faut, même si ça va me coûter une fortune de faire réimprimer les étiquettes.

— Sans compter que c'est bien triste, ajoutai-je. Pour la mémoire du Dr Hale, je veux dire.

— Naturellement.

— Le Dr Hale avait-il des ennemis ? demanda Matt. Quelqu'un qui aurait pu souhaiter sa mort ?

— Peut-être, commença-t-il, hésitant. Ça m'ennuie de vous dire ça, mais je sais que je n'ai pas le choix. Je l'ai déjà dit à la police. Jonathon a mentionné un incident qui lui est arrivé il y a deux semaines. Un homme l'a menacé, voyez-vous. Quelqu'un que nous connaissions tous les deux, un apothicaire du nom d'Oakshot. C'était le mari d'une des patientes de Jonathon, qui était hélas décédée. Il a accusé Jonathon de lui avoir administré trop de morphine. Elle était menue, et une erreur de dosage de morphine est dangereuse, surtout sur une patiente déjà malade. Il faut faire attention.

— Pourquoi Oakshot soupçonnait-il le Dr Hale d'avoir fait une erreur de dosage ? demanda Matt.

— Jonathon pense... enfin, il pensait que c'était l'un des autres médecins qui avait mis cette idée dans la tête d'Oakshot. Les autres médecins de l'hôpital ont eu une dent contre lui depuis le premier jour où il a rejoint le personnel. Les médecins et chirurgiens méprisent les apothicaires, vous comprenez. Pour eux, nous ne valons guère mieux que des herboristes.

Il leva les yeux au ciel.

— Mais le Dr Hale était un médecin qualifié, m'étonnai-je.

— C'est vrai. Il a fait ses études à Oxford et il a terminé sa formation médicale à l'Hôpital Saint-George. Mais ils n'acceptaient pas son passé d'apothicaire. Il n'a jamais pu être autre chose à leurs yeux. Mais lui, il s'en moquait. L'opinion des autres le laissait indifférent, jusqu'au jour où Oakshot l'a accusé d'avoir tué sa femme. Jonathon en a été profondément affecté.

Il prit un chiffon et se mit à astiquer lentement son comptoir, dont la surface était pourtant étincelante.

— Pardonnez-moi, Mr Pitt, dis-je, mais je me dois de vous poser la question : le Dr Hale avait-il, *oui ou non*, administré trop de morphine à Mrs Oakshot ? Est-ce pour cela qu'il en a été aussi affecté ? Parce qu'il se sentait coupable ?

Mr Pitt cessa d'astiquer son comptoir.

— Bien que Jonathon ne me l'ait jamais avoué, je pense que vous avez peut-être raison. Il n'a jamais été possible de prouver sa culpabilité ou son innocence, mais ce qui est sûr, c'est qu'après l'accusation d'Oakshot, il s'est mis à douter de lui-même.

— Et qu'a fait l'hôpital ? demanda Matt.

— Rien, à ma connaissance.

— Mr Oakshot a-t-il une boutique ?

— Il fabrique des remèdes, mais il n'a pas lui-même de point de vente. Ses produits sont vendus dans les pharmacies de toute l'Angleterre.

Il montra du doigt les étagères sur notre droite, où se trouvaient plusieurs rangées de bocaux.

— Il y en a un bon nombre qui ont été fabriqués par Oakshot.

— A-t-il son propre élixir miracle, lui aussi ? demanda Matt.

Je fronçai les sourcils, perplexe. Était-il en train de sous-entendre qu'Oakshot aurait pu avoir un double mobile pour tuer le Dr Hale : venger la mort de sa femme tout en éliminant un concurrent dont le nom figurait sur l'étiquette d'un autre médicament ?

— Bien entendu. Tout pharmacien qui se respecte commercialise son propre élixir miracle.

— Quelle est la réputation d'Oakshot dans votre profession ? demanda Matt.

— Excellente. Il est le principal fabricant de remèdes de Londres, et sa renommée fait notre envie à tous. Vous pouvez aller vous en rendre compte par vous-mêmes, si vous voulez. Son usine se trouve à Hackney Wick.

Matt s'approcha du comptoir.

— Une renommée que tout le monde lui envie ? Dois-je comprendre que ses remèdes sont d'une efficacité exceptionnelle ?

Je m'approchai à mon tour, curieuse de voir la réaction de Mr Pitt.

Il nous jeta un rapide coup d'œil à tous deux, l'un après l'autre, et se racla la gorge.

— Que voulez-vous insinuer, Mr Glass ?

Matt appuya ses paumes sur le comptoir.

— Les remèdes d'Oakshot sont-ils d'aussi bonne qualité que ceux du Dr Hale ?

Mr Pitt se recula. Il lança un regard vers la porte derrière moi avant de se pencher légèrement en avant.

— Êtes-vous en train de me demander ce que je crois ? demanda-t-il à voix basse.

— Mr Oakshot est-il un magicien apothicaire, comme l'était le Dr Hale ?

Mr Pitt inspira brusquement entre ses dents.

— Comment... comment le savez-vous ? Que savez-vous, exactement ?

— Nous savons que le Dr Hale était capable d'imprégner ses médicaments de magie, mais que la magie ne durait pas longtemps. Il nous l'a avoué lorsque nous lui avons parlé après la publication de cet article dans la *Gazette Hebdomadaire*.

— Il vous l'a avoué ? s'étrangla-t-il. Mais enfin, c'est de la folie !

— Il nous faisait confiance, dis-je.

Matt me lança un regard lourd de sens tout en secouant discrètement la tête.

— Voyez-vous, nous savons que les magiciens existent, continuai-je. Cet article nous a menés jusqu'à lui.

C'était la seule chose que j'aie pu trouver à répondre sans lui parler de ma propre magie.

Mr Pitt pinça les lèvres.

— Je craignais que cela ne fasse l'effet d'un panneau indicateur pour quiconque cherche à repérer des magiciens. Mais Jonathon s'en moquait. Il était ravi.

Il secoua la tête.

— L'imbécile... Je l'avais prévenu que c'était une mauvaise idée, que des gens qui avaient peur des magiciens risqueraient de s'en prendre à lui, mais il a refusé de m'écouter.

— Nous ne sommes pas ce genre de personnes, le rassurai-je. Nous nous intéressons à la magie, mais uniquement parce que nous voulons en savoir plus. Nous sommes curieux.

— Une grande part de notre travail implique la magie d'une façon ou d'un autre, dit Matt. Nous envisageons d'en faire une spécialité de notre agence.

Je le dévisageai, stupéfaite. Il semblait sincère. Mais après tout, il avait plus d'une fois prouvé ses incroyables talents d'acteur.

— Et vous avez lu cet article sur Jonathon.

Mr Pitt secoua la tête.

— J'aurais deux mots à dire à ce journaliste. C'était irresponsable de sa part, de publier cet article. Lui avez-vous parlé ?

Matt hocha la tête.

— Connaissez-vous quelqu'un qui aurait pu vouloir s'en prendre à Hale à cause de ses pouvoirs magiques ?

Mr Pitt soupira.

— D'autres apothicaires, peut-être, par jalousie. Les membres de la guilde aussi, pour la même raison. Les guildes n'aiment pas les magiciens, vous savez. Elles craignent qu'ils ne mettent les profanes au chômage.

— Les profanes ? répétai-je d'un ton détaché.

— C'est un mot qu'utilisait Jonathon pour décrire ceux qui n'ont pas de pouvoirs magiques.

— Quelle menace représentait le Dr Hale pour la guilde, puisqu'il n'exerçait pas en tant qu'apothicaire ? demanda Matt. Il ne risquait pas de leur faire de concurrence.

— Je ne sais pas, Mr Glass. Vous savez, certains d'entre eux ont une peur irrationnelle, et soupçonnent n'importe quel bon apothicaire d'être un magicien. Oakshot lui-même a reçu leur visite plusieurs fois.

— Pensez-vous qu'il soit magicien ?

Mr Pitt haussa une épaule.

— Avez-vous eu des démêlés avec la guilde, Mr Pitt ? lui demandai-je.

Il indiqua la pyramide d'élixir miracle.

— La mise sur le marché de celui-ci a fait des vagues, et Jonathon et moi avons été interrogés par le maître de la guilde. Mais ils n'ont rien découvert. Jonathon n'y avait pas instillé sa magie. Il disait que ça ne servait pas à grand-chose, puisque les effets ne duraient pas.

— Ils peuvent durer plusieurs semaines, répliquai-je. Parfois même plusieurs mois.

— En tout cas, c'est ce qu'on nous a dit, me coupa aussitôt Matt. Mais Miss Steele a raison. Si Hale avait instillé sa magie dans votre élixir, elle aurait pu continuer à faire effet pendant un certain temps. Peut-être assez longtemps pour lui conférer la réputation d'être un remède miracle.

— Je vois ce que vous voulez dire, mais il y a une faille dans votre théorie : Jonathon n'a fait que prêter son nom à cet élixir. Ce n'est pas lui qui l'a créé, c'est moi. Moi seul.

Le silence qui s'ensuivit s'épaissit, la question que nous n'osions poser restant comme suspendue dans l'air, à l'image des curiosités qui flottaient dans le liquide de leurs bocaux.

— Non, je ne suis pas magicien, dit-il enfin.

Il dirigea son regard farouche d'abord sur Matt, puis sur moi.

Je réalisai que je disposai d'un moyen de savoir s'il disait la vérité ou non. Je pris un flacon d'élixir sur la pyramide, l'ouvris et en humai le contenu. Aucune chaleur. Je fis de même avec d'autres flacons que je pris au hasard sur les étagères, faisant mine de les renifler alors qu'en réalité, j'essayais de détecter la chaleur de la magie. Mr Pitt m'observa quelques instants, puis il eut l'air de décider que mon comportement était inoffensif. Il reporta son attention sur Matt.

— Ce que je me demande, dit Mr Pitt, c'est comment le poison a-t-il pu se retrouver dans l'élixir de Jonathon ?

— Bonne question, dit Matt. L'ennui, c'est que le Dr Hale ne présentait les symptômes caractéristiques d'aucun poison connu. La substance était également inodore et incolore.

— Voilà qui est inhabituel. En êtes-vous sûr ?

Matt confirma d'un signe de tête.

— Nous pensons qu'un poison magique a été versé dans le flacon.

Le visage déjà pâle de Mr Pitt blêmit encore davantage. Des veines bleues apparurent sur son front et sa gorge, et ses lèvres remuèrent, mais aucun son n'en sortit pendant plusieurs secondes.

— Comment le savez-vous ? bredouilla-t-il.

— Nous avons nos méthodes, dit Matt.

Mr Pitt secoua la tête.

— Non, je ne vous crois pas. Il ne se serait jamais suicidé.

— Ce n'est pas ce que nous avons voulu dire, dis-je.

Mr Pitt se tourna aussitôt vers moi.

— La question, dit Matt, c'est : connaissez-vous d'autres magiciens apothicaires ?

— C'est donc ce que vous pensez ?

Mr Pitt froissa le chiffon qu'il serrait encore dans sa main et se mit à essuyer le comptoir en lents mouvements circulaires. Il prit son temps avant de répondre.

— J'ai quelques soupçons, mais je ne suis sûr de rien. Et non, je ne vous dirai pas le nom de l'homme que je soupçonne. Ce ne serait pas juste.

— Nous ne lui voulons aucun mal, dit Matt. Tout ce que nous voulons, c'est lui poser des questions.

— Je ne peux pas faire ça. Je suis désolé. Si l'information arrive aux oreilles de la guilde, il sera persécuté. Il pourrait perdre sa licence, et il a des enfants à nourrir.

Des enfants, mais pas de femme ? Se pouvait-il qu'il ait omis ce point parce qu'il s'agissait d'un veuf ? Comme Mr Oakshot ?

— Avez-vous d'autres questions ? demanda Mr Pitt.

— Une seule, dit Matt. Le journaliste de la *Gazette Hebdomadaire* nous a dit que le Dr Hale lui a parlé ouvertement de sa magie. S'il avait peur de la guilde, pourquoi aurait-il fait cela ?

— C'est justement ça, le problème. Jonathon n'avait pas peur de la guilde, parce qu'il n'exerçait pas en tant qu'apothicaire... et parce que c'était un idiot. Il s'est complètement laissé retourner le cerveau par ce journaliste. Excusez mon langage, Miss Steele, mais c'était bougrement irresponsable de sa part.

— Je ne comprends pas, dis-je, renonçant à détecter des traces de chaleur magique. Qu'entendez-vous par *il s'est laissé retourner le cerveau* ?

— Ce journaliste était persuadé que les magiciens et les profanes pouvaient coexister en paix, sans crainte ni jalousie. J'ai bien essayé de l'en dissuader, mais Jonathon ne voulait rien savoir. Le journaliste l'a embobiné, en lui disant combien la vie serait merveilleuse si tout le monde vivait en bonne entente.

Il fit entendre un claquement de langue réprobateur.

— Cet individu devrait avoir honte de chercher à attirer l'attention sur la magie. Qui sait s'il n'a pas, sans le savoir, causé la mort de Jonathon en publiant son article sur cette guérison miraculeuse.

Je me hérissai.

— Vous ne pouvez pas reprocher à la victime d'avoir été assassinée. Le coupable, c'est l'assassin, et personne d'autre.

— Ce n'est pas à la victime que je le reproche, Miss Steele. Le responsable, c'est ce journaliste. Il n'est pas une victime. Les victimes, ce sont les magiciens dont il parle dans ses articles.

Je contins ma colère, sans trop savoir ce qui l'avait provoquée. Oscar Barratt avait de bonnes intentions. Des intentions qu'il devait maintenant mettre entre parenthèses, le temps que l'assassin soit retrouvé. D'une certaine façon, c'était bien une victime, lui aussi.

— Merci, Mr Pitt, dit Matt. Nous vous prendrons un flacon d'élixir avant de vous laisser tranquille. Mon intendante va bientôt en manquer.

Je retournai examiner l'horloge pendant que Mr Pitt emballait un flacon pour Matt. J'ouvris la vitre du boîtier et corrigeai la position de l'aiguille des minutes.

— Merci, Miss Steele, dit Mr Pitt en levant les yeux du paquet qu'il emballait. Je suis obligé de la remettre à l'heure tous les jours, mais ce matin, j'avais tant d'articles de journaux à lire sur la mort de Jonathon que j'ai oublié.

— Tous les jours ? m'étonnai-je. Il faut la réparer. Voulez-vous que j'y jette un coup d'œil ?

— Vous vous y connaissez en horlogerie ?

— Mon père possédait une boutique.

— Nous n'avons pas le temps.

Matt prit sur le comptoir le flacon emballé avant que Mr Pitt ne puisse le lui tendre.

— Merci, Mr Pitt. Vous nous avez beaucoup aidés.

Il m'ouvrit la porte et attendit en me lançant un regard appuyé.

Avec un soupir, je refermai le boîtier de l'horloge et sortis de la boutique.

— Ça ne m'aurait pas pris bien longtemps, lui dis-je en passant devant lui.

Matt tint la porte ouverte pour laisser entrer un monsieur distingué qui marchait avec une canne à pommeau d'argent. Son carrosse attendait derrière le nôtre.

— Bonjour, Monsieur, le salua Mr Pitt.

J'étais heureuse de voir que Mr Pitt n'avait pas perdu toute sa clientèle, finalement. À moins que ce monsieur n'ait pas encore lu les journaux.

Je montai dans la voiture pendant que Matt indiquait à Bryce l'adresse de l'usine de Mr Oakshot avant de s'asseoir en face de moi. Il me regarda, le front barré d'un léger pli soucieux.

— Vous ne pouvez pas vous empêcher de réparer les horloges et les montres, n'est-ce pas ?

— Je n'aime pas quand elles retardent, si c'est ce que vous voulez dire.

— Vous ressentez le *besoin* de les réparer, de les manipuler.

— Allez-vous encore me confisquer ma montre et retourner toutes les horloges contre le mur ?

Je serrai plus fort mon réticule contre moi.

— Cela avait un petit côté amusant la première fois, mais vous n'avez plus rien à prouver. Inutile de recommencer.

Il eut un sourire narquois.

— Non, India, je ne vais pas répéter l'expérience.

Quoi qu'il en dise, je gardai les doigts serrés autour de mon réticule.

— Qu'avez-vous pensé de Pitt ?

— Il est intelligent, prudent... Il ne nous dit peut-être pas toute la vérité, dit-il.

— Qu'est-ce qui vous fait penser cela ?

— À chacune de nos questions, il avait une réponse inattaquable.

Un éclat de rire s'éleva comme une bulle au fond de ma gorge.

— Oh, Matt, si c'était un crime, on devrait vous arrêter tous les jours. Je n'ai jamais rencontré personne qui ait aussi facilement réponse à tout.

— Je suis d'une sincérité irréprochable, se défendit-il.

— Ce n'est pas parce que vous trouvez facilement à répondre à toutes les questions que vous n'êtes pas *sincère*. Et cela vaut aussi pour Mr Pitt. À mon avis, vous vous trompez sur son compte. Je pense que la mort du Dr Hale ne l'attriste pas plus que cela, mais je doute qu'il y soit mêlé. Je le crois quand il dit qu'il n'est pas magicien. Je n'ai détecté aucune trace de chaleur dans ses remèdes. Et d'ailleurs, il avait plus à perdre qu'à gagner avec la mort du Dr Hale. Plus personne ne voudra de son élixir, maintenant que les journaux ont révélé que c'était l'arme du crime, en quelque sorte. Il va perdre sa clientèle.

Matt retira son chapeau et se passa la main dans les cheveux pour les ébouriffer. L'espace d'un instant, il n'eut plus rien du gentleman pour lequel il passait généralement, mais sembla plutôt être le bandit que la famille de sa mère aurait voulu qu'il soit. Mais ensuite, il se recoiffa et remit son chapeau sur sa tête. Je poussai un soupir. Ces deux versions de Matt étaient d'une beauté aussi ravageuse qu'irrésistible, et elles m'étaient toutes les deux défendues.

— Je pense qu'une visite à la Guilde des Apothicaires s'impose, dit-il. Nous y apprendrons peut-être quelque chose, mais probablement pas en posant nos questions de manière frontale.

— Nous avons toute une liste de personnes à qui aller parler, maintenant. Nous n'aurons pas le temps avant demain si nous voulons encore parler au Dr Wiley et au Dr Ritter aujourd'hui.

— Et je dois rentrer à la maison à midi et dans la soirée pour me reposer, rétorqua-t-il sèchement. Oui, je sais. Inutile de me le rappeler.

— Ce n'est pas ce que j'ai dit. Ne me parlez pas sur ce ton.

Il grimaça et se massa le front.

— Désolé, India. Vous avez raison, et j'ai dépassé les bornes. Je ne suis pas moi-même, en ce moment.

Je me mordis l'intérieur de la joue.

— Moi aussi, je suis désolée, Matt. Je n'aurais pas dû vous rabrouer comme je l'ai fait. Moi non plus, je ne suis plus moi-même, en ce moment. Je ne sais pas pourquoi.

* * *

DES VOLUTES de fumée noire s'échappaient en tourbillonnant des cheminées de l'usine de Mr Oakshot pour se fondre dans les miasmes qu'exhalaient les usines tout autour, couvrant tout le quartier de Hackney Wick. Le court trajet pour aller de notre voiture à l'édifice de briques rouges suffit pour que nos vêtements soient tachés de suie, et je plaquai mon mouchoir sur mon nez pour éviter de respirer les relents de charbon brûlé et de Dieu sait quoi d'autre.

Mr Oakshot se tenait dans un bureau du premier étage, debout les mains dans le dos, devant une grande fenêtre qui surplombait le rez-de-chaussée, où se trouvait la fabrique. Il se retourna quand Matt s'éclaircit la gorge.

— Bonjour, dit Matt en lui tendant la main. Mon nom est Matthew Glass et voici mon associée, Miss Steele.

Mr Oakshot semblait avoir bien besoin de se reposer. Il avait une quarantaine d'années et, comme Matt, il avait les traits tirés par l'épuisement et les yeux rougis et cernés. Il serra énergiquement la main de Matt.

— Vous avez un léger accent américain, dit-il. Avez-vous pour projet de commercialiser mes remèdes dans votre pays ?

— Non, nous sommes des agents d'investigation privés, et nous enquêtons sur la mort du Dr Hale.

Mr Oakshot retira brusquement sa main et la tint le long de son corps, le poing serré.

— Sortez ! rugit-il. Je vous interdis de prononcer son nom en ma présence.

— Cela ne prendra qu'un court instant, dit Matt. Nous avons quelques questions, et...

Mr Oakshot fit un pas vers Matt jusqu'à se retrouver tout près de lui, les lèvres retroussées.

— Hors. De. Ma. Vue.

— Mais je...

Mr Oakshot empoigna Matt par les pans de sa veste et lui envoya un coup de poing.

CHAPITRE 6

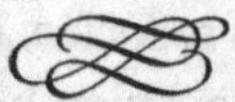

att para le coup de Mr Oakshot avec son avant-bras. Quand Mr Oakshot voulut lui donner un deuxième coup de poing, Matt lui saisit le poignet.

— Pas devant Miss Steele, dit Matt, qui semblait bien plus calme que moi.

Mr Oakshot se dégagea de l'étreinte de Matt et rajusta son gilet et sa cravate. Il ne tenta pas de lui porter un nouveau coup, mais Matt gardait une posture tendue ; il était prêt à se battre.

— Nous avons été profondément attristés d'apprendre la mort de votre épouse, dis-je tandis que mon cœur tambourinait de toutes ses forces dans ma poitrine.

Mr Oakshot se tourna vers moi, me transperçant de ses yeux d'une teinte noisette sombre où brillait une lueur de défi.

— Nous vous présentons nos plus sincères condoléances. Nous avons cru comprendre que le Dr Hale pensait avoir peut-être fait une erreur dans la dose de morphine qu'il a administrée à votre femme.

La fureur dans son regard se dissipa en entendant la compassion dans ma voix. Il soupira, tout tremblant.

— Ah oui, c'est ce que pensait Hale ? Ce n'est pas ce qu'il m'a dit.

Il se tourna à nouveau vers la fenêtre, les épaules voûtées, les

96

bras ballants le long de son corps. Je n'avais jamais vu un homme à l'air plus abattu, plus démoralisé.

D'un discret signe de tête, Matt m'encouragea à continuer. Je rejoignis Mr Oakshot devant la fenêtre. En dessous de nous, des employés vêtus de bleus de travail alimentaient des fourneaux qui chauffaient de grands chaudrons emplis de liquide. De la vapeur s'élevait en volutes qui tournoyaient autour des poutres du plafond. Les ouvriers qui remuaient les préparations s'interrompaient brièvement pour s'éponger le front et verser des ingrédients dans les chaudrons. Tout au bout, des hommes installés à une longue table remplissaient des flacons tandis que deux autres y apposaient des étiquettes avant de les ranger dans des caisses. L'usine grouillait d'activité.

— Pouvez-vous nous raconter ce qui s'est passé à l'hôpital ce jour-là ? lui demandai-je.

Mr Oakshot croisa les bras en les appuyant sur son ventre rebondi.

— Cela faisait longtemps qu'elle était malade. Les médecins disaient qu'elle avait une tumeur à l'estomac. Ils ne pouvaient rien faire pour la guérir. Et mes remèdes, poursuivit-il d'une voix étranglée... Mes remèdes non plus ne pouvaient pas la guérir, ils ne servaient qu'à soulager ses souffrances pour une courte durée. Elle se sentait affreusement mal ce jour-là... Le jour où elle est morte. Elle souffrait tant qu'elle n'avait pratiquement pas fermé l'œil de la nuit, et elle ne gardait rien de ce qu'elle avalait. Je l'ai emmenée à l'hôpital, et Hale m'a promis de prendre soin d'elle. C'était une journée chargée. Les patients ne cessaient d'affluer, et l'hôpital manquait de personnel. Comme on ne m'avait pas laissé rester aux côtés de ma femme, je suis sorti marcher un peu. Et à mon retour...

Il s'éclaircit la gorge.

— À mon retour, elle était décédée.

Il baissa la tête et ferma les yeux.

Je lui touchai le bras.

— Qui vous a dit que le Dr Hale avait peut-être fait une erreur en dosant la morphine ?

Il sortit un mouchoir de sa poche et s'essuya le nez.

— Le chef de service.

— Le Dr Ritter ?

Il acquiesça.

— Il ne l'a pas dit explicitement. Il a seulement dit que Hale avait l'esprit ailleurs, qu'il avait eu à s'occuper de beaucoup de patients ce jour-là, et qu'il lui était déjà arrivé de commettre cette erreur, même si l'autre patient avait survécu. Il a dit que Hale avait moins d'expérience que les autres médecins, et qu'il lui en toucherait deux mots – que Ritter en toucherait deux mots à Hale, je veux dire – pour découvrir comment cela avait pu arriver.

— Et savez-vous s'il l'a découvert ?

— Je ne l'ai jamais su. J'ai foncé tout droit dans le bureau de Hale pour lui dire moi-même ses quatre vérités. Sur le moment, personne n'a essayé de m'en empêcher, mais les éclats de voix ont ameuté tout le monde.

Il garda les yeux rivés sur le parterre de l'usine, et son corps se détendit un peu. Le rythme régulier du travail semblait l'apaiser, du remplissage des chaudrons au stockage des flacons dans les caisses. Il avait dû passer des années à contempler cette scène chaque jour.

— Je n'ai pas de regrets, reprit-il. Même s'il est mort à présent, et qu'il ne faut pas dire du mal des morts, je ne regrette pas de lui avoir dit le fond de ma pensée.

Je me tournai vers Matt pour voir s'il voulait à son tour l'interroger, mais il secoua à moitié la tête, ce que j'interprétai comme le signe qu'il voulait que je continue.

— Vous connaissiez personnellement le Dr Hale, puisqu'il était apothicaire avant de devenir médecin, dis-je.

Mr Oakshot confirma d'un signe de tête.

— C'était un apothicaire talentueux, alors j'ai été surpris qu'il abandonne sa carrière pour devenir médecin.

— Talentueux à quel point ?

Son dos se raidit.

— L'un des meilleurs de Londres. Pourquoi ?

— D'étranges rumeurs circulent sur son compte.

— Quel genre de rumeurs ?

— Le journaliste qui a relaté la guérison miraculeuse qu'il

avait récemment accomplie a laissé entendre qu'il aurait des pouvoirs magiques.

Les yeux de Mr Oakshot s'écarquillèrent un bref instant, et il lança un regard furtif à Matt avant de revenir à moi. Il déglutit bruyamment.

— Vous avez lu trop de contes de fées, Miss Steele. La magie, ça n'existe pas. Ces rumeurs sont le produit d'esprits fertiles qui cherchent à faire vendre leurs journaux.

— Vous pensez que le journaliste a tout inventé ?

— Quelle autre explication y aurait-il à de pareilles sornettes ? Le Dr Hale était un excellent apothicaire qui a abandonné son métier pour devenir médecin. Comme moi, il a réussi parce qu'il travaillait dur et qu'il était doué pour la chimie. Il n'y a pas de recette secrète du succès, Miss Steele. Pas de formule magique.

— Merci de me l'avoir confirmé, lui dis-je.

Il était inutile d'insister. Contrairement à Mr Pitt, Mr Oakshot ne risquait pas d'admettre devant nous l'existence de la magie.

— Êtes-vous un membre actif de la Guilde des Apothicaires ? demandai-je, changeant de sujet.

— Je siège à la Cour des Assistants.

Dans toutes les guildes, la Cour des Assistants réunissait les membres les plus importants. C'étaient eux qui décernaient les prix, allouaient des pensions aux membres infirmes ou aux veuves et contrôlaient la trésorerie de la guilde et les adhésions. Si quelqu'un, à la Guilde des Apothicaires, savait que le Dr Hale était un magicien, il était probable que Mr Oakshot soit également au courant. J'étais pratiquement certaine que quelqu'un à la guilde le savait, ou tout du moins, s'en doutait.

Son poste important au sein de la guilde me confirma qu'il valait mieux ne pas lui révéler que j'avais des pouvoirs magiques, ni même que nous savions que le Dr Hale avait été empoisonné par un remède imprégné de magie. C'était trop risqué.

Mais qu'en était-il de Mr Oakshot lui-même ? Était-ce un magicien, comme l'avait laissé entendre Mr Pitt ? Avait-il réussi à dissimuler ce secret aux autres membres de la guilde ?

Je promenai mon regard autour de moi dans le bureau. Il y avait un meuble où étaient posés des verres et une carafe à décanter, et une haute bibliothèque contenant des livres de botanique au lieu des remèdes que l'on pouvait trouver dans la pharmacie de Pitt. Sur le bureau était posé, ouvert, ce qui ressemblait à un livre de recettes, avec, à côté, un mortier et un pilon, ainsi que toutes sortes de baies d'un rouge sombre, de graines et de racines dans un bol. Sur le bureau, je ne comptais que cinq flacons et trois pots, qui portaient tous l'étiquette de l'usine Oakshot, reconnaissable avec son chêne au feuillage dense. Que faisaient-ils ici, et non au rez-de-chaussée de l'usine ? Prononçait-il des incantations pour enchanter leur contenu ? Ou les matières premières ?

— Vous permettez ? demandai-je en prenant un flacon de cordial pour l'estomac, dont je retirai le bouchon en liège.

— Baies de genévrier ?

— Entre autres, oui.

Il ferma le livre de recettes et regarda Matt derrière moi.

Je rebouchai le flacon et en saisis un autre pour le sentir à son tour. Comme pour le premier, je ne détectai aucune chaleur magique.

Mr Oakshot me regardait avec insistance, le front barré d'un pli méfiant. Lorsque je tendis la main vers un troisième flacon, il semblait sur le point de me demander ce que je faisais, mais Matt détourna son attention.

— Descendez-vous personnellement au rez-de-chaussée de l'usine ? lui demanda -t-il.

— Cela m'arrive, mais dans l'ensemble, ma présence n'est pas nécessaire, dit Mr Oakshot. C'est mon contremaître qui supervise le travail. Moi, je reste ici ; je gère les commandes, et de temps en temps, je concocte de nouveaux remèdes.

— Vous restez impliqué, même après avoir bâti un tel empire ? s'étonna Matt en indiquant la fenêtre, d'où on voyait l'usine en contrebas.

— C'est peut-être un empire en Angleterre, Mr Glass, mais je n'ai pas encore conquis le reste du monde. Mon épouse et moi, nous avions le projet d'établir une usine sur le continent.

Il laissa courir ses doigts sur la surface en bois poli de son bureau.

— Mais j'ai dû reporter mes plans. Cela ne se fera peut-être jamais.

— Pourquoi pas ? Vous êtes encore jeune. Pensez à ce que vous pourriez léguer à vos enfants !

Mr Oakshot soupira.

— En ce moment, je n'ai pas l'énergie, voilà tout.

— Un jour, peut-être.

— Peut-être.

Je pris le dernier pot et fis mine de renifler la pommade grisâtre qu'il contenait. Elle n'émettait aucune chaleur.

— Il y a une autre question que je dois vous poser à propos du Dr Hale, dit Matt à mi-voix.

Il attendit que Mr Oakshot hoche la tête avant de poursuivre.

— Où étiez-vous le jour de sa mort ?

— Je l'ai déjà dit à la police, répondit Mr Oakshot. J'étais ici. Mon contremaître peut le confirmer.

— Toute la journée ?

— Je suis sorti un court instant pour rentrer chez moi et m'assurer qu'on s'occupait bien de mes enfants. Je ne me suis pas approché de l'hôpital. J'avais déjà dit à Hale ce que j'avais à lui dire, et je voulais éviter cet endroit pour ne pas le recroiser.

— Saviez-vous qu'il avait été empoisonné ? lui demanda Matt.

— Je l'ai lu ce matin dans le journal. Le poison était probablement dans le flacon d'élixir qu'il gardait dans son bureau.

Il fut secoué d'un rire sardonique.

— Je trouve ça particulièrement satisfaisant.

— Pourquoi donc ?

— Parce que son élixir s'est toujours mieux vendu que le mien, depuis qu'il a été mis sur le marché. Hale et Pitt ont tous les deux profité de son succès phénoménal. Mais rien qu'aujourd'hui, tout le monde a commencé à se bousculer pour acheter le mien. J'imagine que le phénomène ne fera que s'accentuer à mesure que toutes les pharmacies du pays s'apercevront qu'elles n'arrivent plus à écouler leur stock d'Élixir du Dr Hale.

Ses yeux se mirent à briller et ses lèvres se contractèrent en un rictus qui me fit froid dans le dos.

— Je le répète : c'est très satisfaisant.

— Parce que vous estimez que cela venge la mort de votre femme, suggéra Matt.

— Pas complètement. C'est la mort du Dr Hale qui a apaisé la colère que j'éprouvais à son égard pour la mort de ma femme. Je ne parle pas d'une satisfaction personnelle, mais commerciale. Mon élixir était le médicament le plus vendu jusqu'à ce que le sien arrive sur le marché. Depuis, j'ai tout fait pour essayer de reprendre la première place, mais en vain. Son élixir ne cessait de gagner en popularité. Jusqu'à aujourd'hui. Aujourd'hui, c'est moi qui ai gagné.

Sa voix était marquée d'une amertume évidente ainsi que d'une note de profonde satisfaction. Il avait d'excellentes raisons de souhaiter la mort du Dr Hale, aussi bien sur le plan personnel que professionnel. Il venait de grimper tout en haut de ma liste de suspects.

Je reposai le dernier pot sur son bureau.

— Vous dites que c'était *son* élixir. Pourtant, Mr Pitt soutient que c'est lui qui l'a inventé, et que le Dr Hale n'a servi que de prête-nom. Vous ne le croyez pas ?

Il s'assit à son bureau, s'occupant à le ranger avec ostentation.

— Comment le saurais-je ? Ces deux-là étaient très secrets. Ils n'ont jamais dit à personne ce qu'il y avait dans leur élixir.

— Le Dr Hale ne faisait plus partie de la Guilde des Apothicaires, dit Matt. Mr Pitt est-il un membre actif ?

— Oui. Il ne se rend au siège de la guilde que lorsqu'il y est obligé. Il ne participe pas à nos dîners ni à nos réunions. Et maintenant, si vous n'avez pas d'autres questions en lien avec la mort du Dr Hale, je vais vous demander de partir. Je suis très occupé.

— Merci, dit Matt. Vous nous avez beaucoup aidés.

Mr Oakshot se rassit et croisa les mains sur son ventre.

— Je suis désolé pour tout à l'heure. Je… je me suis laissé emporter.

— Nous comprenons, dis-je.

— Que ferez-vous si vous découvrez qui l'a assassiné ?

— Nous informerons la police, répondit Matt.

— J'espère avoir l'occasion de serrer la main de l'assassin avant qu'il ne soit pendu.

Je me hâtai de sortir avec Matt, entendant encore les paroles macabres de Mr Oakshot résonner dans ma tête.

— Je sais qu'il souffre, mais sa réaction à la mort de Hale a quelque chose de sinistre, dis-je tandis que Matt m'aidait à monter en voiture.

Il replia le marchepied et ordonna à Bryce de nous ramener chez nous.

— Faisons preuve d'un peu d'indulgence, dit Matt en s'asseyant en face de moi. Il avait l'air d'aimer profondément sa femme. Je crois que j'en voudrais tout autant à Hale si son incompétence avait causé la mort d'une personne que j'aimais.

Je l'observai attentivement et il me rendit mon regard avec la même intensité, comme pour me mettre au défi de le contredire.

— Seriez-vous prêt à le tuer pour cela ?

— Pour son incompétence ? Non.

Mais Matt serait-il prêt à tuer un homme qui aurait volontairement tué quelqu'un qu'il aimait ?

— Si Mr Oakshot est un magicien, il le cache parfaitement. Aucun des flacons sur son bureau n'émettait de chaleur.

— Il a peut-être instillé sa magie dans d'autres médicaments, mais pas ceux-là, dit-il.

— Les ouvriers de son usine trouveraient sans doute curieux qu'il emporte des flacons dans son bureau.

— Pas s'il attend la fin de la journée, une fois qu'ils sont tous partis

Il n'avait pas tort, et je le reconnus d'un hochement de tête.

— Nous ne pouvons pas l'exclure, mais je ne crois pas qu'il siégerait à la Cour des Assistants de la guilde s'il était magicien.

— Justement, ce serait le meilleur moyen de duper tout le monde. J'ai déjà eu recours au même stratagème, très souvent.

— Ah oui ? Comme c'est intrigant. Racontez-moi ça.

Il sourit.

— Vous vous intéressez beaucoup à mon passé.

— C'est parce que vous ne m'en avez presque rien dit. Chaque bribe d'information sur laquelle j'arrive à mettre la main est comme un indice pour résoudre cette énigme.

— Allons bon, voilà que je suis une énigme.

— Vous l'avez toujours été, Matt, et vous le savez.

Il se mit à rire, la tête renversée en arrière.

— Et moi qui pensais que vous m'aviez cerné. La plupart du temps, vous semblez lire dans mes pensées. Alors, que voulez-vous savoir ?

— Dites-m'en plus sur ce stratagème avec lequel vous dupiez les gens, pour commencer. Parlez-vous de l'époque où vous faisiez partie de la bande de votre grand-père, ou de celle où vous avez commencé à travailler pour les autorités, après l'avoir quittée ?

— Les deux. Il n'y a pas grand-chose à raconter. Quand les shérifs étaient à notre recherche, je me faisais passer pour un témoin innocent et je leur disais par où étaient partis les hommes de mon grand-père... en leur indiquant la direction inverse de celle qu'ils avaient prise. Et plus tard, quand j'ai commencé à travailler pour le bon côté de la loi, je faisais semblant de servir fidèlement mon grand-père pour berner les hors-la-loi avec qui il frayait. La ruse a fonctionné un certain temps, jusqu'au jour où j'ai été démasqué. Après ça, j'ai dû me faire oublier. Je ne me suis plus approché de mon grand-père et de ses acolytes.

— Est-ce à ce moment-là que vous êtes devenu ami avec Duc et Cyclope ?

Il acquiesça.

— Duc était un ami de longue date de Willie, et il est devenu le mien aussi quand elle m'a recueilli. Quant à Cyclope, je l'ai rencontré une nuit où nous dormions tous les deux à la belle étoile.

Il sourit.

— Je suis tombé sur son campement, mais comme il avait l'air abandonné, je me suis servi dans les vivres qu'il avait laissés. Ce que j'ignorais, c'est qu'il m'avait entendu arriver et qu'il s'était caché pour me tendre un guet-apens.

— Et vous êtes tombé dans son piège ?

— Oui. Il a essayé de me tuer, mais j'ai réussi à lui expliquer que je n'étais pas son ennemi avant qu'il ne m'assomme à coups de poing.

— Vous avez réussi à le convaincre de ne pas vous attaquer ? Pourquoi est-ce que ça ne me surprend pas ?

— Je tiens à signaler que j'ai tout de même réussi à lui porter quelques solides coups moi-même. Il n'a pas réussi à avoir complètement le dessus, même si ce n'était pas facile. Le combat a duré si longtemps qu'à la fin, nous n'avons pas pu continuer tellement nous étions épuisés tous les deux. C'était donc une victoire par forfait mutuel. Il m'a fallu plusieurs minutes pour reprendre haleine et réussir à lui parler.

Il donnait à son récit l'air d'une anecdote cocasse, mais je devinais que cela avait dû être un moment terrifiant. Cyclope était un véritable colosse. Matt avait peut-être une carrure plus athlétique, mais si Cyclope l'avait immobilisé, il avait dû être difficile de se dégager.

Nous arrivâmes à la maison et Matt se retira dans ses appartements dès que Duc lui eut assuré que le flacon avait bien été rapporté à l'hôpital sans que personne ne se soit fait prendre. Ils avaient soudoyé une infirmière pour dire qu'elle l'avait retrouvé dans une pile de linge. Matt me chargea de leur faire un compte-rendu de nos interrogatoires et de répondre à leurs questions. La discussion cessa brusquement quand Miss Glass entra dans le salon. Elle était suivie par Bristow et par le valet de pied, un jeune homme blond du nom de Peter, qui portaient des plateaux.

— C'est une légère collation, annonça Miss Glass. Je veux garder mon appétit pour ce soir.

— Ce soir ? répétèrent toutes nos voix en chœur.

— Pour le dîner que j'organise.

Elle se tourna vers moi.

— Je ne vous en ai pas parlé ?

— Non, maugréa Willie. Vous n'avez rien dit. Est-ce que ça veut dire qu'on doit rester dans notre chambre comme des prisonniers pour que vos invités ne risquent pas de nous voir ?

Miss Glass prit un sandwich sur le plateau.

— Merci, Bristow, ce sera tout. Veillez à ce que le service en porcelaine soit prêt pour ce soir.

— Mr Glass n'a pas de service en porcelaine, Madame, répondit le majordome d'un ton monocorde.

— Pas de porcelaine ?

Elle fit entendre un claquement de langue désapprobateur.

— Il faudra y remédier. India, vous penserez à commander un service en porcelaine pour Matthew.

Je clignai lentement des yeux.

— J'ajouterai cela à ma liste de tâches quand notre enquête sera terminée.

Que pouvais-je dire d'autre ? Il fallait croire que c'était à moi de lui acheter un service en porcelaine, puisque j'étais son assistante. Mais n'étais-je pas devenue son associée, à présent ? Et que signifiait ce titre, au juste ?

— Faites au mieux, Bristow. Pas de porcelaine, répéta Miss Glass avec un soupir scandalisé tandis que le majordome et le valet de pied sortaient.

— C'est à se demander où va le monde !

Willie se servit un sandwich dont elle décolla les tranches de pain pour en inspecter la garniture.

— Qu'est-ce que ça a donc de si spécial, la porcelaine ?

— Vous ne pouvez pas comprendre l'importance d'avoir de la vaisselle de qualité, Willie.

Willie retira la rondelle de concombre de son sandwich, ouvrit la bouche et l'y fit tomber en plein dedans.

— Là-dessus, vous n'avez pas tort, fit-elle, la bouche pleine. C'est bien trop fragile, la porcelaine. Alors que le fer-blanc, c'est à toute épreuve. Et même quand il est un peu cabossé, ça lui donne plus de chien.

Miss Glass fit une grimace de dégoût.

— Je vous préviens, ne gâchez pas le dîner que je donne pour Matthew. J'ai œuvré sans relâche pour être sûre que Lady Abbington serait là ce soir. J'ai dû écrire à toute une foule de gens.

— Lady Abbington, répétai-je faiblement. Mais elle est déjà venue hier prendre le thé.

— Matthew ne lui a pas beaucoup parlé à cause de Mrs Haviland, qui n'a cessé de jacasser. Mais cette fois-ci, je n'ai pas invité les Haviland ; il pourra donc parler avec Lady Abbington autant qu'il le voudra.

— Vous n'avez invité que Lady Abbington ?

— Ne dites pas de sornettes. Ce serait étrange. J'ai invité Richard, Beatrice et leurs filles.

— Lord et Lady Rycroft ! Mais je croyais que vous ne vouliez pas que Matt épouse une de leurs filles.

— Ça ne va pas plaire à Matt, avertit Willie d'un ton chantant.

Soit Miss Glass ne l'entendit pas, soit elle décida de l'ignorer.

— Lady Abbington est une femme sereine, élégante et pleine d'esprit. À côté, mes nièces auront l'air fades et simplettes.

— Pas la peine de les mettre dans la même pièce pour ça, commenta Willie.

— Peut-être pas pour vous et moi, Willemina, mais Matthew voit les choses différemment. C'est un homme.

Duc et Cyclope échangèrent un regard. Ils avaient l'air mal à l'aise.

— Matt s'en fiche, des filles de Rycroft.

Willie me lança un regard furtif, les lèvres serrées.

— Et vous le savez très bien, Letty.

— Mieux vaut prendre toutes les précautions nécessaires. J'ai une théorie.

Miss Glass s'assura qu'il n'y avait personne à la porte avant de se pencher en avant.

— Plus Matthew les verra, plus vite il en conclura la même chose que nous : que ce sont d'abominables bécasses sans cervelle.

— Hope a l'air futée, objecta Duc. Et gentille.

Miss Glass et Willie lui lancèrent un regard noir, et il se peut que j'aie fait de même. Il se tourna alors vers Cyclope. Cyclope prit une bouchée de son sandwich et garda les yeux résolument fixés sur le sol.

— Est-ce tout ? lui demandai-je. Ou y aura-t-il d'autres convives ?

— Quatre autres, dit Miss Glass, marmonnant dans son sandwich.

— D'autres filles à marier ? s'esclaffa Willie. Pauvre Matt ! Il est harcelé de tous les côtés.

— Deux femmes et deux hommes. Aucune des deux femmes n'est envisageable pour Matthew.

Willie leva les yeux au ciel avec un sourire à mon intention.

— Pas assez bien pour lui, c'est ça ?

— L'une des deux n'est pas un parti convenable, non.

Le regard de Miss Glass se posa sur moi un bref instant avant de retourner à l'assiette de sandwichs. Mon cœur se serra.

— Quant à la deuxième, c'est sa cousine.

— Encore une cousine, nom de Dieu ! s'exclama Willie en secouant la tête. D'où elle sort, celle-là ? Ils la gardaient cachée au grenier, ou quoi ?

Elle se mit à rire si fort qu'elle s'étrangla et en avala son sandwich de travers. Elle toussa et s'essuya la bouche sur sa manche, avant de s'arrêter net. Elle ne riait plus. Elle dévisagea Miss Glass.

— Oh non, pas de ça, Letty. Pas question que je me coltine un de vos dîners collet monté.

— L'idée ne me séduit guère non plus, mais j'ai décidé que c'était nécessaire.

— Pourquoi moi ?

— Ce n'est pas que toi, Willie, intervins-je. Miss Glass a parlé de quatre invités, lui rappelai-je avec un regard appuyé en direction de Duc et Cyclope.

Duc eut un grognement de protestation. Willie éclata de rire.

— Bon, dans ce cas, ça me va. Si je dois souffrir, alors vous aussi.

— Mais je n'ai pas d'habit convenable pour dîner, geignit Duc.

— Empruntez un de ceux de Matthew, répliqua Miss Glass. Et vous, Cyclope ?

Cyclope leva les mains en signe de capitulation.

— J'en ai un, d'habit. Merci d'avoir pensé à moi, Miss Glass. J'ai hâte d'être invité à mon premier vrai dîner avec des Anglais.

— Espèce de traître, marmonna Willie.

— C'est bien.

Miss Glass se toucha le coin de l'œil du bout du doigt.

— Avez-vous un cache-œil qui ne soit pas noir ? Je préférerais que vous n'ayez pas trop l'air d'un pirate.

— Ça ne le rendra pas moins effrayant, lui dit Willie. Si les dames ont peur de lui, ce sera leur faute, elles n'ont qu'à pas se faire des idées sur lui avant même d'avoir appris à le connaître.

— Je suis bien de votre avis, mais ce n'est pas la raison de ma demande. Je crains que ça ne plaise un peu trop à Charity. Elle trouve les pirates romantiques, et je ne serais pas surprise qu'elle flirte avec Cyclope.

— Vous avez peur qu'elle s'enfuie avec Cyclope et que ça salisse la réputation de la famille, c'est ça ?

— Ce n'est pas pour elle ni pour la réputation des Glass que je m'inquiète. C'est pour Cyclope. Je vous apprécie beaucoup, mon cher Cyclope, dit-elle au géant. Je ne veux pas vous infliger l'une de mes nièces si je peux l'éviter. Ne vous inquiétez pas, on ne vous placera pas à côté d'elle à table.

Matt ne nous rejoignit que deux heures plus tard. Il termina les sandwichs pendant que nous l'informions du dîner prévu. Il refusa d'abord d'y assister, jusqu'à ce que sa tante lui dise que nous étions tous invités.

— Tous ? demanda-t-il avec un regard incrédule vers Willie.

— Tous, confirma Miss Glass.

— Dans ce cas, j'accepte, mais à l'avenir, je veux être prévenu à l'avance.

Matt et moi étions en train de nous préparer à sortir pour retourner à l'hôpital parler au Dr Ritter et au Dr Wiley, lorsqu'un policier de Scotland Yard se présenta chez nous. Il était seul. Sans ce détail, j'aurais eu peu qu'il ne soit venu arrêter Matt.

— Puis-je vous parler, Mr Glass ? demanda l'Inspecteur-chef Brockwell.

— Nous pouvons parler ici, dit Matt en lui indiquant le vestibule où nous nous trouvions.

— Quelque part où nous serons plus tranquilles.

Brockwell regarda l'escalier derrière Matt, où se tenait Duc, les bras croisés sur son torse, les yeux plissés. Il semblait prêt à jeter l'inspecteur dehors comme un malpropre s'il s'avisait ne serait-ce que de chuchoter le mot *arrestation*.

— Allons au salon, dit Matt. Cela ne vous gêne pas que mon assistante, Miss Steele, se joigne à nous ?

— Comme vous voudrez.

Je donnais à peine trente ans à Brockwell, ce qui était remarquablement jeune pour un poste si élevé dans la police. Il s'assit dans un fauteuil et se mit à gratter l'un de ses favoris broussailleux. Il attendit que nous nous soyons tous les deux assis avant d'inspirer profondément et de se jeter à l'eau.

— On est venu me voir pour se plaindre de vous, Mr Glass.

Il avait articulé chaque mot sans hâte, avec une précision qui donnait l'impression que ses consonnes laissaient des trous dans sa phrase.

— Se plaindre de quoi ? demanda Matt sans s'émouvoir le moins du monde. Et de qui s'agit-il ?

— De votre visite chez une personne impliquée dans l'enquête sur Hale. Je ne citerai pas de noms.

— Adressez-vous au Commissaire Munro, dit Matt. Il m'a autorisé à enquêter.

Brockwell marqua une pause, mais je n'arrivais pas à déterminer si c'était un signe d'hésitation de sa part, ou simplement une caractéristique de son style laborieux.

— Le Commissaire ne m'a rien dit.

Matt restait assis calmement, attendant que l'inspecteur continue. Aucun des deux ne semblait perturbé par le silence tendu de l'autre, mais moi, j'avais les nerfs à fleur de peau. Je serrai le poing de toutes mes forces et enfonçai mes ongles dans la paume de ma main pour me distraire.

— J'ignore pourquoi Munro vous laisserait interférer alors que vous êtes un suspect, vous aussi, dit Brockwell au bout d'un moment.

— Vous n'avez pas besoin de le savoir, rétorqua Matt.

— Je ne suis pas de cet avis.

Brockwell se leva et se mit à déambuler dans la pièce, inspectant les objets, les portraits et son reflet dans le miroir au-dessus de la cheminée. Il se remit à gratter ses favoris.

Matt, assis dans son fauteuil, se détendit. Comment pouvait-il garder un tel calme ?

— Seulement, dit Brockwell, brisant enfin le silence, je dois vous prévenir qu'on m'a parlé de vous, Mr Glass.

— Et que vous a-t-on dit ? demanda Matt sur le même ton détaché.

Son corps, en revanche, s'était raidi.

— On m'a dit qu'en Amérique, vous avez eu un passé pour le moins... mouvementé, disons.

Oh non. Si le Commissaire Munro ne lui avait rien dit, c'était sans doute le shérif Payne, qui cherchait à salir la réputation de Matt et à éveiller les soupçons de Brockwell.

— Munro connaît déjà mon passé, dit Matt. Il a échangé avec les autorités américaines, qui ont confirmé qu'il m'arrivait de travailler pour elles.

— Oui, mais je sais de source sûre que le Commissaire Munro et vos contacts en Amérique ignorent une grande partie de ce que vous avez fait. La partie illégale, je veux dire.

Matt se leva et s'approcha de Brockwell d'un pas nonchalant. Il était nettement plus grand et plus large d'épaules, mais Brockwell ne se laissa pas impressionner. Il lui répondit par un regard tout aussi direct.

— Et moi, Inspecteur, je parie que c'est vous qui ne connaissez qu'une partie de la vérité. Ne croyez pas tout ce que vous raconte le shérif Payne.

Les traits de Brockwell trahirent sa surprise avant de reprendre leur apparence impassible.

— Je ne crois jamais personne sur parole, Mr Glass. Je sais bien qu'un extérieur amène peut dissimuler la pire noirceur. Même les familles les plus fortunées ont leurs secrets.

C'était, à n'en pas douter, une allusion à Matt et aux parents aisés qu'il avait en Angleterre. Cet homme n'avait décidément honte de rien.

— C'est un scandale, dis-je en me levant d'un bond. Vous venez ici pour insulter Mr Glass, qui a toujours été d'une aide précieuse à vos services de police. N'oubliez pas qu'il a résolu deux crimes pour Scotland Yard.

— Il me semble que c'est vous qui avez résolu le premier, Miss Steele, dit Brockwell avec une note d'amusement dans la voix.

Cette remarque ne fit que m'irriter davantage.

— Voilà que vous recommencez à tirer des conclusions hâtives alors que vous n'avez pas toutes les informations, Inspecteur. Mr Glass a joué un rôle crucial dans la capture du Cavalier Noir, mais il m'a laissé m'en attribuer tout le mérite pour que je puisse toucher la récompense.

À ma grande satisfaction, je vis que j'avais semé le doute dans l'esprit de Brockwell.

— Le shérif veut vous faire croire que Matt est malhonnête, alors que c'est lui qui est corrompu. Et ce n'est pas parce que nous n'avons pas de preuves que ce n'est pas vrai. En attendant que nous puissions le prouver, vous feriez mieux de suivre l'exemple de votre commissaire, et d'accorder à Matt le bénéfice du doute. Et maintenant, je vous prie de partir.

J'avançai à grands pas jusqu'à la porte, devant laquelle je restai, attendant que Brockwell sorte. Il me rejoignit, non sans avoir d'abord lancé un regard à Matt.

— Toutes mes excuses pour vous avoir contrariée, Miss Steele, dit-il en s'inclinant brièvement.

— Ce n'est pas auprès de moi que vous devriez vous excuser.

Il adressa un sourire crispé à Matt, mais pas d'excuses.

— Il n'en reste pas moins vrai que vous freinez mon enquête en parlant à l'un de mes suspects.

— En quoi est-ce un frein ? demanda Matt. À vrai dire, si nous comparions nos réponses, nous découvririons peut-être quelque chose.

Brockwell eut l'air d'y réfléchir, mais il secoua la tête.

— Je m'en sortirai seul.

— Nous ne sommes pas obligés de travailler chacun de son côté. Ensemble, nous pourrions trouver le meurtrier plus vite.

— Je suis parfaitement capable de travailler seul, Mr Glass. Je n'ai pas atteint le grade d'Inspecteur-chef en partageant mes résultats avec d'autres.

Quel homme arrogant ! Et naïf, avec ça. Je secouai la tête pour faire comprendre à Matt que j'estimais qu'il était inutile d'insister pour convaincre Brockwell.

— Tant que Munro m'autorisera à enquêter, je continuerai d'interroger qui il me plaira, dit Matt. Est-ce clair ?

— Comme de l'eau de roche, répondit froidement Brockwell. Bonne journée, Miss Steele.

Il passa en trombe devant moi et prit son chapeau que lui tendait Bristow. Willie et Duc, qui montaient la garde devant la porte d'entrée déjà ouverte, le regardèrent s'éloigner. Brockwell descendit lentement les marches et passa devant la voiture où nous attendait Bryce, assis sur son siège de cocher. Duc claqua violemment la porte.

— Qu'est-ce qu'il voulait, ce salopard ? demanda Willie.

— Me dire d'arrêter d'enquêter.

Puis, s'adressant à Bristow, Matt ajouta :

— Mon chapeau, je vous prie. India, notre visite à l'hôpital devra attendre. Je vais aller parler au Commissaire Munro.

— Tout seul ? lui demandai-je.

Il acquiesça.

— Duc, Willie, allez chercher Cyclope. Je veux que vous partiez tous les trois à la recherche du shérif Payne.

Duc et Willie échangèrent un regard.

— Par où on commence ? demanda Duc.

— Je n'en ai aucune idée.

Matt enfonça son chapeau sur sa tête et enfila ses gants, et Bristow lui ouvrit la porte. Matt se tourna vers moi. Son expression farouche parut se détendre quelque peu.

— Êtes-vous sûr que vous ne voulez pas que je vienne parler à Munro avec vous ? lui demandai-je.

— Ce n'est pas nécessaire. Je doute que nous ayons le temps d'aller à l'hôpital aujourd'hui, finalement. Et si vous alliez rendre visite à Miss Mason pendant mon absence ?

Je le regardai s'éloigner, puis j'écoutai Duc, Willie et Cyclope qui, installés dans la bibliothèque, mettaient sur pied un plan pour retrouver Payne. Matt leur avait confié une mission impossible, mais aucun ne s'était plaint, pas même Willie. Avec mon aide, ils dressèrent une liste d'hôtels, mais personne ne trouva qu'ils étaient une hypothèse plausible. Si Payne était à Londres depuis un certain temps, il avait sans doute trouvé un logement moins cher, peut-être chez un particulier. Si tel était le cas, il serait extrêmement difficile de le retrouver.

— Voulez-vous mon aide ? leur demandai-je.

— Nous serons assez de trois pour aujourd'hui, m'assura Cyclope. Prenez votre après-midi, comme Matt vous l'a suggéré. Si vous voulez, nous pouvons vous conduire chez Miss Mason avant de continuer notre route.

— Je pense qu'il vaut mieux que j'évite les Mason pour quelque temps. Pourriez-vous m'emmener aux Cross Keys, plutôt ? Je voudrais y prendre un verre.

— Vous ne devriez pas y aller seule, dit Duc. On trouve toutes sortes d'individus dans les tavernes.

— L'auberge des Cross Keys est un endroit tout à fait respectable, et nous sommes en plein milieu de l'après-midi. Merci de vous inquiéter pour moi, Duc, mais je ne courrai aucun risque.

Willie m'empoigna fermement l'épaule.

— Bravo, India. Je trouve que c'est une bonne idée.

* * *

JE RESTAI une heure à l'auberge des Cross Keys, assise à une table, à observer les allées et venues de la clientèle. Personne ne m'importuna. L'homme que je connaissais sous le nom de DuPont n'entra pas, mais je ne m'étais guère fait de faux espoirs. À en croire le tavernier, qui se souvenait de ma première visite et m'avait reconnue, Chronos n'était pas revenu du tout, et il me confirma sa promesse de prévenir Matt s'il le voyait.

Je rentrai à Park Street en omnibus, mais il y avait beaucoup de circulation en fin d'après-midi, et le trajet de retour prit un certain temps. Matt rentra peu après moi. Je lui dis où j'étais allée, et il me raconta comment s'était déroulée son entrevue avec Munro.

— Aussi bien qu'on pouvait s'y attendre, soupira-t-il. Il m'a promis de parler à Brockwell.

L'horloge posée sur le manteau de la cheminée de la bibliothèque sonna six heures.

— Je ferais mieux d'aller me changer pour le dîner, dis-je. Cela fait déjà une demi-heure que votre tante est montée. Les autres ne devraient pas tarder à rentrer.

— Très bien, mais avant...

Il plongea la main dans la poche intérieure de sa veste et en sortit un petit paquet qu'il me tendit.

— Après avoir vu Munro, je suis allé faire des emplettes, et je vous ai acheté quelque chose que vous pourrez porter ce soir.

Je gardai les yeux fixés sur le paquet enveloppé dans du papier brun.

— Pourquoi m'offrez-vous des cadeaux ?

— Je ne peux donc pas faire un cadeau à une amie de temps en temps ?

— Non !

Il eut un sourire qui lui donnait un air délicieusement espiègle. Cela me faisait plaisir de le voir de bonne humeur malgré l'incident avec Brockwell, plus tôt dans la journée.

— Allez, India, ouvrez-le.

Je défis le papier et soulevai le couvercle de l'écrin. Nichée au creux d'un coussin de velours bleu roi se trouvait une broche en argent en forme de dragon ailé. Ses yeux étincelaient d'un vert intense. Étaient-ce de simples brillants ou de véritables émeraudes ? Je ne m'y connaissais pas assez en pierres précieuses pour faire la différence, et j'aurais l'air intéressée si je posais la question.

— Elle est magnifique, dis-je dans un souffle. Elle sera du plus bel effet sur ma robe couleur ivoire et sauge. Je ne voudrais pas avoir l'air ingrate, Matt, mais pourquoi m'offrez-vous cela ?

— Parce que je suis parti sans vous avoir remerciée de m'avoir défendu face à Brockwell. Je tiens à ce que vous sachiez que cela m'a beaucoup touché.

Il indiqua l'écrin d'un signe du menton.

— Les dragons sont des créatures féroces, et vous savez l'être aussi, quand vous voulez.

— Un simple remerciement aurait suffi.

— Pourquoi me contenterais-je de faire les choses à moitié quand je peux vous éblouir ? Est-ce qu'elle vous plaît ?

— Oui, beaucoup. Merci.

Il sourit et ses joues rosirent imperceptiblement.

— J'avais le choix entre ce dragon, un scarabée et un papillon. Mais un insecte, ça n'a rien de très intimidant.

— On voit bien que vous n'avez jamais écrasé une punaise des bois.

* * *

Lord et Lady Rycroft furent les premiers à arriver, accompagnés de leurs filles. Nous avions très peu vu Lord Rycroft depuis la première rencontre entre Matt et son oncle. Ce jour-là, Matt avait failli le rouer de coups pour avoir proféré des insultes que Matt avait très mal prises. La froideur avec laquelle il le salua indiqua que Lord Rycroft n'avait pas pardonné à son neveu.

Matt, en revanche, salua poliment son oncle, ainsi que sa tante et ses cousines. Tout le monde se réunit au petit salon pour bavarder en prenant l'apéritif, mais l'atmosphère était horriblement tendue. Lord et Lady Rycroft n'osaient presque pas regarder Willie, Duc et Cyclope. C'était comme s'ils pensaient pouvoir faire comme si les amis et la cousine roturière de Matt n'existaient pas s'ils ignoraient leur présence. Quant à moi, ils me traitèrent à peine mieux, me saluant tous les deux d'un air glacial.

Leurs filles ne se montrèrent pas aussi impolies, et je pris soin d'interroger Patience sur les préparatifs de son mariage. Elle finit par s'ouvrir à moi au bout de quelques minutes, et me montra timidement sa bague de fiançailles.

— Elle est très jolie, dis-je.

— Votre broche aussi, répondit-elle en remarquant la broche épinglée à ma robe. Est-ce un héritage de famille ?

— Oh, non ! Tout ce qu'il me reste de ma famille, ce sont des montres et des horloges. C'est votre cousin qui me l'a offerte, pas plus tard qu'aujourd'hui.

Hope, qui était en train de parler à Matt, fit soudain volte-face pour me dévisager. Son regard tomba sur la broche.

— Quelle gentille attention ! déclara-t-elle. Regardez ces yeux en émeraude.

Charity, qui était assise près de moi, mais de l'autre côté, se pencha pour examiner la broche.

— Est-ce que ce sont de vraies émeraudes ?

— Un peu, que c'est des vraies ! Si vous connaissiez mieux Matt, vous sauriez qu'il a horreur de tout ce qui est faux.

Puis, avec un sourire mauvais à l'intention de Hope, elle ajouta :

— Pour les bijoux comme pour le reste.

Hope se hérissa et Matt s'empressa de reprendre le fil de sa conversation avec elle.

— Ne faites pas attention à mes sœurs, Miss Steele, me glissa

Patience à l'oreille. Elles sont jalouses de l'attention que vous prête Matthew.

Je lançai un coup d'œil furtif à Matt. Pour le moment, c'était Hope qui semblait être l'objet de toute son attention.

— Merci, Patience. Vous êtes très aimable. Votre futur époux a beaucoup de chance. J'espère qu'il le sait.

Elle me fit un sourire qui rehaussa ses traits d'habitude assez quelconques et illumina ses yeux. Elle n'était pas jolie, surtout comparée à ses sœurs, mais je commençais à apprécier sa compagnie. J'aimais bien mieux être assise à côté d'elle qu'à côté de Charity ou Hope.

Nous continuâmes à parler de son mariage tandis que Miss Glass cherchait à engager la conversation avec son frère et sa belle-sœur, mais Lord Rycroft ne lui répondit que par des regards noirs et des monosyllabes. Lady Rycroft était trop occupée à observer Matt et Hope pour parler à qui que ce soit. Willie et Duc furent livrés à eux-mêmes tandis que Cyclope faisait de son mieux pour échapper à Charity Glass, au sens propre du terme. Elle se tenait tout près de lui, au mépris de toutes les convenances, et battait furieusement des cils avec une innocence affectée. Il la surveillait avec méfiance de son œil unique, comme s'il s'attendait à ce qu'elle se jette sur lui à tout moment.

L'atmosphère électrique de la pièce se détendit lorsqu'un bruit de pas rapide se fit entendre au-dehors, et tout le monde se retourna, soulagé, pour accueillir Lady Abbington. Seulement, ce n'était pas Lady Abbington qui venait d'entrer.

C'était le shérif Payne.

CHAPITRE 7

$\mathcal{M}$att se leva d'un bond et se précipita vers Payne.

— Qu'est-ce que tu veux ? dit-il d'une voix plus tranchante qu'une lame en acier.

— India, murmura sa tante. C'est cet homme abject qui était venu l'autre jour.

— Il est entré si vite, je n'ai pas eu le temps de l'arrêter, Mr Glass, s'excusa Bristow d'un air paniqué.

— Qu'est-ce que cela signifie ? s'indigna Lord Rycroft sur ce ton impérieux que seuls savaient prendre les aristocrates. Qui est cet impertinent ?

Duc fit craquer ses phalanges et Cyclope se dégagea du coin où il se trouvait pour rejoindre Matt. Willie, qui avait gardé sa tenue d'homme, marmonna quelque chose à propos du Colt qu'elle avait laissé dans sa chambre. J'allai me placer à côté de Miss Glass. Sa main tremblante effleura la mienne.

Payne se lécha les lèvres.

— Espèce de salopard.

— Sors d'ici avant que je te colle une raclée, rugit Matt.

— Tu oserais t'en prendre à un représentant de la loi ?

— Tu ne représentes pas la loi, ici.

— Mes filles ! s'écria Lady Rycroft en agitant frénétiquement les bras comme un agent de la circulation. Mes filles, venez !

Mais aucune de ses filles ne bougea. Elles étaient captivées par la scène qui se déroulait sous leurs yeux.

— Je suis bien content que tu aies des invités, dit Payne en étirant ses lèvres déjà fines en un sourire plus fin encore. Je tiens à ce qu'ils sachent que ta famille en Amérique n'est qu'une bande de voleurs.

— Il se trouve qu'ils sont aussi de ma famille, rétorqua Matt d'un ton presque amusé. Et ils sont déjà au courant pour ma famille américaine. Crois-moi, ils sont absolument horrifiés par mon passé. Rien de ce que tu diras ne pourra aggraver les choses.

De la sueur se mit à perler sur le front haut de Payne, sous le rebord de son chapeau. La nonchalance de Matt commençait à l'affecter.

— Tu en es sûr ? Ils connaissent tous les détails ?

Plus il parlait, plus son accent américain devenait marqué, et moins il semblait sûr de lui.

— Tu m'en veux parce que j'ai parlé à Munro, dit Matt, dont la voix était redevenue inflexible. Je comprends. C'est frustrant, de voir tous ses plans être déjoués.

— Tu n'as rien déjoué du tout, Glass. Même pas en rêve, ricana Payne.

Une lueur mauvaise dans les yeux, il écarta légèrement les pieds comme pour se camper en vue d'un long face-à-face.

— Tu veux que je leur dise quelque chose qu'ils ne savent pas ?

— Duc, Cyclope, aidez Bristow à raccompagner le shérif Payne vers la sortie.

— Un shérif ?

Le cri de Lord Rycroft fit sursauter Miss Glass. Il vint se planter devant Matt en se plaçant entre lui et Payne, qui étaient pourtant tous deux plus grands que lui et pouvaient aisément se regarder par-dessus sa tête.

— Matthew, j'exige de savoir ce qui se passe.

— La ferme, lui dit sèchement Willie. C'est pas vos oignons.

Les bajoues de Rycroft tremblotèrent d'indignation, prouvant par-là qu'il était incapable d'ignorer totalement Willie et les autres, malgré tous ses efforts pour en donner l'impression.

— Je ferai ce qu'il faut pour te voir te balancer au bout d'une corde, Glass, fit Payne d'un ton menaçant. Que ce soit ici ou chez nous, ça m'est égal.

Miss Glass poussa un petit cri horrifié et porta la main à sa poitrine. L'une des cousines Glass fit entendre un gémissement apeuré pendant que sa mère lui agitait un mouchoir devant le visage.

— Faites quelque chose, Richard, dit-elle, implorant son époux.

Mais Lord Rycroft se contenta de toiser Payne d'un air parfaitement scandalisé, sans dire un mot.

Duc et Cyclope empoignèrent Payne par les bras et l'emmenèrent de force à reculons, ses talons traçant un sillon sur le tapis. Il se débattit, essayant de reprendre appui sur ses pieds et de se dégager, mais sans succès. Son chapeau tomba et Bristow le ramassa. Ils l'avaient repoussé jusqu'à la porte, quand l'horloge posée au-dessus de la cheminée se mit à sonner. Payne la regarda et cligna des yeux.

Puis, comme si le carillon lui avait rappelé quelque chose, sa colère s'envola d'un coup. Le silence s'emplit de son rire aigre et cassant.

— Je connais ton secret, lâcha-t-il soudain alors que Duc et Cyclope le traînaient hors de la pièce. Je sais que tu as besoin de ta montre. Je connais ses effets.

Oh non.

— Qu'est-ce que tu en sais ? aboya Willie.

Matt tendit aussitôt la main pour lui attraper le bras. Il dut le lui serrer fort, parce qu'elle grimaça de douleur.

Les cris de Payne finirent par s'atténuer, et la porte d'entrée s'ouvrit et se referma. Il s'ensuivit un silence tendu ; nul ne semblait savoir quoi faire ni quoi dire. Finalement, ce fut Lord Rycroft qui le brisa.

— Venez, Beatrice, allons-nous-en.

— Non, dit Matt. Restez. Il est parti. Vous n'avez plus rien à craindre, mon Oncle.

— Moi, j'aurais peur d'un Américain tout juste bon à enfermer ?

Il renifla avec dédain et bomba le torse.

— Il ferait beau voir ! Beatrice, je vous laisse décider.

Lady Rycroft ravala ses larmes tout en regardant tour à tour chacune de ses filles, bien que son regard s'attarde plus longuement sur Hope.

— Restons, Maman, dit Hope. Je suis certaine qu'il ne reviendra pas, maintenant qu'il a dit ce qu'il avait à dire.

Ses parents se rangèrent alors à ce verdict, et il ne fut plus question de s'en aller. Lady Abbington arriva sept minutes plus tard, sans se douter le moins du monde du drame qui venait à peine de la précéder. Elle entra dans le salon avec toute la sérénité et la grâce que Miss Glass nous avait assurés qu'elle possédait. Je me rendis très vite compte qu'elle n'avait pas exagéré le charme ni la beauté de Lady Abbington. Ses cheveux blonds étaient élégamment ornés d'un chapelet de perles tressé dans ses mèches et sa robe d'un violet profond mettait en valeur sa taille fine et la peau claire de sa gorge.

Mais c'est surtout l'assurance de son maintien qui attira mon attention. Une fois les présentations faites, elle se mit à converser tout naturellement à la fois avec les deux tantes de Matt et avec son oncle, et personne ne fit allusion à la visite de Payne. Matt se tenait debout à côté d'eux, inclus dans la discussion sans y prendre part lui-même, et c'est à peine s'il lança un regard à Lady Abbington. Il avait l'esprit occupé ailleurs. Par Payne, sans aucun doute. Il porta machinalement la main à la poche intérieure où il rangeait sa montre, ce qui confirma mes soupçons.

Je devinais au silence de Willie, Duc et Cyclope, qu'ils pensaient à Payne, eux aussi. J'aurais voulu que nous puissions tous parler de l'accusation qu'il avait lancée, mais cela devrait attendre. Pour l'instant, je ne pouvais que garder pour moi les pensées inquiètes qui tourbillonnaient dans ma tête. Il me paraissait impossible que Payne sache à quoi servait la montre de Matt... Ou du moins pas exactement. Il avait sans doute deviné, à partir de ce qu'il avait vu quelques semaines plus tôt lorsqu'il avait surpris Matt qui utilisait sa montre dans la voiture en début de soirée. Savait-il que la magie y jouait un rôle ? Je n'en étais pas sûre, mais en tout cas, il avait l'air de supposer que cette montre était importante pour Matt.

La cloche du dîner sonna enfin, et tout le monde se dirigea

vers la salle à manger. Miss Glass se plaignit que la présence de ses trois nièces l'ait empêchée d'avoir un nombre pair d'invités et de faire asseoir chaque femme à côté d'un homme comme le voulaient les convenances ; en entendant sa remarque, sa belle-sœur se hérissa, mais le rire de Hope désamorça la situation.

Toutefois, elle cessa de rire en s'apercevant qu'elle avait été placée à un bout de la table, et Matt à l'autre bout. Sa mère pinça les lèvres et parut sur le point d'émettre une objection, quand Charity, que l'on avait fait asseoir à côté de Matt, intervint de sa petite voix.

— Change donc de place avec moi, Hope. Tu sais bien que j'ai horreur d'être aussi près de la cheminée.

— Le feu a été éteint, lui fit remarquer Miss Glass.

— Mais tout de même, je n'aime pas m'asseoir près des cheminées, Tante Letitia. C'est à cause du manteau, vous comprenez.

Sans attendre de réponse, Charity se dirigea tout simplement de l'autre côté de la table.

Hope tâcha de sourire pour masquer son embarras, mais la lueur des chandelles trahit son visage rouge de honte. La tête basse, elle rejoignit calmement la chaise que sa sœur avait laissée vide et s'assit.

J'avais d'abord cru que c'était un stratagème de Charity pour que sa sœur puisse être à côté de Matt, avant de réaliser que Hope avait été placée à côté de Cyclope. Charity lui sourit en se laissant tomber sur la chaise précédemment occupée par Hope.

— N'était-ce pas excitant, quand ce shérif a fait irruption ici tout à l'heure ? lui glissa-t-elle à voix basse.

Assise de l'autre côté de Cyclope, je l'entendis distinctement.

— Vous avez été si courageux, Mr Cyclope, et si fort ! On aurait dit un pirate.

Il déglutit bruyamment et fit signe à Bristow de lui remplir son verre de vin.

Je me mordis la lèvre pour m'empêcher de sourire. J'étais heureuse que cette soirée me donne enfin une raison de sourire, mais je me doutais que Cyclope n'apprécierait pas. En levant les yeux, je surpris sur moi le regard de Matt, qui haussait un sourcil interrogateur. D'un coup d'œil oblique, je lui montrai que c'était le calvaire de Cyclope qui me faisait sourire. Il avait dû comprendre, car il eut à son tour un sourire en coin. Hope et Lady Abbington remarquèrent toutes deux notre échange muet.

— Que voulait-il, ce shérif ? demanda Charity. Et qu'a-t-il voulu dire, quand il a prétendu que notre cousin Matthew avait besoin de sa montre ?

— Qui sait ? dit Cyclope. Votre père a raison : il n'a pas toute sa tête.

Je me demandai si Matt, à l'autre bout de la table, devait répondre à des questions semblables. Hope semblait porter la conversation à bout de bras pour empêcher Matt de trop s'intéresser à son autre voisine de table, Lady Abbington. Cette dernière, en revanche, le dévorait des yeux et finit par capter son attention, au grand dam de Hope.

Mais cela ne dura pas longtemps.

— Hope, ma chérie, appela bien fort Lady Rycroft depuis l'autre côté de la table. Parle à Matthew de notre domaine de Rycroft, qui est si agréable en été. Oh, et dis-lui combien de chevaux ton père a dans ses écuries.

Le silence s'installa dans la pièce.

Hope baissa les paupières et prit une profonde inspiration comme pour rassembler tout son courage. Puis elle se mit à décrire à Matthew le lac, dont la surface scintillait au soleil et qui était parfait pour y organiser des pique-niques ou pour y faire un tour en barque.

— Matthew héritera de tout cela un jour, précisa Lady Rycroft à Lady Abbington, en prenant bien soin, là encore, de parler assez fort pour être entendue de tous. Il jettera mes pauvres filles à la rue s'il n'épouse pas l'une d'entre elles.

— Maman, protesta Hope d'un ton plaintif.

Patience baissa la tête, mais j'eus tout de même le temps de voir ses joues virer au rouge brique.

— Ne soyez donc pas si dramatique, Beatrice, dit Miss Glass en secouant la tête.

Puis, se penchant vers Lady Abbington, elle ajouta :

— Ma belle-sœur a un penchant pour l'exagération. Le mariage de Patience est pour bientôt, et je suis sûre que Charity et Hope ne tarderont pas à recevoir des demandes, elles aussi.

Surtout Hope. Elle semble avoir du succès auprès des hommes. Et naturellement, mon neveu tient à faire un mariage d'amour.

Elle n'eut pas besoin d'ajouter explicitement qu'il n'était tombé amoureux d'aucune de ses cousines, car le message était clair.

Lady Rycroft dévisagea Miss Glass comme si elle n'arrivait pas à croire que sa propre belle-sœur ait pu si ouvertement contrarier ses plans. Elle se tourna alors vers son époux, Lord Rycroft, qui s'attaquait à sa soupe avec vigueur, lampant bruyamment une cuillerée après l'autre pour ne pas pouvoir parler.

— Matthew est un grand romantique, poursuivit Miss Glass sans paraître avoir remarqué la tension qu'avait suscitée sa remarque.

— Que pensez-vous des mariages d'amour, Marianne ?

Lady Abbington eut l'air désarçonnée l'espace d'un instant, mais elle ne tarda pas à reprendre une contenance.

— Je trouve que c'est une idée très noble, et romantique, à n'en pas douter, mais ce n'est pas toujours réaliste.

— Absolument, opina Lady Rycroft. L'amour, c'est très bien pour les classes populaires, mais pas pour nous.

— Je pense tout de même que c'est possible, dans de rares cas, reprit Lady Abbington. Les mariages d'amour fonctionnent mieux lorsque les deux partis en présence apportent chacun une contribution équivalente au ménage, et qu'il n'y en a pas un qui y gagne plus que l'autre. Ainsi, ni le mari ni la femme n'aura l'impression d'avoir perdu au change, et ils peuvent filer le parfait amour.

— Voilà qui est très sage, Marianne, approuva Miss Glass. N'es-tu pas de cet avis, Matthew ?

— Tout à fait, dit-il. À propos de mariage, parlez-nous de votre fiancé, Patience.

Patience parla calmement, mais avec enthousiasme, de Lord Cox, et plus encore de ses quatre enfants. Il était clair qu'elle les adorait et qu'elle serait ravie de devenir leur mère à la minute où elle aurait épousé leur père.

— Vous voyez, dit Miss Glass lorsque Patience eut fini de parler, voilà ce que j'appelle un mariage d'amour.

— Oui, parce que les époux sont sur un pied d'égalité, fit remarquer Lady Abbington. Félicitations, Patience, on dirait que vous avez trouvé la perle rare. J'espère que vos sœurs auront autant de chance que vous. Et vous, Miss Steele, Miss Willie ?

— Pas de mariage pour moi, décréta Willie. Je n'ai aucune envie de devenir l'esclave d'un homme et d'être à sa disposition.

Charity pouffa dans son verre de vin.

— Et vous, Miss Steele ? me demanda Lady Abbington. Que pensez-vous des mariages d'amour ?

— Je suis du même avis que vous, lui dis-je. Un mariage heureux bâti sur l'amour ne peut fonctionner qu'entre deux personnes égales, mais pas pour les raisons que vous avez citées, selon moi. Si deux personnes sont amoureuses, aucune des deux n'aura l'impression d'y avoir perdu au change, puisqu'elles auront toutes les deux apporté la même chose à leur union : l'amour.

D'un léger haussement d'épaules, elle admit que je n'avais pas tort. Même ce simple geste était empreint, chez elle, d'une élégance naturelle.

— Cependant... ?

Matt reposa ses couverts pour me regarder avec insistance.

— Cependant, repris-je, il est rare qu'un mariage ne concerne que deux personnes. Il faut tenir compte de certains impératifs, notamment pour celui des deux qui a le moins à y gagner, et il importe également de prendre en considération l'avenir des autres membres de la famille.

— C'est bien vrai, dit Lady Rycroft avec un regard entendu à l'intention de sa belle-sœur.

Je mis un point d'honneur à éviter le regard de Miss Glass. Elle devait voir mes propos comme une trahison. Toutefois, ce fut Matt qui intervint.

— Je ne suis pas d'accord avec vous, India. En matière de mariage, l'opinion des autres membres de la famille est sans importance. Sinon, les deux époux seront malheureux.

— Je ne suis pas en train de dire que des gens qui se détestent doivent se marier, dis-je. Pas du tout. Mais je pense que l'amour ne peut pas résister à des forces extérieures, pas sur le long terme. La pression serait trop forte, en particulier pour la personne qui aurait gagné en statut suite à ce mariage avantageux. Elle finirait... ou il finirait par se sentir coupable, et l'amour éprouvé au début risquerait de s'en ressentir.

— Bien dit, approuva Lady Abbington en battant légèrement des mains.

— J'estime qu'il doit y avoir un équilibre entre les sentiments et les obligations, précisai-je.

— Je le crois aussi. Et vous, Mr Glass ? Qu'en pensez-vous ?

Matt m'observa d'un regard bref, mais intense. Puis il reprit sa fourchette et son couteau.

— J'en pense que nous devrions changer de sujet.

— Je suis bien d'accord, approuva Willie tout en faisant signe à Bristow de lui remplir son verre de vin. De toute façon, ça n'existe pas, l'amour. C'est une invention des poètes de l'époque pour trousser les dames.

— Willemina ! s'indigna Miss Glass.

Les plis que Lady Rycroft avait autour de la bouche s'accentuèrent et elle secoua la tête.

— N'écoutez pas de telles grossièretés, mes filles.

Hope et Charity semblaient essayer de ne pas rire, mais Patience piqua un fard. Willie avait l'air de vouloir répliquer, mais je la regardai en secouant la tête, et elle referma la bouche en levant les yeux au ciel.

Lord Rycroft leva son verre dans sa direction.

— Je n'aurais jamais cru être un jour du même avis qu'une Américaine qui s'habille en homme et jure comme un charretier, mais c'est pourtant le cas.

— Eh bien, dit Lady Rycroft d'un ton faussement enjoué. Nous irons bientôt à Rycroft pour le mariage, et j'ai hâte d'être de retour chez nous. Les amis et voisins que nous avons là-bas me manquent. Ils sont si nombreux à ne plus venir à Londres, de nos jours. N'avez-vous pas remarqué, Marianne ?

Lady Abbington et Lady Rycroft entrèrent alors en grande conversation sur la société mondaine de Londres, ce qui permit à Hope d'avoir toute l'attention de Matthew. J'étais certaine que Lady Rycroft avait fait exprès d'orienter la discussion sur ce sujet.

Le dîner parut durer une éternité, et je dus ensuite rester une autre éternité au salon avec les autres dames en attendant que ces messieurs nous rejoignent. La conversation peinait à démarrer et, pour ne rien arranger, Willie était allée avec les hommes. Je me retrouvais sans allié. Je me levai pour examiner l'horloge posée sur le manteau de la cheminée. Elle était parfaitement à l'heure, mais peut-être valait-il mieux que je vérifie tout de même son mécanisme. Ne serait-ce que pour avoir quelque chose à faire.

Les hommes et Willie nous rejoignirent ensuite, mais pour un moment seulement. Miss Glass, qui avait été parfaitement lucide toute la soirée, appela Matt par le nom de son père, le suppliant de ne pas quitter la maison de peur de mettre leur père en colère.

Charity ricana derrière sa main.

— Arrête, Letitia, dit sèchement Lord Rycroft à sa sœur. Tu es ridicule.

Elle n'eut pas l'air de l'entendre.

— Venez avec moi, Miss Glass, dis-je en la prenant par le coude. Elle s'appuya lourdement sur moi, mais elle était si frêle que je n'eus aucun mal à supporter son poids. Après l'avoir aidée à monter l'escalier, j'envoyai chercher sa femme de chambre.

Lorsque Polly arriva, je regagnai ma propre chambre au lieu de retourner au salon. Je ne manquerais à personne, et j'avais trouvé toute cette soirée terriblement frustrante. J'avais besoin de faire quelque chose pour me calmer les nerfs. Je m'assis à mon bureau et ouvris le boîtier de ma montre. Elle fonctionnait à la perfection, mais la manipuler me détendit un peu.

Un quart d'heure après, on toqua légèrement à ma porte. En l'ouvrant, je vis Matt, les cheveux dépeignés comme s'il n'avait cessé d'y passer les mains. Le blanc de ses yeux était injecté de fines lignes rouges et sa peau avait l'air pâle à la lueur de sa lampe.

— Ils sont partis, dit-il simplement.

— Tous ? Déjà ?

Il hocha la tête.

— C'était une soirée éprouvante. Je comprends que vous ne soyez pas redescendue, mais attendez-vous à subir la colère de Willie. Elle pense que vous l'avez abandonnée.

Cette remarque me fit sourire.

— À vous entendre, on dirait que vous n'avez pas apprécié la soirée.

Il se contenta d'incliner la tête sur le côté.

— Et dire que tout ça, c'était pour vous, me désolai-je. Vous n'avez pas apprécié la compagnie de Lady Abbington ?

Il haussa une épaule.

— Elle a l'air sympathique.

— Lady Rycroft sera ravie d'apprendre que vous l'avez décrite comme tout juste sympathique. Son stratagème a fonctionné.

— C'est surtout le stratagème auquel a eu recours Charity pour s'asseoir à côté de Cyclope qui, à mon sens, a fait commencer la soirée sur une note... intéressante.

— Comment va-t-il ?

— Il est dans le salon, en train de boire quelque chose de fort pour se remettre de ses émotions. Voulez-vous vous joindre à nous ? Nous allions parler de Payne, mais j'ai pensé qu'il valait mieux que vous soyez là.

Comme je ne voulais pas laisser ma montre toute démontée sur mon bureau, je ramassai la montre ainsi que les pièces et redescendis au salon avec lui.

— Oh ! s'exclama Willie, les mains sur les hanches. Voilà la fille prodigue qui revient.

— Emmenez-la avec vous, la prochaine fois, me supplia Duc. Elle s'est mise à ronchonner dès que vous êtes partie, et elle n'a arrêté qu'une fois tous les invités partis.

— Comment va Miss Glass ? s'enquit Cyclope.

— Je l'ai laissée entre les mains de Polly. Espérons qu'un peu de repos lui fera du bien.

Je coulai un regard furtif vers Matt, tentée de lui dire qu'un peu de repos lui ferait du bien, à lui aussi, mais je me retins. Je ne voulais pas sentir sur moi ses yeux brûlants de colère.

— Alors, à votre avis, que voulait dire Payne ? demanda Duc tout en remplissant de brandy cinq verres alignés sur le buffet. Vous pensez qu'il est au courant ?

— Pas pour la magie, dis-je en éparpillant sur mes genoux les composants de ma montre. C'est impossible.

Je refusai d'un signe de tête le verre que me tendait Duc.

— Je suis du même avis, dit Matt à mi-voix. Même s'il a parlé de moi avec Abercrombie et Hardacre, ils ne savent pas que ma montre est magique. Personne ne le sait à part nous.

— Et Chronos, ajouta Cyclope. Mais Payne ne sait sûrement pas qui il est.

— Dans ce cas, comment pourrait-il connaître les détails ? dis-je. Tout ce qu'il sait, c'est ce qu'il a vu ce jour-là, quand vous vous êtes servi de votre montre dans la voiture.

— À savoir que quand je tiens ma montre dans ma main, mes veines deviennent violettes, conclut Matt.

— Eh bien voilà. C'est sûr : il bluffait. Vous êtes doués pour ça, vous, les Américains.

— C'est à force de jouer au poker, dit Willie en hochant la tête. Nom de Dieu, si seulement j'avais eu mon revolver sur moi quand il est entré. Pas pour le tuer ! se défendit-elle en voyant que nous la regardions tous avec de gros yeux. Je l'aurais juste un peu égratigné.

Duc fit tourner lentement son brandy dans son verre.

— Et tu aurais collé une peur bleue à toutes ces dames.

— Ça les aurait peut-être fait partir.

Elle avait l'air d'enregistrer cette information pour une prochaine occasion.

Je m'inclinai vers la lumière de la lampe et insérai le dernier ressort dans son logement.

— Pas besoin de ton Colt, Willie ; Payne avait l'air assez chamboulé comme ça.

Je levai les yeux et m'aperçus que Matt m'observait. Ou plutôt, qu'il observait ce que je faisais.

— Ça ne lui a pas plu, que Matt parle de lui à Munro, dit Cyclope. Il ne s'attendait sûrement pas à ce que Munro accorde à Matt le bénéfice du doute.

— C'est parce que Payne ne sait pas que Daniel Gibbons était le fils de Munro, dit Willie. Heureusement.

Matt pressa son pouce et son index sur ses yeux. Je m'éclaircis la gorge et il laissa retomber sa main. Je revissai l'arrière du boîtier de ma montre et refermai mon poing autour, puis je lui adressai un haussement de sourcils.

Il tira sa montre de sa poche intérieure et renversa la tête en arrière. La montre s'illumina, palpitant comme si elle était animée d'une vie propre, et une lueur violette parcourut ses veines, disparaissant à la naissance de ses cheveux. Un instant plus tard, il rangea la montre dans sa poche et ses veines reprirent leur aspect habituel. Sa pâleur grisâtre avait disparu, mais il avait encore l'air fatigué.

Les autres devaient être du même avis, car ils décidèrent tous comme un seul homme qu'il était l'heure d'aller se coucher. Duc finit son brandy et Willie souhaita bonne nuit à tout le monde. Je me levai pour la suivre, mais Matt me saisit la main au passage.

— Restez, murmura-t-il.

Cyclope me regarda en plissant les yeux.

— Juste un instant, alors, dis-je à Matt tout autant qu'à lui. Je suis trop fatiguée pour rester encore debout bien longtemps.

Cyclope ferma la porte, nous laissant seuls, Matt et moi.

— Tout va bien ? lui demandai-je.

— Je l'ignore.

Matt se leva et me prit délicatement la main. Il me fit ouvrir le poing pour révéler ma montre.

— Y a-t-il un problème avec votre montre ?

— Non.

Il prit ma main entre les siennes. Mon souffle se fit haletant et je sentis sa chaleur se diffuser à travers ma peau. La chaleur de la magie, réalisai-je brusquement. Ma magie réagissait à celle que sa montre avait instillée dans son corps.

— Pourquoi l'avez-vous démontée, alors ? demanda-t-il.

— Je ne sais pas vraiment. J'en avais envie, voilà tout. Cette soirée a été... éprouvante, et ça me détend, de démonter et remonter des montres.

— Je vois.

Il examina la montre au creux de ma main.

— Je crois que c'est la nature méthodique et précise de ce travail. Ça m'occupe les mains, mais aussi l'esprit. Même si je connais tellement bien ma montre, désormais, que je serais sans doute capable de le faire sans réfléchir.

Je m'efforçai de cesser de parler pour ne rien dire.

— Y a-t-il autre chose dont vous vouliez me parler ?

Son pouce caressait le mien d'un geste lent et rêveur. C'était un mouvement censé m'apaiser, mais mon cœur s'emballa. Je n'arrivais toujours pas à le regarder dans les yeux.

— India, ce que vous avez dit au dîner, à propos du mariage...

Je retirai vivement ma main et les mis toutes les deux derrière mon dos.

— Ne parlons pas de ça. Acceptons simplement que nous ne sommes pas d'accord sur ce sujet.

— Pour l'instant.

— Que voulez-vous dire ? Vous ne me convaincrez pas, et je ne pourrai pas non plus vous faire changer d'avis.

— Nous en reparlerons plus tard, quand le moment s'y prêtera mieux.

— Quand il se prêtera mieux à quoi ?

En quelques enjambées, il alla m'ouvrir la porte.

— Bonne nuit, India.

— Vous ne pouvez pas refuser de me répondre, Matt. C'est injuste. D'autant plus que c'est *vous* qui m'avez demandé de rester.

— Vous avez raison. À la vérité, je voulais vous dire que je suis désolé du tour qu'a pris la soirée. La prochaine fois, si nous sommes prévenus à l'avance, nous trouverons un prétexte pour y couper court, vous et moi.

Je ris de bon cœur.

— Si vous croyez que votre tante vous laissera lui faire faux bond, vous êtes bien naïf. Moi, par contre, je ne lui suis d'aucune utilité. Je pourrais peut-être aller voir une bonne pièce de théâtre avec les autres. Quelque chose d'amusant, ou même de grivois, pourquoi pas. Willie adorerait ça.

Je sortis et il me suivit après s'être emparé d'une lampe sur la table.

— Non contente de me jeter en pâture à ces dames, vous seriez prête à me priver aussi de mes alliés ?

Je hochai la tête et me mis à monter l'escalier.

— Cela vous permettra de faire vraiment connaissance avec Lady Abbington. Et avec Hope aussi, bien sûr.

Il serra les lèvres et garda le silence jusqu'à ce que nous

soyons arrivés devant ma chambre. Je tendis la main vers la poignée de la porte, mais il fut plus rapide. Son visage se rapprocha. La lumière de la lampe se reflétait dans ses yeux.

— Je voudrais bien savoir ce que vous en pensez, India, murmura-t-il de sa belle voix grave, mais pour une fois, me voilà absolument incapable de lire dans vos pensées.

Ma gorge s'assécha. Je tentai d'avaler ma salive, mais cela n'arrangea rien.

— Je suis ravie d'apprendre que je ne suis pas totalement prévisible et inintéressante, plaisantai-je en priant pour qu'il ne remarque pas mes joues en feu et mes yeux brillants de désir.

L'un des coins de sa bouche se releva légèrement.

— Vous êtes tout sauf inintéressante. Je vous trouve tout simplement fascinante.

Seigneur. Je cherchai une répartie spirituelle, mais il ne m'en vint absolument aucune.

Il ouvrit la porte, approchant encore plus son visage du mien. Son souffle dérangea une mèche de mes cheveux.

— Bonne nuit, India.

— Bonne nuit, Matt. Dormez bien.

* * *

LE DR RITTER refusa de nous recevoir jusqu'à ce que Matt lui dise que son ami journaliste écrirait un article à charge sur la négligence dont avait fait preuve l'hôpital en soignant Mrs Oakshot.

— Le pouvoir de la presse, me souffla Matt tandis que l'infirmière nous accompagnait jusqu'au bureau du Dr Ritter.

Ce bureau était deux fois plus grand que celui du Dr Hale. Ses bibliothèques étaient chargées non pas de flacons de médicaments, mais de livres et de revues, et un portrait de la reine sembla regarder de haut son crâne chauve lorsqu'il s'assit à sa table de travail.

Il s'abstint de serrer la main de Matt et de nous saluer, mais il nous accueillit en se levant, les poings appuyés sur la surface de son bureau.

— La mort de Mrs Oakshot était une regrettable erreur du Dr

Hale, dit-il bien fort. L'hôpital n'y est pour rien, et votre ami aurait tort de raconter le contraire. Entendez-vous ?

— Nous voulons seulement vous poser quelques questions, dit Matt. Si vous aviez accepté de nous recevoir, nous n'aurions pas eu besoin d'en arriver à de telles extrémités.

— Est-ce le dénommé Barratt, de la *Gazette Hebdomadaire* ? Ça ne m'étonnerait pas. Il écrit toutes sortes d'inepties libérales.

— Pourquoi avez-vous dit à Mr Oakshot que le Dr Hale s'était trompé dans la dose de morphine administrée à Mrs Oakshot ?

Le Dr Ritter se redressa lentement, ses manières truculentes soudain évanouies.

— Je ne lui ai rien *dit* de la sorte.

— Mr Oakshot affirme que vous l'avez laissé entendre.

— Il s'agissait d'une conversation privée, ça ne vous regarde pas.

Il s'assit et examina plusieurs documents disposés sur son bureau.

— Je vous prie de partir. Je suis occupé.

— Vous n'aviez pas le droit de lui dire ça, dis-je. C'était un homme anéanti qui avait besoin d'un coupable.

— Et il en a trouvé un. Cela n'a fait de mal à personne, Miss Steele.

— À personne ! Il est soupçonné d'avoir assassiné le Dr Hale, et si sa culpabilité est avérée, ce sera votre faute. Aurez-vous la conscience tranquille si ses enfants deviennent orphelins ?

— Sortez, gronda-t-il d'un ton menaçant.

Matt me prit par le coude. Il craignait peut-être que je bondisse par-dessus le bureau pour gifler le Dr Ritter, à moins qu'il ne veuille simplement pas partir tout de suite.

— L'ennui, Dr Ritter, c'est que vous êtes un suspect, vous aussi.

— Je vous demande pardon ? s'étrangla-t-il, indigné.

— Vous aviez accès au flacon d'élixir du Dr Hale, vous êtes médecin, vous vous y connaissez donc en remèdes et en poisons, et vous vous étiez querellé avec le Dr Hale juste avant sa mort.

— Je ne me suis pas querellé avec lui, je l'ai renvoyé. Il a accepté ma décision.

— Vraiment ? dit Matt. Ou vous a-t-il menacé, vous faisant réaliser que vous deviez trouver un moyen de le réduire au silence ?

— De quoi m'aurait-il menacé ?

Matt haussa les épaules.

— Il aurait bien réussi à trouver quelque chose qui aurait pu intéresser les journalistes.

Le Dr Ritter serra les lèvres si fort qu'elles en devinrent toutes blanches.

— Dehors !

Matt me poussa vers la porte et nous sortîmes précipitamment.

— Nous n'avons rien appris, dis-je, mais je dois dire que je me sens mieux. Il fallait qu'il sache les dégâts qu'il avait peut-être causés en parlant à Mr Oakshot de l'incompétence du Dr Hale.

— Je partage votre avis, dit Matt. Dr Wiley ! appela-t-il en l'apercevant devant nous dans le couloir. Pouvons-nous vous parler un instant ?

Le Dr Wiley regarda derrière nous, puis derrière lui. Il avait l'air de vouloir faire demi-tour et s'en aller, mais il resta où il était. Il parvint même à nous saluer d'un sourire hésitant.

— Vous êtes Miss Steele et Mr Glass, c'est bien cela ? dit-il. Êtes-vous là pour des raisons médicales ?

— Pas du tout, dit Matt. Nous aidons la police dans son enquête sur la mort du Dr Hale.

La formulation de Matt laissait penser que nos actions étaient officielles. Ce changement de tactique eut plus de succès que son approche précédente. Le Dr Wiley ne protesta pas, et il ne chercha pas non plus à se dérober.

— Avez-vous d'autres questions à me poser ? demanda-t-il en serrant son bloc-notes sur sa poitrine. L'Inspecteur-chef Brockwell m'a déjà soumis à un interrogatoire très complet. Je n'ai rien de plus à ajouter.

Une infirmière nous frôla en passant et il la regarda jusqu'à ce qu'elle soit trop loin pour l'entendre, puis il se pencha vers nous.

— Je n'ai rien à voir avec la mort de Hale. Je ne suis même

pas convaincu qu'il s'agisse d'un meurtre. Il a probablement fait cela lui-même.

— Pourquoi aurait-il fait une chose pareille ? demanda Matt.

— Parce qu'il se sentait coupable d'avoir contribué à la mort d'une patiente, ou parce qu'il avait honte d'avoir perdu son travail ici. Sinon, si vous cherchez un autre coupable, vous devriez vous intéresser au veuf de la patiente en question, un certain Mr Oakshot. Il a été extrêmement agressif envers le Dr Hale après la mort de sa femme.

Il leva soudain un doigt.

— Je viens de penser à une autre personne qui en voulait à Hale.

— Qui donc ? lui demandai-je.

— Un dénommé Clark, de la Guilde des Apothicaires.

Je retins mon souffle. Les guildes semblaient toujours mêlées à ces histoires de meurtre et de magie.

— Mais le Dr Hale ne faisait plus partie de cette guilde, objectai-je. Il n'exerçait plus son métier d'apothicaire.

— Quoi qu'il en soit, il se trouve que Mr Clark est venu ici peu de temps après vous ce jour-là. Il a parlé avec Hale dans son bureau, et quand il est ressorti, il n'avait pas l'air content du tout. L'une des infirmières a entendu des éclats de voix, mais elle n'a pas pu distinguer ce qu'ils se sont dit.

— A-t-on revu le Dr Hale en vie après le départ de Mr Clark ? Le Dr Wiley hocha la tête.

— Je me suis moi-même entretenu avec lui. Nous devions parler de ses patients, vous comprenez, puisque c'était moi qui allais m'occuper d'un bon nombre d'entre eux en attendant qu'on trouve à le remplacer. J'ai déjà dit tout cela aux policiers.

— Et ils apprécieront que vous me le répétiez, dit Matt. Pouvez-vous nous dire où vous étiez après votre entretien avec le Dr Hale ?

Il se hérissa.

— J'étais avec un patient jusqu'à six heures, puis je suis rentré chez moi.

— Y a-t-il quelqu'un qui puisse confirmer vos dires ?

— Ma signature figure sur le dossier médical du patient. Je l'ai signé et j'ai inscrit l'heure juste avant de partir. Demandez à l'infirmière à l'accueil de vous le montrer. Dites-lui que j'ai donné ma permission.

— Merci, Dr Wiley.

Il poursuivit son chemin dans le couloir et nous partîmes dans l'autre sens.

— Que pensez-vous de ce Clark de la Guilde des Apothicaires qui est venu parler à Hale ? demandai-je à voix basse.

— J'en pense qu'il est le prochain à qui nous devrons rendre visite. Mais d'abord, vérifions les dires de Wiley.

Je laissai Matt demander à l'infirmière de garde les dossiers signés par le Dr Wiley l'après-midi de la mort de Hale. Il était doué pour ce genre de choses, et elle alla bien volontiers les lui chercher. Nous nous penchâmes au-dessus des documents, qui nous confirmèrent que Wiley avait bien signé le dossier d'un patient à six heures moins cinq.

— Attendez une seconde, dis-je en examinant la liste des noms et les heures. Il y a une signature après la sienne, où il est écrit cinq heures quarante-cinq. Ces notes ne devraient-elles pas être dans l'ordre chronologique ? Si quelqu'un avait vu ce patient avant lui, il aurait dû signer au-dessus de Wiley et non en dessous.

Matt posa cette question à l'infirmière, qui confirma avec un air perplexe.

— C'est ma signature, dit-elle. Je ne mens pas, Monsieur, je vous assure, mais je ne regarde pas les heures indiquées au-dessus des miennes, à moins que je n'aie un médicament à donner au patient à intervalle régulier.

Elle tapota la ligne du tableau où elle avait signé.

— J'ai seulement pris son pouls.

— Le Dr Wiley a dû faire une erreur en regardant l'horloge, dit Matt avec bienveillance. Vous n'avez pas de raison de vous inquiéter.

— Oui, ça doit être ça.

Sa bouche se tordit sur le côté et le pli soucieux de son front s'accentua.

— Avez-vous aussi vu un homme du nom de Clark parler au Dr Hale dans son bureau, cet après-midi-là ?

— Oui, Monsieur. Il a quitté le bureau du Dr Hale avec un regard sinistre, en marmonnant dans sa barbe.

— Que marmonnait-il ?

— Je n'ai compris que quelques mots. Il était question de ce journaliste à qui il avait parlé. C'est tout ce que j'ai entendu.

Matt la remercia et nous quittâmes l'hôpital pour rejoindre la voiture, qui nous attendait dehors.

— Wiley n'était donc pas avec le patient au moment où il le prétend, et il a menti délibérément sur ce point, dis-je.

— On dirait bien, oui. La question, c'est : pourquoi ?

— Et sur quoi d'autre a-t-il menti ?

— Savez-vous où se trouve le siège de la Guilde des Apothicaires ? demanda Matt à Bryce.

— Oui, Monsieur, c'est sur Black Friars Lane.

— Conduisez-nous là-bas tout de suite.

Vingt minutes plus tard, nous arrivions devant l'entrée du siège de la guilde, ornée d'imposantes colonnes. Comme toutes les autres guildes, celle-ci avait son blason au-dessus de l'arche de ses portes closes ; il représentait un homme doré tenant à la main un arc et des flèches et à la tête auréolée de rayons de soleil. Deux licornes étaient couchées à ses pieds, une de chaque côté.

— Pourquoi des licornes ? demandai-je à Matt pendant que nous attendions que quelqu'un vienne nous ouvrir.

— Je n'en sais rien, mais je pense que le personnage représente Apollon, le dieu grec de la médecine, entre autres choses.

— Si j'avais un blason, j'aimerais y mettre des licornes, moi aussi. C'est bien plus impressionnant que des chevaux.

Il partit d'un léger rire mais reprit son sérieux lorsque la porte s'ouvrit. Un portier en livrée nous fit entrer dans la cour intérieure. L'édifice haut de trois étages bordait la cour de tous les côtés avec, à l'arrière, un escalier qui menait à une porte. Un jeune homme était appuyé contre un lampadaire au centre de la cour, un livre ouvert à la main.

— Nous cherchons Mr Clark, dit Matt au portier. On nous a dit qu'il était membre de votre guilde.

— C'est le maître de la guilde, Monsieur, répondit le portier.

— Est-il ici en ce moment ?

— Oui, Monsieur, mais il est occupé, je regrette. Voulez-vous l'attendre ?

— Oui.

— Et vous êtes... ?

— Mr et Mrs Wild. Mon entreprise basée en Amérique souhaite évoquer la possibilité de se fournir en remèdes auprès de votre guilde. L'un de mes associés m'a dit de m'adresser à Mr Clark.

Une lueur s'alluma dans les yeux du portier.

— Je suis sûr que Mr Clark aura très bientôt un moment pour vous recevoir.

Il appela le jeune homme.

— Cartwright, accompagnez Mr et Mrs Wild au parloir.

Cartwright cala son livre sous son bras et sourit. Il ne devait pas avoir plus de dix-huit ans, avec sa silhouette fluette et les quelques touffes de poils pâlots qui se battaient en duel sur son menton. Il nous emmena jusqu'à l'escalier, marchant d'un pas décidé sur ses longues jambes, jusqu'à ce que Matt lui demande de ralentir par égard pour moi.

Je lui lançai un regard furieux pour lui montrer que j'étais parfaitement capable de suivre le rythme, et il me fit un clin d'œil.

— Toutes mes excuses, Mrs Wild, dit le jeune homme. Mr Clark aussi dit que je suis toujours trop pressé.

— Êtes-vous son apprenti ? lui demanda Matt.

— Je suis bien un apprenti, mais pas le sien.

— Est-ce un brave homme ?

Cartwright dévisagea Matt en plissant les yeux et ouvrit la porte en haut de l'escalier.

— C'est un excellent apothicaire. Il supervise la production des remèdes ici.

— La guilde produit ses propres remèdes sur place ?

— Oui, Monsieur, à la cave. Nous fournissons des structures importantes, notamment la Marine britannique, l'armée et la Compagnie des Indes Orientales. Et c'est Mr Clark qui supervise toute l'opération. Votre compagnie sera entre de bonnes mains, Monsieur.

— J'en tiendrai compte lorsque je prendrai ma décision. J'envisage de choisir l'entreprise d'Oakshot, ou peut-être même une compagnie plus modeste comme celle de Pitt.

— Monsieur, je vous conseillerais d'éviter l'une comme l'autre.

— Pourquoi cela ?

— L'entreprise de Mr Pitt n'a pas l'infrastructure nécessaire pour honorer une grosse commande à l'international. C'est vrai qu'il a assez bonne réputation et que sa clientèle lui est fidèle, il n'est tout simplement pas équipé pour la production de masse. Et même si Mr Oakshot est considéré comme un excellent apothicaire... Eh bien, disons qu'il y a quelque chose de louche chez lui, Monsieur.

Il nous indiqua une porte et nous entrâmes, mais il ne nous suivit pas.

— Que voulez-vous dire ? demanda Matt.

— C'est difficile à dire, mais Mr Clark n'aime pas beaucoup Mr Oakshot, et si Mr Clark n'aime pas quelqu'un, c'est qu'il a une bonne raison. Je vais avertir Mr Clark que vous êtes là, si vous le voulez bien ?

— Oui, bien sûr. Oh, une dernière chose. Je crois que ma montre est cassée, dit Matt en tapotant sa veste au niveau de sa poitrine.

Qu'avait-il donc en tête ?

— Connaissez-vous quelqu'un qui puisse la réparer ?

— Vous pourriez demander au siège de la Guilde des Horlogers, Monsieur. Il est sur Warwick Lane, ce n'est pas loin d'ici.

— Savez-vous qui est le maître de la guilde ?

— Il s'appelle Mr Abercrombie.

— L'avez-vous déjà rencontré ?

— Plusieurs fois. Il vient parfois dîner ici avec Mr Clark.

Puis, avec un bref salut de la tête, le jeune homme sortit promptement.

— C'était très habile, Matt, dis-je.

— Merci, dit-il. Il semblerait donc qu'il y ait un lien entre ces deux guildes.

— C'est peut-être une coïncidence.

Mais si c'était une coïncidence, pourquoi mon cœur battait-il à tout rompre, et pourquoi les hypothèses se bousculaient-elles dans ma tête ?

— Ou cela signifie peut-être que les deux guildes s'échangent des informations sur certains sujets. La magie, par exemple. Nous avons bien fait de leur donner un nom d'emprunt.

Il examina les étagères vitrées chargées de bocaux de médicaments qui occupaient les murs de la pièce du sol au plafond tandis que je restais debout près de l'horloge sur pied. Elle avait un ravissant cadran doré avec des aiguilles et des chiffres noirs, et une serrure dorée. Je me demandai si la clé était rangée à proximité.

— Vous avez envie de l'ouvrir, n'est-ce pas ? murmura Matt, qui venait de surgir derrière moi.

— Je vous croyais occupé à inspecter tous ces bocaux.

— Lire des étiquettes de médicaments, c'est une tâche fastidieuse.

Il retira un de ses gants et toucha la serrure.

— Et si nous cherchions la clé ?

— C'est sans doute le portier qui l'a sur lui. Il avait l'air trop responsable pour être du genre à laisser ouvert le verrou d'une horloge sur pied. N'importe qui pourrait entrer et la dérégler.

— Au risque de vous surprendre, India, la plupart des gens n'ont aucune raison de vouloir dérégler une horloge. Tout le monde n'a pas envie de les disséquer.

Un homme courtaud entra à petits pas comptés. De ses doigts fins, il boutonna sa veste avant de remettre en place une mèche rebelle. Il avait le visage rasé de près et des yeux bleu ciel qui nous jaugèrent tour à tour, Matt et moi. Il serra la main de Matt et se présenta comme Mr Josiah Clark, le maître de la guilde.

— Je vous en prie, asseyez-vous, dit-il. Voyons ce que je peux faire pour vous, Mr Wild. Cartwright me dit que vous possédez une entreprise en Amérique. De quel genre d'entreprise s'agit-il ?

— En réalité, j'ai un aveu à vous faire, dit Matt. Si j'ai dit cela à votre portier et à votre apprenti, c'était pour vous rencontrer.

Le visage de Mr Clark se décomposa brusquement. Il jeta un coup d'œil vers la porte. Matt se leva pour la fermer, puis il retourna s'asseoir.

— Mrs Wild et moi-même sommes des enquêteurs privés, et nous aidons la police dans son enquête sur la mort du Dr Hale.

Mr Clark se leva comme une flèche.

— Sortez.

— Rasseyez-vous, Mr Clark, sans quoi je serai tenté de dire à l'Inspecteur-chef Brockwell que vous n'avez pas été coopératif et qu'il aurait peut-être intérêt à se pencher un peu sur ce qui se manigance ici.

— Ce qui se manigance ! Nous ne faisons rien d'illégal, ici.

— Brockwell a dû vous dire que le Dr Hale avait été assassiné.

— Je n'ai pas parlé à la police, et je ne vois pas pourquoi je le ferais.

Matt me lança un coup d'œil furtif.

— Je n'ai rien fait de mal, Mr Wild, si c'est bien là votre nom.

— Vous vous êtes querellé avec le Dr Hale le jour de sa mort, dit Matt. À quel sujet ?

— Ça ne vous regarde pas !

— Mr Clark, vous n'avez pas l'air d'en avoir conscience, mais j'entends bien informer l'Inspecteur-chef Brockwell que vous avez refusé de nous aider. Votre silence ne va pas lui plaire. Si vous n'avez réellement rien à cacher, il suffit de nous dire la vérité.

Mr Clark lança un regard plein de regrets vers la porte, puis il poussa un soupir. Il se rassit.

— Le nom du Dr Hale était dans les journaux, ce matin-là. On prétendait qu'il avait accompli une guérison miraculeuse. J'ai voulu en savoir plus, lui demander comment il avait fait pour ressusciter ce patient, ce genre de choses.

— Et qu'avez-vous appris ?

— Qu'il n'y avait pas eu le moindre miracle. Le patient était encore en vie au moment où il lui a administré le remède.

— Mais alors, si c'était tout, pourquoi vous êtes-vous querellés ?

Mr Clark déglutit bruyamment et coula un nouveau regard vers la porte.

— Il salit la réputation de la guilde avec ses allégations ridicules.

— Mais l'article n'a jamais mentionné la guilde, et d'ailleurs, il n'en faisait même plus partie.

— C'est justement ce jour-là qu'il a été déchu de son statut de membre, figurez-vous. Nous avons convoqué les membres pour une réunion spéciale, et nous avons voté sa mise au ban.

— Ce jour-là ? répétai-je. À cause de cet article ?

Mr Clark haussa une épaule et la laissa retomber.

— Ou à cause de sa magie ? dit Matt.

Mr Clark blêmit et ouvrit de grands yeux ronds.

— C... comment... que voulez-vous dire ?

— Ne faites pas comme si vous ignoriez l'existence de la magie. Vous saviez que Hale était un magicien apothicaire, et vous étiez ravi qu'il soit devenu médecin. Mais ensuite, vous avez lu cet article dans la *Gazette Hebdomadaire*, et vous avez commencé à craindre que Hale ne parle de magie autour de lui. Après avoir parlé avec lui, vous avez réalisé qu'il voulait révéler au grand public l'existence de la magie par le biais d'articles comme celui qu'avait écrit Mr Barratt. Cela vous inquiétait, n'est-ce pas ? Parce que si le reste du monde apprenait qu'il était possible d'instiller de la magie dans certains médicaments, plus personne n'irait dans les pharmacies des profanes comme vous.

Chaque mot faisait l'effet d'un coup sec asséné sur le torse de Mr Clark, le repoussant un peu plus au fond de son fauteuil, jusqu'à ce que celui-ci ait l'air sur le point de l'engloutir.

— Il fallait bien l'en empêcher !

Matt se pencha en avant, les yeux étincelants. J'avais moi-même du mal à y croire : le maître de la Guilde des apothicaires avouait connaître l'existence de la magie !

— Ce que Hale cherchait à accomplir, c'était de la folie. De la folie pure et simple, dit Mr Clark d'une voix haut perchée. Les gens ne doivent pas savoir. Dans tout le pays, des milliers de pharmaciens perdraient tous leurs clients.

— Alors vous l'avez tué, dit Matt.

— Non ! Mr Clark se leva d'un bond, et Matt l'imita. Bien sûr que non. Je lui ai dit d'arrêter de parler aux journalistes, et surtout à ce Barratt.

Il agita son index en direction de Matt.

— Si vous cherchez l'assassin, c'est sur *lui* que vous devriez enquêter.

— Pourquoi ? demandai-je.

— Parce que Hale a dit que Barratt était prêt à tout pour pousser des magiciens à lui parler de leur magie, et que Hale avait l'impression de ne plus pouvoir se dérober.

Mr Clark parlait vite, s'emmêlant dans les mots qui s'échappaient d'eux-mêmes d'entre ses lèvres.

— Il a peut-être dit à Barratt qu'il ne voulait plus être mentionné dans ses articles, et Barratt est devenu fou de rage.

— C'est ridicule, protestai-je.

— S'il y a bien une chose dont je suis sûr, c'est que le Dr Hale était vivant quand j'ai quitté l'hôpital, dit-il.

Je pensais que Matt l'interrogerait sur ses liens avec Abercrombie, mais il n'en fit rien.

— Bonne journée, Mr Clark. Merci de nous avoir reçus.

Nous partîmes, redescendant rapidement l'escalier et traversant la cour qui menait à l'entrée, où le portier nous fit sortir en souriant.

— À la maison, dit Matt à Bryce en montant dans la cabine après moi. Alors, qu'en pensez-vous, India ? Clark est-il coupable ?

— Je n'en suis pas certaine, mais j'ai de forts soupçons. Heureusement que nous ne lui avons pas donné nos noms, parce que je suis sûre qu'il parlera de cette visite à Abercrombie.

— S'il raconte à Abercrombie qu'un Américain et une Anglaise sont venus lui parler de magie, Abercrombie fera le lien.

Je serrai plus fort mon réticule contre moi.

— Ne vous éloignez pas de moi, India.

J'opinai.

— Mais je ne risque rien. Abercrombie n'a fait qu'orchestrer un enlèvement. Il n'a jamais...

— ... tué personne ? fit Matt, acheva ma phrase à ma place. Pas à notre connaissance.

Le reste du trajet se fit en silence, jusqu'à ce que nous soyons presque arrivés à Park Street. J'avais l'esprit préoccupé par le lien entre Abercrombie et Clark, mais celui de Matt était parti dans une tout autre direction, à en juger par la phrase qu'il prononça alors.

— Nous savons à présent qu'Oakshot est l'un des meilleurs apothicaires, dit-il. Cela pourrait laisser supposer que c'est un magicien.

La voiture ralentit et Matt descendit le premier afin de déplier le marchepied pour moi. Il me tendit la main, et j'allais la prendre, quand un petit garçon, en passant tout près de lui, le bouscula.

Matt garda son équilibre, mais il fit brusquement volte-face pour interpeller l'enfant, qui ne fit que le bousculer une seconde fois.

— Est-ce que tu te sens mal ? lui demanda Matt.

Le gamin se coinça les mains sous les bras, haussa les épaules et s'enfuit en courant.

— Est-ce qu'il va bien ? m'inquiétai-je en tendant le cou pour mieux voir. Il avait l'air pratiquement mort de faim.

— Nom de Dieu ! rugit Matt. Il m'a volé ma montre !

Ses yeux pétillaient de bonne humeur.

— Quelle chance pour moi !

Je lui souris et l'invitai à s'asseoir.

— Veuillez nous apporter du thé, Bristow, s'il vous plaît.

Le majordome se leva et Mr Barratt s'assit sur le fauteuil.

— Je ne pensais pas vous trouver ici, Miss Steele. Ne devriez-vous pas être avec Mr Glass à son bureau, à travailler sur des dossiers ?

Je n'avais jamais dit que Matt était occupé à travailler sur des dossiers, ni qu'il était dans son bureau. Mr Barratt essayait de deviner. Même si je ne voulais pas lui dire que Matt était en train de se reposer, je ne voyais aucun mal à lui expliquer notre situation domestique.

— J'habite ici, lui dis-je. Je sers de dame de compagnie à la tante de Matt quand il n'a pas besoin de moi.

— Vraiment ? Vous devez vous voir souvent, alors ?

— C'est inévitable.

— Même dans une si grande maison ?

Je ris à cette question.

— Il n'y a que six chambres, sans compter les chambres des domestiques au grenier. Elle n'est pas si grande que cela, comparée à d'autres.

Il se mit à rire aussi.

— Elle l'est pour quelqu'un de mon milieu, Miss Steele.

— Je ne viens pas de ce milieu non plus. C'est très différent du logement que j'occupais au-dessus de la boutique d'horlogerie de mon père. Après sa mort, je cherchais du travail, et Matt avait besoin d'une assistante. C'était une occasion en or pour moi. Étant donné que je n'ai jamais travaillé comme assistante auparavant, hormis pour mon père, je doute que cet arrangement ait été aussi avantageux pour lui que pour moi.

— Bien au contraire, protesta-t-il avec véhémence. Je trouve qu'il a fait une très bonne affaire. Excellente, même. Après tout, il profite chaque jour du plaisir de votre compagnie.

Je sentis mes joues s'empourprer et je tâchai de rire de sa flatterie, mais je sentais son regard posé sur moi. C'était déstabilisant, non pas parce que j'étais gênée qu'il m'ait fait un compliment, mais parce que cela me plaisait.

— Parlez-moi de vous, dit-il après quelques instants de silence gêné. J'aimerais faire plus ample connaissance avec vous.

— Pourquoi ?

— Parce que je vous apprécie, et que c'est ce que font les gens lorsqu'ils s'apprécient.

— Oh. Oui. Bien sûr.

Je devais lui faire l'effet d'une empotée.

— Et puis ce n'est pas tous les jours que je rencontre une magicienne.

— Chut !

Je lançai un coup d'œil vers la porte à l'instant précis où Bristow entra avec un plateau. Il le posa sur une table et je me mis à servir le thé.

— Il n'y a pas grand-chose à raconter, dis-je à Mr Barratt une fois Bristow sorti. Ma mère est morte quand j'étais jeune, et mon père est décédé il y a un peu plus d'un mois. J'ai passé toute ma vie entourée de montres, et je l'aidais à la boutique dès que j'en avais l'occasion.

— Vous avez dit que c'était un profane, et que vous n'avez découvert que récemment que vous étiez magicienne. Vous avez dû être surprise.

Bien plus qu'il ne l'imaginait. Quand ma montre m'avait sauvée, j'ai cru que je devenais folle et que j'avais des hallucinations.

— Dites-moi, Mr Barratt, arrive-t-il à votre magie de se manifester sous d'autres formes que celle que vous m'avez montrée au siège de la *Gazette* ?

Il reposa sa tasse et me considéra avec attention.

— Que voulez-vous dire ?

Était-il prudent d'entrer dans les détails ? Dans quelle mesure pouvais-je lui faire confiance ? Si je voulais des réponses, je n'avais pas le choix, je devais me confier à lui, au moins un peu.

— Vous ne devrez répéter à personne ce que je m'apprête à vous dire. Comprenez-vous bien ? Je ne veux pas tomber sur cette histoire demain en lisant votre journal.

Il décroisa les jambes et se pencha en avant en me fixant d'un regard plein de curiosité.

— Je vous promets de garder votre secret, Miss Steele.

Je bus une petite gorgée de thé, puis je reposai ma tasse à mon tour. Ce léger contretemps eut l'air de l'irriter, mais il ne chercha pas à me presser.

— Un jour, ma montre m'a sauvé la vie, et une horloge que j'avais manipulée aussi.

— Elle vous a sauvé la vie ? Comment ?

— J'ai lancé l'horloge sur un homme qui cherchait à m'agresser. Je n'avais pas très bien visé, et je l'aurais manqué si l'horloge n'avait pas dévié sa trajectoire pour l'atteindre en pleine tête.

Il se recula dans son fauteuil, l'air vaguement déconfit.

— Vous visez peut-être mieux que vous ne le pensez.

— Ma montre a sauté toute seule hors de mon réticule et a enroulé sa chaîne autour du poignet du Cavalier Noir quand il m'a attaquée. Elle a provoqué chez lui de violentes convulsions.

Il s'avança à nouveau sur son siège et inclina légèrement la tête sur le côté.

— Sauté toute seule ?

— Oui, comme animée d'une vie propre. Je sais que cela paraît étrange, mais je vous jure que c'est vrai.

— Je vous crois. Lui avez-vous ordonné... d'agir à votre place ?

Je secouai la tête.

— Je ne saurais pas comment m'y prendre.

— Lui avez-vous dit quelque chose ? N'importe quoi ?

— Non. C'était comme si elle savait quoi faire.

Il se frotta la mâchoire, les yeux perdus dans le vague.

— C'est remarquable.

— Vous en savez plus long que quiconque sur la magie et les magiciens, dis-je. Avez-vous déjà entendu parler d'autres magiciens à qui il est arrivé ce genre de chose ?

— Non, jamais. Ceux que j'ai rencontrés utilisent des incantations toutes simples pour accomplir des sorts tout simples qui, pour la plupart, ne servent pas à grand-chose et ne font pas effet longtemps. J'ai entendu dire que les générations précédentes connaissaient des incantations plus puissantes. Mais sans prononcer la moindre incantation... Voilà qui est nouveau, et très intrigant. Vous êtes quelqu'un d'unique, Miss Steele.

— Unique ? Est-ce une façon polie de dire *étrange* ?

Il sourit.

— Pas dans ce cas précis. Être sauvée par une montre, puis par une horloge, c'est un atout. Vous avez de la chance. Je me demande comment cela fonctionne. Je veux dire... Pourquoi vous ? Pourquoi suis-je incapable de pousser l'encre à s'animer pour éclabousser les yeux de quelqu'un, par exemple ?

— Votre vie a-t-elle déjà été en danger ?

— Non.

— C'est peut-être pour ça. Cela ne fonctionne peut-être qu'en présence d'une menace.

Il y réfléchit quelques instants, puis il secoua la tête.

— Mon père a été tué par un fiacre qui l'a percuté à vive allure alors qu'il traversait la rue. Il maîtrisait la magie de l'encre, lui aussi, et il gardait toujours un flacon dans sa poche. Ça ne l'a pas sauvé.

— Oh. Je suis navrée.

— Ce n'est rien, Miss Steele, mais je pense que cela invalide votre théorie et confirme la mienne. Vous êtes bel et bien unique. La question, c'est : pourquoi ?

J'aurais bien voulu le savoir, moi aussi.

— Je ne sais presque rien de mes grands-parents ni de mes arrière-grands-parents, alors il se peut que je tienne mon don de l'un d'eux. Je voudrais en savoir plus sur cette magie, et sur son origine. C'est horriblement frustrant, de ne pas savoir.

— Oui, j'imagine.

Il vint s'asseoir à côté de moi sur le sofa, si près que nos genoux se touchaient presque.

— Parmi les gens qui ont connu vos grands-parents, il doit bien y en avoir qui sont encore en vie. Et si vous alliez leur parler ?

— Leur parler de magie ?

Je secouai la tête.

— Ce n'est pas une bonne idée, d'évoquer ce sujet avec les profanes.

— Pourquoi ?

— Parce qu'ils se douteront que si je pose la question, c'est parce que j'ai hérité de cette magie, et ils auront peur de moi, ou ils me haïront, parce qu'ils ont peur de perdre leur clientèle.

— Je ne suis pas en train de vous conseiller d'en parler au monde entier, juste à quelques amis.

— Vraiment ? Pourtant, n'est-ce pas la raison de votre visite ?

Il plissa les yeux, perplexe.

— Que voulez-vous dire ?

— Vous voulez que je vous aide à révéler au monde l'existence de la magie, que ce soit par le biais de vos articles, ou simplement en parlant avec des gens. Eh bien, Mr Barratt ?

Voyant qu'il ne répondait pas, j'insistai.

— N'est-ce pas la vérité ?

Il expira lentement, prenant son temps pour me répondre.

— C'est une cause qui me tient à cœur, commença-t-il prudemment. Je veux révéler au monde l'existence de la magie, c'est vrai. Mais je souhaite sincèrement que vous en sachiez plus sur votre magie, non pas dans mon intérêt, mais dans le vôtre. Je sais combien cela doit être frustrant pour vous. Je ne sais pas ce que je ferais si j'ignorais d'où vient ma magie et si je ne pouvais pas en parler avec des magiciens capables de me comprendre.

Il posa sa main sur la mienne.

Je baissai les yeux et la regardai. Je devrais la retirer, mais je n'en avais pas envie.

— Merci pour votre bienveillance, dis-je. Elle me touche beaucoup. Je n'ai pas d'amis magiciens, vous comprenez, et...

Une ombre fit soudain obstacle à la lumière qui venait de la porte. Je levai les yeux et vis Matt qui se tenait là, l'air décoiffé par sa sieste et stupéfait de se trouver nez à nez avec un visiteur. Ses yeux quittèrent nos mains entrelacées et se posèrent sur mon visage. Sa mâchoire se crispa.

— Barratt, gronda-t-il. Que faites-vous là ?

Je dégageai vivement ma main.

— Je suis venu vous voir, dit Barratt en se levant. J'ai pris le thé avec Miss Steele pendant que vous étiez en train de travailler. Nous parlions de sa magie.

Matt entra d'un pas décidé et se plaça près de la cheminée.

— De *votre* magie, India ?

Son regard furieux disait clairement qu'il ne voulait pas que j'en parle avec Mr Barratt. Mais, malgré sa profession, je faisais confiance au journaliste pour garder mon secret et ne le révéler que si je lui en donnais la permission.

Je versai à Matt une tasse de thé que je lui tendis.

— Oui, de ma magie.

J'entendis la fermeté de mon intonation, et je n'eus aucun regret. Il n'avait pas d'ordres à me donner sur ce sujet.

— Cela me fait du bien de pouvoir en parler avec d'autres magiciens, ajoutai-je sur un ton un peu plus doux.

Il accepta la tasse, mais je ne la lâchai pas immédiatement. Je la gardai dans ma main jusqu'à ce que son regard recroise le mien.

Il leva légèrement le menton en signe d'acquiescement, et je le laissai prendre la tasse et la soucoupe.

— Il y a des choses que seul un autre magicien peut comprendre, dit Mr Barratt d'un ton enjoué. Miss Steele a besoin d'un ami à qui en parler de temps en temps, voilà tout.

— Et désormais, cet ami, c'est vous, dit Matt, l'air crispé.

Mr Barratt sourit.

Mieux valait changer de sujet avant que l'atmosphère ne devienne encore plus tendue.

— Maintenant que vous êtes là, Matt, Mr Barratt pourra peut-être nous en dire un peu plus sur sa discussion avec le Dr Hale.

— Excellente idée, dit Matt avec nettement plus d'enthousiasme que ne le justifiait la situation. D'après notre source, le Dr Hale aurait affirmé que vous l'avez harcelé pour qu'il parle de sa magie.

— Harcelé ? Je n'ai rien fait de tel. Il m'a parlé de son plein gré. Il estimait que mes articles étaient un bon moyen d'inciter d'autres magiciens à se dévoiler.

— Ce n'est pas ce qu'on nous a dit. Vous a-t-il dit qu'il avait changé d'avis, peut-être ? Vous êtes-vous querellés à ce sujet ?

Je cherchai à croiser le regard de Matt, mais il évitait le mien. Il était clair qu'il savait que j'allais le fusiller du regard, et il ne voulait pas finir exécuté.

— Qui est votre source ? demanda Mr Barratt.

— Répondez à la question, c'est tout, dit Matt.

— Votre source se trompe. Le Dr Hale et moi avons parlé après la sortie de l'article ce matin-là...

— Le jour de sa mort, vous voulez dire. Pourquoi ne nous avez-vous pas dit que vous lui aviez aussi parlé ce jour-là ?

— C'était sans importance, dit Mr Barratt d'une voix tranchante. Comme je vous le disais à l'instant, nous avons parlé de ses inquiétudes, et je lui ai assuré que les articles seraient assez vagues pour ne pas attirer l'attention des profanes. Et d'ailleurs, nous étions d'accord pour dire qu'il était crucial d'écrire ces articles, et de trouver d'autres magiciens, dans l'intention de nous dévoiler un jour au reste du monde. Comme moi, il en avait assez de cacher sa magie.

— Les gens n'accepteront pas la magie du jour au lendemain, dit Matt. Si le grand public apprend son existence, nous allons au-devant de plusieurs années de troubles entre les profanes et les magiciens. Peut-être même plusieurs décennies. Les profanes ont peur de perdre leur clientèle et leur gagne-pain ; ils ne vont pas rester les bras ballants et laisser les magiciens leur prendre tout ce qu'ils ont. Si c'est ce que vous pensez, vous vivez dans un monde imaginaire.

— Je reconnais qu'il y aura quelques ajustements à faire, dit Mr Barratt. Mais ils sont réalisables. Déjà, parce que les magiciens ne courent pas les rues. Les profanes auront toujours la possibilité de réussir dans leur métier.

— J'aimerais pouvoir partager votre enthousiasme et votre optimisme. Je le pense sincèrement. Je voudrais qu'India puisse parler de sa magie sans craindre de répercussions, mais j'ai vu ce que l'humanité avait de pire, et j'ai peu d'espoir que les magiciens et les profanes puissent coexister en harmonie. Si, pour garantir sa sécurité, la magie doit rester un secret, c'est la solution que je choisis, et tant pis si c'est frustrant pour vous... ou pour elle. La frustration est un maigre prix à payer pour sauver une vie.

Il ne me regardait pas, mais j'avais l'impression que c'était à moi qu'il s'adressait directement. J'avais toujours su qu'il voulait garder le secret, mais en entendant la conviction avec laquelle il expliquait à Mr Barratt ses raisons d'une voix rauque, je compris vraiment ce qui l'animait.

— Je ne peux pas vous contredire sur ce point, Mr Glass, dit

Mr Barratt. Moi aussi, la sécurité de Miss Steele m'importe sincèrement.

Matt se raidit.

— Mais il ne s'agit pas seulement d'elle, ni de moi, ni d'aucun autre magicien à titre individuel, poursuivit Mr Barratt. Il s'agit de ce qui se joue aujourd'hui, ou de ce qui va se jouer demain, ou l'an prochain, peut-être, ou dans dix ans. Ce que je veux changera la vie de la prochaine génération de magiciens, et de celle qui lui succédera. Je voudrais que mes petits-enfants puissent vivre sans crainte au grand jour, en harmonie avec les profanes.

— J'ai l'impression que vous ne m'avez pas compris. Ce que j'essaye de vous dire, c'est qu'il n'y aura peut-être pas de petits-enfants de magiciens, parce que cette génération sera exterminée.

Mr Barratt se figea. J'osais à peine respirer. Sans que je puisse me l'expliquer, j'étais choquée d'entendre cette idée formulée si crûment. Peut-être parce que je ne croyais pas vraiment qu'une chose pareille pourrait arriver. Mais Matt y croyait, lui, et c'était ce qui comptait. C'était même essentiel.

— Vous avez une plus piètre opinion de l'humanité que moi, Mr Glass, dit Mr Barratt.

— Peut-être parce que j'ai vu plus souvent que vous à quel degré d'abjection elle peut s'abaisser.

— Ayant couvert la série de meurtres de Jack l'Éventreur, je me permets d'en douter.

Il semblait sur le point de dire autre chose à Matt, mais au lieu de cela, il se tourna vers moi. Il posa à nouveau sa main sur la mienne.

— Nous sommes en train d'alarmer Miss Steele.

Je retirai ma main.

— Ce n'est pas une discussion un peu animée qui va m'effrayer, lui assurai-je.

— Vous avez les nerfs solides. Vous êtes plus courageuses que la plupart des femmes que j'ai rencontrées.

Il sourit.

— Encore une qualité qui vous rend si unique.

— Vous devriez rencontrer Willie, la cousine de Matt. Je suis faible, comparée à elle.

— Pas du tout, marmonna Matt. Votre visite avait-elle un motif, Barratt, ou êtes-vous simplement venu pour prendre le thé avec India ?

— Je suis venu pour vous avertir tous les deux que l'Inspecteur-chef Brockwell de Scotland Yard m'a posé des questions sur vous, entre autres sujets.

— Merci de nous avoir prévenus, dit Matt. Ses questions ne sont qu'une formalité.

— Quel genre de questions ? demandai-je.

— Il voulait surtout savoir si je vous connaissais bien. Il a dit que vous étiez souffrant, Mr Glass, et que c'était la raison pour laquelle vous vous intéressiez à Hale et à cette guérison miraculeuse. Ce n'est rien de grave, j'espère.

— Non, répliqua sèchement Matt.

— Merci d'être passé, Mr Barratt, ajoutai-je aussitôt. C'est aimable à vous de nous avoir avertis.

Il se leva et me prit la main.

— Merci pour la discussion et pour le thé. J'ai beaucoup apprécié ce moment. Le début, en tout cas.

Derrière lui, je surpris Matt qui levait les yeux au ciel.

— Je vous raccompagne, lui dis-je.

Je marchai avec lui jusqu'à la porte, et Matt nous suivit. Mr Barratt monta dans une voiture qui attendait devant la maison et indiqua une adresse au cocher. Il me salua de la main tandis que la voiture s'éloignait.

— Il a les moyens d'avoir son propre attelage, observai-je. C'est surprenant, pour un journaliste.

— Il vient d'une famille riche, dit Matt. N'oubliez pas que son frère est l'un des premiers producteurs d'encre du pays.

Il referma la porte d'entrée et me fit signe de passer devant lui pour retourner au salon. Cette fois-ci, Matt s'assit et but son thé à petites gorgées.

— Que vous a-t-il dit avant que j'arrive ?

— Nous parlions de ma famille, et de l'origine de ma magie.

J'envisageai de ne pas en dire plus, mais je savais que je me sentirais coupable de lui cacher un détail aussi essentiel.

— Bon... ne vous fâchez pas.

Il posa sa tasse de thé avec un cliquetis de faïence et il me scruta avec intensité.

— Je lui ai raconté la fois où ma montre m'a sauvé la vie.

Il inspira profondément deux fois et, la deuxième fois, il expira lentement.

— Si vous voulez le lui dire, c'est votre choix.

— Je sais. Bien sûr que c'est mon choix. Mais je savais que vous n'approuveriez pas.

Il reprit sa tasse et se remit à boire son thé lentement. Le mien avait refroidi. Il nous faudrait quelques parts de gâteau, aussi. Avoir la bouche pleine nous aurait évité de dire des choses que nous pourrions regretter, et le temps que nous ayons fini de manger, il se serait peut-être calmé.

Mais n'ayant pas de gâteau, je finis par lui dire le fond de ma pensée.

— Ne m'en veuillez pas, Matt.

— Je ne vous en veux pas.

— Je vois bien que si. Vous avez les traits fermés, et vous n'arrivez même pas à me regarder en face.

Il me regarda et sa mâchoire se desserra, mais ses yeux gardaient la même expression.

— Ce n'est pas à vous que j'en veux, c'est à lui. Je ne l'aime pas, et je n'aime pas ses idées. Je les trouve irresponsables.

Je ne pouvais pas le contredire étant donné qu'il se souciait de ma sécurité. En outre, une part de moi était d'accord avec lui. L'autre part de moi était d'accord avec Oscar Barratt, mais je préférais garder cela pour moi.

Je remplis à nouveau nos deux tasses.

— Concentrons-nous sur les questions urgentes plutôt que sur les idées de Mr Barratt. Nous avons deux tâches actuellement, et seulement deux : trouver Chronos, et trouver l'assassin du Dr Hale pour prouver votre innocence.

— Je n'ai pas reçu de nouvelles des Cross Keys, dit-il. Et pour ce qui est du Dr Hale, je ne sais pas quoi faire. Nous avons plusieurs suspects, mais aucune piste solide.

— Nous pourrions parler à Abercrombie pour savoir ce qu'il a dit à Mr Clark de la Guilde des Apothicaires.

— Il ne nous dira rien.

— Dans ce cas, attelons-nous à découvrir lequel de nos apothicaires est un magicien. C'est la seule chose que nous sachions avec certitude sur notre assassin.

— Je suis d'accord. Le moment est venu de faire un peu d'espionnage. Mais d'abord, cet après-midi, voulez-vous bien m'aider à choisir une nouvelle montre ?

Mon cœur fit un bond et je ne pus me retenir de sourire jusqu'aux oreilles.

— Oui, bien volontiers. Nous pourrions aller chez les Mason. Je serais ravie que, grâce à moi, vous deveniez un client de Mr Mason. Cela dit, il encourt des sanctions de la guilde si Abercrombie apprend que je suis venue le voir. Je ne veux pas lui causer d'ennuis. D'un autre côté, tous les horlogers respectables de Londres savent maintenant qui je suis, et ce que je suis. Aucun d'entre eux ne me laissera entrer dans sa boutique.

Je m'affaissai dans mon fauteuil en poussant un profond soupir.

— Il vaut peut-être mieux que je ne vienne pas du tout.

— Puisque nous avons interrogé ensemble tous les horlogers les plus en vue, je pense que ça ne changera rien si j'y vais seul. Ils se souviendront de moi de toute façon, et ils refuseront peut-être de me servir.

— Vous êtes très reconnaissable.

— C'est l'accent.

— Non, Matt, ce n'est pas ça.

Il fronça les sourcils.

— Qu'est-ce donc, alors ?

J'hésitais à lui dire qu'il était trop bel homme pour qu'on l'oublie aussi facilement, quand Bristow annonça l'arrivée d'une autre personne : mon amie Catherine Mason.

— Quelle merveilleuse surprise ! dis-je en l'embrassant sur la joue. Bristow, veuillez nous apporter encore du thé. Et du gâteau.

Matt salua Catherine, qui lui répondit par un sourire timide. La dernière fois qu'elle était venue me rendre visite, il était absent, de même que les autres. Nous échangeâmes quelques politesses en attendant notre thé et notre gâteau, et une fois qu'on nous les eut apportés, je réalisai qu'elle avait quelque chose à me dire. La présence de Matt la gênait peut-être.

— Catherine, qu'y a-t-il ? dis-je pour l'encourager à parler. S'agit-il de ton problème avec Mr Wilcox ?

— Grand Dieu, non, dit-elle. J'ai parlé à Mr Wilcox de notre incompatibilité, et je ne l'ai pas revu depuis. Je crois que je lui ai fait de la peine.

— Mieux vaut lui faire un peu de peine maintenant que beaucoup de peine plus tard.

— Tu es si avisée, India.

— C'est bien vrai, dit Matt en reposant sa tasse de thé. Je ferais peut-être mieux de vous laisser parler entre vous, Mesdemoiselles.

— Restez, je vous en prie, dit Catherine en reposant elle aussi sa tasse. Je pense que vous devriez écouter aussi.

Voilà qui m'intriguait fort.

— Qu'y a-t-il, Catherine ? Est-il arrivé quelque chose ?

— Mr Abercrombie continue de rendre visite à mon père régulièrement. Plus que jamais, à vrai dire. J'essaye d'écouter dès que je le peux.

— Je t'en prie, Catherine, sois prudente, lui dis-je. Il ne faut pas qu'ils te surprennent.

Elle fronça les sourcils.

— C'est ça qui est curieux : je les entends dire ton nom pendant des échanges parfois houleux, et c'est *toi* qui me dis à *moi* d'être prudente.

Elle posa sur moi son regard très bleu et pénétrant. Elle ne m'avait encore jamais regardé d'un air si déterminé. C'était perturbant.

— Je crois qu'il est temps que tu me dises ce qui se passe.

Je lançai un coup d'œil à Matt. Il secoua imperceptiblement la tête.

— Cesse de me traiter comme une enfant ! s'impatienta Catherine. Tu es mon amie, India, et je sais que tu as des ennuis. Je veux t'aider, mais je ne peux pas si tu ne me dis pas la vérité.

Elle avait raison. Il lui arrivait certes d'être un peu naïve, mais elle avait bon cœur, et elle avait beaucoup gagné en maturité au cours des derniers mois.

— C'est beaucoup d'informations d'un coup, commençai-je. Et au début, tu risques de ne pas me croire.

— India, m'avertit Matt.

— Nous pouvons lui faire confiance, Matt. Et d'ailleurs, quelle importance ? Toute la guilde a l'air d'être au courant. Elle finira bien par le découvrir un jour ou l'autre, et je préfère qu'elle l'apprenne de moi plutôt que de quelqu'un d'autre.

Il se massa le front et acquiesça.

— J'imagine que vous avez raison.

— Catherine, est-ce que tu crois à la magie ?

Elle me dévisagea, bouche bée.

— C'est une plaisanterie ?

— Je suis très sérieuse. La magie existe, bien qu'elle soit rare. Les magiciens ont certains domaines de spécialisation et peuvent instiller leur magie dans leurs créations à l'aide d'incantations. Nous avons rencontré récemment un magicien de l'encre capable de faire flotter l'encre d'une page à l'autre. Nous avons aussi rencontré des magiciens cartographes capables de créer des cartes aussi détaillées que précises, et un magicien orfèvre qui n'était plus capable de multiplier l'or, mais qui pouvait sentir la magie ancienne dans les objets en or.

Elle pouffa, mais son rire s'étrangla entre ses lèvres.

— Et tu vas me dire que tu es magicienne ?

Je confirmai d'un hochement de tête.

— Ma spécialité, c'est l'horlogerie. C'est pour ça que je suis si douée pour réparer les montres et les horloges.

— Si tu es douée, c'est parce que ton père t'a bien formée. Tu comprends même les mécanismes les plus complexes parce que tu es intelligente, pas... par magie.

— Je ne connais pas d'incantations, poursuivis-je. Mon père m'a caché que j'avais des pouvoirs, et il m'a laissé croire que j'étais intelligente, comme tu viens de le dire. Mais ça n'explique pas tout. J'ai une forte affinité avec les horloges. Je peux presque toujours les réparer et les rendre extraordinairement précises.

Je ne lui dis pas que ma montre m'avait sauvé la vie, ni que la montre de Matt était imprégnée d'une combinaison de magie du temps et de magie de la médecine. Elle n'était pas prête pour de telles informations.

— India ! C'est...

Elle secouait la tête sans s'arrêter, mais au moins, elle ne me riait plus au nez.

— Ça fait un choc, je sais, lui dis-je. Tu auras besoin de temps pour digérer tout ça.

Elle prit quelques secondes pour penser à ce que je venais de dire, et cette fois, elle ne rit pas et ne me traita pas de folle.

— Admettons que ce que tu dis n'est pas complètement absurde, dit-elle avec précaution. Quel rapport avec Abercrombie et la guilde ? Pourquoi te déteste-t-il autant ? Si tu es une magicienne, est-ce qu'il ne devrait pas célébrer ton talent ? C'est *toi* qui devrais être à la tête de la guilde.

— Il a peur, et les autres membres de la guilde aussi. Ils ne sont pas magiciens, et ils craignent que les magiciens n'attirent à eux toute la clientèle grâce à leurs créations sophistiquées si on les autorise à tenir des boutiques. Et la Guilde des Horlogers n'est pas la seule à avoir peur ; les autres guildes aussi. Il semblerait que toutes les guildes se soient plus ou moins mises d'accord pour exclure les magiciens afin de protéger leur profession. C'est pour ça que je n'ai pas été acceptée dans la Guilde des Horlogers, et qu'on a refusé de m'octroyer une licence. Sans licence, pas de boutique.

— Je croyais que c'était parce que tu étais une femme.

Elle avait l'air hébétée, mais au moins, elle avait cessé de nier en bloc.

— Abercrombie a-t-il dit à ton père de t'empêcher de me fréquenter ? lui demandai-je.

— Eh bien non, en fait, plus maintenant. Mon père m'a conseillé de ne plus venir te voir, mais récemment, Abercrombie a changé de discours. Maintenant, il veut que je vienne ici, mais pour t'espionner.

— Pour m'espionner ! Dans quel but ?

Elle haussa les épaules.

— Je n'en sais rien. India, il te déteste et il se méfie de toi.

— Parce que j'ai la capacité de ruiner ses affaires ainsi que la réputation et l'influence de la guilde. Mais je n'ai aucune envie d'ouvrir une boutique, Catherine. Ça ne m'intéresse pas du tout.

Les horlogers comme ton père n'ont aucune raison de s'inquiéter. Dis-le à ton père. Dis-le même à Abercrombie la prochaine
fois qu'il viendra, d'ailleurs.

— Je ne crois pas que ce soit une bonne idée, objecta Matt. Il
vaut mieux qu'elle joue les innocentes.

— Pas question ! s'indigna Catherine d'un air dédaigneux.
J'en ai assez que tout le monde me prenne pour une idiote. Je le
dirai au moins à mon père, et il pourra décider s'il faut le dire à
Mr Abercrombie ou non.

— Je trouve que c'est un bon compromis, dis-je.

Cyclope entra et s'arrêta sur le pas de la porte en apercevant
Catherine.

— Toutes mes excuses, dit-il. Je ne savais pas que vous aviez
une invitée.

— Je ne crois pas vous avoir présentés officiellement, tous les
deux, dis-je. Cyclope, voici mon amie Catherine Mason.

Cyclope s'inclina et elle lui fit une rapide révérence avant de
se rasseoir.

— Je vous ai remarquée à travers la vitre du magasin de votre
père, dit-il.

— Vous m'avez remarquée ?

Les joues pâles de Catherine se colorèrent de rose.

— Quand vous étiez le cocher de Mr Glass ?

— Il n'est plus mon cocher, maintenant, précisa Matt. C'était
une solution temporaire parce que nous n'avions personne
d'autre. Cyclope est un bon ami.

— Dans ce cas, je suis ravie de vous rencontrer enfin comme
il se doit, Mr Cyclope.

— Bailey, dit Cyclope.

— Pardon ?

— Je m'appelle Nate Bailey.

Il toucha du bout du doigt le bord de son cache-œil.

— Cyclope, c'est le surnom qu'on m'a donné depuis que j'ai
ça. Mais cela me plairait que vous m'appeliez par mon vrai nom,
Miss Mason.

— Oui, bien sûr.

Matt fronça les sourcils, interloqué.

— Est-ce que tu veux qu'on arrête tous de t'appeler Cyclope, maintenant ?

— Non, seulement Miss Mason.

Cyclope lui lança un bref coup d'œil avant de détourner le regard.

— Je ne sais pas, je n'ai pas envie qu'elle m'appelle comme ça, c'est tout.

— Pourquoi ?

— Je suis d'accord, dis-je pour que Cyclope n'ait pas à lui répondre.

Matt me regarda, puis il regarda Cyclope, puis Catherine, et enfin à nouveau Cyclope. Puis il sourit dans sa tasse de thé.

— Je vois.

— J'ai renoncé à chercher... ton collègue, Matt, dit Cyclope. Dans une ville aussi grande, c'est impossible si on ne sait pas où commencer.

Matt hocha la tête.

— Je suis sûr que Willie et Duc ne vont pas tarder à rentrer aussi. Viens t'asseoir avec nous.

— Vous tombez à pic, dis-je en versant du thé pour Cyclope dans une nouvelle tasse. Nous venons juste de finir de parler de ma magie à Catherine et de lui expliquer pourquoi les membres de la guilde ont peur de moi. Je pense qu'elle devrait tout dire à son père. Qu'en pensez-vous ?

Il accepta la tasse que je lui tendais et s'assit un peu maladroitement sur le sofa. D'habitude, il se vautrait confortablement comme le faisaient Duc et Willie, mais cette fois-ci, il s'assit le dos bien droit et les jambes pliées au lieu de les tendre devant lui. Ça lui donnait fière allure, et j'espérais que Catherine appréciait les efforts qu'il faisait pour elle. Hélas, il gâcha quelque peu l'effet en mettant ses doigts autour de sa tasse au lieu de la saisir par son anse délicate, mais pour être honnête, il aurait eu l'air d'essayer de faire passer une saucisse à travers le chas d'une aiguille.

— Je pense que Miss Mason peut faire confiance à ses parents, mais à personne d'autre, dit-il. Admettez-vous l'existence de la magie, Miss Mason ?

— Je... oui, je crois, s'exclama-t-elle en fronçant le nez. C'est un peu romanesque, mais comme je sais qu'India n'est pas du genre romanesque, je ne peux pas faire autrement que de la croire.

— Je dirais que vous avez assez bien cerné son caractère.

— La magie n'existe-t-elle qu'en Angleterre, ou y a-t-il des magiciens en Amérique, Mr Bailey ?

— Il y a des magiciens dans notre pays. J'ai mis un certain temps à accepter leur existence. Je ne faisais pas confiance à grand-monde à l'époque, et je ne connaissais pas encore très bien Matt, alors croire à la magie, c'était comme me jeter du haut d'une falaise. Peu après, j'ai découvert la vérité. Je l'ai vue opérer de mes propres yeux.

— Vraiment ?

Le regard de Catherine scrutait le visage de Cyclope dans les moindres détails, et quelque chose me disait que ça ne lui déplaisait pas. En tout cas, je ne l'avais jamais vu aussi loquace.

— Parlez-moi de chez vous. Comment est-ce, l'Amérique ?

— Je ne connais pas le pays entier, mais là d'où nous venons, Matt et moi, c'est un endroit plutôt sauvage. Ce n'est pas un endroit pour une jeune fille élégante comme vous, Miss Mason.

Elle lui lança une œillade par-dessus sa tasse de thé.

— Et pour une jeune fille en quête d'aventure ?

Il eut un rire bref qui emplit la pièce de ses belles inflexions graves. Catherine lui sourit.

— Pour une jeune fille comme ça, le voyage ne manquera pas d'intérêt, mais si elle assiste à un duel au pistolet ou à une bagarre de saloon, elle risque de regretter de ne pas être restée bien en sécurité dans son lit, en Angleterre.

— Oh, je ne sais pas. Cela dépend à quel point elle a soif d'aventure, à mon avis.

Matt semblait complètement médusé de voir Catherine qui flirtait avec son ami et Cyclope qui y prenait plaisir. Visiblement, c'était une chose à laquelle il ne s'attendait pas. Mais après tout, il ne la connaissait pas aussi bien que moi. Catherine avait l'air très douce, avec son beau visage et ses grands yeux, mais elle avait un côté mutin et elle ne reculait devant aucune occasion de chercher l'aventure... et, sous l'étroite surveillance de sa mère, les occasions ne se présentaient pas souvent. Je me disais qu'elle aimerait peut-être voyager en Amérique, ou n'importe où ailleurs, avant de se ranger et de se marier. Et d'ailleurs, je n'étais même pas sûre qu'elle veuille se ranger

Nous continuâmes à parler de l'Amérique et de magie, puis la discussion revint sur le sujet d'Abercrombie et la détermination de la guilde à m'espionner, quand il me vint une idée.

— Et si Catherine leur répétait ce qu'elle entendait ici ? suggérai-je. Mais elle leur fournirait de fausses informations.

Cyclope et Matt firent tous deux non de la tête, mais sans donner la moindre explication. Voyant qu'ils s'obstinaient dans leur attitude d'hommes, je me tournai vers Catherine pour avoir son avis, mais elle secoua la tête, elle aussi.

— Sans l'accord de mon père, ça ne servira à rien, dit-elle. Il n'acceptera jamais, et je refuse de faire ça derrière son dos. Et si *toi*, tu allais t'expliquer avec Abercrombie ?

— J'ai déjà essayé, et chaque fois, soit il me repousse, soit il ordonne à quelqu'un de me faire sortir de sa boutique, dis-je.

— Je trouve que c'est une excellente idée, dit Matt. J'ai décidé d'aller lui demander des comptes sur ses rendez-vous avec Clark, de la Guilde des Apothicaires. Ainsi, nous ferons d'une pierre deux coups.

Il jeta un coup d'œil à l'horloge posée sur la cheminée.

— Allons-y tout de suite, India, si vous voulez bien.

— Vous voulez que je vous accompagne ?

— Bien entendu. Il n'osera pas user du même stratagème que lors de notre dernière visite à sa boutique, et votre présence pourrait même l'irriter assez pour qu'il nous en dise plus qu'il ne devrait. Et d'ailleurs, sans vous, comment saurai-je si la montre qu'il essayera de me vendre est de qualité ou non ?

— Je crois que vous allez lui coller une sacrée frousse, dit Catherine. Est-ce que Mr Bailey vient avec vous ?

— Sa présence ne sera pas nécessaire. Vous pourriez peut-être profiter de notre absence pour faire plus ample connaissance, tous les deux.

— Ce n'est pas une bonne idée, dit Cyclope en se levant.

— Ne dis pas de bêtises.

Matt appuya sur l'épaule de son ami jusqu'à ce qu'il se rassoie.

— Miss Mason n'a pas l'air pressée de s'en aller.

— C'est vrai, je ne suis pas pressée, opina-t-elle. J'aimerais faire plus ample connaissance avec vous, Mr Bailey. J'en serais enchantée.

CHAPITRE 9

La dernière fois que j'étais allée à la boutique *Abercrombie, montres et horloges de qualité* sur Oxford Street, j'avais été prise en chasse par des justiciers autoproclamés après avoir été accusée par Mr Abercrombie d'avoir volé l'une de ses montres. Même si je savais que Matt avait raison et qu'Abercrombie n'oserait jamais recommencer une telle comédie maintenant qu'il savait de quoi Matt était capable, j'étais tout de même anxieuse en approchant de la boutique. Je m'attendais à recevoir au moins un accueil glacial.

Et j'avais raison.

Abercrombie nous aperçut immédiatement et se précipita vers nous avant que l'un de ses employés n'ait le temps de nous saluer. Il me toisa derrière son binocle perché en équilibre précaire sur le bout de son nez.

— Que voulez-vous ? cracha-t-il à voix basse. Dites-moi ce que vous venez faire ici, et partez sans faire de scandale.

La lueur malicieuse dans les yeux de Matt m'avertit à l'avance de son plan, mais je me doutai que Mr Abercrombie, lui, fut pris au dépourvu.

— Allons, Mr Abercrombie, dit Matt assez fort pour que les autres clients l'entendent. C'était un malentendu, il est temps de tourner la page. Il doit être difficile d'admettre que vous avez eu tort de traiter Miss Steele de voleuse, mais elle ne vous en tient pas rigueur. À moins que vous ne soyez encore contrarié que la police vous ait interrogé à propos de votre implication dans le meurtre de Daniel Gibbons ?

Le bruit de plusieurs cris scandalisés noya momentanément le tic-tac des dizaines d'horloges. Les clients observaient ouvertement la scène qui se déroulait devant eux au lieu de l'épier du coin de l'œil. Deux clients quittèrent même la boutique. Les employés interrompirent leur travail pour dévisager leur maître, stupéfaits.

La moustache huilée de Mr Abercrombie frétilla comme un ver au-dessus de sa lèvre. Il avait l'air de vouloir donner à Matt une bonne correction. Une part de moi espérait qu'il essaye, pour le simple plaisir de voir Matt lui régler son compte.

— Et si vous me suiviez dans l'arrière-boutique ?

Sans attendre notre réponse, Mr Abercrombie s'éloigna d'un pas décidé.

Comme Matt ne le suivait pas, je restai à ses côtés. Il m'offrit son coude.

— Je suis venu acheter une montre, dit-il nonchalamment. Que pensez-vous de celle-ci, Miss Steele ? demanda-t-il en montrant du doigt une élégante montre à cadran en émail avec un calendrier.

— A-t-elle un régulateur à tourbillon ? demandai-je à l'assistant posté derrière le comptoir. Non ? Un carrousel, alors ?

— Euh...

Il se tourna vers Mr Abercrombie, qui le chassa d'un geste, l'air agacé.

— Je vois que vous voulez jouer à ce jeu idiot, nous dit-il une fois seuls tous les trois. Très bien, jouons.

Il sortit la montre de sa vitrine et la disposa devant Matt sur le comptoir.

Matt ne la regarda même pas.

— Il paraît que vous envoyez des jeunes filles nous espionner, maintenant.

Mr Abercrombie releva brusquement la tête.

— C'est un procédé lamentable, même pour vous, poursuivit Matt.

— Je... je...

Abercrombie se lécha les lèvres.

— J'ignore de quoi vous voulez parler.

Je n'en revenais pas que Matt ait été aussi direct, et pourtant j'avais envie de l'applaudir. C'était le meilleur – et peut-être le seul – moyen d'inciter Abercrombie à nous laisser tranquilles : lui faire comprendre que nous avions toujours une longueur d'avance sur lui.

— Ne faites pas l'innocent avec moi, gronda Matt à voix basse. Mason lui-même n'a pas mouchardé, mais toute sa famille ne vous est pas loyale. J'ai une idée : oublions les intermédiaires. À partir de maintenant, c'est moi qui viendrai tout vous raconter en personne.

— Vous êtes fou, dit Abercrombie.

Matt s'appuya sur le comptoir, les poings serrés. Abercrombie recula d'un pas, mettant le comptoir et une distance prudente entre eux deux.

— Fou de rage, oui, dit Matt. N'importe qui le serait, après avoir été enlevé et séquestré pendant des heures.

Mr Abercrombie déglutit péniblement et recula encore, faisant tomber les horloges sur le mur derrière lui. L'une d'elles glissa sur le côté et son coucou, en sortant, égratigna l'oreille d'Abercrombie.

— J'avais hâte de vous rencontrer pour la première fois depuis cet épisode, dit Matt. Je tiens à ce que vous sachiez que je ne vous en veux pas.

— Je…j'ignore de quoi vous parlez. Ce n'était pas moi.

Matt eut un éclat de rire mauvais.

— Je sais que c'était vous, même si je n'ai pas de preuves.

— Vous n'avez pas de preuves parce que ce n'est pas…

Matt asséna un violent coup de poing sur le comptoir. Les quelques clients qui restaient encore sortirent précipitamment et les employés restèrent à une distance prudente. Je ne savais pas si je devais prendre Matt par le bras pour l'enjoindre à se calmer, ou laisser sa colère retomber d'elle-même.

— Qui vous a parlé des pouvoirs magiques d'India ? lui demanda Matt en un chuchotement âpre.

De toutes les questions que je m'attendais à l'entendre poser, celle-ci n'était pas sur la liste. Je retins mon souffle et m'efforçai de prendre un air impassible quand le regard de Mr Abercrombie se posa sur moi.

— Que... que voulez-vous dire ? demanda-t-il.

— Voilà que vous recommencez à faire l'innocent.

Le ton glacial de Matt me fit moi-même frissonner de la tête aux pieds.

— Ne jouez pas à cela avec moi.

Abercrombie enleva son binocle.

— C'est Eddie Hardacre qui me l'a dit.

— Eddie ! m'exclamai-je. Comment l'a-t-il su ?

— Votre père le lui a dit.

Mon père ? Mais pourquoi ? Comment avait-il pu en parler à quelqu'un d'autre, mais pas à moi ? Je clignai des yeux pour retenir les larmes qui me brûlaient les yeux. Je refusais de pleurer devant Abercrombie.

— Il cherchait à vous protéger, murmura Matt, qui devinait la direction que prenaient mes pensées. Il savait qu'il allait mourir, et il pensait que Hardacre veillerait sur vous lorsqu'il ne serait plus là.

— Mais au lieu de cela, Eddie m'a trahie.

Je posai mes paumes sur le comptoir pour ne pas tomber.

Matt posa sa main sur la mienne.

— Il faut choisir ses amis avec discernement, Miss Steele, dit Mr Abercrombie avec un petit signe du menton. Et il est clair que dans ce domaine, vous n'êtes pas très douée.

Matt retira sa main.

— Vous connaissez un certain Mr Clark, de la Guilde des Apothicaires, dit-il.

— Je ne vois pas le rapport !

— Le rapport, c'est le lien entre la magie, les guildes et...

Abercrombie se précipita vers le comptoir.

— Taisez-vous ! cracha-t-il. Parlez moins fort.

La bouche de Matt se tordit en un rictus sinistre. C'était dans ces moments-là, quand il se laissait submerger par sa colère, que j'avais l'impression de ne pas le connaître du tout. Il avait beau réserver cette rage à ceux qui l'avaient méritée, comme Abercrombie, elle me faisait tout de même froid dans le dos.

— Que manigancez-vous, Clark et vous ? gronda-t-il.

— Rien ! Puisque je vous le dis ! Josiah Clark est juste un de mes amis. Il nous arrive de dîner ensemble au siège de ma guilde ou de la sienne. Il n'y a aucun mystère là-dessous, et nous ne conspirons absolument pas contre... les gens comme Miss Steele.

Et vous **allez** également me dire que vous n'avez pas conspiré avec le maître de la Guilde des Cartographes pour enlever Daniel Gibbons ?

Abercrombie se raidit.

— La police m'a interrogé et relâché. Duffield, le maître de cette guilde, a agi seul.

C'était un mensonge, mais nous n'avions aucun moyen de le prouver, et la police non plus.

Matt mit un point d'honneur à examiner d'autres montres dans la vitrine. Il ne restait plus aucun client dans la boutique, seulement des employés. Au moins, nous avions réussi à nuire aux affaires d'Abercrombie pour la journée.

— À la réflexion, dit Matt, j'ai changé d'avis. Je n'achèterai pas de montre chez vous. Votre collection fait trop plouc à mon goût. Je pense que j'irai chez quelqu'un d'autre.

Il cala ma main au creux de son bras et nous quittâmes la boutique ensemble.

— Il est perturbé, dit Matt en montant après moi dans la voiture.

— Mais que manigance-t-il avec Mr Clark, à votre avis ? Un autre enlèvement ? Le meurtre de Hale ? Si c'est le cas, nous avons peut-être eu tort de le provoquer ainsi.

— Quoi qu'il mijote, il a plus de chances de renoncer à ses projets maintenant qu'il sait que nous le surveillons.

— C'était donc ça, votre but ?

— À moins de réussir à lui faire nous avouer tous ses plans, oui. Je ne m'attendais pas à ce qu'il nous dise purement et simplement ce qu'il manigançait. Pas sans devoir le passer à tabac.

— Heureusement que ses employés sont restés, alors, dis-je en ne plaisantant qu'à moitié.

— Ce n'est pas la présence de ses employés qui m'en a empêché.

Il m'observa par-dessous ses paupières lourdes, puis il se tourna vers la vitre. Il passa le reste du trajet de retour plongé dans sa colère qui l'enveloppait comme une nuée chargée d'orage.

Duc et Willie étaient rentrés à la maison quelques minutes avant nous, et Catherine était partie. Je voulais demander à Cyclope s'il avait encore profité longtemps de sa compagnie après notre départ, mais je n'en eus pas l'occasion.

— Cyclope, suis-moi, lui ordonna Matt en passant en trombe devant Willie, qui descendait l'escalier.

— J'ai besoin d'un partenaire de boxe.

Cyclope et Duc échangèrent un regard, mais ce fut Willie qui parla.

— De boxe ! Mais enfin, qu'est-ce que tu lui as fait, India ?

— Nous sommes allés voir Abercrombie, dis-je.

— Ah. Ça explique tout.

— Oui, on peut le dire.

Cyclope retroussa les manches de sa chemise et emboîta le pas à Matt.

— N'y allez pas trop fort, lui dis-je. Je vous rappelle qu'il ne va pas bien.

— N'allez pas dire ça devant lui, dit Cyclope.

— En plus, ajouta Duc, Matt est capable de tenir tête à Cyclope même quand il ne va pas bien.

— Tu as de la chance que je ne sois pas du genre à le prendre mal.

Cyclope mit une claque sur l'épaule de Duc et s'enfuit dans l'escalier, grimpant les marches quatre à quatre.

— Je vais regarder, dit Willie. Tu viens, India ?

— Non merci. Regarder deux hommes échanger des coups de poing, ce n'est pas l'idée que je me fais d'un après-midi de détente.

— Tu as bien raison. Ce n'est pas une question de détente. C'est une question de force brute et de fierté virile. C'est drôlement chouette à regarder.

— Veille à ce que ça n'arrive pas aux oreilles de Miss Glass, lui lançai-je tandis qu'elle montait l'escalier en courant.

Duc les suivit et je me retirai dans ma chambre pour me

changer et réfléchir : avions-nous eu tort de rendre visite à Abercrombie ?

Finalement, je ne pus trancher. Je dus admettre que Matt avait peut-être vu juste : maintenant qu'Abercrombie et Clark savaient que nous les avions à l'œil, ils abandonneraient peut-être leur plan, s'ils en avaient un.

À moins qu'ils ne passent à l'action plus vite que prévu. Ou qu'ils ne viennent nous réduire au silence.

* * *

Je partis à la recherche de Miss Glass, mais je fus distraite de ma mission par les grognements et, occasionnellement, les encouragements de Willie qui provenaient du salon. Il n'y avait aucun mal à jeter un tout petit coup d'œil sur les deux hommes qui se battaient. Peut-être que Willie avait raison, et que la boxe n'était pas un sport si sanguinaire que ça, après tout. Les règles de Queensberry en avaient fait une discipline plus respectable et moins violente, m'avait expliqué mon père, de sorte que l'aristocratie se bousculait pour assister à ces combats. Mais uniquement les hommes, bien sûr. Ils étaient strictement interdits aux femmes. C'était donc une raison supplémentaire de voir pourquoi on en faisait tout un plat, et de prouver, ne serait-ce qu'à moi-même, qu'on ne pouvait pas dire que j'avais une constitution délicate.

J'ouvris la porte et épiai la scène par l'entrebâillement. Ils avaient poussé les meubles pour ménager un large espace au milieu duquel Matt et Cyclope décrivaient des cercles l'un autour de l'autre, les poings levés. Ils ne se battaient pas dans le respect des règles de Queensberry. Je ne connaissais pas grandchose au règlement, mais je savais qu'il exigeait le port de gants. Matt et Cyclope portaient tous deux des bandes de tissu blanc enroulées autour de leurs phalanges. Il était impossible qu'elles leur offrent une protection suffisante.

Cyclope envoya un petit coup du gauche, immédiatement suivi d'un coup du droit. Matt les esquiva tous les deux, mais de justesse, puis il surprit Cyclope par une attaque basse. Il atteignit Cyclope en plein dans l'estomac. Le colosse laissa échapper un râle, mais il réussit à atteindre Matt à son tour avant qu'il ne puisse se dérober avec agilité. Je soupçonnais chacun d'entre eux de retenir ses coups pour ne pas faire trop mal à l'autre. J'avais déjà vu Matt assommer des hommes à coups de poing, et je me doutais que Cyclope en était tout aussi capable, mais aucun ne paraissait avoir mal.

— Vas-y, Matt, exulta Willie.

Elle était assise sur le dossier d'un fauteuil, ses bottes posées sur l'assise. Si Miss Glass voyait ça, elle ferait une attaque.

— Tu peux faire mieux que ça.

— Willie, gronda Duc, pas aujourd'hui. Regarde-le. Il tient à peine debout.

Il devait exagérer. Matt évitait sans mal la plupart des coups de Cyclope. Je tâchai de mieux voir son visage, mais il me tournait le dos. Son corps semblait alerte et ses réflexes étaient vifs.

Willie, assise à une place d'où elle voyait le visage de Matt, fronça les sourcils.

— Matt, dit-elle à son cousin, ça suffit. Arrête, maintenant.

Matt l'ignora et envoya un autre coup de poing à Cyclope, mais celui-ci fit un bond en arrière, et le poing de Matt frappa dans le vide.

Je fis le tour des meubles et rejoignis Duc et Willie pour voir Matt de plus près. Mon mouvement attira son attention, le distrayant du combat. Le poing de Cyclope heurta le visage de Matt avec un bruit sourd effroyable.

Je grimaçai et Cyclope saisit Matt par l'épaule pour l'aider à garder l'équilibre.

— Pourquoi tu n'as pas esquivé ? dit-il.

Willie jaillit hors de son fauteuil.

— C'est cette sainte-nitouche qui l'a déconcentré, avec son auréole.

Elle examina le visage de Matt.

— Ça va laisser un sacré coquard. Tu ferais bien de commencer à chercher une explication plausible si tu ne veux pas que ta tante fasse un coup de sang.

— Je suis désolée, dis-je en lui effleurant doucement la joue. Je pensais que vous ne me remarqueriez pas si je ne faisais pas de bruit.

— Vous n'avez pas fait de bruit, dit-il, mais vous m'avez tout de même distrait.

— Oh, Matt, soupirai-je. Vous voilà dans un triste état !

Et je ne parlais pas seulement de l'ecchymose qui commençait à apparaître sous son œil, mais de sa pâleur maladive et de l'épuisement qui se lisait sur les plis qui lui barraient le front.

— Où est votre montre ?

Je fis un pas vers sa veste, qu'il avait jetée sur le dossier du sofa, mais il me prit le bras.

— Pas tout de suite, India. Je l'utiliserai plus tard pour qu'elle fasse effet jusqu'à la fin de la soirée.

Cela m'inquiétait, de voir qu'il était obligé de rationner son usage.

— Très bien. Mais vous devriez aller faire un brin de toilette. Si Miss Glass vous voit, elle devinera immédiatement ce que vous avez fait.

— Quand nous aurons fini de ranger la pièce.

Une fois tous les meubles remis à leur place habituelle, Matt regagna ses appartements. Cyclope s'assit sur le sofa en poussant un râle de fatigue, et je m'assis à côté de lui.

— Un peu de xérès, India ? proposa Duc, qui était devant le buffet.

— Oui, bien volontiers.

Je me tournai vers Cyclope.

— Catherine est-elle restée longtemps après notre départ ?

— Une bonne demi-heure, au moins, dit-il en tendant le bras et en ouvrant et refermant ses doigts raidis.

— De quoi avez-vous parlé ?

— De l'Amérique, surtout. Elle avait beaucoup de questions.

Je souris et pris le verre de xérès que me tendait Duc. Il donna un brandy à Cyclope.

— Elle est pleine de curiosité.

— Oui, elle est du genre à aimer l'aventure.

Il but une gorgée avec un petit sourire.

— Pourquoi souriez-vous comme ça ? lui demandai-je sans pouvoir m'empêcher de sourire, moi aussi.

— Pour rien. Elle m'a pris au dépourvu.

— Ah. Vous vous attendiez à trouver une petite Anglaise douce et timide.

— C'est ce que j'ai cru en la voyant, oui. Elle avait l'air du genre à porter de jolies robes et à faire des commérages toute la journée.

Je ris de bon cœur.

— Oh, Cyclope, vous vous êtes laissé duper par son beau visage pâle et enfantin. Je peux vous assurer qu'il n'y a personne de plus robuste que Catherine, sinon sur le plan physique, du moins pour ce qui est de son esprit. C'est vrai qu'elle aime porter de jolies robes et qu'il lui arrive de répéter un commérage juteux quand l'occasion se présente, mais elle est bien plus que ça.

Il capitula d'un geste de la main.

— Je reconnais que je l'ai jugée avant de la connaître. Je plaide coupable, Votre Honneur.

— Je suis heureuse que vous ayez pu découvrir qui est vraiment Catherine. Elle a beaucoup de personnalité, bien qu'elle soit un peu trop romantique. Les hommes tombent amoureux d'elle trop facilement, vous comprenez, et elle se laisse prendre à leurs flatteries avant de vraiment les connaître. En général, cela finit par un cœur brisé... et c'est rarement le sien.

Il tenait son verre à deux mains comme s'il cherchait à se réchauffer sur une tasse de thé.

— J'imagine que vous devez vous faire du souci pour elle.

— Seulement quand l'homme en question ne lui convient pas, que ce soit à cause de sa personnalité à lui, ou de celle de Catherine.

Je me rapprochai de lui et baissai la voix.

— Mais dans votre cas, je pense que vous seriez bien assortis. Vous êtes tous les deux...

— Je vous arrête tout de suite, India. Miss Mason n'est pas faite pour quelqu'un comme moi.

— Comment pouvez-vous déjà en être sûr ? C'est encore beaucoup trop tôt. Pourquoi ne pas apprendre à mieux la connaître avant de juger ?

Il secoua la tête et vida d'un trait le reste de son brandy.

— Elle n'est pas faite pour un homme comme moi, répéta-t-il.

— Cyclope, si vous faites allusion à votre différence de

couleur de peau, je dois vous faire remarquer que ce ne serait pas un problème pour elle, et ça ne devrait pas en être un pour vous non plus, du moment que vous vous plaisez vraiment.

— Ce sera un problème pour sa famille.

Même si j'aimais beaucoup Mr et Mrs Mason, je savais qu'il avait raison, mais seulement jusqu'à un certain point.

— Au début, c'est vrai, mais si vous rendiez leur fille heureuse, ils finiraient par vous accepter, avec le temps. Ce sont de braves gens. Mais quoi qu'il en soit, n'allons pas trop vite en besogne. Vous ne vous connaissez pas encore assez bien pour savoir s'il y a quelque chose entre vous.

— Oui, vous avez raison, mais il ne s'agit pas que de ça.

— De quoi s'agit-il, alors ? Vous êtes quelqu'un de bien, vous êtes bon et loyal, et je suis sûre que vous avez d'innombrables talents. Je ne vois pas quels défauts on pourrait vous trouver.

— Il y a des choses que vous ne savez pas sur moi, India.

Je repris ma place sur le sofa et regardai la moitié intacte de son visage, que je voyais de profil. Il avait les pommettes bien dessinées, la peau lisse et un œil très expressif, mais son beau visage était défiguré par son bandeau et sa cicatrice qui lui donnaient même un air sinistre pour qui ne connaissait pas son caractère.

— Je sais que vous étiez recherché par les autorités en Amérique, dis-je. J'ignore pourquoi, et ce dont vous êtes accusé est sans importance à mes yeux, et Catherine s'en moquera, elle aussi. Vous êtes forcément innocent, autrement Matt ne serait pas votre ami.

— Cela aurait de l'importance si elle me suivait en Amérique... elle ou n'importe quelle autre Anglaise.

Il changea de position sur son siège, l'air mal à l'aise.

— Et d'ailleurs, vous vous trompez. Quand j'ai quitté la Californie avec Matt pour venir ici, je n'étais plus recherché par les autorités. Seul mon patron était encore à ma poursuite.

— Pour quelle raison ?

Je me mordis la lèvre et grimaçai.

— Désolée, ça ne me regarde pas. Vous n'êtes pas obligé de répondre.

Il rit légèrement, sans grande conviction.

— Je comprends que vous ayez envie de savoir, India. Jusqu'à maintenant, vous avez réussi à ne pas me poser de questions indiscrètes.

— Et ça n'a pas été facile. Désolée.

— Vous vous excusez beaucoup, vous, les Anglais.

— Pardon.

Nous partîmes d'un même éclat de rire.

— Il n'y a pas grand-chose à raconter, reprit Cyclope. J'étais contremaître dans une mine du Nevada. Pendant cinq ans, j'ai gravi les échelons ; j'avais beaucoup de respect pour mon patron, et le sentiment était mutuel. Mais quand il est mort du jour au lendemain et que son fils lui a succédé, tout a changé. Skillitt, c'était son nom. Il cherchait à tout prix à faire des économies. Au début, j'ai accepté ses nouvelles méthodes, mais quand il m'a dit de commander des madriers moins chers et moins solides pour boiser les galeries, j'ai refusé.

— Avec des madriers moins solides, les galeries risquaient de s'ébouler ? demandai-je.

— Oui, et il y aurait eu des morts. J'ai démissionné et je suis parti travailler dans une autre mine. Mais une semaine plus tard, ça n'a pas loupé : une galerie s'est éboulée chez Skillitt. Mr Skillitt a rejeté la faute sur moi, disant que c'était moi qui avais commandé les madriers de mauvaise qualité sans le lui dire. Il m'a dénoncé aux autorités et j'ai été arrêté, jugé et condamné à être pendu.

— Oh mon Dieu !

— Je me suis évadé après le procès, pendant qu'on me ramenait à la prison. J'ai couru droit devant moi, sans savoir où j'allais. Pendant cinq mois, j'ai chassé pour me nourrir, ou si je n'attrapais rien, je volais, mais je ne restais jamais longtemps au même endroit. J'ai fini par arriver en Californie, et c'est là que Matt m'a trouvé.

— Il est tombé sur votre cachette, dis-je en repensant à l'anecdote que m'avait racontée Matt. Vous vous êtes battus avant d'abandonner tous les deux.

Sa bouche esquissa un demi-sourire.

— Je n'avais jamais eu d'adversaire aussi coriace, et surtout pas un gentleman. J'en suis resté comme deux ronds de flan quand il a ouvert la bouche et qu'il s'est mis à parler comme un monsieur instruit.

Je n'avais aucun mal à l'imaginer. Matt n'entrait dans aucun moule.

— Et ce que vous aviez fait dans le Nevada n'intéressait pas les autorités de Californie ?

— Si, bien sûr, mais Matt a réglé le problème. Quand je lui ai raconté ce qui m'était arrivé, il a trouvé le meilleur des avocats pour se charger de mon dossier. J'ai eu droit à un nouveau procès dans le Nevada en mon absence, et j'ai été acquitté. Mais Mr Skillitt était furieux parce que, pour me défendre, il avait fallu l'accuser, lui. Comme il était riche et influent, il n'est jamais allé devant les tribunaux, mais sa réputation ne s'en est jamais relevée. Il a perdu des clients et des amis dans cette histoire, et il me haïssait.

— Alors il a envoyé ses hommes pour vous tuer ?

Il confirma d'un signe de tête.

— En général, quelqu'un me prévenait de leur arrivée et Matt me cachait assez bien, mais je devais rester sur mes gardes. Skillitt veut toujours ma peau. Alors vous comprenez, je ne pourrais pas rentrer au pays avec une femme. Ce n'est pas une vie pour elle.

— Si vous voulez mon avis, vous feriez mieux de ne pas rentrer du tout. Vous êtes bien plus en sécurité ici.

Il haussa une épaule.

— L'Amérique, c'est mon pays.

— Il y a tous les jours des gens qui commencent une nouvelle vie dans un autre pays. Et puis ici, vous avez déjà au moins une amie.

— Si c'est de vous que vous parlez, je ne sais pas si vous allez rester ici. Vous pourriez bien décider d'essayer l'Amérique.

— Je n'ai aucune raison de m'en aller.

— Vraiment ? demanda-t-il avec un air malicieux.

— Vraiment.

— Il fait meilleur qu'ici.

— C'est loin d'être un argument suffisant. Je suis habituée au froid et à l'humidité. Et d'ailleurs, l'été n'est jamais très loin.

— Oui, mais j'espère que d'ici cet été, on sera déjà partis.

Il lança un regard mélancolique vers la porte par laquelle Matt était sorti.

— Si on ne répare pas sa montre, je ne crois pas qu'il tiendra jusque-là.

***

IL N'Y avait pas d'autre solution : nous allions devoir espionner nos suspects. Les interroger ne nous avait guère avancés, alors il était temps de recourir à des méthodes moins conventionnelles.

Après le petit déjeuner, Matt confia à Cyclope la surveillance de Mr Pitt et à Duc celle de Mr Clark, pendant que lui-même se chargerait d'espionner Mr Oakshot. Willie se plaignit qu'elle n'avait rien à faire et qu'elle ne voulait pas rester à se tourner les pouces en buvant du thé avec Miss Glass et moi jusqu'à mourir d'ennui, aussi Matt lui permit-il d'aller au London Hospital pour essayer d'apprendre quelque chose d'utile sur Wiley et Ritter.

— Je pourrais vous aider, moi aussi, suggérai-je. Je pourrais vérifier si, parmi tous les remèdes, il y en a qui dégagent une chaleur magique. Si j'en trouve un, il me suffira de demander à une infirmière qui est la dernière personne à l'avoir manipulé.

— Tu vas me ralentir ou te faire prendre, déclara Willie. Tu restes là.

— Pourquoi me ferais-je prendre ?

— Tu es trop facilement reconnaissable.

— Mais non, pas du tout. Je suis le genre de femme qui se fond dans le décor. On ne me remarque pratiquement jamais.

Willie gloussa. Matt, Duc et Cyclope me contredirent tous aussi poliment et diplomatiquement que possible.

— Sans compter, ajoutai-je, que si l'une de nous risque de se faire remarquer, c'est plutôt toi, avec tes vêtements d'homme.

— India n'a pas tort, dit Duc à Willie. Tu es aussi discrète que la lumière d'un phare. Les navires te repèrent à un mile du rivage.

— Et ils m'évitent ?

Elle se campa devant lui, les mains sur les hanches, les pieds écartés.

— C'est ça que tu insinues ? Que les hommes changent de cap dès qu'ils me voient ?

Il leva les mains en signe de capitulation.

— C'est toi qui l'as dit, pas moi.

— Willie a raison, dit Matt. Vous restez ici, India. Vous ne pouvez pas entrer comme une fleur dans leur dispensaire et demander aux infirmières qui a manipulé les médicaments.

— Je ne compte pas entrer comme une fleur, protestai-je en mettant les mains sur les hanches comme venait de le faire Willie. Je compte utiliser la ruse.

— Non. Vous ne ferez que gêner Willie.

— Ha, tu vois ! jubila Willie en me lançant un regard de triomphe.

— Ne fais pas trop la fière, lui répondis-je, agacée. S'il refuse, c'est seulement pour me protéger. Il pense que je ne m'en sortirai pas toute seule.

— Et il a raison, dirent Willie et Duc à l'unisson.

Elle lui fit un clin d'œil. Il lui répondit par un froncement de sourcils et me fit ses excuses.

— Il a raison, India, vous ne vous en sortirez pas toute seule. Je suis désolé, mais c'est la vérité.

— Je vous signale que je suis parfaitement capable de me débrouiller, répliquai-je d'un ton sec. J'ai une bouche et un cerveau. Je sais utiliser la parole pour me dépêtrer d'une situation. Si Willie se retrouve le dos au mur, tout ce qu'elle fera, c'est tirer des coups de feu dans tous les sens. Ma méthode est bien plus civilisée, et elle n'implique aucune violence.

Je tournai brusquement les talons et sortis en trombe du bureau de Matt, mais il m'attrapa par le bras et m'arrêta dans le couloir.

— Vous êtes en colère contre moi, dit-il.

Je me tournai vers lui.

— Je comprends votre point de vue, Matt, mais je pense que vous avez tort. Je ne suis pas en sucre, alors cessez de me traiter comme si j'étais une petite chose délicate qui risque de se briser au moindre choc !

Il resserra très légèrement son étreinte avant de me lâcher.

— Vous oubliez un élément crucial.

— Que je suis une femme, alors que Willie est... Willie ?

Cette remarque lui arrache presque un sourire, mais son expression reprit aussitôt son sérieux.

— La principale raison pour laquelle vous ne devriez pas aller à l'hôpital, c'est que vous êtes connue, là-bas, et pas seulement de Wiley et Ritter ; plusieurs infirmières vous ont vue aussi. Il vous sera impossible de ne pas vous faire repérer. Et avant que vous n'essayiez de me dire que vous passez inaperçue, je tiens à ce que vous sachiez que je le nie fermement et catégoriquement.

— Je... je ne sais pas vraiment quoi répondre à cela.

Je ne savais peut-être pas quoi dire, mais mon visage, lui, savait parfaitement comment réagir. Il s'empourpra jusqu'à la racine de mes cheveux.

— Dites : *Merci, Matt, je suis d'accord avec vous.*

Je le dévisageai en haussant les sourcils.

— Ne soyez pas ridicule.

— Dites : *Je suis ravissante.*

— Il n'en est pas question.

— Allez, dites-le, c'est facile. *Je suis très jolie. Mon visage et ma silhouette sont ravissants. Ma silhouette est même plus que ravissante, elle est...*

— Matthew ? Miss Glass venait de sortir de sa chambre, les lèvres pincées d'horreur. Pourquoi dis-tu à India que ton visage et ta silhouette sont ravissants ?

Matt et moi éclatâmes de rire.

— Ne faites pas attention, ma Tante, dit-il. Et maintenant, si vous voulez bien m'excuser, je dois aller me préparer ; je serai absent toute la journée.

— India t'accompagne-t-elle ?

— Oui, répondis-je au moment où Matt répondait *non*.

— Tant mieux. India et moi irons rendre visite à nos amies les Mortimer.

Puisqu'on ne m'autorisait pas à jouer les espionnes, ce plan n'était pas si mal ; les Mortimer étaient très sympathiques, après tout, et j'appréciais beaucoup leur compagnie. Cette sortie s'annonçait agréable.

Miss Glass et moi partîmes en voiture en milieu de matinée et rentrâmes avant l'heure du déjeuner. Bristow nous accueillit à la porte et prit nos chapeaux et nos manteaux pendant que Bryce conduisait les chevaux à l'écurie. Un homme que je n'avais pas vu approcher monta les marches et me salua en portant la main au rebord de son chapeau. Il était large d'épaules mais pas très grand, et il avait de petits doigts boudinés. Il ne portait pas de gants et sa cravate grise était nouée à la va-vite. Du reste, ses vêtements étaient propres et de bonne qualité, mais très simples.

— Bonjour, dit-il à Bristow avec un accent cockney. Vous êtes Mr Glass ?

Bristow eut un reniflement hautain.

— Mr Glass n'ouvre pas sa porte lui-même. Je suis le majordome.

C'était la première fois que je l'entendais prendre de grands airs, et je faillis éclater de rire.

Mais l'expression que je lus sur le visage de l'inconnu me stoppa net. Des veines saillantes se dessinaient au niveau de ses tempes et de son cou, et j'avais l'impression qu'il se retenait soit de hurler, soit d'attaquer Bristow.

— Mr Glass est là ? demanda sèchement l'inconnu.

— Non, répondit Bristow. Dois-je lui transmettre un message ?

— Je peux peut-être faire quelque chose pour vous ? suggérai-je. Je suis son assistante.

— Miss Steele ? dit l'homme.

Comment connaissait-il mon nom ?

— Dans ce cas, oui.

Puis, avec un signe du menton à l'intention de Bristow :

— Vous avez pas des trucs de majordome à faire, vous ?

Les narines de Bristow se dilatèrent.

— Bristow est très bien là où il est, intervins-je avant que le majordome n'essaye de le chasser par la force.

Je craignais que, face à cet homme, il n'ait pas le dessus. L'inconnu avait l'air assez plutôt robuste.

Il lança un coup d'œil derrière moi en direction de l'escalier et du salon où s'était réfugiée Miss Glass. Cherchait-il à savoir s'il y avait d'autres occupants susceptibles d'essayer de le jeter dehors ?

J'avais un mauvais pressentiment.

— Qui êtes-vous et que voulez-vous ? lui demandai-je.

— Vous n'avez pas besoin de savoir qui je suis ni pour qui je travaille. Ce n'est pas une demande, Miss Steele, c'est un ordre. Arrêtez votre enquête.

Tout l'air de mes poumons s'en échappa, me laissant faible et comme à la dérive.

— Pardon ? murmurai-je.

— Vous avez très bien entendu. Dites à Mr Glass d'arrêter d'enquêter sur la mort de Hale. Ça ne vous regarde pas.

Bristow s'interposa entre l'individu et moi.

— Sortez ou j'envoie chercher les agents.

L'homme porta la main au rebord de son chapeau.

— Dites-le bien à Mr Glass, mam'zelle. Mon patron ne plaisante pas. Pas du tout, même, si vous voyez ce que je veux dire.

Mon cœur se mit à tambouriner et mon sang se glaça. On avait également cherché à nous empêcher d'enquêter sur le meurtre de Daniel Gibbons. La dernière fois, tout avait été orchestré par Abercrombie. Était-ce lui qui avait envoyé cet homme ? Les deux situations se ressemblaient trop pour que ce soit un hasard.

— Pour qui travaillez-vous ? insistai-je. Qui cherche à nous arrêter ? Et pourquoi ?

Il fit demi-tour et redescendit les marches sans se presser. Il repartit à pied, comme il était venu. Prise d'une folle impulsion, je retirai mon chapeau.

— Un manteau, Bristow. Et une ombrelle. Vite !

— Vous allez le suivre ? Est-ce bien prudent ?

— Peut-être pas, mais c'est nécessaire.

Je lui fourrai mon chapeau dans les bras.

— Allez-y !

Il se précipita au vestiaire et en ressortit avec mon manteau bleu, une ombrelle et le valet de pied.

— Emmenez Peter, dit Bristow.

Il m'aida à enfiler mon manteau et me tendit l'ombrelle.

— Faites ce que vous dira Miss Steele, et veillez à ce qu'il ne lui arrive rien, ordonna-t-il à Peter.

Je sortis en courant sans prendre le temps de m'assurer que le valet me suivait. L'inconnu disparut à l'angle d'Aldford Street. Je m'élançai à sa poursuite, suivie de Peter, et poussai un soupir de soulagement en apercevant l'inconnu qui traversait Park Lane. Il se retourna pour regarder derrière lui, mais je me baissai derrière mon ombrelle.

— Ayez l'air naturel, dis-je à Peter.

Cette allée de Hyde Park n'était pas trop fréquentée, et la stature trapue de l'homme le rendait aisément reconnaissable. Il regarda encore une fois par-dessus son épaule, puis, sans doute convaincu de ne pas avoir été suivi, il ne se retourna plus.

De son pas lent et régulier, il sortit du parc au niveau de Hyde Park Corner et s'engagea dans la rue Grosvenor Crescent, dans le quartier de Belgravia. À l'instar de Mayfair, Belgravia était un quartier extrêmement cossu. Les rues en arc de cercle étaient bordées de demeures imposantes qui surplombaient une place occupée par des espaces verts bien entretenus. J'étais venue ici tout récemment avec Matt. Et d'ailleurs, plus nous approchions de Belgrave Square, plus j'avais la certitude que notre homme se dirigeait très exactement vers la même maison. Lorsqu'il frappa à la porte et que je reconnus le majordome qui le fit entrer, je sus que nous avions trouvé la pièce manquante du puzzle.

Cette maison appartenait à Lord Coyle.

Cette révélation m'emplit tout à la fois d'excitation et d'effroi. Lord Coyle possédait une collection privée d'objets magiques. Il avait acheté un globe terrestre magique appartenant à la Guilde des Cartographes en procédant à un échange secret avec le créateur du globe. Il connaissait l'existence de la magie.

Mais quel lien y avait-il entre lui et le Dr Hale ? Et pourquoi cherchait-il à nous empêcher d'enquêter sur la mort de Hale ?

— Venez, Peter, dis-je. Rentrons à la maison.

Au moment où je prononçais ces mots, la porte se rouvrit. Un cri de surprise m'échappa quand je vis un autre homme sortir de la maison.

C'était Oscar Barratt.

CHAPITRE 10

Matt rentra seul à l'heure du déjeuner. J'attendis qu'il ait fini de se reposer pour lui parler de l'avertissement de l'inconnu. Comme je m'y attendais, il était furieux, mais il parvint à peu près à se contenir et à mettre un seul coup de poing sur son bureau.

— Et ce n'est pas tout, dis-je. Je l'ai suivi jusqu'à...

— Vous l'avez suivi ! éructa-t-il. Mais enfin, vous êtes folle ? Il aurait pu s'en prendre à vous.

— J'avais ma montre sur moi, j'étais accompagnée de Peter, et il faisait jour.

— Mais tout de même...

— Tout de même, cessez de protester et écoutez-moi. Peter et moi l'avons suivi jusqu'à la maison de Lord Coyle, à Belgravia.

Il me dévisagea, bouche bée.

— Voilà un rebondissement intéressant, finit-il par dire d'un ton plus calme. Que vient faire Lord Coyle dans toute cette histoire ?

— Il collectionne les objets magiques. Il a peut-être acheté l'un des remèdes de Hale pour l'ajouter à sa collection. Mais pourquoi l'aurait-il tué ? Cela n'a aucun sens.

— Hale a peut-être refusé de le lui vendre, et Coyle l'aurait alors tué sous le coup de la colère.

Il gardait les yeux fixés sur la surface de son bureau, comme perdu dans ses pensées.

Je cherchai un moyen de lui annoncer le reste de ma nouvelle sans éveiller son côté soupçonneux, mais je n'en trouvai aucun. Je ne pouvais pas faire autrement, il fallait que je lui en parle.

— Et ce n'est pas tout, dis-je. Cet homme est entré chez Lord Coyle et, quelques minutes plus tard, un autre en est sorti. Oscar Barratt.

— Barratt ! Tiens, tiens. Il est donc mêlé à cette affaire, finalement.

Cette information semblait même lui faire plaisir.

— C'est peut-être une coïncidence. Peut-être avait-il une autre raison de rendre visite à Coyle.

Il se renversa contre son dossier et me regarda droit dans les yeux.

— India, comment pouvez-vous encore prendre sa défense après ce que vous venez de découvrir ? Il y a un lien direct entre Barratt et Coyle, et Coyle a envoyé quelqu'un pour vous menacer.

— Un lien *indirect*. Et je ne prends pas sa défense. Je garde l'esprit ouvert, c'est tout.

Un long moment s'écoula avant qu'il ne reprenne la parole, et je croyais que la conversation allait en rester là, quand il demanda :

— Pourquoi le défendez-vous ? Pourquoi refusez-vous d'admettre que c'est un suspect dans le meurtre de Hale ?

— Je... je ne sais pas.

Il se mit à frotter l'accoudoir de son fauteuil avec son pouce comme s'il cherchait à effacer une trace sur le cuir. Il concentrait toute son attention sur ce geste.

— Est-ce parce que vous vous sentez... proche de lui ?

— C'est peut-être ça, j'imagine. Nous sommes tous les deux magiciens.

— Mais c'est le seul point commun entre vous.

Enfin, il me regarda et je réalisai, stupéfaite, qu'il semblait déjà exténué, alors qu'il venait à peine de faire une sieste.

— Il vient d'une famille de commerçants, comme moi, dis-je sans vraiment réfléchir à ce que je disais.

Je voulais lui demander pourquoi il avait si mauvaise mine, mais son humeur étrange m'en dissuada.

— Sa famille est riche, dit-il. La vôtre appartenait à la classe moyenne.

— Merci de me le rappeler.

— Je ne voulais pas vous blesser.

Il se passa une main sur le front.

— India, ce que j'essaye de vous dire, c'est que vous ne devriez pas vous laisser aveugler par le charme de Barratt. Je connais les gens comme lui. Ils ne se lient d'amitié qu'avec ceux qui peuvent les aider à atteindre leur but. Ce sont des manipulateurs. Je ne veux pas qu'il vous fasse souffrir.

— Merci de vous inquiéter pour moi, dis-je plus sèchement que je n'en avais l'intention, mais je suis parfaitement capable de déterminer qui est un véritable ami et qui ne fait que jouer un rôle.

— Vous pensiez que j'étais le Cavalier Noir, me fit-il remarquer. Et que Dorchester était innocent.

Je me levai d'un bond, consciente que j'avais l'air de céder à un mouvement d'humeur, mais cela m'était égal. Les paroles de Matt m'avaient blessée, non pas parce qu'il m'avait jugée avec sévérité, mais parce qu'il avait raison.

— Vous avez oublié de mentionner Eddie.

Il grimaça et ferma les yeux.

— India, je suis désolé. C'était cruel de ma part. Je n'aurais pas dû dire ça.

— J'avais peut-être besoin de l'entendre. J'ai peut-être un peu trop confiance en Barratt, en effet.

Je tournai les talons pour l'empêcher de voir les larmes qui me montaient aux yeux. Je me trouvais idiote.

Il atteignit la porte avant moi et me saisit par les épaules. Il baissa la tête pour regarder mon visage, m'obliger à baisser le menton pour ne pas lui montrer mes yeux.

— Je vous ai fait de la peine. Nom de nom... Je suis un imbécile, India. Vous avez parfaitement le droit de m'en vouloir. Alors allez-y, citez une chose qui vous irrite ou vous déplaît chez moi.

— Que... que voulez-vous dire ?

— Dites-moi quels sont mes défauts. Cela vous fera du bien, et cela rétablira l'équilibre entre nous.

Je m'aperçus, horrifiée, que mon menton s'était mis à trembloter.

— Comment pourrais-je faire ça, puisque je trouve que vous n'avez aucun défaut ?

— Bien sûr que si. Je parle sans réfléchir, pour commencer. Quoi d'autre ?

Pourquoi fallait-il qu'il soit aussi gentil ? Il me donnait envie de pleurer.

— India, murmura-t-il d'une voix douce, je suis désolé de vous avoir blessée. Je n'aurais pas dû dire toutes ces choses.

— C'est pourtant vrai, je n'ai aucun talent pour juger du caractère des gens, balbutiai-je.

Je ne parvins pas à retenir mes larmes plus longtemps. Elles se mirent à couler, et avec elles, toute la frustration et l'humiliation que j'avais éprouvées quand Eddie avait rompu nos fiançailles. Moi qui étais si fière de mon intelligence, je l'avais laissé me duper sur toute la ligne.

Matt m'attira contre lui et cala ma tête sous son menton. Dans ses bras, je me sentais au chaud, rassurée et en sécurité. Si seulement je pouvais y rester ! Mon plus cher désir aurait été qu'il puisse me tenir de cette façon chaque fois que j'en aurais envie. Mais c'était impossible, et cela ne fit que redoubler mes larmes.

— Ce qu'a fait Eddie était de sa faute, pas de la vôtre, dit Matt en me massant la nuque. Et Dorchester aussi. Oubliez-les. Cela nous arrive à tous de faire confiance à la mauvaise personne. Je préférerais être comme vous et croire aux bonnes intentions de tous les inconnus que je rencontre, que de soupçonner sans cesse tout le monde. Vous êtes quelqu'un d'optimiste, India, quelqu'un qui sait accorder sa confiance, et c'est une des raisons qui font que je vous admire.

Plus il me massait la nuque, plus mes larmes séchaient. Mais je ne me reculai pas. Maintenant que je ne pleurais plus, j'entendais les battements de son cœur. Il battait vite, mais à un rythme régulier et rassurant. Un cœur aussi puissant ne pourrait sûrement pas le lâcher. Il n'allait sûrement pas mourir, sans sa montre.

Matt me repoussa doucement. Il essuya mes joues du plat de son pouce et m'embrassa sur le front. Ses lèvres s'y attardèrent et, l'espace d'un instant, je crus, ou plutôt j'espérais qu'il allait me renverser la tête en arrière et m'embrasser sur la bouche.

Mais au lieu de cela, il s'écarta en soupirant. Il sortit un mouchoir de sa poche et me le tendit.

— Vous sentirez-vous bientôt en état de sortir ?

— Oui, bien sûr.

Je me tamponnai les yeux avec le mouchoir et le lui rendis.

— Où allons-nous ?

— Nous allons voir Barratt.

Je détournai les yeux.

— Oh.

— Je veux savoir quels sont ses liens avec Coyle. Vous n'êtes pas obligée de venir si vous n'en avez pas le courage.

— Je veux vous accompagner. Et qu'en est-il de Coyle lui-même ? Allons-nous lui demander de s'expliquer sur cet homme qu'il nous a envoyé ?

— Nous n'y manquerons pas, mais allons d'abord voir ce que sait Barratt. Il se peut qu'il ne sache rien du tout. Comme vous l'avez dit, il est peut-être innocent.

Il se montrait diplomate pour me ménager. J'aurais préféré qu'il s'abstienne. Il semblait croire que j'avais des sentiments pour Oscar Barratt, et c'était tout sauf le message que j'aurais voulu lui faire passer. Barratt ne m'intéressait pas du tout. Je le trouvais charmant, et c'était agréable d'avoir un autre magicien avec qui parler de magie. Mais je ne pouvais expliquer tout cela à Matt sans dévoiler trop clairement les secrets de mon cœur.

Je regagnai ma chambre, mais je m'arrêtai sur le seuil. Assise à ma coiffeuse, Miss Glass était occupée à remettre de l'ordre dans mes peignes et autres babioles.

— Miss Glass ! Est-ce que tout va bien ?

— Je nous croyais amies, India, dit-elle sans lever les yeux.

— C'est le cas.

Je m'accroupis à côté d'elle. Elle parlait d'un ton égal et sa voix ne tremblait pas, mais elle n'avait pas l'air dans son état normal.

— Que se passe-t-il ?

— On ne se trahit pas, entre amies.

Je clignai des yeux, interloquée.

— Pourquoi dites-vous que je vous ai trahie ?

À l'instant où je prononçai ces mots, je sus qu'elle nous avait vus ensemble, Matt et moi, par sa porte restée ouverte. Nous ne l'avions pas remarquée.

— Vous le savez très bien.

Je m'assis au pied du lit.

— J'avais de la peine et Matt me consolait. À vrai dire, c'est lui qui m'a fait de la peine, alors il a dû se sentir coupable. Voilà ce qui s'est passé, Miss Glass, rien de plus.

Enfin, son regard glacial rencontra le mien.

— J'avais l'impression que ce n'était pas rien, India, et si un domestique vous avait vus, il aurait eu la même impression que moi.

— Cela ne se reproduira pas.

— En êtes-vous certaine ?

— Oui. Il n'y a rien de ce genre entre nous.

Elle prit un air pincé. Elle ne me croyait pas.

— Ce que vous devez comprendre, India, c'est que même si je vous aime beaucoup, j'aime mon neveu plus encore. Il fait partie de ma famille, et il est l'héritier de Rycroft. Il a des devoirs à respecter, et en premier lieu, le devoir de faire un bon mariage et d'engendrer un héritier. Celle qu'il épousera doit être d'une famille convenable.

— Mais pourquoi ? m'écriai-je. Quelle différence cela fait-il ?

Elle sembla surprise que je m'emporte brusquement, et je ne pouvais pas lui en vouloir : cela ne me ressemblait pas vraiment.

— Un mariage est une alliance entre deux familles, reprit-elle. Chacun des deux époux apporte quelque chose à cette union : de l'argent, des terres, de l'influence ou un titre. Si un gentleman épouse une jeune fille qui ne lui apporte rien de tout cela, ses biens risquent de diminuer peu à peu avec le temps, sans compter qu'il sera la risée de sa classe sociale. Personne ne le prendra au sérieux. Est-ce là ce que vous voulez ? Que Matthew soit traité comme un paria ?

— Il mène déjà une vie de paria, rétorquai-je. Il n'est même pas anglais.

— Bien sûr que si !

Je levai les mains, peu disposée à supporter ses préjugés.

— Son père a fui pour échapper à ses responsabilités, et pourtant vous n'avez pas l'air de lui reprocher, à lui, d'avoir épousé une Américaine sans le sou.

— Laissez Harry en dehors de cela, dit-elle sèchement. Ce n'était pas lui l'héritier, et il avait de bonnes raisons de s'en aller. Notre père ne le traitait pas bien.

Elle avait prononcé ces derniers mots avec difficulté, et ses épaules s'affaissèrent.

— Pauvre Harry. Mon pauvre frère chéri, quand vas-tu rentrer à la maison ? Je suis si seule, sans toi.

J'allai à côté d'elle et l'aidai doucement à se lever.

— Venez, Miss Glass, il est temps d'aller vous reposer.

Même s'il m'était pénible de la voir sombrer si rapidement dans la démence, en cette occasion, c'était une chance. Je ne voulais pas me battre avec elle pour quelque chose qui n'existait pas et qui ne pourrait jamais arriver.

Tandis que je la guidais vers la porte, elle se cramponna à moi avec une poigne d'une vigueur surprenante.

— Vous comprenez, n'est-ce pas, India ?

Je fus surprise de l'entendre parler d'une voix aussi lucide. Elle semblait se souvenir de notre discussion.

— Oui, Miss Glass. Vous ne faites que protéger le nom des Rycroft.

— Et Matthew. Tout ce que je fais, c'est pour lui, rien que pour lui. Un jour, le domaine de Rycroft lui reviendra, il en est l'héritier légitime. Toutes les portes s'ouvriront devant lui, toutes les opportunités se présenteront à lui, à condition qu'il soit prudent et qu'il ne commette pas l'erreur d'épouser une roturière comme Harry. Mais nous sommes toujours amies, n'est-ce pas, India ?

Sa voix tremblait et ses doigts resserrèrent leur étreinte sur mon bras.

— Je vous en prie, dites-moi que nous sommes toujours amies.

— Nous sommes toujours amies, Miss Glass. J'ai toujours su

que Matt et moi n'étions pas du même monde, et cela n'a pas changé. Vous n'avez rien à craindre sur ce point.

— Je savais que je pouvais vous faire confiance.

Matt passa alors que nous étions en train de sortir de ma chambre.

— Ma Tante ? Êtes-vous souffrante ?

— J'ai été prise d'un léger vertige, dit-elle.

— Laissez-moi vous raccompagner à vos appartements pendant qu'India se prépare.

— Faut-il absolument qu'elle vous accompagne ?

Il se tourna vers moi.

— Oui, leur répondis-je à tous les deux. Je vais dire à Polly de monter. Quant à l'autre sujet, Miss Glass, vous avez ma parole.

Elle me sourit faiblement.

— Merci, India. Vous êtes une brave fille.

Ils s'éloignèrent et j'entendis Miss Glass lui demander d'où lui venait sa joue tuméfiée. Je n'entendis pas la réponse de Matt, mais à mon avis, il ne lui parla pas de son combat de boxe avec Cyclope.

Quand j'eus fini de me changer, je trouvai Polly assise dans le quartier des domestiques, en train de repriser l'ourlet d'une des robes de Miss Glass. Je l'envoyai à l'étage et attendis Matt dans l'entrée. Il me rejoignit quelques minutes plus tard, l'air préoccupé.

— Elle va bien, me dit-il quand je lui demandai des nouvelles. Elle est affaiblie, mais elle se souvient de tout le monde.

— Me voilà rassurée. Le changement a été particulièrement soudain, cette fois.

— Que faisait-elle dans votre chambre ? Et quel était cet autre sujet dont vous parliez toutes les deux ?

— C'est un secret entre elle et moi. Elle ne voudrait pas que vous le sachiez.

Il eut l'air contrarié, mais il n'insista pas.

Bryce nous conduisit au siège de la *Gazette Hebdomadaire*, où nous trouvâmes Oscar Barratt en train d'écrire dans un carnet. Il le referma précipitamment en nous apercevant et nous invita à entrer.

— Quelle bonne surprise, dit-il, tout sourire, et qui tombe à pic, d'ailleurs. Vous m'épargnez la peine de marcher jusqu'à Mayfair pour vous voir, tous les deux.

Il avança une chaise pour moi avant de retourner de l'autre côté de son bureau.

— C'est un vilain coquard que vous avez là, Glass.

— Je me suis cogné dans une porte, dit Matt.

— Je n'en doute pas. Alors, que puis-je pour vous ?

— Comment connaissez-vous Lord Coyle ? lui demanda Matt.

— Coyle ?

Mr Barratt se mit à nous observer tour à tour, Matt et moi.

— Je le connais assez peu, hormis une première entrevue que j'ai eue avec lui ce matin, justement. À voir votre expression, je devine que vous le saviez déjà, Mr Glass. Puis-je savoir pourquoi vous me demandez cela ?

— Une question à la fois, dit Matt calmement. Quel était l'objet de cette entrevue ?

Mr Barratt s'adossa sur sa chaise et joignit les doigts.

— Il se trouve que c'est lui qui m'a demandé de venir. Apparemment, quand un homme comme Coyle veut vous parler, il s'attend à ce que ce soit vous qui vous déplaciez, et non l'inverse. Nous ne sommes pas du même monde, ajouta-t-il en riant jaune. Il m'a dit qu'il avait lu quelques-uns de mes articles, et il voulait savoir si je faisais allusion à la magie.

— Il vous a posé la question sans détour ? m'étonnai-je.

Il confirma d'un signe de tête.

— C'était un peu direct, mais il avait l'air sûr de ma réponse. Je suppose que, pour qui sait que la magie existe et en cherche des signes, mes articles montrent clairement que j'y crois.

— Qu'a-t-il dit ensuite ? poursuivit Matt.

— Il m'a demandé ce que je savais. Je lui ai répondu que j'avais entendu parler de la magie, et je lui ai dit que certaines personnes dont parlaient mes articles prétendaient avoir des pouvoirs. Le Dr Hale, entre autres.

— A-t-il posé beaucoup de questions sur Hale ou sur sa mort ?

— Aucune. Il n'a pas spécialement parlé de Hale une fois que je lui ai dit que ce médecin affirmait être un magicien apothicaire. Il n'avait pas l'air particulièrement curieux au sujet du Dr Hale ni de son meurtre.

— Voilà qui est étrange, dis-je. Avec les centres d'intérêt qui sont les siens, on pourrait s'attendre à ce qu'un homme comme Coyle se passionne pour cette histoire.

— À moins, dit Matt, qu'il ne sache déjà tout ce qu'il y avait à savoir sur Hale et sur sa mort.

Se pouvait-il que Coyle ait orchestré le meurtre ? Mais pourquoi ? Qu'aurait-il eu à y gagner ?

— Qu'entendez-vous par les centres d'intérêt qui sont les siens ? demanda Mr Barratt.

C'était à moi qu'il avait posé la question, mais j'attendis que Matt y réponde. Je me méfiais à présent de mes réactions en présence de Barratt, et je ne savais pas ce qu'il valait mieux lui cacher.

— Miss Steele ?

Je regardai Matt, mais il se contenta de me dévisager, les sourcils froncés. Il semblait clair qu'il ne comptait pas me guider. Soit. Si ma réponse ne lui convenait pas, tant pis pour lui.

— Nous sommes presque sûrs que Lord Coyle sait que la magie existe, dis-je.

— Pensez-vous qu'il soit magicien ?

— Nous n'en savons rien. Il collectionne les objets magiques, mais nous ignorons s'il a personnellement instillé de la magie dans certains d'entre eux.

— Il les collectionne ? Pour quoi faire ?

— Sans raison apparente. La plupart des objets de sa collection ont dû perdre leur qualité magique, depuis plusieurs années, pour certains d'entre eux. Il la garde bien cachée et ne la montre qu'à des invités triés sur le volet, dans des occasions bien précises.

— C'est peut-être juste un excentrique.

Il fit pianoter le bout de ses doigts les uns contre les autres, en pleine réflexion.

— Cela explique son intérêt pour mes articles. S'il collectionne les objets magiques, il doit être à la recherche de magi ciens capables de lui fournir des artefacts pour enrichir sa collection.

— Lui avez-vous dit que vous étiez un magicien de l'encre ? lui demanda Matt.

— Non. Je le lui aurais sans doute dit s'il m'avait posé franchement la question, mais il ne l'a pas fait. Cela dit, j'ai l'impression qu'il s'en doutait. C'était un drôle de face-à-face. J'attendais qu'il me dise qu'il était magicien, et lui attendait que ce soit moi qui le lui dise.

— Vous pensez que c'en est un ?

— C'est ce que j'ai cru sur le moment, ne serait-ce que pour expliquer qu'il s'intéresse à mes articles, mais étant donné ce que vous avez dit sur sa collection, je n'en suis plus aussi sûr. Un profane pourrait prendre plaisir à collectionner les objets magiques au même titre qu'un homme qui ne sait pas peindre prend plaisir à collectionner les tableaux.

— Avez-vous vu un homme arriver chez Coyle quelques minutes avant votre départ ?

Je lui décrivis l'inconnu, mais il secoua la tête.

— Désolé, dit-il. Le majordome m'a fait entrer et sortir. Un valet de pied m'a emmené au bureau de Coyle, où il m'attendait. Je n'ai vu personne d'autre. Pourquoi ? Qui est-ce ?

— Nous supposons qu'il s'agit de l'homme de main de Coyle, dit Matt. Il nous a intimé l'ordre de cesser notre enquête sur le meurtre de Hale.

— Seigneur ! Quelle audace ! En plein jour ?

— Chez Matt, précisai-je. Miss Glass et moi venions de rentrer de promenade, quand il s'est présenté à notre porte et m'a menacée.

Les sourcils de Mr Barratt remontèrent très haut sur son front.

— Vous étiez seule ?

— Le majordome était là.

— Mais pas Mr Glass ?

Matt inspira profondément, puis expira lentement. Je sentais qu'il s'efforçait de se maîtriser et de se retenir de lui répondre.

— Matt ne peut pas être chez lui à tout instant, dis-je, et il ne peut pas deviner quand quelqu'un va décider de nous menacer. Et pour être honnête, les menaces le visaient, lui aussi.

— Vous êtes une femme très raisonnable, Miss Steele. Je connais bien des femmes qui reprocheraient aux hommes dans leur vie de ne pas avoir été présents lors d'une telle altercation, que ce soit justifié ou non.

— Mr Glass est mon employeur, pas un *homme dans ma vie*, répliquai-je d'un ton glacial.

Franchement, j'en avais plus qu'assez des hommes et de leur besoin de me dominer.

Mr Barratt me surprit avec un sourire sincère.

— Merci d'avoir dissipé mes doutes.

J'avais l'impression d'avoir avalé tout rond l'appât qu'il venait de me lancer.

Les deux hommes échangèrent un regard par-dessus le bureau, l'un tout sourire et l'autre bouillant de rage. C'était grisant d'être l'enjeu de cette bataille muette, mais je me rappelai soudain qu'il valait mieux éviter de me fier à mon intuition. L'explication la plus probable, c'était que Matt se méfiait de Mr Barratt, et que Mr Barratt... à vrai dire, je ne voyais pas comment expliquer son aversion pour Matt.

— Vous avez dit que vous comptiez me rendre visite aujourd'hui, dit Matt. Pourquoi ?

— Pas à vous, répondit Mr Barratt. C'est Miss Steele que je voulais voir.

— Moi ?

Je le dévisageai, stupéfaite.

— Mais pourquoi ?

— Depuis que nous avons parlé de vos grands-parents, j'ai décidé de me renseigner un peu de mon côté.

Matt s'avança sur sa chaise.

— Vous avez *quoi* ?

Mr Barratt leva les mains comme pour se défendre.

— Mais enfin, du calme ! Pourquoi vous fâchez-vous, Mr Glass ?

— Parce que vous espionnez India, voilà pourquoi.

— Mais pas du tout ! Je l'aide à retrouver les pièces manquantes de son passé. Je veux qu'elle comprenne d'où vient sa magie.

— Je vois, dit Matt avant que je ne puisse l'interrompre.

Même si je comprenais son point de vue et que je trouvais étrange que Mr Barratt ait enquêté sur mon passé sans me demander la permission avant, il me le disait, à présent. Et je brûlais de savoir ce qu'il avait découvert.

— Et donc ? demandai-je.

— Et j'ai appris deux choses. Premièrement, il est possible que votre magie vous vienne non pas de votre grand-père paternel, mais de votre *grand-mère* paternelle.

— Comme c'est intéressant ! Cela expliquerait que mon grand-père ait obtenu une licence de la Guilde des Horlogers : si c'était un profane, il n'était pas une menace aux yeux de la guilde. Ma grand-mère lui prêtait peut-être main-forte, mais la guilde n'en savait sans doute rien.

— Elle est morte avant votre naissance ? me demanda Matt.

Je confirmai d'un hochement de tête.

— Mon père gardait d'elle un souvenir ému, bien plus que de mon grand-père. Ils n'étaient pas heureux ensemble. J'ai cru comprendre que mon grand-père était un homme égoïste, et que son attitude indifférente a hâté le décès de ma grand-mère. Je me suis toujours dit que c'était triste.

— Les unions malheureuses sont courantes, dit Matt à mi-voix. J'en ai vu plus qu'assez pour le confirmer.

— Amen, marmonna Mr Barratt.

— Comment avez-vous su que ma grand-mère était magicienne ? lui demandai-je.

— J'ai demandé en passant à un horloger à la retraite que je connais s'il se souvenait de la famille Steele, qui travaillait sur St Martin's Lane. C'est son fils qui possède maintenant la boutique voisine, mais le vieil homme se souvenait de votre père et de vos grands-parents. Après quelques questions pertinentes sur les talents de votre grand-père, il m'a dit que la qualité de son travail s'était dégradée après la mort de votre grand-mère. C'est ce qui m'a laissé penser que ce n'était pas *lui* qui avait des pouvoirs magiques, mais *elle*. Quelques questions supplémentaires m'ont permis d'en avoir le cœur net. Une fois, il l'a vu réparer une horloge extrêmement ancienne, dont les mécanismes l'avaient laissé pantois.

— Avez-vous parlé de magie à cet horloger à la retraite ? lui demanda Matt.

— Bien sûr que non.

Mr Barratt avança sa chaise et appuya ses coudes sur le bureau. Ses yeux bleus pétillaient.

— Ce vieil horloger m'a aussi appris autre chose. Alors que nous discutions, il m'a dit que c'était étrange que je lui pose toutes ces questions sur votre grand-père justement maintenant.

— Pourquoi donc ? demandai-je.

— Parce qu'il pensait l'avoir vu récemment.

— C'est impossible. Il est mort.

— C'est ce que je lui ai dit, mais il était formel : il l'a croisé dans la rue il y a quelques semaines. Il l'a appelé, mais l'autre a passé son chemin sans se retourner.

— Votre informateur a dû faire erreur.

— C'est ce que je pensais également, mais j'ai tout de même décidé de suivre cette piste. Mr Barratt fit un drôle de petit sourire. J'ai vérifié au registre d'état civil. Les dates de sa naissance et de son mariage y sont consignées, mais pas celle de sa mort.

— C'est sans doute un oubli, dis-je. Il est mort. Mon père me l'a dit.

Mr Barratt et Matt échangèrent un regard.

— À moins que votre père n'ait menti, dit Matt. S'il ne l'aimait pas et voulait qu'il sorte de sa vie...

Il haussa les épaules, presque comme s'il voulait s'excuser de faire une telle supposition.

— C'est possible, bredouillai-je.

— Pris séparément, ces deux éléments ne nous permettent que de faire des conjectures, dit Mr Barratt. Mais si on les relie entre eux, je pense qu'il est tout à fait possible que votre grand-père soit en vie, et qu'il habite à Londres.

CHAPITRE 11

— **J**e pense que nous devrions changer nos plans, dis-je tandis que Matt m'ouvrait la portière de la voiture devant le siège de la *Gazette Hebdomadaire*.

— Au lieu d'aller nous expliquer avec Lord Coyle, je pense qu'il vaut mieux l'espionner. Il y a peu de chances qu'il reconnaisse avoir envoyé son homme de main pour nous menacer, et en l'espionnant, nous rassemblerons peut-être plus de preuves contre lui.

— Je me disais justement la même chose, dit Matt.

Il ordonna à Bryce de nous emmener à Scotland Yard.

— Vous voulez parler de Coyle à Munro ? lui demandai-je quand il s'installa sur la banquette en face de moi.

— À Brockwell, pas à Munro.

— Mais il veut vous arrêter !

— Raison de plus pour le tenir informé. Je doute que la police arrive d'elle-même aux bonnes conclusions, alors nous devons lui fournir autant de preuves que possible.

— Vous risquez de devoir le convaincre de ne pas aller parler à Coyle ; cela réduirait nos efforts d'espionnage à néant.

— Je risque surtout de devoir le convaincre de me croire, pour commencer.

Ce détail était tout aussi ennuyeux. Si Payne s'était assuré le soutien de Brockwell, il nous faudrait sans doute le contourner et, une fois de plus, nous adresser directement à Munro. Je savais que cette perspective mettait Matt hors de lui, mais nous n'aurions peut-être pas le choix.

Je m'apprêtais à lui en faire la remarque et, en levant les yeux, je vis que Matt me dévisageait.

— Êtes-vous en train de penser à votre grand-père ? demanda-t-il.

J'avais été toute retournée d'entendre Barratt suggérer que mon grand-père puisse être encore en vie, mais une fois passé le choc initial, je n'étais pas convaincue.

— Vous froncez les sourcils, dit-il en se penchant en avant. Tout va bien ?

Je hochai la tête.

— Je ne l'ai pas connu, alors ça ne me touche pas beaucoup. Mais ne pensez-vous pas que, si mon grand-père était à Londres, il aurait cherché à me contacter ?

— Il ne savait peut-être pas où chercher. Il se peut qu'il soit allé à la boutique et que, voyant qu'elle portait désormais le nom de Hardacre, il ait abandonné ses recherches.

— Si c'est le cas, il a renoncé trop facilement. Il aurait pu demander à Eddie où me trouver.

— Sauf s'il ne voulait pas qu'on sache qu'il était toujours en vie. India...

Il se passa la main sur la mâchoire.

— India, vous est-il venu à l'idée que votre grand-père était peut-être Chronos, vivant incognito à Londres sous le nom de DuPont ?

— Cela m'a traversé l'esprit. Mais il n'est pas magicien, alors il ne peut pas être Chronos. Mr Barratt dit que c'était ma grand-mère qui avait des pouvoirs magiques.

— Barratt peut se tromper. Il a basé ses suppositions sur les observations d'un seul homme, et un vieillard, qui plus est. Si votre grand-père est Chronos, cela expliquerait qu'il n'ait pas cherché à vous retrouver : il tient à ce que personne ne sache qui il est.

— Pour des raisons qui nous sont encore inconnues.

Je soupirai, quelque peu épuisée par toute cette histoire et par nos efforts vains pour retrouver Chronos. Matt n'avait plus beaucoup de temps devant lui, et chaque pas en avant était suivi d'un autre pas en arrière.

Il devait en avoir plus qu'assez que nos recherches ne mènent nulle part.

La main de Matt se referma autour de la mienne, que je gardais sur mes genoux.

— Tout ira bien, India. Nous le retrouverons.

— Parlez-vous de mon grand-père ou de Chronos ?

— Des deux.

Je devinai, à son sourire en coin, qu'il supposait toujours qu'il s'agissait d'une seule et même personne.

On nous fit attendre trente-cinq minutes avant d'être reçus par l'Inspecteur-chef Brockwell. L'un de ses hommes nous apporta du thé, que nous bûmes dans l'antichambre de son bureau. Matt, cependant, ne tenait pas en place et se levait régulièrement pour faire les cent pas à travers la pièce ou pour regarder par la fenêtre. Quant à moi, je m'occupai avec la petite horloge posée sur le dessus de la cheminée, qui retardait d'une bonne minute. Quand Brockwell nous fit enfin entrer, je l'avais réparée et elle fonctionnait à la perfection.

Il retira son manteau et son chapeau, qu'il suspendit à la patère près de la porte. Il n'avait pas l'air surpris de nous voir ; on avait donc dû l'avertir.

— Entrez, dit-il en nous indiquant deux chaises d'invités dans son bureau, près de sa table de travail.

— Nous avons un autre suspect pour vous, dit Matt en s'asseyant. Vous feriez bien d'enquêter sur lui.

Brockwell déboutonna sa veste, prenant son temps pour défaire chaque bouton avant de passer au suivant. Il garda les yeux fixés sur Matt, mais sans rien dire. C'était comme s'il était incapable de se concentrer sur deux tâches à la fois. À moins qu'il ne cherche délibérément à pousser Matt à bout en exacerbant sa frustration qui couvait ?

— Ah oui, vraiment ? Et qui donc ?

— Lord Coyle.

Brockwell gratta ses favoris.

— Et pourquoi Lord Coyle aurait-il assassiné un médecin du London Hospital ?

— Nous l'ignorons, mais il est mêlé à cette affaire, d'une façon ou d'une autre. Il a envoyé un comparse chez moi pour nous ordonner de cesser notre enquête. Il a menacé Miss Steele en mon absence.

— Il vous a menacée ? Miss Steele, vous a-t-il fait du mal ?

— Non, dis-je.

— Quand est-ce arrivé ?

— Aujourd'hui, avant le déjeuner.

L'inspecteur tira sur la chaîne de sa montre et regarda l'heure.

— Il est presque quatre heures. Pourquoi avez-vous mis si longtemps à le signaler ?

— Nous sommes en train de vous le signaler en ce moment même, gronda Matt.

— J'étais bouleversée, dis-je. J'avais besoin de temps pour me remettre de mes émotions.

Brockwell sembla convaincu par mon numéro de pauvre petite créature fragile. Il eut un hochement de tête compatissant.

— Alors dites-moi, Mr Glass, comment avez-vous fait le lien entre Coyle et cet homme ?

— Miss Steele l'a suivi, dit Matt.

Brockwell se tourna vers moi.

— Vous l'avez suivi ? *Vous* ? Alors que vous étiez bouleversée ?

— C'est arrivé plus tard, dis-je aussitôt. Il s'est rendu chez Lord Coyle. J'y étais déjà allée, et j'ai reconnu sa maison.

— Vous supposez donc que cet homme travaille pour Coyle.

— Oui, dit Matt. Il n'y a aucune autre conclusion à en tirer.

— Il pourrait être un ami ou une connaissance.

— Dans ce cas, Lord Coyle a de drôles de fréquentations, dis-je. Cet homme était une canaille qui parlait avec un accent cockney.

— Lord Coyle n'est peut-être pas très regardant lorsqu'il s'agit de choisir ses amis.

Matt inspira profondément, puis expira lentement.

— À vous entendre, on jurerait que vous n'avez aucune intention d'enquêter sur lui.

Brockwell gratta son autre favori et prit son temps avant de répondre. Je dus m'agripper à l'accoudoir de ma chaise pour me retenir de lui hurler de dire quelque chose.

— Ce que vous venez de me dire ne suffit pas pour accuser Lord Coyle de meurtre, finit-il par dire. Le lien est trop ténu.

— Le lien est indéniable, rétorqua Matt.

— Vos preuves ne sont pas assez solides.

— Vous devriez explorer toutes les pistes, même les plus improbables. Vous oubliez, Brockwell, que je sais parfaitement ce qu'est censé faire un homme qui occupe votre poste dans une pareille situation. En Amérique, j'exerçais un métier qui ressemblait beaucoup au vôtre.

— Ce n'est pas ce qu'on m'a dit, répondit Brockwell avec une tranquille nonchalance, comme si cela lui importait peu.

Mais ses yeux le trahissaient. Ils avaient beau être à moitié dissimulés sous ses paupières paresseusement baissées, ils fixaient Matt avec intensité.

— Je vous l'ai déjà dit, s'irrita Matt, les dents serrées ; Payne vous ment. Avez-vous des preuves récentes contre moi, ou vous contentez-vous de répéter ses inepties tel un pantin entre ses mains ?

Brockwell se raidit. Il avait peut-être eu tort de le traiter de pantin.

— J'ai là une liste de tous les méfaits de votre famille.

Il feuilleta une liasse de papiers sur son bureau et en tira une feuille, qu'il tendit à Matt.

— Tous les crimes et délits commis par chacun des membres de votre famille élargie sont répertoriés ici.

Matt y jeta un bref coup d'œil avant de la lui rendre.

— Ils sont tous déjà connus de moi, de Munro et de n'importe quel shérif américain digne de ce nom.

— Cette liste serait réduite de moitié si Matt n'avait pas travaillé pour la police américaine, protestai-je, puisque Matt n'ajoutait rien. C'est justement grâce à sa proximité avec le clan Johnson qu'il a réussi à livrer tant de criminels aux autorités.

Brockwell eut un petit hochement de menton.

— Votre loyauté envers votre employeur est admirable, Miss Steele.

— Ce n'est pas de la loyauté, c'est la vérité. Veuillez éviter de vous faire de moi une idée préconçue comme vous l'avez fait avec Mr Glass.

— Préconçue ?

Pour la première fois, il avait répondu très vite, avant même que j'aie fini de parler.

— Oui, Inspecteur, vous vous êtes forgé une idée préconçue de Matt en vous fiant aveuglément à la parole d'un seul homme. Je ne suis peut-être pas de la police, mais même moi, je sais que ce n'est pas une bonne façon de mener une enquête. Et maintenant, dites-moi, allez-vous parler à Lord Coyle, oui ou non ?

Brockwell réfléchit avant de répondre.

— Pas sans avoir plus de preuves. Je ne peux pas accuser un homme aussi haut placé d'être impliqué dans un meurtre. Je devrais en assumer les conséquences.

— Si n'importe qui d'autre était venu vous trouver pour vous donner cette information, dit Matt, accepteriez-vous d'enquêter ?

Cette fois encore, Brockwell considéra soigneusement sa réponse avant de prendre enfin la parole.

— Vous êtes un suspect, Mr Glass. Il se peut que vous cherchiez à me mettre sur une fausse piste. Alors je dirais que oui.

— Si nous voulions vous mettre sur une fausse piste, nous n'aurions pas choisi quelqu'un comme Lord Coyle, qui, jusqu'ici, n'avait aucun lien avec ce crime. Et par ailleurs, vous pouvez douter de ma probité autant qu'il vous plaira, mais n'accusez pas Miss Steele de chercher délibérément à vous induire en erreur.

Matt se leva et me tendit la main.

— Si je vous ai offensée, Miss Steele, je m'en excuse sincèrement, dit Brockwell en se levant et en s'inclinant devant moi. Ce n'est pas mon intention. Quant à votre accusation, Mr Glass, je suis prudent, c'est tout. Je dois vous avouer que je fais très rarement confiance aux gens, mais dans votre cas, j'ai encore moins de raisons de vous croire, étant donné ce que je sais de vous.

Il tapota la feuille de papier où étaient énumérés les crimes de la famille Johnson.

— Vous n'avez pourtant aucun mal à faire confiance au Shérif Payne, répliquai-je.

— C'est ce que vous croyez, Miss Steele ?

Je marchai vers la porte, hors de moi, mes jupes bruissant furieusement contre mes jambes. Je supposai que Matt me suivait, mais quand, une fois devant la porte, je me retournai, je vis qu'il était toujours avec Brockwell devant son bureau.

— Je vous conseille de choisir rapidement à qui vous préférez faire confiance, dit-il à Brockwell. Autrement, vous risquez de vous faire des ennemis.

— Et vous, Mr Glass, vous devriez faire attention à ne pas accuser des aristocrates comme Lord Coyle si vous n'avez pas de preuves irréfutables de leur culpabilité. Votre famille anglaise ne pourra pas vous sauver si vous faites un faux pas, et le Commissaire Munro non plus.

— J'en suis parfaitement conscient.

— Il me semble que votre homme de confiance, celui à qui il manque un œil, monte la garde autour de chez Mr Pitt aujourd'-hui, reprit-il.

— Ah bon ? demanda Matt d'un ton détaché.

— Ne me prenez pas pour un imbécile, Glass. Vous le savez bien. Je l'ai vu la première fois que je suis venu chez vous. Il est très reconnaissable. Ayez l'obligeance de lui dire de ne pas y retourner. Pitt est un suspect. S'il le remarque, cela pourrait nuire à l'enquête.

— Pourquoi Pitt est-il un suspect ?

Brockwell lui fit un sourire narquois.

— Bien essayé. Bonne journée, Mr Glass, et à vous aussi, Miss Steele.

— Je n'aime pas cet homme, maugréai-je alors que nous quittions le bâtiment sous une pluie battante. Il croit tout ce que lui raconte Payne.

— À la maison, Bryce, dit Matt avant de monter en voiture après moi. Je ne sais pas, dit-il. Je commence à le voir sous un jour différent. Il n'a pas apprécié que je dise qu'il était le pantin de Payne.

— Oh, murmurai-je. Vous pensez que je fais erreur sur son compte, à lui aussi ?

Il prit un air peiné.

— Peut-être. Je n'en sais rien. Mais vous ne faites pas erreur sur tout le monde. Vous savez très bien juger du caractère des gens, India. Les seuls sur lesquels vous vous êtes trompée sont ceux qui ont intentionnellement cherché à vous duper.

— Et ce n'est pas le cas de Brockwell ?

— Pour être honnête, je ne sais pas quel jeu joue Brockwell, moi non plus.

Je me tournai vers la vitre en soupirant et ne dis plus rien. J'avais du mal à croire que Brockwell ne soit pas aux ordres de Payne. En tout cas, il n'aimait pas que nous nous mêlions de ses affaires, et, sur la question de l'innocence de Matt, il ne croyait pas même son propre commissaire.

— Parfois, je voudrais pouvoir ravaler mes paroles, dit Matt d'une voix douce. Je suis désolé, India.

— Désolé de quoi ?

— De vous faire douter de vous.

Je gardai le silence et passai le reste du trajet à regarder par la vitre. Non pas parce que je n'appréciais pas ses excuses, mais parce que je ne voulais plus penser à notre chamaillerie au sujet de Barratt. Je ne voulais pas me disputer avec Matt à propos de quoi que ce soit, et surtout pas d'Oscar Barratt.

* * *

MATT SE SERVIT de sa montre avant le dîner mais il ne monta pas se reposer. Cyclope fut le premier à rentrer, suivi de Duc, et enfin Willie. Miss Glass dîna dans sa chambre, ce qui nous permit de parler dans la salle à manger une fois que Matt eut congédié les domestiques. Nous racontâmes aux autres notre journée mouvementée, nous interrompant fréquemment chaque fois que Willie poussait un juron, s'indignait ou regrettait de ne pas avoir été là avec on Colt.

— Je reconnais, lui dis-je, que ta présence et ton revolver nous auraient été bien utiles lors de la visite du comparse de Coyle. Je t'aurais peut-être même laissée lui tirer dans les orteils si cela avait pu l'inciter à nous dire qui l'avait payé, et pourquoi.

— Ça aurait été avec plaisir, India, dit-elle en me saluant de la pointe de son couteau.

— C'est justement pour ça qu'on a de la chance que tu n'aies pas été là, grommela Duc.

— Vous n'avez eu besoin de personne pour découvrir qu'il travaillait pour Lord Coyle, me dit Matt. Et d'ailleurs, félicitations, India. Je suis très impressionné.

— Elle aurait pu se faire prendre ! protesta Duc. Tu veux qu'elle suive tous ceux qui viennent te menacer en ton absence ?

— India est capable de décider par elle-même si c'est trop dangereux ou pas.

Je plissai les yeux. Les compliments de Matt me paraissaient très suspects. Il devait encore se sentir coupable pour notre dispute de cet après-midi.

— Dites-moi ce que vous avez découvert aujourd'hui, tous les trois, dis-je pour changer de sujet. Cyclope, vous d'abord. Vous êtes allé chez Pitt, n'est-ce pas ?

Cyclope était occupé à empiler sur son assiette plus de tranches de viande, de pommes de terre cuites à l'eau et de légumes que nous ne pouvions en manger à nous tous, mais il s'interrompit lorsque je lui posai ma question.

— Il n'y avait pas grand-monde chez Pitt, dit-il. Seulement quelques clients qui ne sont pas restés longtemps.

— Y en avait-il que tu as reconnus ? lui demanda Matt. Ou que tu reconnaîtrais si tu les revoyais ?

Il secoua la tête.

— Personne de très reconnaissable.

Je lançai un coup d'œil à Matt. Allait-il dire à Cyclope que Brockwell avait employé le même mot pour le décrire ?

— Aucun n'était particulièrement bien habillé, continua Cyclope. Ils sont tous entrés seuls dans la boutique, et ils sont tous ressortis avec un petit paquet. Par contre, c'était curieux : aucun d'eux n'avait l'air malade.

— Ils achetaient peut-être ces médicaments pour un membre de leur famille qui l'était, dis-je.

Cyclope haussa les épaules avant de s'attaquer à son assiette.

— J'y retournerai demain.

— Tu ferais mieux de te faire oublier quelque temps, dit Matt. Brockwell t'a repéré là-bas.

— Merde, maugréa Cyclope en plantant violemment sa fourchette dans une pomme de terre.

— J'ai du nouveau, annonça Duc.

— Moi aussi, le coupa Willie.

— Honneur aux dames.

— Non.

Elle prit son verre de vin sur la table et en fit tournoyer le contenu jusqu'à ce qu'une goutte s'échappe par-dessus le rebord et vienne éclabousser la nappe.

— Ma nouvelle est plus importante, alors je la dirai en dernier. Vas-y, Duc. Raconte-leur ta petite histoire.

— Je te signale que c'est pas une petite histoire. Aujourd'hui, j'ai suivi Clark jusqu'à la boutique d'Abercrombie, et je les ai vus se disputer.

— Continue, dit Matt quand Duc s'interrompit pour regarder Willie d'un air satisfait. Sur quoi portait leur dispute ?

— Je n'ai pas tout entendu, mais je suis certain qu'ils ont prononcé le nom de Hale, et celui d'India aussi, et le mot *magie*. La dispute était à sens unique. Clark hurlait, et Abercrombie essayait surtout de le calmer.

Mon regard croisa celui de Matt.

— Autre chose ? demandai-je.

Duc secoua la tête et se concentra sur son assiette.

— C'était pas grand-chose, commenta Willie, qui repoussa son assiette en lançant un regard goguenard à Duc. Écoutez ça : aujourd'hui, le Dr Ritter a vendu les remèdes de Hale. Vous savez, ceux qu'il gardait dans son bureau.

— Il les a vendus ! répétai-je. À qui ?

— Je sais pas. Je l'ai pas vu faire. C'est l'une des infirmières qui me l'a dit après coup.

— Ça nous aurait été plus utile si tu avais suivi l'acheteur, marmonna Duc.

Willie leva les yeux au ciel mais, trop concentré sur ses haricots, il ne la vit pas.

— C'était sûrement Coyle, dis-je. Il a eu vent de la magie de Hale, peut-être après avoir parlé avec Barratt, et il a acheté les remèdes pour les ajouter à sa collection.

Matt hocha la tête.

— C'est ce que je crois aussi. Bon boulot, Willie.

— C'est pas fini, dit-elle. Le Dr Wiley a fait une scène pas possible à la veuve d'un de ses patients. Et devant d'autres patients, en plus.

— Une veuve ? répéta Matt. C'est que le patient est mort, alors.

— D'après ma nouvelle amie infirmière, c'était un patient de Hale, jusqu'à ce qu'il meure. Wiley n'était pas d'accord avec le diagnostic de Hale, et il a changé le traitement. Et ça a pas fait un pli, le patient est mort ce matin. Et je peux vous dire que sa veuve n'était pas du genre pauvre femme éplorée, ça non. Elle est allée choper Wiley pendant qu'il faisait ses consultations, et elle lui a passé un savon. Même à l'autre bout du service, je l'entendais parfaitement : elle a dit que Wiley était un mauvais médecin et qu'elle regrettait que Hale ne soit plus là, parce que l'état de son mari s'était amélioré grâce à lui. C'est à ce moment que je suis arrivée dans la partie de l'hôpital où ils étaient, et juste à temps. Et là, Wiley a perdu son sang-froid. Il s'est mis à hurler que Hale était un mauvais médecin et que si son mari n'était pas mort suite aux soins de Hale, c'était juste parce qu'il avait eu de la chance, pas parce qu'il l'avait bien soigné. Il s'est lancé dans un couplet sur toutes les erreurs de Hale, dont les patients claquaient sans aucune raison, mais peut-être parce qu'ils avaient perdu le goût de vivre. C'est là qu'il l'a accusée d'être une mauvaise épouse, et qu'il a dit que son mari était mort pour se libérer d'elle.

Je laissai échapper un cri d'indignation.

— C'est épouvantable ! Quel homme abject !

— Moi, à sa place, je lui aurais collé une patate, dit Cyclope.

Duc opina.

— T'as gagné, Willie.

— Je confirme, dit Matt. Et maintenant, je sais où aller dès demain matin.

* * *

LE LENDEMAIN MATIN, Miss Glass tenta de nous convaincre, Matt et moi, de rester à la maison, mais il refusa.

— Je suis désolé, ma Tante, mais nous devons sortir. Une affaire urgente à régler.

— Une affaire en lien avec le meurtre de ce médecin ? demanda-t-elle en lui tendant son gant.

Il la dévisagea, interloqué.

— Je ne suis pas complètement idiote, Matt, dit-elle. Je sais que parfois, je n'ai plus toute ma tête, mais je ne suis pas aveugle.

— Oui, cela a à voir avec le meurtre du Dr Hale. Nous aidons la police dans son enquête.

Elle lui boutonna sa veste, puis elle en tapota les revers.

— Je préférerais que tu ne te mêles pas de choses aussi vulgaires que des enquêtes policières.

— Je suis désolé que vous trouviez le meurtre vulgaire, Tante Letitia. Croyez-moi, vous n'êtes pas la seule.

— Ce n'est pas seulement le meurtre, c'est la police elle-même. Certes, cela me rassure de savoir qu'elle nous protège des criminels, ou tout du moins qu'elle essaye de nous protéger, mais je me demande quel genre de personne il faut être pour vouloir passer son temps à courir après des assassins, des voleurs et d'autres individus peu recommandables.

— Le genre actif.

Il l'embrassa sur le front.

— Aviez-vous quelque chose de prévu pour India et moi, aujourd'hui ?

— Pour toi, oui. Je voulais t'emmener déjeuner avec moi. Il y aura Lady Abbington, et Oriel Haviland, ainsi que tes cousines.

— Une autre fois, ma Tante. Quand tout cela sera fini.

— Tu me le promets ?

Il prit ses mains entre les siennes.

C'est promis. Vous pourrez me coller dans les pattes toutes les célibataires que vous trouverez. Seulement, je ne peux pas vous promettre qu'il y en aura une qui me plaira.

— Ce n'est pas du tout comme cela que tu devrais voir les choses, Matthew.

Il sourit.

— Vous êtes prête, India ?

— Oh, et India, avant que vous ne partiez, dit Miss Glass. Attendez là.

Elle disparut dans le salon voisin et revint un moment plus tard, les bras chargés d'une pièce d'étoffe très douce de couleur verte, soigneusement pliée.

— J'ai acheté cela pour vous.

— Pour moi ? m'étonnai-je en l'acceptant.

— C'est un châle. Cette couleur mettra votre teint en valeur.

Elle m'aida à mettre le châle autour de mes épaules, puis recula avec un sourire.

— J'avais raison. Cela vous va à ravir.

— C'est très aimable à vous, Miss Glass, mais il ne fallait pas.

— C'est pour vous montrer combien j'apprécie votre amitié.

Elle se rapprocha et se remit à arranger les plis que formait le châle près de ma gorge. Voyant qu'elle mettait trop de temps, je lui touchai les coudes. Elle se recula à nouveau, et c'est alors que je vis qu'elle avait les yeux humides.

— Je tiens beaucoup à vous, me dit-elle à mi-voix. Vraiment beaucoup, vous savez.

— Merci, dis-je sans trop savoir comment réagir.

M'offrait-elle ce cadeau pour se faire pardonner, parce qu'elle se sentait coupable de m'interdire d'être avec Matt ? Ou me considérait-elle sincèrement comme une amie proche ? C'était peut-être les deux.

Je retirai le châle et le tendis à Bristow.

— Montez cela dans ma chambre, je vous prie.

— Ma tante a un comportement étrange, ces derniers temps, dit Matt tandis que la voiture démarrait. Plus que d'habitude, et en particulier avec vous. Est-ce que tout va bien entre vous deux ?

Je répondis d'un hochement de tête. Je n'allais tout de même pas lui dire que sa tante s'opposait à ce qu'une idylle naisse entre nous. J'aurais trop honte, ce serait gênant. Cette idée m'était insupportable.

— Elle se sent peut-être un peu seule. Nous passons énormément de temps dehors. Je devrais rester plus souvent avec elle à la maison.

— Elle s'est mise à fréquenter beaucoup de monde, dernièrement. Je ne crois pas qu'elle se sente seule. Et de toute façon, vous êtes occupée. Moi aussi, j'ai besoin de vous.

La voiture ralentit en approchant du London Hospital. Mon réticule, que je tenais négligemment à la main, se mit à vibrer. Surprise, je le lâchai et il tomba de mes genoux pour atterrir à mes pieds sur le sol.

Matt le ramassa.

— Tout va bien ?

— Il a bougé.

Il souleva le réticule en le tenant par son ruban. La petite pochette tourna lentement sur elle-même jusqu'à s'immobiliser, mais elle ne palpita plus.

— Il ne bouge pas, là, dit-il.

— La montre qui est dedans a vibré, comme le jour où le Cavalier Noir m'a attaquée. Matt, je crois que...

La porte de la voiture s'ouvrit à la volée et une silhouette drapée dans un ample manteau noir à capuche s'y engouffra. Je retins un cri étranglé et me reculai tout au fond de la cabine. Matt empoigna l'homme par sa cape et le secoua. La capuche se rabattit en arrière.

C'était l'homme de main de Coyle !

— Comment osez-vous, gronda Matt en se levant de son siège.

Tout d'un coup, l'habitacle semblait trop petit et trop bas de plafonds. Ces deux hommes occupaient tout l'espace, m'acculant dans mon coin.

Ma montre se mit à sonner. Matt avait lâché mon réticule, mais je ne le voyais pas.

— Lâchez-moi, Mr Glass, ou vous allez le regretter, dit l'homme à Matt, avec son fort accent cockney.

Pourtant, ce n'était pas sa menace qui fit se hérisser les cheveux à la base de ma nuque ; c'était son ton calme et sinistre.

Matt tordit le poing, serrant la cape autour de la gorge de l'homme et l'obligeant à lever le menton.

— Vous allez nous accompagner à Scotland Yard, fit Matt d'un ton menaçant.

— Non, Mr Glass, pas question.

Mon cœur faillit s'arrêter de battre quand j'entendis s'armer le chien d'une arme à feu.

— Lâchez-moi, ou je tire.

CHAPITRE 12

att ouvrit les doigts et lâcha lentement la cape de l'homme.

— Nous sommes en présence d'une dame, dit-il sans desserrer les dents.

— Je suis pas aveugle, rétorqua le comparse de Coyle.

— Laissez-la partir, et ensuite nous parlerons.

— C'est trop tard pour parler, Mr Glass, et celle-là, elle ira nulle part. Elle est impliquée. Et maintenant, les mains en l'air, tous les deux.

Je m'exécutai, mais Matt semblait hésiter.

— Matt ! murmurai-je d'une voix tremblante.

Il leva lentement les mains.

— Vous n'avez rien, India ?

Je lui fis signe que non et tâchai de ne pas avoir l'air absolument terrifiée.

L'homme agita son arme sous le nez de Matt.

— Dites à votre cocher de démarrer.

— Bryce ! appela Matt. En avant !

— Où allons-nous, Monsieur ? répondit Bryce.

— Dites-lui de rouler, c'est tout, dit l'homme.

— N'importe où ! cria Matt. Et roulez aussi vite que vous pourrez !

— Alors comme ça, vous voulez qu'il aille vite ?

Le ricanement de l'homme de main resta comme en suspens dans l'air lourd de l'habitacle.

— Vous croyez pouvoir prendre le dessus sans que le coup parte ?

Il braqua l'arme sur moi.

— Grave erreur.

La voiture fit un bond en avant et l'homme s'installa à l'endroit de la banquette où j'étais assise quelques instants plus tôt. Je me blottis à l'autre bout, et Matt occupait celle d'en face. Il ne quittait pas des yeux le comparse de Coyle.

— Vous n'avez pas écouté mon dernier avertissement, dit l'homme. Je vous ai dit d'arrêter d'enquêter, et pourtant, vous comptiez aller à l'hôpital où travaillait Hale.

— Vous nous avez suivis, constata Matt.

L'homme haussa les épaules.

— Puisque vous ne m'avez pas écouté, je vais devoir vous punir pour vous prouver que je ne plaisante pas.

— Nous punir ? murmurai-je. Qu'allez-vous faire ?

Ma montre recommença à sonner, d'un son strident qui perça l'atmosphère tendue.

— Laissez-moi vous montrer, dit l'homme. Enlevez votre gant, Miss Steele, et donnez-moi votre main droite.

— Ne l'écoutez pas, India, dit aussitôt Matt.

Ma montre sonna encore plus fort.

— Soit vous me donnez votre main, Miss Steele, soit je tire.

La montre continuait de sonner, et j'hésitai. Elle m'avertissait d'un danger. Mais le danger était-il de lui donner ma main, ou de ne pas obtempérer ?

— Qu'allez-vous faire ? lui demandai-je.

— Puisque vous êtes une si jolie dame, je vais d'abord l'embrasser.

Il sourit, révélant une incisive ébréchée et plusieurs dents de travers.

— Ensuite, je vous casserai les os de tous les doigts.

J'eus un mouvement de recul. Mon estomac se souleva et je sentis dans ma bouche le goût âcre de la bile.

Ma montre se remit à sonner, plus fort qu'avant. Le bandit

regarda tout autour de lui, agacé, mais il reposa rapidement les yeux sur moi.

— Touchez-la et je vous tue.

La voix dure de Matt résonnait dans la cabine par-dessus le fracas des roues sur les pavés.

— Soit je vous casse la main, soit je vous tire dessus, Miss Steele. À vous de choisir.

— Mais pourquoi ? murmurai-je.

— Parce que vous n'avez pas pris au sérieux mon premier avertissement. Avec une main cassée, vous vous en souviendrez peut-être la prochaine fois que vous déciderez de continuer votre enquête. Allez, sortez-moi ces jolis petits doigts et laissez-moi d'abord les embrasser. Sinon, je vous troue la peau. Je vais tirer dans l'épaule, je pense. Qu'est-ce que vous en dites, Mr Glass ?

La respiration haletante de Matt soulevait sa poitrine.

— Si vous lui faites du mal, vous ne ressortirez pas vivant de cette voiture.

La sonnerie de ma montre carillonnait comme une cloche.

Le bandit tressaillit.

— Mais enfin, qu'est-ce qui fait tout ce raffut ?

— C'est ma montre, lui dis-je. Elle est dans mon réticule. Je l'ai fait tomber quand vous nous avez surpris.

— Ramassez-la et donnez-la-moi. Lentement.

Je me baissai et ma main toucha le tissu du réticule. Je le tendis au bandit et il serra la pochette dans sa main, la tâtant sans doute pour vérifier que je n'y cachais pas un pistolet ou un autre genre d'arme. Puis il le lâcha brusquement.

Le réticule bondit sur ses genoux, sautant en l'air très haut, et la montre fit entendre sans interruption une sonnerie assourdissante. L'homme de main de Coyle resta à la regarder, interdit, les yeux écarquillés.

— Mais qu'est-ce que... ?

Matt se rua sur la main qui tenait le pistolet. Le coup partit.

— Matt ! m'écriai-je.

Oh mon Dieu, était-il blessé ? Avait-il été touché ?

Je me retrouvai couverte de bandes de cuir, de flocons de laine et de copeaux de bois. Dans le revêtement en cuir du plafond, un trou béant exposait son rembourrage en laine. La balle n'avait pas atteint Matt. Je poussai un soupir de soulagement qui ressemblait à un sanglot.

Matt avait plaqué l'homme dans le coin de l'habitacle, ce qui le fit basculer violemment. Il immobilisa la main qui tenait l'arme et enfonça son genou dans le torse de l'homme. De son autre main, il lui enserra la gorge. Les yeux du bandit étaient exorbités et son visage prit une inquiétante teinte violacée.

— Ne le tuez pas ! m'écriai-je.

Mon réticule était retombé par terre. Je le ramassai et défis le cordon qui le maintenait fermé. Ma montre s'était tue et avait cessé de tressauter. Je la sortis pour l'inspecter. Elle semblait en parfait état, et elle émettait même une douce chaleur à mon contact. Au lieu de la ranger dans mon réticule, je la gardai à la main.

— India, dites à Bryce de nous conduire chez Coyle, dit Matt en désarmant l'individu.

— Pas à Scotland Yard ? m'étonnai-je.

— Pas tout de suite.

Il se rassit sur la banquette et pointa l'arme sur le bandit.

J'ouvris la vitre pour transmettre à Bryce ces nouvelles instructions, puis je la refermai.

L'homme de main de Coyle frottait une trace rouge sur sa gorge tout en lançant à Matt un regard mauvais.

— Dès que je me serai libéré, je vous étriperai, dit-il d'une voix rauque.

— Vous ne vous libérerez pas, dit Matt.

Il répondit par un rire qui s'acheva en quinte de toux.

— Lord Coyle ne vous sauvera pas, poursuivit Matt. Vous êtes une menace pour lui, maintenant.

Le reste du trajet jusqu'à Belgravia se fit en silence. Bryce devait se rappeler, depuis une précédente visite, quelle maison était celle de Lord Coyle, parce qu'il s'arrêta devant l'entrée principale.

— Tout va bien, Monsieur ? demanda le cocher en nous voyant descendre. J'ai cru entendre un...

Sa phrase resta en suspens lorsqu'il vit Matt pointer un pistolet sur la tempe du bandit.

— Attendez ici, lui dis-je avant de monter les marches à la suite de Matt.

Le majordome ouvrit la porte et eut un mouvement de recul. Sans attendre qu'on l'invite à entrer, Matt poussa le bandit devant lui sur le seuil malgré les protestations du majordome.

— Votre maître, aboya Matt. Tout de suite !

— Je... je vais voir s'il est là, dit le majordome.

— Il a intérêt à être là.

Les deux minutes qui suivirent mirent mes nerfs à rude épreuve. De sa main gauche, Matt tenait l'homme par l'arrière de son col, et de sa main droite, il lui braquait son arme sur la tempe. Tous deux avaient perdu leur chapeau dans la voiture.

Enfin, Lord Coyle descendit l'escalier d'un pas lourd, flanqué de deux jeunes valets terrifiés et de son majordome, qui avait repris de l'assurance et nous toisait à présent avec dédain.

— Qu'est-ce que cela signifie ? s'indigna Coyle d'une voix aussi vigoureuse que son corps trapu.

Matt força le bandit à avancer.

— Votre homme de main nous a attaqués. Il a menacé de fracturer les doigts de Miss Steele si nous ne cessions pas notre enquête sur le meurtre de Hale.

— Mon homme de main ?

Coyle détailla la brute de la tête aux pieds en fronçant le nez comme s'il avait senti une odeur répugnante. Je ne l'ai jamais vu de ma vie.

— Ne me prenez pas pour un imbécile, Coyle. On l'a vu entrer ici.

Coyle se tourna vers son majordome.

— Euh... c'était pour une livraison, quelque chose de ce genre, si je ne m'abuse, Monsieur. Rien d'important.

— Il est entré par la porte principale, fis-je remarquer, et non par la porte de service.

— Mon maître n'y est pour rien si cet individu ne connaît pas les règles d'usage.

Le majordome se redressa et plaça ses mains derrière son dos. Il avait l'air un peu trop content de lui à mon goût.

— Eh bien voilà, Glass, dit Coyle en caressant sa moustache blanche et pendante entre son pouce et son index. Cet homme n'a rien à voir avec moi. Et maintenant, si vous voulez bien sortir de chez moi, je vous en saurai gré.

Matt tira brutalement sur le col de l'homme, qui fit entendre un râle étranglé.

— Me menacer, c'est une chose, Coyle, mais je ne vous laisserai pas menacer Miss Steele impunément.

— Mon brave homme, c'est lui qui vous a menacé, pas moi. Et maintenant, si vous voulez bien m'excuser...

Matt sembla sur le point de protester, mais au lieu de cela, il fit faire volte-face au bandit et ressortit en le poussant devant lui. L'homme trébucha dans l'escalier mais Matt parvint à l'empêcher de tomber.

— Coyle nie en bloc, gronda Matt à l'homme. Êtes-vous décidé à avouer que vous travaillez pour lui, maintenant ?

L'homme resta muet. Il semblait furieux, mais était-ce contre Coyle ou contre Matt ?

— Il se moque bien de ce qui peut vous arriver, dit Matt. Il vous sacrifie pour sauver sa peau.

Cependant, l'homme gardait toujours le silence.

— Vous ne vous inquiétez pas de ce qui va vous arriver ?

— Les autorités feront de moi ce qu'elles voudront. Je peux rien y changer.

Avec un grognement de frustration, Matt le jeta dans la cabine.

— India, montez vous asseoir à côté de Bryce. Bryce, conduisez-nous à Scotland Yard.

Bryce m'aida à monter sur le siège du cocher, puis il attendit que Matt ait refermé la portière de la voiture. Pendant tout le trajet, je restai immobile, le ventre noué, sursautant au moindre cri d'un autre cocher et à chaque bruit fort. Matt semblait contrôler la situation, mais il devait être terriblement déçu de la réaction imperturbable de Coyle. Peut-être avait-il obtenu des aveux du bandit, maintenant.

La portière s'ouvrit à la volée avant que la voiture ne soit complètement arrêtée sur Victoria Embankment, où se situait le quartier général de la police. Matt poussa l'homme devant lui. Il le tenait toujours par le col en lui pointant son arme sur la tempe, mais l'homme avait à présent le nez ensanglanté et une trace de coup sur la joue.

Je regardai Matt avec insistance, mais sans faire aucun commentaire. Je n'osai rien dire. Il avait le visage si contracté de fureur et les yeux si fiévreux qu'il était presque méconnaissable. Il poussa le bandit devant lui vers le bâtiment de Scotland Yard, sans paraître me voir. Je le suivis à quelques pas de distance.

À l'intérieur, des agents se précipitèrent vers nous. Matt leur expliqua brièvement que ce bandit m'avait menacée et avait braqué une arme sur nous. Ils lui confisquèrent son arme et l'emmenèrent, puis ils nous firent entrer dans une pièce sans fenêtres qui avait l'air de servir de salle d'attente, mais qui ressemblait davantage à une cellule tant l'air y était suffocant et le mobilier spartiate.

— Allez me chercher Brockwell, exigea Matt. Pendant cinq minutes, il fit les cent pas, et ne s'arrêta que lorsque Brockwell arriva. Il ne s'assit pas.

Brockwell entra dans la pièce de sa démarche lente et délibérée qui ne fit que tendre encore davantage mes nerfs déjà à vif. Matt était tout aussi tendu, à en juger par la raideur de ses épaules et son silence de plomb. Il ne m'avait pas dit un mot depuis qu'il m'avait ordonné de m'asseoir à côté de Bryce.

— Mon agent me dit que vous nous avez amené un homme qui vous a menacés, dit Brockwell. Pauvre Miss Steele ! Cela a dû être une épreuve terrible. Apportez du thé à Miss Steele.

— Il est mêlé au meurtre de Hale, dit Matt avant que Brockwell ne s'adresse à lui. C'est lui, l'homme qui a menacé Miss Steele hier. Aujourd'hui, il est monté dans mon véhicule et nous a menacés avec une arme. Si je ne l'avais pas maîtrisé, il aurait fracturé les doigts de Miss Steele ou lui aurait tiré dessus pour nous prouver qu'il ne plaisantait pas.

— Vous auriez peut-être dû cesser votre enquête après son premier avertissement.

Matt inspira brusquement, l'air sur le point d'exploser de colère. Je lui pris la main et la serrai si fort que je dus lui faire mal. Il se contenta de cligner des yeux, mais au moins, il n'avait plus l'air de vouloir frapper Brockwell.

— Quand vous l'interrogerez, dis-je, demandez-lui ses liens avec Lord Coyle.

— Merci, Miss Steele, dit Brockwell. Je sais comment conduire cet interrogatoire.

— Il n'avouera rien, cracha Matt. J'ignore comment, mais Coyle a réussi à le convaincre de se taire. Il a peut-être menacé sa famille, à moins qu'il ne leur ait promis de l'argent s'il lui arrivait quelque chose.

Il baissa la tête et jura dans sa barbe.

— Merci de me l'avoir amené, dit Brockwell en se levant. Je vous en prie, restez prendre une tasse de thé. Miss Steele me paraît en avoir bien besoin. Vous aussi, d'ailleurs.

Il sortit, passant devant l'agent de police qui portait un plateau.

Matt se passa les mains dans les cheveux et secoua la tête quand le policier lui proposa du thé.

— Je crois que nous allons partir, dis-je à l'agent. Je suis navrée de vous avoir dérangés.

— Vous ne nous dérangez pas, Madame. Il eut un regard inquiet pour Matt, qui s'était remis à faire les cent pas.

Je lui pris le bras et l'obligeai à rester près de moi.

— Nous avons du travail, lui rappelai-je. Vous n'avez pas oublié ?

Nous suivîmes le policier pour trouver la sortie à travers le dédale de bureaux et de guichets, puis nous quittâmes le bâtiment.

— Au London Hospital, dis-je à Bryce.

— Nous ferions mieux de rentrer, dit Matt. Brockwell a raison. Cette matinée a été éprouvante pour vous.

— Elle l'a été pour nous deux, mais on dirait que je me suis calmée, alors que vous, non. Je pense que vous devriez vous concentrer un peu sur notre travail, et ensuite, nous retournerons à Park Street. Si nous rentrons maintenant, vous allez rester là, à mariner dans votre colère.

— Je ne suis pas en colère, dit-il en s'asseyant à côté de moi.

Je pris sa main entre les miennes et la massai doucement. Au bout d'une minute, je sentis sa tension s'envoler et son corps se détendre. Il me saisit la main et tira sur le bout des doigts de mon gant jusqu'à l'enlever complètement. Il caressa mes jointures avec son pouce, concentrant toute son attention sur ce simple geste. Il prit une profonde inspiration, laissant sa poitrine se gonfler avant d'expirer lentement.

— India, je suis désolé pour tout ce qui est arrivé. Vous n'auriez pas dû avoir à vivre cela.

— Mais enfin, ce n'est pas votre faute. Vous n'avez pas à vous excuser.

— Si vous étiez restée à la maison, vous auriez échappé à tout cela.

— C'est bien là le problème : j'ai refusé de rester à la maison.

J'entourai son bras de mon autre main, au-dessus de son coude.

— Matt, ne culpabilisez pas. Après tout, vous nous avez sauvés.

Il se contenta de répondre par un grognement.

— Cela dit, ma montre y serait parvenue une fois sortie de mon réticule.

Il ne sourit pas vraiment, mais au moins, son visage se détendit un peu.

— Je ne sais pas si votre montre sera toujours capable de nous sauver à temps.

Je levai les yeux au ciel.

— Très drôle.

— Pardon ?

— À temps. Parce que c'est une montre. Vous avez fait un jeu de mots.

Il sourit, plus ou moins. Je comptai cela comme une petite victoire et lui souris à mon tour, mais ses traits reprirent bientôt leur expression soucieuse. Il se concentra sur mes doigts, pensant peut-être à ce qui serait arrivé s'il n'avait pas empêché l'homme de main de Coyle de me briser les os.

Un frisson faillit m'emporter, mais il s'arrêta net lorsque Matt embrassa ma main. Je m'arrêtai aussi de respirer en sentant ses lèvres chaudes posées sur mes doigts.

Les yeux fixés sur le sommet de son crâne, je commençai, sans vraiment réfléchir, à lui caresser les cheveux.

Mais il se dégagea et saisit ma main. Il la garda entre les siennes, la tenant comme enfermée.

— Nous arrêtons notre enquête, déclara-t-il.

— Non ! Matt, vous ne pouvez pas arrêter maintenant.

— Nous devons faire confiance à Brockwell.

— Et attendre de voir s'il va vous arrêter pour le meurtre de Hale ?

Je lui repris ma main et remis brutalement mon gant.

— Contrairement à vous, je n'ai guère confiance dans les forces de l'ordre. Nous persévérerons jusqu'à ce que l'assassin soit démasqué, un point c'est tout.

— India...

— Non, Matt. J'insiste. Sans compter que, désormais, Coyle sait que nous avons découvert son implication, et il sait que la police est au courant, elle aussi. Il serait fou d'envoyer quelqu'un d'autre s'en prendre à nous.

— Il est peut-être fou, justement. Nous ne le connaissons pas assez pour en être certains. India, je refuse de mettre votre vie en danger inutilement.

— Si vous ne voulez pas m'aider, je continuerai l'enquête toute seule.

— Voilà que vous vous montrez entêtée et déraisonnable.

Je croisai les bras.

— Je suis sûre que Willie acceptera de m'aider.

Il leva brusquement les mains.

— Évidemment qu'elle acceptera ! Elle a un grain, et je commence à me dire que vous aussi.

Il secoua la tête.

— Je n'arrive pas à croire que vous n'en fassiez qu'à votre tête sur cette question.

— Je suis heureuse que vous ayez compris mon intention.

Il croisa les bras aussi, dans une attitude semblable à la mienne.

— Je vois que, si je veux vous protéger, je n'ai pas le choix.

Assis côte à côté, plus aucun de nous ne prononça un mot jusqu'à notre arrivée à l'hôpital.

* * *

MALHEUREUSEMENT, le Dr Ritter et le Dr Wiley étaient occupés au bloc, et l'opération risquait de durer encore un certain temps. Nous décidâmes de rentrer chez nous et de revenir plus tard. Matt avait l'air fatigué depuis l'incident avec l'homme de main de Coyle, aussi était-ce peut-être une bonne chose qu'il soit obligé de se reposer maintenant et d'utiliser sa montre chez lui, en privé. Cependant, il n'était pas encore midi. Cela m'inquiétait qu'il ait déjà besoin de sa montre.

Il refusa de se retirer dans ses appartements tant qu'il n'aurait pas parlé aux autres. Miss Glass était sortie rendre visite à des amies, ce qui nous laissa l'occasion de nous réunir dans le salon en prenant une tasse de thé. Matt leur raconta notre premier arrêt à l'hôpital, puis notre trajet pour aller demander des explications à Lord Coyle. Ce n'était pas facile, avec Willie qui ne cessait de l'interrompre avec des jurons.

— Nom de Dieu, quelle raclure ! maugréa-t-elle quand il eut enfin achevé son récit. Il mériterait qu'on le ligote et qu'on l'étripe comme le pourceau qu'il est. Si seulement j'avais été là, Matt, je t'aurais aidé à faire parler Coyle.

— Matt s'en est très bien tiré au vu des circonstances, dis-je. Personne n'aurait pu faire avouer ses crimes à Lord Coyle. Il est bien trop habile.

— Et il doit savoir qu'il est intouchable, ajouta Cyclope. Personne n'oserait accuser un Lord de tremper dans un meurtre.

— Il n'est pas au-dessus des lois, dit Matt. Tout ce que nous avons à faire, c'est trouver assez de preuves contre lui pour convaincre la police et un jury.

— Vous allez continuer ? demanda Cyclope en me lançant un regard oblique. Est-ce que c'est une bonne idée ?

Matt pinça les lèvres.

— On ne m'a pas laissé le choix.

Je levai le menton.

— Je lui ai dit que j'avais l'intention d'enquêter, avec ou sans lui.

Willie m'asséna une claque sur l'épaule. Du thé gicla par-dessus le bord de ma tasse, formant une flaque dans la soucoupe.

— Bravo, India. On ne se laisse pas intimider par des hommes comme Coyle.

— Son comparse a essayé de lui tirer dessus ! s'indigna Duc. Avoir peur de Coyle, ce serait une preuve de bon sens.

— Tu me traites d'idiote, c'est ça ?

Il porta sa tasse à ses lèvres et but une petite gorgée de thé.

— Je ne fais pas ça par témérité, leur dis-je, mais pour empêcher Matt de finir au bout d'une corde.

Ma déclaration fut accueillie par un long silence des trois hommes, et par un *Amen* de Willie.

— Tu penses qu'il a tué Hale parce qu'il a refusé de lui vendre son remède magique, pas vrai ? demanda-t-elle.

Matt acquiesça et appuya sur sa tempe du bout de son doigt comme s'il pouvait y extraire la douleur lancinante qui s'y était installée.

— Nous pensons que Coyle a découvert que Hale était un magicien apothicaire. Il a contacté Hale pour lui acheter quelques-uns de ses remèdes magiques, mais Hale a refusé. Alors il l'a fait assassiner, et il a ensuite proposé à l'hôpital de racheter le stock privé de médicaments de Hale.

— C'est une bonne théorie, dit Duc en hochant la tête.

— Ça me paraît un peu extrême, dit Cyclope, qui se tenait à côté de la cheminée. Pourquoi n'a-t-il pas simplement volé les flacons dans son bureau ? Pourquoi aurait-il tué Hale ?

— Parce que Coyle est timbré, répondit Willie en faisant un petit mouvement circulaire près de son oreille avec son doigt. Les fous ne pensent pas comme nous autres. Ils passent tout de suite à la violence. Ou au poison, en l'occurrence.

— Ce qui veut dire que Coyle aurait envoûté le flacon d'élixir personnel de Hale, dis-je en secouant la tête. Je trouve qu'il est peu probable qu'il soit aussi magicien apothicaire, lui qui n'a aucun lien avec ce métier.

— Il s'est peut-être allié avec un magicien apothicaire, dit Matt. Ce qui nous renvoie à notre liste initiale de suspects.

Les autres revisitèrent nos pistes précédentes, suggérant des théories et des hypothèses. Je n'intervins pas. J'avais eu une idée, et quand Matt me demanda à quoi je pensais, je la leur exposai.

— Et si c'était Hale qui avait empoisonné son propre remède, non pas dans l'intention de le boire lui-même, mais de le faire boire à quelqu'un d'autre ?

— Et il l'aurait bu par accident ? demanda Matt.

— Ou quelqu'un aurait interverti le flacon empoisonné avec celui qu'il garde habituellement dans le tiroir de son bureau. Ce qui veut dire qu'il l'a vu instiller sa magie dans le médicament, et qu'il a vu où il avait rangé le flacon.

— Ritter ou Wiley, suggéra Duc. Quelqu'un qui travaille à l'hôpital.

— Pas nécessairement un employé, rectifiai-je. Il est assez facile d'entrer dans le bâtiment et d'y circuler. Cela pourrait être n'importe lequel de nos suspects.

Matt se pinça l'arête du nez.

— Ça voudrait dire qu'il n'y a pas d'autre magicien apothicaire, et que, si nous en cherchons un, nous faisons fausse route.

Plusieurs soupirs retentirent dans le salon, suivis d'un long silence. Matt ferma les yeux. Il avait l'air exténué.

— Matt, lui dis-je d'une voix douce, votre montre.

Il tira sa montre de la poche intérieure de sa veste. Il ouvrit le boîtier et referma les yeux pendant que la magie coulait dans ses veines. Je contemplai la scène, fascinée par les effets de la magie. Elle lui donnait un air surnaturel et plus tout à fait humain, proche de l'idée que je me faisais des fées.

Un mouvement près de la porte me fit sursauter. Hope Glass était là, ses lèvres formant un O parfait, regardant Matt de ses grands yeux ébahis tandis que la magie illuminait son visage et disparaissait dans ses cheveux.

CHAPITRE 13

— *H*ope ! Je me levai d'un bond et courus me mettre entre elle et Matt pour l'empêcher de le voir.

Duc et Cyclope réagirent aussitôt, eux aussi, en se plaçant à mes côtés de façon à former un bouclier.

— Mais... Matthew ! s'écria Hope. Votre peau !

— Circulez, y a rien à voir, fit Willie en l'attrapant par les épaules pour lui faire faire demi-tour et la pousser dehors sans ménagements.

Hope regarda en arrière mais Willie ferma la porte d'un coup de pied. J'entendais la voix de Hope qui l'assiégeait de questions de l'autre côté de la porte, et Willie qui commençait à perdre patience.

— C'est pas vrai ! marmonna Matt en rangeant la montre dans sa poche. Je ferais bien d'aller lui parler.

— Pour lui dire quoi ? demanda Duc.

— Je trouverai bien quelque chose.

Il s'avança vers la porte et afficha un sourire charmant avant de l'ouvrir.

— Hope ! Quelle charmante surprise ! Il lui tendit la main et elle hésita avant de lui offrir la sienne.

— Est-ce que tout va bien, Matt ? demanda-t-elle.

— Mais bien sûr, répondit-il sur un ton enjoué. C'est un plaisir de vous voir, et sans les autres, qui plus est.

Il lui décocha l'un de ses sourires les plus ravageurs, si lumineux que le visage de Hope s'éclaira.

C'était un sourire sincère, et d'ailleurs, pourquoi ne le serait-il pas ? Il avait admis qu'elle lui plaisait, peut-être même plus qu'il ne le laissait paraître. Je sentis au creux de mon ventre le nœud familier de la jalousie.

— Veuillez m'excuser, dis-je en me dirigeant vers l'escalier, où Willie me rattrapa et me bloqua la route.

Elle m'empoigna fermement le bras et pencha sa tête tout près de la mienne.

— Tu ne peux pas partir maintenant, India, murmura-t-elle. Il faut que quelqu'un reste pour s'assurer qu'elle ne le mettra pas dans une situation compromettante.

— Willie ! Il ne ferait jamais une chose pareille.

— J'ai dit que c'était *elle* qui le lui ferait à lui. Toutes les dames ne sont pas aussi coincées et respectables que toi. Il y en a qui sont vicelardes. Et en plus, s'ils sont seuls, elle lui demandera de lui expliquer ce qu'elle vient de voir, et il risque de lui dire. Il faut que quelqu'un l'empêche de tout lui avouer.

— Tu n'as qu'à le faire, toi.

— Les discussions polies, ça me donne envie de m'arracher les yeux. Toi, tu es plus douée.

— Douée pour être insipide ?

Je rassemblai mes jupes et la poussai pour passer malgré elle.

— Demande à Duc ou à Cyclope. Moi, j'ai mieux à faire.

— Du genre ?

— Du genre... vérifier le réglage de l'horloge du salon. Elle retarde un peu.

— Trouillarde.

— India ?

C'était Matt qui m'appelait.

— Vous viendrez bien prendre le thé avec nous, n'est-ce pas ?

Je m'arrêtai sur la marche où j'étais et lui rendis son sourire. Hope, qui était maintenant cramponnée au bras de Matt, examinait son profil, peut-être à la recherche de traces laissées par la magie.

— Si vous me cherchez, je serai au petit salon, leur dis-je. L'horloge a besoin d'être réparée.

Il plissa les yeux.

— Venez, mon cher cousin, dit Hope. Nous serons entre nous. Nous pourrons discuter d'affaires de famille en privé.

Willie poussa un profond soupir.

— Bon, je viens aussi, alors, vu que je suis de la famille.

Elle leur tourna le dos et me lança un regard si furibond que ses yeux eurent l'air sur le point de jaillir de leurs orbites.

— Tu me revaudras ça, articula-t-elle silencieusement.

* * *

Matt me rejoignit au salon une demi-heure plus tard. Je jetai un coup d'œil derrière lui, mais il était seul.

— Avez-vous identifié la cause du problème ? me demanda-t-il en désignant du menton l'horloge posée devant moi sur la table, le boîtier ouvert et les mécanismes apparents.

— Pas encore, répondis-je.

— Peut-être parce qu'il n'y a pas de problème.

Je l'ignorai et examinai les rouages, le barillet et le ressort à l'aide de ma loupe. Toutes les pièces étaient effectivement en parfait état de marche, mais je n'avais pas l'intention de le lui dire.

— Hope est déjà partie ?

— Elle en a eu assez d'entendre Willie lui rappeler sa présence en bâillant, toussant et reniflant. J'ai eu la nette impression que Willie n'avait pas envie que je reste seul avec Hope.

— Elle a peur que vous tombiez amoureux d'elle et que vous décidiez de rester en Angleterre.

Il remonta les jambes de son pantalon et s'assit.

— Elle n'a pas tort.

Le ressort m'échappa des mains et tomba de la table.

Matt le ramassa.

— Comme toujours, Willie se soucie de ses propres intérêts. Ne faites pas attention à elle.

— Euh... non.

Il me rendit le ressort et j'utilisai ma pince pour le remettre à sa place dans le boîtier de l'horloge.

— Hope vous a-t-elle demandé de lui expliquer ce qu'elle venait de voir ?

— Elle a demandé à voir ma montre, alors je la lui ai montrée. Ce qui me fait d'ailleurs penser que nous ne m'en avons toujours pas acheté une ordinaire.

— Arrêtez d'essayer de changer de sujet. Qu'a dit Hope à propos de votre montre et de la magie ?

— Elle a longuement inspecté la montre avant de me la rendre, puis elle m'a demandé pourquoi ma peau avait changé de couleur quand je la serrais au creux de ma main. Je lui ai dit qu'elle faisait erreur, puisque je tenais la montre en ce moment même, et que ma peau était parfaitement normale.

— Elle ne vous croira pas. Hope n'est pas du genre à accepter facilement de croire le contraire de ce qu'elle a vu. Cela n'a dû faire que piquer encore davantage sa curiosité.

— Vous êtes bien placée pour le savoir, n'est-ce pas ?

— Il n'y a pas de quoi rire, Matt.

Il leva les mains en signe de capitulation.

— Je ne ris pas.

— Je vous ai vu sourire.

Je refermai le boîtier à l'arrière de l'horloge et passai un coup de chiffon sur le dôme en verre.

— Hope n'abandonnera pas tant qu'elle n'aura pas découvert la vérité. Elle est intelligente, tenace et sournoise. Elle finira par trouver un moyen de savoir la vérité sur votre montre.

— Alors peut-être ferais-je mieux de la lui dire, tout simplement.

Je cessai d'essuyer le verre et le dévisageai.

— Vous plaisantez encore.

— Pour être honnête, je n'en sais rien. Il m'arrive de penser que les choses seraient plus simples si elle savait ce que j'ai. Elle et ma tante Beatrice renonceraient alors à ce projet de mariage.

— Je n'en suis pas si sûre. Votre tante Letitia vous considère toujours comme un excellent parti, et pourtant elle sait que vous êtes malade.

J'inspectai le dôme de l'horloge pour m'assurer que je n'avais pas laissé de traces.

— Et de toute façon, nous retrouverons Chronos et il réparera votre montre, alors c'est sans importance.

Il continua de me regarder astiquer le boîtier en faisant des mouvements de plus en plus vigoureux à mesure que ma patience s'amenuisait un peu plus à chaque tic-tac de l'horloge.

— Vous allez finir par faire un trou dans le verre, à frotter si fort, dit-il au bout d'un moment.

Voyant que je continuais, il se pencha en avant et posa sa main sur la mienne pour l'immobiliser.

— Que se passe-t-il, India ?

— Je suis inquiète. D'abord, c'est Payne qui vous a vu utiliser votre montre, et maintenant, Hope.

Il caressa ma main avec son pouce, puis il s'écarta.

— Hope n'est pas du tout comme Payne.

— Mais imaginez qu'elle se confie à quelqu'un et que ce quelqu'un trouve le moyen de se servir de cette information contre vous ? Son père, par exemple. Lord Rycroft est peut-être votre oncle, mais je ne l'aime pas du tout.

— Je ne l'aime pas non plus, mais vous l'avez dit, c'est mon oncle, et en définitive, il ne veut que mon bien. Il est de mon côté, simplement parce que je suis l'héritier des Rycroft. La lignée doit se perpétuer, quelque chose comme ça.

— Vous lui faites plus confiance que moi. Je reconnais qu'il accorde beaucoup d'importance à sa famille et à son titre, mais vous n'êtes pas encore Lord Rycroft, et il n'a pas l'air d'apprécier que son titre passe au fils américain de son frère.

Il eut une expression peinée qui me fit aussitôt regretter ma franchise. Je me demandais ce qui me prenait, depuis quelque temps. Je devenais de plus en plus inflexible sur mes positions.

— Je doute que Hope lui raconte ce qu'elle a vu aujourd'hui, dit-il. Personne ne la croirait si elle prétendait avoir vu ma montre s'éclairer et mes veines devenir violettes.

C'était vrai, mais cela n'apaisait pas mes craintes pour autant. Le plus sûr était que son secret reste entre nous. Je pris l'horloge à bout de bras, peinant à la soulever.

— Laissez-moi vous aider, dit Matt en me la prenant des

mains. L'horloge émit un vrombissement, puis se tut. Il la regarda, interdit.

— C'est normal, ce bruit ?

— Non.

Je vérifiai à ma montre qu'elle indiquait toujours la bonne heure. Elle semblait fonctionner correctement, et le vrombissement ne se reproduisit pas.

— C'est peut-être parce qu'elle vous aime bien.

— Ou alors elle proteste parce qu'elle voulait rester entre vos mains, dit-il avec une lueur malicieuse dans les yeux.

Il reposa l'horloge sur le manteau de la cheminée et la plaça bien au centre, sous un tableau représentant un des ancêtres de la famille Glass.

— Je crois que cette horloge est maintenant celle que je préfère, dans toute la maison.

— Parce qu'elle a fait ce drôle de bruit ?

— Parce que nous nous comprenons, elle et moi.

— C'est une horloge, Matt. Elle ne peut pas vous comprendre.

L'horloge se remit à vrombir et sonna un coup. Je me hâtai de quitter la pièce, non pas à cause de l'horloge, mais parce que je ne voulais pas que Matt voie que ses allusions me faisaient rougir.

* * *

Un mensonge persuada l'infirmière au guichet de nous faire entrer dans le bureau du Dr Ritter. Nous avions prétendu être de la famille du patient qui était mort alors qu'il était soigné par le Dr Wiley. Le Dr Ritter accepta immédiatement de nous recevoir.

— Vous ! s'exclama-t-il en nous voyant arriver. Sortez tout de suite !

Il tenta de fermer la porte, mais Matt se glissa dans l'entre-bâillement et ouvrit la porte de force.

— Dr Ritter, nous avons juste une question discrète à vous poser, cela ne prendra qu'un instant, dit-il. À qui avez-vous vendu les remèdes du Dr Hale ?

Le Dr Ritter eut un mouvement de recul puis, avec un soupir, il retourna derrière son bureau.

— J'ignore de quoi vous parlez.

— Vous avez vendu le stock personnel de médicaments du Dr Hale à quelqu'un. Qui était-ce ?

Il rassembla une liasse de papiers et se mit à les remettre en ordre.

— Vous faites erreur.

— Donc si nous entrons maintenant dans le bureau du Dr Hale, nous trouverons encore ses bocaux et ses flacons sur les étagères ?

— Bien sûr que non. Tout ce que contenait son bureau a été déménagé dans la réserve ou au dispensaire. Quant à ses effets personnels, ils ont été remis à son associé, Mr Pitt.

Matt se courba au-dessus du bureau.

— Vous mentez.

Le Dr Ritter recula sa chaise aussi loin qu'il le put.

— Mr Glass, si vous ne partez pas immédiatement, je vous dénoncerai à l'Inspecteur-chef Brockwell. Il m'a assuré que vous n'aviez pas son autorisation pour enquêter et que vous ne travailliez pas pour lui. Je suis sûr qu'il serait ravi de vous arrêter.

Toujours à une distance prudente, il lança à Matt un regard de triomphe.

J'enroulai ma main autour du bras de Matt, mais je n'eus pas besoin de lui dire quoi que ce soit. Il tourna les talons et s'éloigna, attendant à la porte que je le rattrape.

— Vous appelez ça une question discrète ? dis-je tandis que nous suivions le couloir qui menait à la sortie.

— Si vous pensez pouvoir obtenir une réponse de lui par la douceur, je vous en prie, essayez donc.

Un peu plus loin dans le couloir, nous trouvâmes le Dr Wiley dans son bureau, la tête entre les mains et un ouvrage de médecine ouvert devant lui sur la table. J'avais un peu de peine pour lui. Il venait de passer une semaine difficile : un patient dont il venait de constater le décès avait été ramené à la vie par un rival, puis un autre des patients qu'il soignait était mort, et sa veuve l'avait accusé de négligence.

— Dr Wiley, dis-je d'une voix douce avant que Matt n'ait eu le temps de le bombarder de questions. Tout va bien ?

Le Dr Wiley baissa les mains. Il avait une mine épouvantable. À vrai dire, il ressemblait à Matt quand il avait besoin de se reposer. Ses cheveux gris clairsemés étaient tout ébouriffés, ses yeux cerclés de rouge et les rides qui lui barraient le front étaient plus nombreuses et plus marquées. Il poussa un soupir exaspéré en nous voyant.

— Miss Steele, Mr Glass, que faites-vous ici ?

— Nous sommes venus parler au Dr Ritter, dis-je.

Ce n'était pas totalement faux, mais je m'étais dit que ce demi-mensonge le mettrait peut-être assez en confiance pour nous parler, s'il pensait que ce n'était pas à lui que nous nous intéressions.

Et en effet, ses épaules se détendirent légèrement.

— Ritter, dit-il avec un rictus plein d'amertume.

J'attendis qu'il continue, ou que Matt lui pose ses questions, mais ils restèrent muets tous les deux.

— S'est-il passé quelque chose entre vous et le Dr Ritter ? demandai-je pour l'encourager à poursuivre. Vous semblez un peu... contrarié.

— Et à juste titre ! s'exclama-t-il en se frappant la poitrine. Cela fait trente ans que je suis chirurgien, Miss Steele. Trente ans ! Dont dix au sein de cet hôpital. J'ai droit au respect.

Il ouvrit le tiroir de son bureau et en sortit une flasque en argent.

— Si j'avais été nommé chef du service chirurgie, cet hôpital n'aurait jamais employé quelqu'un comme ce pharmacien arriviste, pour commencer.

— Le Dr Hale, vous voulez dire ? demandai-je d'un ton innocent.

Il but une gorgée de sa flasque, mais cela ne sembla pas suffire à lui redonner des forces, parce qu'il en but une autre.

— Bien sûr que je parle de Hale. C'est quand il est arrivé que tout a commencé à partir à vau-l'eau. Tout !

— J'ai l'impression qu'on vous a traité de façon très injuste, Dr Wiley, dis-je en m'approchant de lui. Vous travaillez dur, cela saute aux yeux. Et si cela peut vous consoler, je crois que la plupart des gens ici apprécient vos efforts.

— Sauf Ritter, marmonna-t-il sans lâcher le goulot de sa flasque. Pas après... après le décès de mon patient, et sa veuve qui... enfin bref, je ne veux pas vous ennuyer avec les détails.

— J'en ai entendu parler, dis-je en posant ma main sur son bras.

Du coin de l'œil, j'aperçus Matt qui m'encourageait d'un signe de tête à continuer, alors je suivis mon instinct et m'assis sur le bord du bureau du Dr Wiley.

— Et j'ai cru comprendre que c'était un ancien patient du Dr Hale ?

Wiley opina.

— C'est Hale qui s'est trompé dans son diagnostic, pas moi. Mais ce qui est curieux, c'est que, malgré son erreur de diagnostic, Hale avait réussi à le maintenir en vie. Si on en croit son dossier, le médicament que Hale lui avait prescrit n'aurait pas dû marcher, ni sur la maladie que Hale pensait qu'il avait, ni sur celle dont il est réellement mort. Et pourtant, ce pauvre homme s'accrochait à la vie.

Je ne regardai pas Matt de peur que mon expression ne révèle à Wiley mes véritables intentions. Mais j'avais à présent la certitude que Hale avait prescrit à son patient un remède magique qui avait suffi à soulager ses symptômes et sa douleur pendant que son état continuait de se dégrader.

Wiley but une nouvelle gorgée de sa flasque mais, s'apercevant qu'elle était vide, la jeta sur son bureau avec un claquement de langue agacé.

— Mais Ritter n'a rien voulu savoir. Comme c'était moi qui avais la charge du patient au moment de sa mort, il a considéré que j'étais forcément responsable.

— Et sa veuve ne vous a pas cru non plus, dis-je.

— Cette vieille harpie. C'est de sa faute si je suis dans un bourbier encore plus inextricable. Avez-vous remarqué, Miss Steele, comme certaines femmes deviennent plus acariâtres et hargneuses en vieillissant ? Ne vieillissez jamais, mon petit. Restez jeune et jolie, et douce.

Il me tapota la main, les yeux soudain embués.

— Le Dr Ritter finira par vous pardonner, lui promis-je. En parlant du Dr Ritter, savez-vous à qui il a vendu le stock personnel de médicaments du Dr Hale ?

Il haussa une épaule.

— Je n'en sais rien, et ça m'est bien égal. Vous n'avez qu'à lui demander.

— Nous lui avons posé la question, mais il a refusé de répondre.

Il fronça les sourcils.

— Pourquoi a-t-il refusé de vous le dire ? Il n'y a aucune raison de cacher ce genre d'information.

— Il a dit que toutes les affaires du Dr Hale avaient été déménagées au dispensaire ou à la réserve. Il prétend n'avoir rien vendu.

Sa moue dubitative s'accentua.

— La collection du Dr Hale était si vaste qu'il n'y aurait pas eu la place pour tous ces flacons dans la réserve. Je me demande pourquoi il refuse d'admettre qu'il les a vendus.

— Dr Wiley, dit Matt, qui intervenait pour la première fois.

Le Dr Wiley le regarda en clignant lentement des yeux comme s'il venait tout juste de s'apercevoir de sa présence.

— Oui ?

— Remémorez-vous l'après-midi de la mort du Dr Hale.

Le Dr Wiley ramassa sa flasque et l'agita. Voyant qu'elle était toujours vide, il la reposa sur son bureau.

— Si vous y tenez.

— Vous êtes passé vérifier l'état d'un de vos patients avant de rentrer chez vous. Vous en souvenez-vous ?

— Oui, je crois, fit-il, hésitant. Pourquoi ?

— Vous avez écrit sur le dossier du patient qu'il était cinq heures cinquante-cinq, mais l'une des infirmières qui est passée après vous a écrit cinq heures quarante-cinq. Comment est-ce possible, si vous êtes passé avant elle ? Et avant que vous ne tentiez de nous mentir, je vous préviens : nous avons parlé à l'infirmière en question, et elle est formelle : elle a consigné la bonne heure, et vous aviez déjà quitté l'hôpital.

Le Dr Wiley déglutit bruyamment.

— Je... je ne me rappelle pas. Je suppose que j'ai juste fait une erreur.

— Vous semblez en faire souvent.

Le Dr Wiley croisa les bras sur sa poitrine.

— Où voulez-vous en venir ?

— Ce que je veux dire, c'est que vous avez peut-être tué le Dr Hale, à moins que vous n'ayez simplement menti pour partir plus tôt.

— Je ne l'ai pas tué ! Je sais que j'ai commis des erreurs dernièrement, mais puisque je vous dis que, de toute ma vie, je n'ai jamais tué personne ! Pour qui me prenez-vous ?

— Pour un homme qui a déjà beaucoup à perdre. Si le Dr Ritter apprend que vous avez menti sur le dossier d'un patient, ce sera un manquement supplémentaire qui entachera votre réputation.

Le Dr Wiley se leva à moitié de sa chaise, mais aussitôt, il retomba lourdement en arrière comme s'il n'avait pas l'énergie d'affronter Matt face à face.

— Ne lui dites rien, implora-t-il. Je vous en prie. Je ne peux pas me permettre de chercher un nouveau poste, à mon âge. Je suis fatigué, et ce soir-là, je voulais juste rentrer chez moi quelques minutes plus tôt. C'est tout.

Matt hocha la tête et je crus que la discussion allait s'arrêter là. Je le rejoignis de l'autre côté du bureau et me dirigeai vers la porte, mais il ne me suivit pas.

— Si vous voulez que je garde votre secret, dit Matt à Wiley, trouvez à qui le Dr Ritter a vendu les médicaments du Dr Hale.

Le Dr Wiley dévisagea Matt, incrédule. Matt soutint son regard avec l'expression plus intraitable que j'aie jamais vue. Comme le Dr Wiley, il était à bout de forces, lui aussi, mais chez lui, cela se manifestait non pas par de la résignation mais par de la colère.

Pendant un instant, je crus que le Dr Wiley allait refuser, mais il finit par acquiescer.

— Je vais voir ce que je peux faire.

— Quand vous en saurez plus, contactez-moi au numéro seize de la rue Park Street, à Mayfair, dit Matt.

Nous traversâmes l'hôpital et regagnâmes la sortie. Matt

insista pour sortir le premier et s'assurer que personne ne risquait de nous accoster avant de m'autoriser à le suivre. Tant que cette enquête ne serait pas conclue, il resterait sur ses gardes.

— Vous avez été très dur avec le pauvre Dr Wiley, dis-je alors que la voiture démarrait.

— Si nous voulons boucler cette enquête, il nous faut des réponses, et vite. Si je dois être insistant et froisser quelques égos pour cela, tant pis. Sans compter qu'il reste un suspect.

— Il a dit que ce n'était pas lui, et je le crois.

Je m'attendais presque à ce que Matt me dise que j'étais trop crédule et que je n'étais pas douée pour juger du caractère des gens, mais il garda le silence. Peut-être voulait-il éviter de me faire à nouveau de la peine.

* * *

MATT DÎNA avec sa tante chez l'amie de celle-ci, et je montai me coucher avant leur retour. Le lendemain matin, il dormit tard. Si tard, à vrai dire, qu'à dix heures, Duc alla voir s'il allait bien.

— Il vient de se réveiller, nous annonça-t-il en redescendant au salon.

Je poussai un soupir de soulagement. Willie marmonna une prière dans sa barbe.

— Sa santé se dégrade, dit Cyclope, qui se tenait près de la fenêtre. Il se fatigue plus vite et il est dans le même état que quand le Dr Parsons venait de le rafistoler et qu'il ne croyait pas encore au pouvoir de la montre.

Ils m'avaient raconté l'histoire de cette période, quand le Dr Parsons et Chronos avaient combiné leur magie pour envoûter la montre de Matt ; il avait refusé l'idée qu'elle puisse le maintenir en vie. Il était tombé gravement malade et il serait mort si Willie, qui avait assisté à l'opération et à l'incantation initiale, ne lui avait pas collé la montre au creux de la main alors qu'il était à l'article de la mort.

Willie enfouit son visage dans ses mains en enfonçant ses doigts dans ses cheveux.

— Il faut absolument qu'on retrouve Chronos.

— Nous attendons qu'il retourne à l'auberge des Cross Keys, lui rappelai-je.

— On ne fait que ça, d'attendre ! Ça me donne envie de me planter une fourchette dans l'œil.

Duc se leva du fauteuil où il s'était laissé tomber et se dirigea vers la porte d'un pas décidé.

— Je vais à la fabrique de Worthey, à Clerkenwell. Chronos y retournera peut-être.

— Et moi, je vais aux Cross Keys, dit Cyclope.

Willie sortit sur leurs talons.

— J'ai pas l'intention de rester ici à me tourner les pouces, moi non plus.

J'étais tentée de partir avec eux, mais il fallait poursuivre l'enquête.

Enfin, Matt descendit et s'excusa de son retard.

— Le dîner s'est un peu éternisé, se justifia-t-il.

— Avez-vous passé une bonne soirée ?

— Oui, à ma grande surprise. Tante Letitia a un cercle d'amis éclectique. Il y a presque toujours quelqu'un d'intéressant à qui parler, et c'était le cas hier soir. J'ai parlé d'archéologie avec un homme qui finance des chantiers de fouille et collectionne des artefacts égyptiens.

Je souris malgré le pincement au cœur que provoqua chez moi sa réponse. Ce n'était pas de la jalousie ; il n'avait même pas évoqué de femmes avec qui il aurait parlé. Non, c'était l'amertume de me sentir laissée pour compte, de regretter de ne pas avoir entendu moi aussi ce qu'avait à dire ce monsieur, et de ne pas avoir pu être aux côtés de Matt. J'avais tellement pris l'habitude d'enquêter tous les deux, de voyager partout ensemble et de découvrir de nouvelles choses avec lui que je souffrais beaucoup de me sentir ainsi mise à l'écart.

— J'aurais aimé que vous puissiez être là, India, dit-il. Vous l'auriez trouvé intéressant, vous aussi.

Je me concentrai sur les papiers sur lesquels j'avais gardé les yeux fixés presque toute la matinée. C'était un contrat pour une petite maison en bordure de Londres, que j'envisageais d'acheter. Les documents étaient arrivés ce matin avec le courrier, mais les termes juridiques étaient si compliqués que je n'y comprenais pas un traître mot. Je renonçai et regardai Matt, que je surpris en train d'essayer de jeter un coup d'œil furtif sur mes papiers.

— C'est pour cette maison, lui dis-je. Vous savez, celle qui est à Willesden.

— Alors vous envisagez vraiment de l'acheter ? Je vous félicite, India. Elle est très bien située, près de la gare, et dans une rue calme. Vous n'aurez aucun mal à la louer à une famille dont le mari travaille en ville. Je pense que c'est une façon judicieuse d'investir l'argent de votre récompense.

Je ne lui dis pas que j'envisageais d'y habiter moi-même. Je pourrais toujours faire chaque jour le trajet jusqu'à Mayfair pour travailler avec lui ou passer du temps avec sa tante, et j'en tirerais une source de revenus s'il rentrait en Amérique, puisque la maison comptait une chambre supplémentaire que je pourrais mettre en location. Je me devais de penser à mon avenir, et cette maison était une affaire en or que je ne pouvais pas laisser passer. Je devais également penser au présent, et combien il était gênant de vivre sous le même toit que lui, surtout le soir, quand sa tante était montée se coucher et que nous restions ensemble sans rien dire, ou lorsque nous nous croisions dans la pénombre d'un couloir. Plus je restais au seize de la rue Park Street, plus je risquais de tomber encore plus amoureuse de lui. Tellement plus, à vrai dire, que je craignais de ne pas réussir à m'éloigner le jour où il trouverait une épouse... ou le jour où il mourrait.

— Pourrez-vous examiner ces documents avec moi tout à l'heure ? lui demandai-je. J'ai l'impression qu'il me faudrait un diplôme de droit pour les comprendre.

— Naturellement. Et si tout est correct, je demanderai à mon avocat de finaliser la transaction pour vous.

— Merci, Matt. C'est très généreux de votre part.

— Généreux ?

Il fronça les sourcils.

— Mais non, India, c'est la moindre des choses.

Peter, le valet de pied, entra et annonça l'arrivée d'un visiteur.

— On vous demande, Monsieur, un certain Dr Wiley. Voulez-vous que je l'accompagne jusqu'à votre bureau ?

— Je vais le recevoir ici, dit Matt.

Lorsque Peter fut sorti, Matt se tourna à nouveau vers moi.

— Si vous avez besoin de quoi que ce soit, vous n'avez qu'à me le demander. Je suis ravi de vous aider. Je dirais même que j'ai besoin de vous aider.

Besoin ? C'était étrange, de dire cela. Il dut se faire la même réflexion, parce que son expression soucieuse s'accentua, et elle ne disparut que lorsque le Dr Wiley entra. Le médecin serrait son chapeau dans ses deux mains et me salua d'une petite courbette nerveuse.

— Bon... bonjour, dit-il. Belle journée, n'est-ce pas ?

— On dirait que nous avons du beau temps, oui, dis-je en jetant un coup d'œil vers la fenêtre.

— Avez-vous quelque chose pour moi ? lui demanda Matt.

Le Dr Wiley se racla la gorge.

— Euh... oui.

— Dans ce cas, asseyez-vous, je vous en prie, dis-je en fusillant Matt du regard pour lui reprocher son manque d'hospitalité.

Matt écarta légèrement les pieds et mit ses mains derrière son dos. Réalisant qu'il comptait rester debout, je lui lançai un regard encore plus noir. Il finit par accepter de s'asseoir.

— Allez-y, Dr Wiley, dis-je pour l'encourager.

— J'ai dû attendre que le Dr Ritter sorte de son bureau pour fouiller dans ses papiers, dit le médecin. Je tiens à dire que je l'ai fait à contrecœur, mais vous ne m'avez pas laissé le choix, Mr Glass.

Matt écouta ce reproche sans ciller. S'il se sentait coupable de recourir à cette forme de chantage, il le cachait bien.

— À qui a-t-il vendu les remèdes ? demanda Matt.

— À Mr Clark, de la Guilde des Apothicaires.

Clark ! Ça alors !

— Que voulait-il en faire ? demanda Matt.

— Je ne sais pas, et ça ne m'intéresse pas. Ce qui est intéressant, en revanche, c'est que les documents relatifs à cette vente étaient cachés, et n'ont pas été rédigés sur le papier à en-tête officiel de l'hôpital. Cela doit vouloir dire que le Dr Ritter les a vendus pour son profit personnel. Et maintenant, si vous voulez bien m'excuser, j'ai une réunion avec les membres du conseil d'administration de l'hôpital.

— Allez-vous les informer des activités du Dr Ritter ? lui demandai-je.

Il enfonça son chapeau sur sa tête et sourit.

— Je suis ravi de cet échange de bons procédés, Mr Glass.

— Moi de même, dit Matt en lui serrant la main.

Je tirai sur le cordon de la sonnette et Bristow entra pour raccompagner le Dr Wiley au rez-de-chaussée.

— Bonne chance pour votre réunion, lui dis-je.

Le Dr Wiley sourit et s'inclina.

— Bonne journée, Miss Steele.

— Eh bien, dis-je à Matt lorsque le docteur fut sorti. Il s'en tire à bon compte, finalement.

— Et dire que vous doutiez de mes méthodes.

Matt fit un claquement de langue désapprobateur et ses lèvres esquissèrent un sourire en coin.

— Ayez un peu plus confiance en votre associé, India. Parfois, il m'arrive même de savoir ce que je fais.

— Ne faites pas comme si tout s'était déroulé comme vous l'aviez prévu, Matt. Les ennuis du Dr Wiley ne vous intéressaient pas le moins du monde.

— C'est faux. Ils m'intéressaient, c'est juste que je n'ai rien fait pour l'aider. Pour être honnête, je ne pensais pas qu'il accepterait d'espionner pour nous. Je suis surpris qu'il l'ait fait et qu'il ait trouvé l'information dont nous avions besoin. Et ce qui me surprend encore plus, c'est qu'il ait décidé de s'en servir à son avantage. Je ne l'en aurais pas cru capable.

Je posai ma main au creux de son bras et marchai avec lui jusqu'à l'escalier.

— Seriez-vous en train d'admettre que vous vous êtes trompé sur le compte de quelqu'un ? Eh bien, c'est vraiment un jour à marquer d'une pierre blanche.

Il eut un petit rire.

— Êtes-vous prête à aller parler à Clark tout de suite ?

— Absolument. Je veux savoir pourquoi il s'intéresse à ces flacons, lui dont la guilde est si hostile à la magie.

CHAPITRE 14

Le portier de la Guilde des Apothicaires avait dû recevoir pour consigne de ne pas nous laisser entrer si nous revenions. Il claqua la porte au nez de Matt.

Matt y mit de grands coups de poing.

— Prévenez Mr Clark que s'il refuse de nous parler, nous communiquerons nos informations à la police ! lança-t-il. Je suis sûr qu'ils seront très intéressés d'apprendre qu'il a acheté le stock de médicaments d'un homme qui a été assassiné.

Ses menaces furent suivies de plusieurs secondes de silence, puis :

— Si vous voulez bien attendre ici, Monsieur.

Matt appuya une épaule contre une colonne et croisa les bras et les chevilles. On aurait dit qu'il attendait un ami, pas un suspect qu'il voulait interroger.

Je consultai ma montre. Il était onze heures cinq. Une minute plus tard, je la regardai à nouveau.

— Vous pouvez regarder votre montre autant de fois que vous voudrez, ça ne fera pas passer le temps plus vite, me dit Matt avec un sourire en coin.

Je refermai ma montre d'un geste brusque et la remis dans mon réticule.

— Vous êtes de bonne humeur, ce matin.

— J'ai bien dormi, et surtout, j'ai l'impression que nous allons enfin dans la bonne direction. Il manque toujours une pièce pour compléter le puzzle, mais Clark la détient peut-être.

— Je l'espère.

Je balayai la rue du regard au cas où on viendrait nous menacer, mais je ne vis personne approcher.

— Coyle semble avoir renoncé.

— Personne ne nous a suivis depuis chez nous, confirma-t-il. C'est bon signe, mais mieux vaut rester vigilants.

Je ressortis ma montre de mon réticule et passai la chaîne autour de mon cou. Matt approuva cette précaution d'un signe de tête.

Enfin, la porte s'ouvrit et Mr Clark sortit.

— Que voulez-vous ? demanda-t-il sèchement. Je suis occupé.

— Vous tenez à en parler ici, dans la rue ? demanda Matt.

— Je n'ai rien à cacher.

— Alors pourquoi avez-vous dit à votre portier de nous empêcher d'entrer ?

— Parce que vous êtes un menteur et que je n'ai pas confiance en vous. Je sais que votre nom n'est pas Wild. Vous vous appelez Glass et Steele.

— Est-ce Abercrombie qui vous l'a dit quand vous lui avez raconté qu'un Américain et une Anglaise étaient venus au siège de votre guilde poser des questions à propos de magie ?

Mr Clark se hérissa.

— Que voulez-vous ?

— Nous voulons vous poser quelques questions à propos des flacons de remèdes que vous avez achetés au London Hospital.

Mr Clark se lissa un côté de la tête du plat de la main, bien que ses cheveux soient déjà bien en place grâce à la pommade dont ils étaient enduits.

— Il n'y a rien de mal à acheter les biens d'une personne décédée.

— En effet, si c'est son héritier qui les vend, mais vous les avez achetés au Dr Ritter. Ils faisaient partie de la collection privée du Dr Hale, ils n'appartenaient pas à l'hôpital. Il vous les a vendus en toute illégalité.

— Dans ce cas, c'est à lui que doit s'adresser la police, pas à moi !

Matt leva la main pour avertir Clark de baisser la voix au moment où un passant leur lança un coup d'œil inquiet avant de continuer sa route en hâte.

— Êtes-vous sûr de vouloir poursuivre cette discussion ici ?

— Je préfère rester dans un lieu public, en présence de témoins.

— Que vous a donc dit Abercrombie à notre sujet ? lui demandai-je.

— Tout, Miss Steele.

Je souris, mais d'un sourire dur et amer.

— J'en doute fort, étant donné qu'Abercrombie ne sait rien de nous. Il s'est forgé une opinion de moi avant même de m'avoir rencontrée. Je n'ai rien fait de mal, Mr Clark. Si Abercrombie vous a dit le contraire, alors c'est peut-être lui qui a des choses à se reprocher.

Deux hommes coiffés d'une casquette en laine s'avancèrent dans notre direction et Matt se raidit. Il se rapprocha de moi.

— Que comptez-vous faire des médicaments de Hale ? demanda-t-il à Clark.

— Ça ne vous regarde pas.

Mr Clark recula vers la porte.

— Et maintenant, si vous n'avez pas d'autre...

— Vous voulez les tester, reprit Matt. Je me trompe ? Vous voulez savoir quels ingrédients il a utilisés pour les rendre si efficaces.

— Si vous le dites.

Matt attendit que les deux passants se soient suffisamment éloignés avant de reprendre la parole.

— Vous ne trouverez pas leur ingrédient secret, Mr Clark. La magie est invisible et inodore, ce n'est pas une substance qu'on peut toucher ou extraire.

Mr Clark jeta un coup d'œil inquiet vers le dos des deux hommes.

— Vous êtes fou ! siffla-t-il en faisant un pas vers Matt. Ils auraient pu vous entendre.

— La magie est instillée dans le médicament, dit Matt. L'incantation imprègne le remède de magie, mais cela ne dure pas. Il est probable que la magie des remèdes en votre possession se soit déjà dissipée et ait cessé de faire effet. Et même si ce n'est pas le cas, un apothicaire profane n'apprendra rien en les testant. Un magicien pourrait peut-être. Je ne sais pas, je ne suis pas un expert.

Les narines de Mr Clark se dilatèrent, mais j'ignorais si c'était sous le coup de la colère ou de la déception.

— Est-ce donc pour cela que vous êtes venus ? Pour me dire que je perds mon temps ?

— Et pour vous demander le sujet de votre querelle avec Abercrombie l'autre jour.

Matt leva l'index au moment où Mr Clark ouvrait la bouche pour répondre.

— Avant que vous cherchiez à nier, je tiens à vous informer que quelqu'un vous a vus. Oh, et si vous refusez de nous le dire, j'irai parler à la police de cette affaire de médicaments volés.

— Je n'ai rien volé ! Je les ai achetés !

— À mon avis, tout ce qui intéressera la police, c'est de savoir que vous les avez achetés, pas comment vous les avez achetés.

Mr Clark tourna vers moi ses yeux implorants, mais je me contentai de hausser les épaules.

— Si vous voulez, nous pouvons envoyer les agents à la boutique de Mr Abercrombie pour qu'ils l'interrogent.

— Notre discussion n'avait rien à voir avec le meurtre de Hale, chuchota-t-il rudement tandis que deux femmes passaient.

— Une visite de la police n'arrangerait pas du tout les affaires de Mr Abercrombie, poursuivis-je. Cela risquerait de faire fuir ses clients.

Il expira en sifflant entre ses dents.

— Nous n'étions pas d'accord sur la façon d'agir avec les magiciens. Voilà. Satisfaits ?

— Et qu'avez-vous décidé de faire d'eux ? gronda Matt. Les condamner au bûcher ? À la potence ?

Mr Clark fit une grimace indignée.

— Ne dites pas de bêtises. Pour qui nous prenez-vous ? La question était simplement de savoir si les bannir de nos guildes respectives était suffisant ou non. Je trouve que oui, mais il pense que non. Il vous a citée comme exemple, Miss Steele.

— Moi ?

Il hocha la tête.

— Il pense que si on ne fait rien pour régler le problème, les magiciens commenceront à se considérer comme... invincibles.

— Invincibles ? Est-ce là le mot qu'il a utilisé ?

— Pas tout à fait.

Il détourna le regard.

— Il a dit que vous vous prendriez pour des dieux, bien supérieurs à nous autres mortels.

— Nous sommes mortels, Mr Clark, comme vous.

Doux Jésus ! De telles contrevérités frisaient le ridicule.

— Mr Abercrombie ferait peut-être mieux d'écouter un vrai magicien lui parler de ses pouvoirs au lieu de lire des racontars moyenâgeux inventés pour faire peur aux gens.

— India ne se croit pas invincible, dit Matt. Vous pouvez aller le dire à Abercrombie.

— D'après lui, elle est devenue assez... récalcitrante depuis qu'elle a découvert ses pouvoirs.

— Elle s'épanouit enfin, c'est tout.

— Abercrombie dit que c'était une jeune fille douce et conciliante, et que maintenant, elle dit ce qu'elle pense et n'écoute pas les hommes plus compétents.

Matt grogna.

— Abercrombie n'est *pas* plus compétent qu'elle. Dites-le-lui bien la prochaine fois que vous le verrez. Et dites-lui aussi que c'est une bonne chose qu'elle dise ce qu'elle pense, parce que c'est une femme intelligente qui a des choses intéressantes à dire. S'il la connaissait mieux, il s'en rendrait compte, et vous aussi. Bonne journée, Mr Clark.

Matt s'éloigna et m'attendit, mais je restai immobile.

— Mr Clark, demandai-je, comment Abercrombie suggérait-il d'agir face aux magiciens, s'il estime que les bannir des guildes ne suffit pas ?

Il recula et frappa frénétiquement à la porte.

— Ça alors, dit-il en levant les mains. Je ne m'en souviens pas.

Le portier ouvrit la porte et Clark se glissa à l'intérieur. La porte se referma en claquant.

Matt me prit la main.

— India, vous tremblez.

— De rage.

Sa main se resserra sur la mienne.

— Vous devriez manger quelque chose, ça vous ferait du bien. Voulez-vous un petit pain ? Un scone ? Une part de tarte ?

Je pouffai de rire. J'aurais pu m'attendre à bien des réactions de sa part, mais pas à celle-ci.

— Ce qui me ferait du bien, ce serait de rendre visite à Abercrombie et de le changer en crapaud. Mais puisque je n'ai pas ce genre de pouvoirs, je me contenterai d'une pâtisserie. Il y a un excellent salon de thé à Piccadilly.

Il ne lâcha pas ma main quand la voiture démarra, et j'étais reconnaissante de sentir ce toucher. Au bout de quelques minutes, j'arrêtai de trembler et je me repassai la conversation dans ma tête. Mr Clark ne nous avait rien dit que nous ne sachions déjà, y compris ce qu'Abercrombie pensait des magiciens. Nous avions perdu notre temps, et cela n'avait servi à rien sinon à me chambouler.

Lorsque nous arrivâmes à Piccadilly, Matt, qui avait gardé les yeux fixés sur la rue à travers la vitre, déclara que nous n'avions pas été suivis. Il renvoya Bryce à la maison et acheta un assortiment de mignardises de la marque The Family Confectioner. Nous nous installâmes avec nos pâtisseries à une table dans un coin et j'engloutis ma part de petits gâteaux et de tartelettes avec un tel entrain que j'en oubliai même de parler.

— Ça vous a plu, dit Matt lorsque j'eus terminé.

Je m'essuyai délicatement les coins de la bouche avec ma serviette.

— Oui, merci. L'établissement n'a pas changé depuis ma dernière visite, il y a bien longtemps.

— Vous veniez régulièrement ?

— Avec ma mère.

— Ah oui, elle était fille de confiseur.

— Vous vous en êtes souvenu.

— Bien entendu. Votre grand-père maternel tenait une

boutique et votre père achetait des bonbons tous les jours rien que pour voir votre mère.

Je souris.

— Elle servait d'assistante à mon grand-père, principalement pour servir les clients du magasin pendant que mon grand-père fabriquait ses confiseries dans l'arrière-boutique. Il ne vendait pas de petits pains ni de gâteaux ou de pâtisseries comme ici, mais ses bonbons étaient très appréciés des enfants du quartier.

La marque The Family Confectioner ciblait une clientèle plus fortunée, plus particulièrement les dames qui cherchaient un endroit où passer un peu de temps avec une amie en buvant une tasse de thé et en dégustant une pâtisserie. Rien n'avait changé depuis l'époque où ma mère m'y emmenait avant sa mort une dizaine d'années plus tôt. Les rideaux à rayures roses et blanches étaient assortis aux coussins, et les petits gâteaux étaient disposés de façon appétissante sous des cloches en verre sur le comptoir. Un petit garçon qui ne devait pas avoir plus de quatre ans lorgnait sur les bocaux en verre remplis à ras bord de bonbons colorés et montrait du doigt au commerçant ceux qu'il voulait tandis que sa mère ou sa gouvernante sortait de la monnaie de son réticule.

— Vous ne parlez pas souvent d'elle, me dit Matt à voix basse.

— Vous trouvez ? Je suppose que c'est parce qu'elle est morte depuis longtemps. J'ai honte de l'avouer, mais je ne pense pas à elle aussi souvent que je le devrais.

— Je suis sûr que c'est ce qu'elle aurait voulu. Aucun parent ne voudrait que son enfant porte trop longtemps son deuil. Vos parents voudraient que vous viviez votre vie en vous concentrant sur l'avenir, pas sur le passé. Les miens penseraient la même chose.

— Vous avez sûrement raison.

Mais il faudrait tout de même que j'aille sur la tombe de mes parents dès que Matt pourrait se passer de mon aide pour son enquête.

Après avoir rapporté nos assiettes et nos tasses au comptoir, nous étions sur le point de partir quand Matt changea d'avis et acheta un sachet de chocolats. Je me doutai que c'était parce qu'il m'avait vue les regarder.

Il m'en offrit un en sortant, mais je refusai.

— Je ne peux rien avaler de plus.

— Même pas un ? insista-t-il en agitant le sachet.

Je sentis les effluves de chocolat et inspirai avec délices.

— D'accord, mais un seul, alors.

Il me regarda le manger.

— Vous sentez-vous mieux ?

— Infiniment mieux. Mais rangez-moi ça, ou je vais dévorer tout le sachet avant même que nous ne soyons rentrés.

Il les fourra dans la poche de sa veste et me sourit.

— J'ai remarqué que les sucreries avaient l'air de vous calmer lorsque vous êtes en colère.

— Il est impossible de rester fâché quand on mange un chocolat ou un bonbon. C'est pour ça que les confiseurs sont aussi populaires. Et de toute façon, ma colère n'était pas dirigée contre vous, Matt.

— Pour une fois.

— Matthew Glass, je ne suis jamais en colère contre vous. Pas vraiment, en tout cas.

Il plissa les yeux.

— Jamais ?

— Il vous arrive de m'agacer, mais vous ne me mettez jamais en colère. Je ne vois pas comment quelqu'un pourrait être en colère après vous.

— À part Clark et Abercrombie.

— Et le Dr Ritter, et le Dr Wiley, ajoutai-je. L'Inspecteur-chef Brockwell aussi, et Lord Coyle.

— Plus un certain nombre de membres de la Guilde des Cartographes. Ça commence à faire beaucoup de monde.

— J'ai peut-être parlé un peu vite.

Je serrai son bras plus fort.

— Changeons de sujet.

— Soit.

Il leva les yeux vers le ciel.

— On dirait qu'il va pleuvoir.

Je scrutai la chape grise du ciel, si basse que la flèche de l'église semblait la transpercer.

— Ce ne sont pas des nuages de pluie, c'est seulement l'air pollué de Londres.

— Pourquoi les autorités ne font-elles rien pour empêcher cela ? Cela doit causer toutes sortes de maladies.

— Raison de plus pour que j'achète cette petite maison à Willesden, dis-je. Avez-vous remarqué comme l'air était pur, là-bas ? Je pense qu'il fera bon vivre là-bas, et le trajet pour se rendre en ville n'est pas trop long.

— La famille à qui vous la louerez sera du même avis, ça ne fait aucun doute.

Il avait choisi ses mots avec soin, les yeux fixés sur moi. Il semblait avoir deviné que j'envisageais d'habiter moi-même dans cette maison.

— Vous devez avoir hâte de rentrer en Californie, dis-je aussitôt. Et de quitter Londres, avec ses miasmes putrides.

Il fit encore quelques pas avant de répondre.

— Je ne suis pas si pressé que ça, finalement.

— Mais la Californie doit vous manquer.

— Seulement son climat.

Puis il ajouta avec un sourire :

— Une chose est sûre, c'est que la famille Johnson ne me manque pas, elle.

— Je parie qu'ils ne sont pas pires que les Glass. À moins que vous n'ayez là-bas d'autres cousines qui veulent vous épouser aussi ?

Il éclata de rire.

— Mes cousines du côté Johnson sont faites sur le même modèle que Willie, à cela près qu'elles me détestent presque toutes depuis que j'ai retourné ma veste. Elles aimeraient mieux me tuer que m'épouser.

— Restez ici, alors, dis-je d'un ton plus sérieux que je n'en avais eu l'intention.

J'avais du mal à ne pas être sérieuse quand il était question de sa mort.

— Ne rentrez jamais chez vous, Matt.

Il ralentit le pas et posa sur moi un regard voilé.

— Pour l'instant, chez moi, c'est ici, à Londres.

Jusqu'à ce que je m'en aille, sous-entendait son expression. Dans son enfance, avant la mort de ses parents, Matt avait voyagé un peu partout. Il avait passé une grande partie de sa vie dans plusieurs pays d'Europe. Après leur mort, il était retourné en Amérique à l'âge de quinze ans. Il était logique qu'il ne se considère pas comme le citoyen d'un pays unique. Cet homme était un nomade, un voyageur dans l'âme. Une fois Chronos retrouvé et sa montre réparée, il ne retournerait peut-être pas en Amérique, mais il ne resterait pas non plus en Angleterre.

Cette maison à Willesden commençait à m'attirer de plus en plus.

* * *

MATT APPROCHA de Park Street avec précaution, marchant devant moi jusqu'à avoir la certitude que personne n'attendait pour se jeter sur nous. Il se trouva qu'il y avait bien quelqu'un qui attendait notre retour, mais à l'intérieur de la maison. L'Inspecteur-chef Brockwell était assis dans le salon.

— Il a insisté pour vous attendre, Monsieur, lui glissa Bristow en prenant nos chapeaux et le sachet de chocolats.

— Est-il seul ? lui demandai-je. Ou a-t-il amené des agents avec lui ?

— Il est seul, Madame. Je l'ai fait asseoir au petit salon.

Il n'était donc pas venu arrêter Matthew, Dieu merci.

— Il est plus probable qu'il soit venu pour nous dire encore de renoncer à notre enquête, me dit Matt.

Il s'avéra qu'il avait raison, mais en partie seulement.

— J'ai reçu une autre plainte du Dr Ritter.

Brockwell prononça le T de *plainte* avec une précision cassante.

— Il affirme que vous l'avez harcelé avec vos questions et qu'il a dû vous faire jeter hors de son hôpital.

— Je lui ai posé une seule question, dit Matt, et il n'a pas eu besoin de nous faire jeter hors de quoi que ce soit. Par ailleurs, savez-vous qu'il a interféré avec la scène du crime ?

Brockwell pencha la tête sur le côté, un mouvement plutôt vif pour un homme coutumier des paroles et des actions lentes et mesurées qui paraissaient toujours soigneusement réfléchies.

— Je vous écoute.

— Il a vendu les flacons contenant les remèdes de Hale.

Brockwell semblait avoir retrouvé sa contenance, parce que, cette fois, il prit son temps avant de répondre.

— C'est donc un voleur, à moins que Mr Pitt, l'héritier du Dr Hale, n'ait donné son accord.

— Et par ailleurs, le Dr Ritter les a vendus sans en informer l'hôpital, et il a empoché la somme. Le conseil d'administration est certainement informé de la situation, à l'heure qu'il est.

— Ah. Je comprends mieux pourquoi le Dr Ritter est venu me voir tôt ce matin, très agité, pour vous reprocher de lui avoir causé des ennuis. Cependant, il a refusé d'être plus précis, et il m'a juste ordonné de *tenir mon chien en laisse*. Ce sont les mots qu'il a employés.

— On m'a déjà traité de pire que cela, dit Matt.

Les lèvres de Brockwell esquissèrent un sourire pincé.

— Je n'en doute pas une seconde.

— Considérez que je me repens, dit Matt en se levant.

— Il y a autre chose.

Matt poussa un profond soupir et se rassit.

— Merci de m'avoir averti pour le Dr Ritter, dit Brockwell. Y a-t-il autre chose dont vous souhaitez m'informer ? Au sujet de Mr Oakshot, par exemple ?

— Non, rien, dit Matt. Pourquoi ? Que savez-vous sur lui ?

L'inspecteur se mit à gratter l'un de ses favoris, puis l'autre. Plusieurs secondes s'écoulèrent, mettant mes nerfs à rude épreuve. Matt accomplit l'exploit de garder un air imperturbable, mais je me doutais qu'il était tout aussi irrité que moi par cette manie qu'avait Brockwell de faire traîner les choses.

— La société d'Oakshot a racheté à Mr Pitt tout ce qui restait du stock d'Élixir Miracle du Dr Hale.

— Il n'a pas perdu de temps, dit Matt.

Était-ce donc tout ce qu'il avait à nous dire ?

— Nous devinons aisément pourquoi Pitt le lui a vendu, dis-je. La réputation de cet élixir a beaucoup souffert de son rôle dans la mort de Hale. Mais quel intérêt Mr Oakshot aurait-il à le racheter ? Il n'arrivera pas à le vendre, et le stock va lui rester sur les bras.

— Il ne me l'a pas dit, répondit Brockwell. Je me demandais si vous aviez appris quelque chose à ce sujet.

Matt secoua la tête.

— Quant à ses motivations, je le soupçonne de vouloir simplement changer l'étiquette et le vendre sous un autre nom. Cela lui coûtera sans doute moins cher d'en acheter un stock que d'en fabriquer lui-même.

— Oui, c'est sûrement cela.

Brockwell se leva et boutonna sa veste, un vêtement mal ajusté qui avait l'air d'avoir le même âge que lui.

— Bonne journée, Miss Steele, Mr Glass. Veuillez m'informer si vous découvrez de nouveaux éléments.

— On dirait que cela ne vous dérange plus, de nous voir continuer notre enquête, s'étonna Matt. Vous nous avez même communiqué un élément de la vôtre. Pourquoi cela ?

— J'en suis arrivé à la conclusion qu'il valait mieux mettre nos connaissances en commun. Nous voulons tous les deux que l'assassin soit arrêté, et trois cerveaux valent mieux que deux ou qu'un seul. Et d'ailleurs, je ne peux pas vous interdire de continuer puisque vous bénéficiez de la protection du Commissaire, et je me doute que vous en bénéficierez pendant longtemps. Il avait l'air très reconnaissant que vous ayez retrouvé l'assassin de Daniel Gibbons. Extrêmement reconnaissant, même.

Savait-il que Daniel était le fils naturel du Commissaire Munro, ou avait-il simplement des soupçons et cherchait-il à déduire, à partir de nos réactions, s'il avait vu juste ou non ? Je gardai soigneusement les yeux fixés sur lui, faisant de mon mieux pour ne pas ciller ni regarder Matt, ce qui aurait trahi ma pensée.

— Il était aussi très reconnaissant à Miss Steele d'avoir capturé le Cavalier Noir, dit Matt sur un ton léger. Il est vrai que notre succès n'a pas donné la meilleure image qui soit des compétences de ses hommes. Mais cette enquête inversera peut-être la tendance, maintenant que vous êtes prêt à accepter cette collaboration, Inspecteur.

Brockwell joignit les mains dans son dos.

— Et maintenant que nous partageons nos informations.

Matt sonna et Bristow apparut pour raccompagner Brockwell. Matt étouffa un bâillement.

— Vous devriez peut-être demander à Mr Pitt ou à Mr Oakshot un remède pour votre maladie, dit Brockwell.

— Ma maladie ?

— Vous avez l'air souffrant.

Brockwell leva les mains comme pour se défendre.

— Toutes mes excuses si j'ai fait erreur. Peut-être vous êtes-vous simplement couché tard hier soir et levé tôt ce matin.

Le Commissaire Munro n'avait donc pas dit à son inspecteur que la raison initiale de notre visite au Dr Hale était de trouver un remède miraculeux pour le mal dont souffrait Matt. Ce commissaire était décidément quelqu'un de bien, qui savait garder un secret.

Matt répondit à Brockwell avec un sourire pincé.

— Les aristocrates oisifs comme moi ont tendance à brûler la chandelle par les deux bouts.

— En effet.

Bristow fit signe à Brockwell de passer devant lui et, un instant plus tard, nous entendîmes la porte d'entrée s'ouvrir, puis se refermer. Matt s'assit et appuya ses coudes sur ses genoux. Il se passa les mains dans les cheveux, puis sur le visage. Il les laissa retomber en surprenant mon regard.

— Je sais, je sais, marmonna-t-il en déboutonnant la poche intérieure de sa veste. Voilà, je la sors.

Je refermai la porte du salon et restai devant le temps que la magie de sa montre se diffuse partout sur sa peau et que son teint reprenne une couleur plus saine. Ses yeux, malgré tout, restaient cernés, et l'ecchymose laissée par le poing de Cyclope ressortait plus nettement que jamais. Il remit sa montre dans sa poche et je m'écartai de la porte.

— Voulez-vous aller voir Oakshot une fois que vous vous serez reposé ? lui demandai-je.

Il opina.

— J'espère qu'il nous en dira plus long qu'à Brockwell.

— Je suis sûre que oui, surtout lorsque nous lui aurons dit

que nous savons que Hale était un magicien et que son élixir garde peut-être encore quelques traces de magie.

Je lui fis un sourire qu'il ne me rendit pas.

— Et s'il nous demande comment nous le savons ?

— Nous inventerons quelque chose. L'improvisation, c'est un de vos talents, Matt.

Il renversa la tête en arrière et ferma les yeux.

— Sacré compliment.

Je souris et me saisis d'un livre. Il resta une heure à dormir dans cette position. Il aurait dormi plus longtemps si sa tante ne l'avait pas réveillé en entrant.

— Ah, vous voilà, India, dit-elle. Je suis venue vous demander de me faire la lecture.

— Pas cet après-midi, répondis-je. Nous avons beaucoup à faire.

Elle répondit par un claquement de langue désapprobateur.

— Tu lui donnes trop de travail, Matthew. Et toi aussi, tu travailles trop. Regarde dans quel état tu es ! Tu devrais être au lit.

— Je viens de faire une sieste, protesta-t-il.

— Elle n'a pas suffi à te reposer. Dites-le-lui, India.

Je ne lui dis rien du tout. Matt n'aurait pas voulu l'entendre. Sans compter qu'il était bien conscient que sa montre n'était plus aussi efficace qu'avant.

— Je veillerai à ce qu'il ne se surmène pas trop cet après-midi, Miss Glass, lui promis-je.

— C'est bien. Si vous n'étiez pas aussi raisonnable, je m'inquiéterais davantage.

Elle tourna le dos à Matt et posa une main sur mon épaule.

— Mais je vous fais confiance pour prendre les bonnes décisions en ce qui concerne mon neveu.

Elle serra mon épaule avant de la lâcher et de sortir de la pièce.

Je surpris du coin de l'œil Matt qui me regardait, son beau visage marqué par une moue perplexe.

— Je n'ai pas besoin de déjeuner après tous ces petits gâteaux, dis-je. Je suis prête à partir quand vous voudrez.

— Allons-y tout de suite, alors.

* * *

— Ça ne vous regarde pas, répondit sèchement Mr Oakshot quand Matt l'interrogea sur son rachat du stock d'élixir.

Il tourna les talons et retourna à son bureau.

— Vous savez où est la sortie.

Matt alla tranquillement jusqu'à la fenêtre d'où l'on voyait le rez-de-chaussée de l'usine. On entendait par moments un contre-maître criant un ordre ou le tintement des flacons en verre par-dessus le grincement et le bourdonnement des machines. Même le bureau de Mr Oakshot était plongé dans un brouhaha constant, si bien que je me demandai comment il parvenait à se concentrer sur sa paperasse. Il semblait y en avoir plus que lors de notre précédente visite.

— Faites-vous retirer les étiquettes de Pitt pour les remplacer par les vôtres ? insista Matt.

Mr Oakshot lui lança un regard noir.

— Vous ne m'avez pas entendu ? Sortez !

— Avez-vous acheté le restant du stock d'élixir du Dr Hale parce que vous pensez que ses propriétés magiques en feront un succès pour votre entreprise ?

Mr Oakshot devint aussitôt blanc comme un linge et sa colère sembla s'évaporer. Il s'affaissa dans son fauteuil, ayant soudain l'air d'un homme empêtré dans le plus grand embarras.

— Je vous demande pardon ? chuchota-t-il, son murmure à peine audible par-dessus le bruit des machines. Magiques ?

— Vous avez très bien entendu, dit Matt. Et ne faites pas semblant d'ignorer l'existence de la magie. Vous siégez à la Cour des Assistants de la Guilde des apothicaires, et les guildes sont parfaitement au courant que la magie existe. Êtes-vous un magicien, Mr Oakshot ?

— Je vous demande pardon ? répéta-t-il d'une voix tremblante. Non, bien sûr que non. J'ignore tout de la magie.

Il évita de croiser notre regard, faisant mine d'être absorbé par ses papiers.

— C'est une entreprise florissante, que vous avez là, observa Matt en indiquant l'usine qu'on voyait par la fenêtre. On dit que vous êtes le meilleur apothicaire de Londres. On reconnaît les magiciens à la qualité exceptionnelle de leur travail. Même moi, qui n'y connais rien en médecine, je suis tenté de croire que vous êtes un magicien.

— Votre logique est bancale, Mr Glass, fit Mr Oakshot avec un geste du menton. Vous m'accusez d'être un magicien, mais en même temps, vous supposez que j'ai acheté ce qu'il reste du stock d'Élixir Miracle de Hale pour la magie qu'il contient. Si j'étais magicien, ne serais-je pas capable d'instiller moi-même ma magie dans mes remèdes ?

— Peut-être ignorez-vous l'incantation spécifique utilisée dans cet élixir, et vous souhaitez l'étudier.

Mr Oakshot laissa retomber la liasse de documents sur son bureau. Ils s'éparpillèrent et certains tombèrent par terre. Il passa la main sur sa mâchoire, où des poils de barbe gris avaient commencé à pousser. La brève lueur de méfiance dans ses yeux disparut pour laisser place à de la souffrance.

— Ne faites pas courir ce genre de rumeurs, Mr Glass. Je vous en supplie. Si les membres de la guilde allaient s'imaginer que je suis un magicien, ils feraient tout pour me ruiner.

— Je ne dirai rien à la guilde si vous nous dites la vérité. Vous avez ma parole. Pourquoi avez-vous acheté le stock restant d'élixir du Dr Hale, si ce n'est pas pour y apposer votre propre étiquette ?

Il frappa sur son bureau du plat de la main, en faisant tomber de nouvelles feuilles de papier.

— Je ne veux pas le vendre, se fâcha-t-il. Je ne veux pas du remède de ce médecin, ni ici, ni ailleurs ! Pitt a arrêté de le produire depuis qu'il ne se vend plus, alors je l'ai débarrassé du reste de son stock, j'ai écrasé les flacons jusqu'au dernier, brûlé toutes les étiquettes et versé cette saleté d'élixir dans les égouts.

Matt garda le silence quelques secondes, visiblement aussi surpris que moi par ce que venait d'avouer Oakshot.

— Mais pourquoi ? demanda-t-il. Vous avez sciemment perdu de l'argent, en faisant cela.

— Parce que ce soi-disant médecin... cette ordure, cet *assassin*... a tué ma femme. Son nom ne mérite pas de lui survivre grâce à son élixir. Il ne mérite pas qu'on se souvienne de lui, pas même sur une étiquette. Il n'avait pas d'enfants, pas de famille pour le pleurer, et je m'en réjouis, parce qu'ainsi, son nom sombrera plus facilement dans l'oubli pour toujours. Il m'a pris la seule chose qui comptait pour moi...

Il ravala un sanglot et sa bouche se contracta comme s'il luttait pour se maîtriser

— Alors moi, je lui ai pris la seule chose qui comptait pour lui : l'héritage qu'il laisserait au monde. Et maintenant, il ne reste plus rien de lui, plus aucune trace.

Il se laissa retomber sur son fauteuil, toute son agressivité envolée. Il n'était rien de plus qu'un homme d'âge mûr face à l'abîme du désespoir.

Matt le remercia pour le temps qu'il nous avait consacré et nous redescendîmes en hâte l'escalier pour ressortir dans la rue.

— Ce pauvre diable, dis-je une fois installée avec Matt dans la voiture.

— Ce pauvre diable vient de grimper tout en haut de ma liste de suspects, dit Matt. Il a le cœur rempli de haine. Assez pour pousser un homme à tuer.

— Détruire quelques flacons, ce n'est pas la même chose que prendre une vie, Matt. Un meurtre, cela demande un tempérament très différent.

Mais je parlais sans grande conviction. Et si je me trompais sur le compte de Mr Oakshot ? Et si la pitié que j'avais pour lui affectait mon jugement ?

— Vous avez peut-être raison, marmonnai-je, tournée vers la vitre. Je ne sais pas.

— Je me trompe peut-être, dit Matt.

Je croisai son regard dans le reflet de la vitre. Il avait l'air troublé.

— Vous doutez encore de votre intuition, dit-il.

Et j'avais de quoi ! Pourtant, je ne le lui dis pas. Cela ne servirait qu'à le faire culpabiliser encore pour notre querelle à propos de Barratt.

— Alors pourquoi allons-nous à la boutique de Mr Pitt, maintenant ?

C'était l'adresse qu'il avait donnée à Bryce avant de m'aider à monter en voiture.

— Qu'espérez-vous y découvrir ?

— Je n'en ai aucune idée.

Il soupira.

— Mais je ne sais pas à qui d'autre m'adresser. Il saura peut-être si Oakshot mentait quand il disait s'être débarrassé de l'élixir.

— Alors vous pensez vraiment qu'Oakshot est un magicien, et qu'il a l'intention de l'étudier ?

— Je n'exclus aucune hypothèse pour l'instant.

* * *

— Je voulais m'en débarrasser, dit Mr Pitt sans lever les yeux de la balance en bois et laiton dont il était en train de se servir. J'avais cessé la production de l'Élixir Miracle et je n'arrivais pas à écouler le stock restant. Mr Oakshot a proposé de me l'acheter, et je ne demandais qu'à le vendre. Nous y avons gagné tous les deux.

— Savez-vous ce qu'il en a fait ? demanda Matt.

Mr Pitt versa une petite quantité de poudre brune sur la balance, puis ajouta une autre cuillerée.

— Non. Il faudrait lui poser la question.

— Il a détruit tous les flacons et toutes les étiquettes.

— Alors il va le vendre sous son propre nom, c'est ça ?

Il versa un peu plus de poudre sur la balance pour la peser.

— Ça ne m'étonne pas de lui. Oakshot se soucie plus de la quantité que de la qualité. Ses remèdes sont bon marché, mais il les produit à une si grande échelle qu'il en tire tout de même un bénéfice confortable. Il a pu acheter l'élixir à très bas prix. Même en déduisant ce que ça a dû lui coûter pour le mettre dans ses propres flacons avec ses propres étiquettes, il économise tout de même sur les coûts de production.

— Il a versé l'élixir dans les égouts.

Il leva les yeux de sa balance.

— Pourquoi ?

— Parce qu'il détestait le Dr Hale et qu'il voulait qu'il ne reste plus aucune trace de lui.

Mr Pitt cligna lentement des yeux.

— Grands dieux. Je savais que la mort de sa femme l'avait

bouleversé, mais j'ai toujours cru qu'il faisait passer les affaires avant tout le reste. Je me suis trompé, on dirait.

À l'aide d'un fin bâtonnet, il transvasa la poudre dans un bol qu'il mit de côté.

Je fis quelques pas à travers la boutique. C'était un endroit assez intéressant, avec ses flacons et bocaux colorés et son comptoir en bois poli luisant garni de nombreux tiroirs. Même l'odeur était divine. Comme Matt ne posait pas d'autres questions, je me retournai vers eux pour en connaître la raison. Mr Pitt me regardait, et Matt regardait Mr Pitt. Sentant mon visage s'embraser, je reportai mon attention sur les pots de crème pour le visage dont l'empilement formait une pyramide sur la table, au milieu de la boutique.

— Avez-vous prévu un autre produit pour remplacer l'élixir ? demandai-je. Il s'était si bien vendu que ce serait dommage de ne pas essayer de fabriquer autre chose qui aurait tout autant de succès.

— Il se vendait bien parce qu'il portait le nom de Jonathon, dit Mr Pitt. Maintenant, il n'est plus là, et je ne peux plus utiliser son nom.

— Il n'est plus là, et sa magie a disparu, dit Matt en soupirant. Elle a sans doute joué un rôle dans le succès de votre élixir.

— Vous pouvez faire toutes les suppositions que vous voudrez, mais je n'en suis pas sûr. La seule personne qui aurait pu vous dire s'il avait imprégné certains flacons d'élixir de sa magie, c'était Jonathon lui-même. Et pour ce qui est de mes éventuels projets pour le remplacer par autre chose, la réponse est non. Vous aurez peut-être du mal à me croire à cette époque où les entreprises cherchent à tout prix à accroître leurs profits, mais je préfère garder une entreprise à taille humaine. J'ai une clientèle loyale, et cela me suffit. Je n'ai pas besoin de la gloire dont rêvait Jonathon ni de m'enrichir comme cherche à le faire Oakshot. Tout ce que je veux, c'est mener une vie paisible et sereine ici, à servir mes clients.

— C'est très rare, pour un commerçant, dit Matt.

— En effet.

Mr Pitt prit son mortier et son pilon et se mit à moudre des ingrédients.

— Oakshot vous a-t-il dit qu'il avait proposé de me racheter ma boutique ?

— Vous ne voulez pas vendre ? lui demandai-je.

— Ni à lui, ni à personne. Que deviendrais-je, Miss Steele ? me demanda-t-il avec un sourire qui s'effaça rapidement. Je me demande pourquoi Oakshot ne vous l'a pas dit.

Peut-être craignait-il d'avoir l'air encore plus suspect ? Acheter ce qu'il restait d'élixir, c'était une chose, mais racheter le fonds de commerce d'un concurrent, c'était très différent.

Matt inspecta le coffret à remèdes qui était près de son coude. Il en ouvrit le couvercle et les tiroirs, inspectant les flacons de médicaments exposés là pour mettre le meuble en valeur.

— Vous auriez peut-être dû l'envisager, dit-il à Mr Pitt. Sans l'Élixir Miracle, et avec le coup porté à votre réputation par la mort de Hale, vous risquez de voir baisser votre chiffre d'affaires.

Il sortit de l'un des tiroirs un sachet rempli de poudre et en lut l'étiquette.

Mr Pitt le lui arracha des mains et fusilla Matt du regard avec tant de hargne que Matt recula, les mains levées.

La clochette au-dessus de la porte tinta et une femme vêtue d'une robe noire et blanche toute simple entra. Elle s'arrêta juste après avoir franchi le seuil, dévisageant Matt d'un air stupéfait. Puis elle le salua d'un signe de tête et fit une rapide révérence.

— Bonjour, Mr Glass, dit-elle.

— Bonjour, dit-il en passant devant elle. Vous n'avez pas besoin de ça, India, me dit-il.

— Je vous demande pardon ?

Concentrée sur l'inconnue, j'avais oublié que je tenais entre les mains un pot de crème, jusqu'à ce qu'il montre du doigt une ligne sur l'étiquette où il était écrit : EMBELLIT LE TEINT.

— Votre teint est déjà très bien comme il est.

Il me prit le pot des mains et le reposa au sommet de la pyramide.

— Bonne journée, Mr Pitt.

Mr Pitt nous fit un signe de la main depuis le comptoir où se tenait à présent l'inconnue, qui examinait un assortiment de flacons bleus. La clochette au-dessus de la porte tinta quand nous sortîmes.

— Qui était-ce ? demandai-je à Matt.

Il regarda la porte fermée en fronçant les sourcils.

— Je ne m'en souviens pas, mais son visage me dit quelque chose.

— Elle avait l'air de vous connaître, en tout cas. C'est peut-être une de vos anciennes conquêtes, dis-je en sachant pertinemment que ce n'était pas le cas. J'étais tout à fait certaine que Matt n'avait pas eu ne serait-ce que l'ombre d'une aventure depuis que je l'avais rencontré, c'est-à-dire pratiquement depuis son arrivée à Londres.

Cependant, cette taquinerie sembla avoir peu d'effet sur lui. Il gardait la même expression troublée.

— En général, je m'en souviens, dit-il, l'air distrait.

— En général ?

Ses joues prirent une teinte rosée.

— Toujours, je veux dire. Je me souviens toujours de mes anciennes conquêtes.

— Comment ? *Toutes* ? Ça alors, vous devez avoir une excellente mémoire !

Il ouvrit la portière de la voiture et me tendit la main pour m'aider à monter sur le marchepied.

— Très amusant, India. Elles n'ont pas été si nombreuses que ça. Pour tout vous dire, il y en a eu très peu, et il n'y a jamais rien eu de sérieux.

— Je trouve que vous vous défendez un peu trop fort pour être totalement innocent.

Il replia le marchepied et monta en voiture. Son visage se rapprocha assez du mien pour me permettre de voir une lueur malicieuse dans ses yeux.

— Et moi, je trouve que vous faites un peu trop d'efforts pour m'amener à parler de mon passé, alors qu'il vous suffirait de me poser la question franchement.

Il s'assit en face de moi et me décocha un sourire charmeur.

— Je vous dirai tout ce que vous voudrez savoir.

Je tâchai d'adopter la même attitude nonchalante que lui, mais quelque chose me dit que je n'y parvins pas.

— Bien sûr que non, je ne veux rien savoir. Pourquoi vous demanderais-je une chose pareille ?

Son sourire s'élargit.

Bryce s'engagea dans Park Street et Matt se tourna vers la fenêtre pour scruter les environs. Ma montre, suspendue à sa chaîne autour de mon cou, se mit à sonner.

Nous la regardâmes tous les deux, interdits. Elle recommença à sonner et commença à vibrer.

Matt frappa plusieurs coups au plafond.

— Ne vous arrêtez pas ! cria-t-il.

Mais avec la vitre remontée, Bryce n'avait sans doute pas entendu. La voiture commença à ralentir en approchant du numéro seize. Matt fit mine d'ouvrir la fenêtre mais je lui saisis le bras.

— C'est trop dangereux, lui dis-je.

Comme pour confirmer mes dires, ma montre sonna à nouveau. Je la serrai de toutes mes forces. Elle émettait une pulsation qui chauffait doucement au creux de ma main, battant régulièrement au rythme des secondes.

— Je ne vais pas sortir, dit Matt. Je veux seulement lui dire de continuer de rouler pour que nous puissions voir qui est là. Et vous, surveillez le...

Un coup de feu retentit.

Des éclats de bois volèrent et les chevaux hennirent de terreur.

— Baissez-vous !

Matt voulut plonger pour me couvrir de son corps, mais les chevaux effrayés s'emballèrent et la voiture bondit brusquement en avant. Il tomba en arrière et la secousse me fit atterrir à côté de lui sur la banquette.

Bryce hurla des ordres aux chevaux, mais leur allure ne fit que s'accélérer. Matt m'aida à me rasseoir, puis il me passa un bras autour de la taille pour me stabiliser. Les cris de Bryce étaient de plus en plus paniqués, ce qui n'aidait en rien à calmer les bêtes. Le bout de la rue ne devait plus être très loin. *Oh, mon Dieu.*

— Accrochez-vous !

Au moment précis où Matt avait crié ces mots, la voiture fit une embardée sur la droite.

La cabine bascula de côté. Tout s'enchaîna si vite que je remarquai à peine que Matt m'avait fait passer par-dessus ses genoux pour changer de place avec moi. Il reçut l'impact de plein fouet, se servant de son corps pour amortir ma chute.

Mais son corps était dur, et l'impact violent. Mon côté droit en fit les frais, venant s'écraser contre Matt, la banquette et les parois de la voiture. Une douleur aiguë transperça mon épaule et ma hanche, et j'avais l'impression que mon cœur allait bondir hors de ma poitrine. Je n'arrivais plus à respirer.

Mes oreilles résonnèrent du fracas assourdissant du carrosse s'écrasant sur la route, noyant mes cris et les gémissements de Matt. Le verre vola en éclats et le bois craqua. Puis j'entendis le grincement atroce et impitoyable de l'attelage que les chevaux traînaient sur le côté en essayant toujours de fuir. Bryce… Oh mon Dieu.

Dehors, quelqu'un hurla.

Je me relevai péniblement et m'écroulai à nouveau sous l'effet de la douleur fulgurante qui, partant de mon épaule, rayonnait jusqu'au milieu de mon dos et tout le long de mon bras. Matt était étendu sous moi, les yeux fermés. Il ne bougeait pas.

— Matt ?

Je parvins à me décoller de lui malgré le frémissement de la cabine. Je collai mon oreille contre ses lèvres. Rien. Il ne respirait pas.

— Matt !

Je posai la main sur son torse, au niveau de son cœur. Il ne battait plus du tout.

— MATT !

Je saisis son visage à deux mains, le tournant vers moi.

L'arrière de sa tête était tout poisseux de sang qui maculait les éclats de verre de la vitre sur laquelle elle reposait.

CHAPITRE 15

Quelque chose coulait de mon visage. Du sang ? Des larmes ?

Je contemplai le corps sans vie de Matt et un abîme de chagrin s'ouvrit en moi. Il m'engloutit tout entière, entraînant dans ses profondeurs tout mon courage, mon espoir et même mon âme.

La voiture ralentit et finit par s'arrêter. Je perdis l'équilibre et retombai sur Matt. Je me mis à sangloter sur sa poitrine.

Ma montre fit entendre une sonnerie, puis une deuxième. Elle était toujours pendue autour de mon cou, où elle chauffait maintenant si fort que j'en sentais la brûlure à travers plusieurs couches de vêtements. Était-ce un autre avertissement ? L'assassin était-il revenu pour s'assurer que son œuvre était accomplie ?

C'est alors que je sentis une autre chaleur, qui ne venait pas de ma montre, mais d'un point en dessous de moi. Elle provenait de la poche intérieure de la montre de Matt. Ma montre se remit à sonner sans discontinuer, si fort que je l'entendais clairement par-dessus les cris des badauds au-dehors.

La montre de Matt ! Je tâchai maladroitement de déboutonner sa veste et son gilet, mais mes doigts tremblants n'arrivaient pas à défaire les boutons. J'ouvris ses vêtements d'un geste brusque, faisant voler les boutons tout autour de nous.

La chaleur de nos montres, en se combinant, alluma en moi un brasier, comme si elles communiquaient par mon intermédiaire.

Je sentis la voiture basculer et j'entendis une voix demander s'il y avait quelqu'un à l'intérieur, mais je ne répondis pas, trop occupée à ouvrir le boîtier de la montre, à retirer le gant de Matt et à la lui presser au creux de la main. La lueur violette qu'émettait la montre s'infiltra sous sa peau, coulant dans ses veines pour ressortir au-dessus de son col, remonter le long de sa gorge et atteindre son visage.

Sa poitrine se souleva et il prit une inspiration soudaine. Ses yeux s'ouvrirent brusquement et il me regarda, désorienté.

Je fondis en larmes et serrai sa main dans la mienne pour l'empêcher de lâcher sa montre trop tôt.

— Madame ? appela un homme derrière moi. Madame, vous n'avez rien ?

Je protégeai Matt de mon corps et lui souris à travers mes larmes. Mon sourire devait être tordu et tremblant, mais ça m'était bien égal. Je posai la main à plat sur son torse et remerciai en silence Dieu, Chronos et le Dr Parsons pour les battements réguliers de son cœur.

Il leva une main jusqu'à mon visage.

— Vous saignez, dit-il.

À peine revenu d'entre les morts, sa première pensée était de s'inquiéter pour moi ? Mes sanglots ne firent que redoubler.

— Madame, laissez-moi vous aider.

Je sentis une main sur mon épaule et laissai échapper un cri de douleur.

— India ?

Matt referma rapidement le boîtier de sa montre et ses veines reprirent leur aspect normal. Il se redressa, et c'est à ce moment-là que je réalisai que j'étais toujours assise sur lui.

— India, vous êtes blessée.

Je levai les yeux vers les deux hommes juchés sur le flanc de la voiture de part et d'autre de la portière ouverte. Je saisis leurs mains et ils m'aidèrent à m'extraire de l'habitacle, puis me confièrent à quelqu'un d'autre qui se tenait sur la route.

— Venez avec moi, Miss Steele, fit la voix familière de Bristow. Nous allons rentrer à la maison et envoyer chercher le docteur. Est-ce que Mr Glass… ?

— Il va bien, dis-je en me cramponnant au majordome pour ne pas tomber. Il m'a sauvé la vie.

Bristow regarda derrière moi et me confia à quelqu'un d'autre. Quelqu'un dont l'odeur et les bras m'étaient familiers. Quelqu'un que je devinais vigoureux et indemne, et pas du tout à l'article de la mort. Matt me prit dans ses bras et je me blottis contre lui, la tête calée sous son menton.

— Bristow, supervisez les opérations ici.

La voix grave de Matt que je sentais vibrer à travers moi m'apaisa un peu. Il était vivant, Dieu merci.

— Et Bryce ? demanda-t-il.

— Peter est auprès de lui en ce moment même, répondit Bristow. Je ne sais pas encore comment il va, Monsieur.

— Veillez à ce qu'il reçoive tous les soins nécessaires. Et ma tante ?

— Miss Glass est sortie.

— Voilà au moins une bonne nouvelle, marmonna Matt.

Je faillis succomber à une soudaine nausée. Je m'efforçai de respirer à un rythme régulier et de calmer l'anxiété qui m'envahissait, mais c'était au-dessus de mes forces. Quand je cessai enfin de pleurer, je m'aperçus que j'étais prise de tremblements. Je n'arrivais plus à m'arrêter.

Matt me porta jusque dans la maison, où Mrs Bristow prit le relais, chargeant sa fille d'aller chercher des linges propres.

— Polly est déjà partie chercher le médecin en attendant, déclara-t-elle à Matt. Portez Miss Steele jusqu'à sa chambre, et je viendrai… Monsieur ! Votre tête. Elle est pleine de sang à l'arrière. Êtes-vous gravement blessé ?

— Je vais bien, dit-il.

Il monta les escaliers, me portant toujours, et me posa avec précaution sur mon lit. Il s'assit à côté de moi sur le matelas.

— India, dites quelque chose. Vous êtes bien trop silencieuse.

J'ouvris les yeux et le regardai. C'était merveilleux de le voir ainsi, malgré le sang, ses cheveux décoiffés et les profondes rides d'inquiétudes qui lui barraient le front.

— Ce n'est pas dans mes habitudes, d'être aussi silencieuse ?

Il porta ma main à ses lèvres et sourit, la bouche tout près de mes doigts.

— J'aime mieux ça.

Je voulus me redresser et, malgré la douleur que je ressentais sur tout mon côté droit, je parvins à m'asseoir avec son aide. La nausée avait disparu, Dieu merci, et j'avais l'air d'avoir retrouvé un esprit totalement lucide.

— Votre montre, dis-je sans trop savoir quoi ajouter. Elle... elle vous a sauvé.

— C'est à cela qu'elle sert

— Oui, mais...

Mrs Bristow entra avec du thé et, derrière elle, sa fille, les bras chargés de serviettes. Elle ordonna à Matt de sortir et, l'espace d'un instant, je crus qu'il allait refuser, mais voyant que Mrs Bristow commençait à déboutonner ma veste, il s'éclipsa et referma la porte derrière lui.

L'intendante essuya le sang qui avait coulé d'une entaille sur ma joue et examina mes blessures. Le médecin arriva un peu plus tard et procéda à une nouvelle auscultation, plus complète. Il déclara que je n'avais rien de cassé, mais que les contusions sur ma hanche et mon épaule mettraient quelques semaines à se résorber. Quant à la douleur, elle devrait diminuer d'ici un jour ou deux.

Il partit chercher Matt, et on me laissa seule pour me reposer. Mais cela m'était impossible. Mon esprit était assailli de questions sur Matt, Bryce, les chevaux, sans parler du tireur.

Au bout d'une heure, j'abandonnai et enfilai une jupe, une chemise et un gilet, sans corset. Mon corps me paraissait un peu trop endolori et sensible pour réussir à en mettre un. Je drapai mes épaules dans mon nouveau châle pour cacher ma tenue débraillée et je descendis. Je trouvai Matt dans le salon, entouré de Willie, Duc, Cyclope et de sa tante.

— India !

Miss Glass me tendit les bras mais Willie fut plus rapide.

— J'ai un peu mal, l'avertis-je avant qu'elle ne me serre contre elle.

Elle me considéra de la tête aux pieds, les mains en l'air, cherchant un endroit où me toucher. Je les saisis entre les miennes et lui souris. Elle me rendit mon sourire, mais le sien tremblait quelque peu. Ses yeux s'emplirent de larmes. Elle se dégagea et essuya rageusement ses larmes sur sa manche. À ma grande surprise, elle ne dit rien.

Miss Glass tapota la place à côté d'elle sur le sofa.

— Venez vous asseoir près de moi, India. Vous avez une mine épouvantable. Votre pauvre visage !

Elle inspecta l'entaille sur ma joue en fronçant les sourcils.

— Le médecin a dit à Matthew que ça ne laisserait pas de cicatrice.

— Vous avez vu le médecin ? lui demandai-je.

Il opina.

— Avez-vous mal ?

— Non, pas trop, mentis-je.

Duc me tendit une tasse de thé et Cyclope me proposa un scone. J'acceptai les deux et grignotai le scone en buvant de petites gorgées de thé avant de les reposer.

— Voulez-vous bien cesser de tous me dévisager comme ça ? demandai-je. Et de me traiter comme une enfant, ajoutai-je à l'intention de Miss Glass, qui venait de retirer le coussin qu'elle avait derrière le dos pour me le donner.

— Vous avez traversé une épreuve terrible, répliqua-t-elle sèchement. Et nous aussi, d'ailleurs. Nous avons bien le droit de vous dorloter un peu...

Sa voix se brisa et elle se mordilla la lèvre inférieure.

Je me penchai en avant et elle plaça le coussin derrière mon dos.

— Et vous, vous n'avez rien ? demandai-je à Matt en sachant pertinemment qu'il avait été gravement blessé. Néanmoins, il semblait sain et sauf. Il se déplaçait avec aisance, sans même montrer le moindre signe de douleur.

— On dirait que j'en suis sorti indemne, dit-il. J'ai à l'arrière du crâne une légère égratignure qui ne me gêne pas.

Une légère égratignure, bien sûr.

— Matthew a une solide constitution, affirma fièrement Miss Glass. Il faut plus qu'un accident ou une maladie pour avoir raison de lui.

— Ma tante, la gronda-t-il gentiment. Ça suffit.

— Et India aussi, dit-elle en me tapotant le bras. Regardez-la ! Elle est déjà remise sur pied. Vos cousines restent alitées toute une semaine au moindre rhume.

— Et Bryce ? demandai-je.

Matt baissa la tête et se passa les deux mains dans les cheveux.

— Il est mort sur les lieux de l'accident. Je suis allé prévenir sa famille pendant que vous vous reposiez. Les autres domestiques sont bouleversés, mais ils ont refusé de prendre le reste de leur journée. Mrs Bristow dit qu'ils préfèrent être là pour nous en ce moment difficile.

Je portai une main à ma poitrine et une boule se forma dans ma gorge. Rien de ce que j'aurais pu dire n'aurait soulagé la peine de qui que ce soit. Pauvre Bryce !

— Qu'est-ce qui a bien pu effrayer ainsi les chevaux ? demanda Miss Glass après un long silence. Les voisins affirment avoir entendu un grand bruit. Qu'était-ce donc, à votre avis ?

Matt et moi gardions le nez dans notre tasse de thé.

— J'ai même entendu dire que c'était un coup de feu, poursuivit-elle.

Cyclope, Duc et Willie e tournèrent tous vers elle.

— Tu devrais faire attention, Harry, reprit Miss Glass d'une voix tremblante. L'Amérique est une contrée barbare, tu sais. Dépêche-toi de rentrer en Angleterre. C'est trop dangereux, là-bas.

— Je pense que vous devriez aller vous reposer, ma Tante, dit Matt en lui prenant le bras.

Cyclope alla chercher Bristow et Polly.

— Merci, Harry. Veronica ? Où est ma femme de chambre ?

Miss Glass m'aperçut et sourit.

— Ah, vous voilà.

— Je vous rejoins tout de suite, lui dis-je gentiment.

Matt sortit de la pièce avec elle et revint au bout de quelques minutes. Il s'assit à la place qu'elle avait laissée libre à côté de moi.

— Vous feriez peut-être mieux de remonter dans votre chambre, vous aussi, me dit-il. Vous êtes toute pâle.

— Vous aussi, mais je suppose que vous avez l'air plutôt en forme, pour quelqu'un qui vient de mourir dans cette voiture.

Ma réaction provoqua une avalanche de questions de ses trois amis. Il me fit les gros yeux, mais je ne regrettais pas de les avoir informés. Ils méritaient de savoir.

Il finit par lever une main pour leur intimer le silence.

— J'ai utilisé ma montre, dit-il. Ou India me l'a mise dans la main, j'imagine.

Je leur racontai ce qui s'était passé dans la voiture, sans omettre le moindre détail.

— Vous n'avez pas l'air d'avoir de séquelles, Matt, dis-je pour finir. Je n'avais pas réalisé que votre montre pouvait guérir d'autres blessures ou maladies.

— Moi non plus, dans un premier temps, dit-il. Le Dr Parsons supposait qu'elle pourrait me guérir de n'importe quel mal, mais c'est la première fois que sa théorie est vraiment mise à l'épreuve.

Je pris son menton et lui fis tourner la tête pour examiner l'arrière de son crâne. La plaie s'était complètement refermée, ne laissant qu'une cicatrice. Il avait nettoyé une partie du sang, mais il en restait encore un peu.

— On dirait bien qu'il avait vu juste, murmurai-je. Dieu merci.

— Amen, ajouta Willie.

— Mais...

Je me mordis la lèvre, laissant ma phrase en suspens. Je n'osais pas poser la question qui me brûlait les lèvres.

Il me regarda en haussant les sourcils.

— Je sais ce que vous allez dire. Vous vous demandez si je suis immortel ? La réponse est non. Le Dr Parsons a dit que je mourrais un jour. La montre n'empêchera pas mes organes de vieillir. Mon corps sera sujet aux changements naturels qui surviennent avec le temps.

— Mais d'ici là... vous resterez en vie en dépit de toutes les maladies que vous pourriez attraper ou tous les accidents qui pourraient vous arriver.

— Sauf si la montre cesse de fonctionner, ou si je ne peux pas l'atteindre à temps. Je ne peux pas survivre indéfiniment si le sang ne circule pas dans mes veines ou si mes poumons sont privés d'air.

Cette déclaration mit comme un poids sur mes épaules. Je ne pouvais m'empêcher de penser à ce qui serait arrivé si je n'avais pas réussi à lui mettre sa montre dans la main à temps, ou si elle s'était cassée dans l'accident. Je portai ma main tremblante à mes lèvres et tâchai de retenir mes larmes.

— C'est un miracle, murmura Willie.

— C'est de la magie, dit Cyclope. Une magie exceptionnelle.

— À ton avis, qu'est-ce qui a effrayé les chevaux ? demanda Duc. Un coup de feu, comme le pense Miss Glass ?

Matt confirma d'un signe de tête.

— Il doit y avoir une balle logée dans le carrosse. Je n'ai pas vu qui a tiré. India ?

Je secouai la tête.

— Encore Coyle, j'imagine.

— Ce serait logique, vu la façon dont s'est passé notre dernier face-à-face avec lui.

— Il a dépassé les bornes.

Willie se leva d'un bond et tira de sa ceinture un petit pistolet, nettement plus petit que son Colt habituel. Il doit être plus facile à cacher, supposai-je.

— Qui vient avec moi lui dire deux mots ?

— Assieds-toi, lui ordonna Matt. Personne n'ira parler à Coyle. Ça ne servirait à rien. Il niera tout, et sans preuve tangible, la police ne fera rien. Et d'ailleurs, il y a toujours une possibilité pour que ce ne soit pas lui.

— Qui veux-tu que ce soit d'autre ? demanda-t-elle en rangeant son pistolet.

— N'importe qui, parmi nos suspects, qui s'avérerait être l'assassin de Hale. Nous les avons tous interrogés à nouveau récemment. Cette attaque était un peu différente de la première, ajouta-t-il. Elle était plus lâche, il a agi de loin. Il est possible que ce soit la technique du nouvel homme de main de Coyle, ou alors c'est la façon d'agir d'un empoisonneur.

— Alors ça pourrait être n'importe qui, commenta Duc, écœuré. On n'est pas plus avancés.

— Et on en restera là de toute façon, dit Matt. Notre implication dans cette enquête est terminée. Coyle, ou celui qui nous a tiré dessus, a gagné. C'est à la police de capturer l'assassin, maintenant.

Il leva les yeux vers moi et inspira profondément.

— Je ne veux pas prendre un tel risque.

Personne ne chercha à le contredire.

Je repoussai ma tasse de thé.

— Il me faut quelque chose de plus fort.

— Du brandy, dit Duc. Pour nous tous.

* * *

Le dîner se fit sans façon dans la salle à manger, dans une atmosphère lugubre qui pesait sur tout le monde. Matt annonça calmement son intention de verser une pension à la famille de Bryce, et nous décidâmes d'aller en parler à son avocat dans deux jours, en espérant que d'ici là, je pourrais me déplacer plus facilement, ce qui permettrait à l'avocat de mettre en place la pension ainsi que mon acquisition de la maison de Willesden.

Après le dîner, Cyclope, Duc et Willie jouèrent aux cartes dans le salon tandis que je m'assis pour lire avec Matt à mes côtés. Du moins, c'était mon intention, mais je ne parvins pas à me concentrer sur ma lecture, et Matt finit par prendre la parole.

— Je n'ai pas eu l'occasion de vous remercier, dit-il. Vous m'avez sauvé la vie, India, et j'ignore comment vous témoigner ma gratitude.

— Vous avez sauvé la mienne en encaissant la majeure partie du choc. Et d'ailleurs, c'est votre montre qui vous a sauvé la vie, pas moi.

— Ce n'est pas moi qui l'ai sortie de ma poche, c'est vous. Aviez-vous deviné que cela pourrait marcher ?

— Ma montre me l'a fait savoir, en quelque sorte. À vrai dire, je crois qu'elle a communiqué avec la vôtre.

Je haussai les épaules.

— Je ne sais pas. Je n'en garde qu'un souvenir très flou.

Il baissa la tête et se pinça l'arête du nez.

— J'aurais dû tout arrêter après la première menace. C'est ma faute.

— Mais non. Moi aussi, je voulais continuer. J'y tenais même plus que vous.

Il se massa le front comme s'il était en proie à une migraine à lui fendre le crâne.

— Je signalerai l'incident à Brockwell demain. Il ne pourra sans doute pas y faire grand-chose, mais il faut qu'il le sache.

— Vous avez mal à la tête, n'est-ce pas ?

Il baissa sa main.

— Un peu.

— Ça a l'air d'être plus qu'un peu. Vous devriez aller vous coucher.

— D'accord, à condition que vous en fassiez autant.

— Ce n'est pas le moment de jouer à qui s'obstinera le plus longtemps, Matt. Mais puisque je pense être prête à me reposer, je vais aller me coucher aussi. La journée a été longue.

Il m'escorta dans l'escalier, bien que je lui aie assuré que j'étais parfaitement capable de monter les marches toute seule. Ma hanche me faisait encore un peu souffrir, mais ce n'était rien comparé au trouble qui régnait dans mon cœur. Il se mit à palpiter frénétiquement dans ma poitrine lorsque nous nous arrêtâmes devant ma porte. Il avait ce soir quelque chose de différent chez Matt, dans son attitude taciturne et son regard intense. Je ne savais trop quelles conclusions en tirer.

— Bonne nuit, dis-je sans me retourner pour le regarder.

Il passa son bras derrière moi et empoigna la poignée de ma porte.

— India.

Le souffle de son murmure frôla ma joue et mon cœur recommença à bafouiller. Il repoussa mes cheveux en arrière, dégageant mon épaule.

Je retins mon souffle, m'attendant à ce qu'il m'embrasse dans le cou, mais ce baiser ne vint pas.

Je me tournai à demi, et je le regrettai aussitôt. Ses yeux voilés étaient fixés sur moi avec une intensité qui me donnait l'impression qu'il pouvait voir tout au fond de mon cœur, de mon esprit, de mon âme, et qu'il savait ce que j'éprouvais pour lui. Et pourtant, il ne m'avait pas embrassée.

— C'était une journée... très éprouvante, dit-il. Quand vous étiez là-haut et que j'étais en bas, à attendre le rapport du médecin... c'est un sentiment que j'espère ne plus jamais éprouver.

— Ce n'était pas spécialement agréable non plus de vous regarder mourir dans ce carrosse, répondis-je d'une voix étranglée.

Il prit mon visage entre ses mains et me caressa la joue avec son pouce. Mon cœur interrompit soudain son rythme échevelé et me parut devenir dix fois plus gros. Je fis un effort surhumain pour penser à toutes les raisons que j'avais de le repousser, mais je n'en trouvai aucune. Mon esprit était totalement vide.

Et alors, il était trop tard. Il m'embrassa.

C'était un baiser doux et tendre, un peu hésitant aussi. Ce n'était pas vraiment le baiser d'un amant, mais après tout, à quoi était censé ressembler le baiser d'un amant ? Je n'y connaissais rien. C'était mon premier véritable baiser, et je le partageais avec un homme qui comptait énormément pour moi. Un homme que j'admirais et que j'appréciais, peut-être même un homme que j'aimais. Un homme qui m'était interdit, un homme d'un statut social si loin au-dessus du mien qu'il n'aurait *jamais* dû m'embrasser ainsi.

Et pourtant, je ne me dérobai pas. Au diable les convenances et les principes ! J'avais envie de ce baiser, de cet homme, et je voulais savoir ce que cela faisait, d'être désirée. Il était pratiquement impensable que Matt puisse me désirer, et pourtant, voilà qu'il m'embrassait avec la même ardeur que celle avec laquelle je lui rendais son baiser.

Toutes les émotions de l'après-midi m'emportèrent comme un raz-de-marée qui noyait la voix de la raison. Il n'y avait plus que Matt et moi, et ce baiser plein de douceur qui, je l'espérais, deviendrait passionné.

Je lui passai mes bras autour du cou, plaquant mon corps contre le sien. Mon châle glissa et je pris conscience de ma conduite dévergondée et de ma tenue indécente, avec seulement ma chemise et un gilet pour couvrir mes seins. Il devait les sentir, et les battements frénétiques de mon cœur aussi.

Il posa une main sur ma hanche et je laissai échapper contre ses lèvres un cri de douleur.

Il mit fin à notre baiser.

— Mon Dieu, j'avais oublié. Est-ce que je vous ai fait mal ?

— Non.

— J'ai dû vous faire mal, autrement vous n'auriez pas crié comme ça.

— Ce n'est rien. Je vais bien.

Je n'allais pas bien, mais ce n'était pas ma hanche qui me faisait souffrir. Je restai là, l'âme tout endolorie, le goût de son baiser encore sur mes lèvres, et l'écart entre nous se creusait. Je voyais le désir s'éteindre dans ses yeux, remplacés à chaque seconde qui passait par un peu plus d'incrédulité et de regret. Il garda le silence un long moment, mais il n'avait pas besoin de parler pour me faire perdre peu à peu mon assurance. Je croisai les bras sur ma poitrine, remettant en place les coins de mon châle.

— India, je suis désolé.

Il passa nerveusement ses doigts dans ses cheveux.

— Je ne sais pas ce qui m'a pris.

J'ignorai son inquiétude, cherchant une répartie spirituelle, mais sans succès. Je ne savais pas ce que je voulais lui dire. Devais-je lui dire que je voulais recommencer à l'embrasser ? Ou devais-je faire semblant de ne pas en avoir envie ? Faire comme si tout irait bien entre nous le lendemain matin ? Ou lui dire que tout avait changé, désormais ?

— Bonne nuit, Matt.

J'ouvris ma porte et m'engouffrai dans ma chambre. Je la refermai sans un regard en arrière.

* * *

LE LENDEMAIN MATIN, quand je me levai, Matt et les autres étaient déjà sortis. Je pris un petit déjeuner léger avec Miss Glass dans ses appartements, puis je lui lus le journal. Toutefois, elle n'avait pas l'air de m'écouter. Incapable de me concentrer, je sautai quelques mots et même, une fois, tout un paragraphe. Elle continua de contempler la rue au-dehors par la fenêtre sans faire le moindre commentaire. Peut-être les événements de la veille l'avaient-ils tellement troublée qu'elle n'arrivait pas à penser à autre chose.

Comme je la comprenais ! Entre la mort de Bryce, mes blessures, la résurrection de Matt et le baiser, j'avais moi-même l'esprit plongé dans le chaos le plus total. Heureusement, Miss Glass n'était pas au courant pour le baiser. Je n'aurais pas pu supporter qu'elle me sermonne sur l'importance pour Matt de faire un bon mariage. Il faudrait que je lui demande de ne pas en parler à sa tante. Ni à personne d'autre, d'ailleurs.

Il était possible qu'il en soit déjà arrivé à la même conclusion, ce qui expliquait son absence. Du moins, je l'espérais. Plus cette conversation serait courte, mieux cela vaudrait.

Miss Glass s'avança sur sa chaise et regarda juste au-dessous d'elle dans la rue.

— Quelqu'un arrive, dit-elle. Un monsieur.

— Ce doit être pour Matt, dis-je.

Mais un instant plus tard, Peter annonça qu'Oscar Barratt demandait à me parler au salon.

— Lui avez-vous dit que Mr Glass était absent ? lui demandai-je.

— Oui, Madame. Il a insisté pour vous parler, m'assurant que c'était tout aussi bien.

— Venez, India.

Miss Glass se leva et me tendit la main.

— Je vous servirai de chaperon.

— Je ne pense pas avoir besoin d'un chaperon pour parler à Mr Barratt.

Elle m'effleura le menton et inspecta l'entaille que j'avais sur la joue.

— Vous êtes assez présentable.

— Présentable ? Mais présentable pour quoi ?

— Pour lui plaire.

— Miss Glass !

— Ne faites pas semblant d'être offensée, India, je vous connais trop bien pour cela. Ce monsieur est peut-être parfait pour vous.

— Vous ne l'avez jamais rencontré, protestai-je en lui emboîtant le pas.

— Eh bien, ce sera l'occasion. Elle se mit en route en se tenant si droite que c'en était intimidant. Elle s'était fixé pour mission de jouer les entremetteuses, et aucun obstacle ne l'arrêterait.

— Miss Steele !

Mr Barratt se leva du fauteuil près du feu où il était assis et m'adressa un sourire radieux.

— Si vous saviez comme je suis soulagé de vous voir en si bonne santé. J'ai lu ce matin dans le journal que vous aviez eu un accident. L'article disait que vous alliez bien et j'espérais que c'était vrai, et que votre état ne s'était pas aggravé pendant la nuit. Je suis très heureux de voir que vous n'avez rien, hormis cette égratignure.

— Merci, Mr Barratt. Comme vous pouvez le voir, je vais bien. Ce n'est qu'une égratignure superficielle.

Je le présentai à Miss Glass. Après un bref échange de politesses, elle s'assit sur le sofa et ne dit plus un mot.

— J'ai lu que votre cocher était mort, reprit Mr Barratt après s'être rassis dans son fauteuil. Ça a dû être un terrible accident.

— En effet.

— Et pourtant vous voilà, pratiquement indemne. C'est remarquable.

— J'ai tout de même quelques contusions, précisai-je d'un ton pincé. Mais rien de grave.

Il grimaça et haussa les épaules comme pour s'excuser.

— Je suis navré, Miss Steele. Je ne voulais pas vous faire l'effet d'un journaliste en quête d'informations. C'est une fâcheuse habitude que j'ai. Je voudrais que nous soyons amis, étant donné que nous avons...

Il lança un regard en coin à Miss Glass avant de continuer :

— ... des choses en commun.

— J'accepte bien volontiers votre amitié, dis-je. C'est également ce que je souhaite.

Il rougit imperceptiblement. Cela lui donnait un air vulnérable qui me le rendait un peu plus sympathique.

— Parlez-moi de cet accident, dit-il. Dans le journal, j'ai lu que quelque chose avait effrayé les chevaux, mais l'article ne précisait pas ce que c'était. On dit que Mr Glass en est sorti sain et sauf, lui aussi. J'espère que c'est vrai.

— Il n'est pas blessé, lui dis-je.

— Ravi de l'apprendre.

— Quant à ce qui a effrayé les chevaux, nous avons entendu un coup de feu.

— On vous a *tiré dessus* ?

— C'est très probable, étant donnée la façon dont s'était déroulée notre récente confrontation avec l'homme de main de Coyle. Nous ne sommes pas entièrement sûrs que le tireur ait un lien avec Coyle, mais quoi qu'il en soit, c'était assurément quelqu'un qui cherchait à nous empêcher d'enquêter sur le meurtre du Dr Hale.

— Cela paraît logique, oui.

Il se passa une main sur la mâchoire en secouant lentement la tête comme s'il n'arrivait pas à y croire.

— Alors vous allez arrêter, maintenant, n'est-ce pas ?

Je confirmai d'un hochement de tête.

— Matt a insisté.

Il pencha légèrement la tête sur le côté avec une expression perplexe sur son beau visage.

— Vous n'avez pas l'air d'approuver.

Je sentis le regard insistant de Miss Glass me percer le côté de la tête. Je n'osai pas me tourner vers elle de peur de le recevoir de plein fouet.

— Si, il a raison, dis-je promptement. Mais nous étions si près du but. Cette attaque en est la preuve. Le problème, c'est que nous n'arrivons pas à démêler toutes nos pistes. C'est un vaste embrouillamini d'indices et de mensonges.

— Expliquez-moi tout ça, suggéra-t-il. Cela vous aidera peut-être à y voir plus clair.

La perspective d'une discussion aussi lugubre était sans doute trop pour Miss Glass, qui prit enfin la parole.

— Je vous laisse parler entre vous, dit-elle en se levant. Ah, voilà Bristow qui apporte le thé. Je prendrai le mien dans mes appartements, Bristow. Au revoir, Mr Barratt. C'était un plaisir de vous rencontrer. N'hésitez pas à revenir. India ne tarit pas d'éloges sur vous, et maintenant, je comprends pourquoi.

Il eut l'air absolument stupéfait. Peut-être autant que moi. Il parvint à retrouver une contenance et lui souhaita une bonne journée. Il garda le silence le temps que Bristow nous serve le thé avant de suivre Miss Glass avec sa tasse. Je commençais à croire que Miss Glass avait, depuis le début, eu l'intention de me laisser seule avec Mr Barratt, mais à condition qu'il soit conforme à ses attentes. De toute évidence, il avait réussi le test mystérieux qu'elle venait de lui faire passer.

Je n'aurais peut-être pas dû être si surprise. Le meilleur moyen de nous empêcher de nous rapprocher, Matt et moi, c'était de me trouver un prétendant. Ce n'était pas la peine. J'avais assez de volonté pour résister à Matt de moi-même, mais je n'en appréciais pas moins la compagnie de Mr Barratt.

— Maintenant qu'elle est partie, lui dis-je, nous pouvons parler librement de magie.

— Elle n'est pas au courant de vos pouvoirs ?

Je fis non de la tête.

— Êtes-vous prêt à entendre ce que nous avons découvert ?

— Je ne demande pas mieux.

Je lui racontai que Mr Oakshot avait racheté ce qu'il restait de flacons d'Élixir Miracle du Dr Hale, et que Mr Clark avait acquis le stock personnel de médicaments de Hale.

— Cette transaction a été menée sans en informer ni l'hôpital, ni Mr Pitt, l'héritier de Hale. C'était totalement illégal.

— Vous soupçonnez Clark ou Ritter d'avoir tué Hale ?

Je soupirai au-dessus de ma tasse de thé.

— Aucune de ces deux raisons ne me paraît suffisante. Si Mr Clark voulait étudier la magie que renferment les remèdes de Hale, il lui aurait suffi de les voler. Tuer Hale afin de pouvoir acheter ses médicaments, c'est un peu extrême. Et je pense que le Dr Ritter ne fait que profiter de la mort de Hale pour s'enrichir.

— Alors Oakshot est votre principal suspect. Il avait certainement l'air de détester assez Hale pour l'assassiner.

— Le Dr Wiley aussi. Je lui expliquai la rancœur que nourrissait Wiley envers Hale, qu'il estimait responsable de ses déboires.

Il s'appuya contre son dossier et me regarda en souriant. Ce n'était pas la réaction à laquelle je m'attendais alors que nous étions en pleine discussion à propos d'un meurtre.

— Vous êtes remarquable, Miss Steele.

— Je ne suis pas arrivée seule à ces conclusions, dis-je. Matt et moi avons travaillé ensemble.

— Oui, mais je connais peu de femmes capables de parler de meurtre d'un air aussi tranquille, en particulier si leur propre vie était en danger. Quel dommage que vous soyez contrainte d'abandonner, après tout ce que vous avez découvert ! Mais je suis d'accord, vous devez arrêter. Laissez la police s'en occuper, maintenant.

— C'est notre intention.

Mr Barratt se racla la gorge, puis il se concentra sur sa tasse de thé comme s'il y voyait une chose de la plus haute importance.

— Miss Steele...

— Oui ?

Il reposa sa tasse et me fixa de ses beaux yeux bleus.

— Miss Steele, je me demandais... me feriez-vous l'honneur de venir avec moi au théâtre vendredi soir ?

— Quelle pièce joue-t-on ?

— Je... je ne sais pas.

Il reprit sa tasse.

— J'aurais sans doute dû me renseigner avant de vous inviter.

Je trouvai sa maladresse étrangement amusante. Je gloussai, puis, un peu gênée, je tentai d'étouffer mon rire. Mon nez finit par laisser échapper un drôle de bruit qui n'avait rien de distingué.

Il sourit, et nous nous mîmes à rire tous les deux.

La porte d'entrée s'ouvrit et j'entendis Bristow saluer Matt, mais je ne distinguai pas sa réponse. Un moment plus tard, il entra d'un pas décidé. Il haussa les sourcils en me voyant, et mon hilarité disparut aussitôt. Il avait l'air fatigué et ses vêtements étaient tout humides de bruine.

— Mr Barratt, dit-il d'une voix neutre.

— Mr Glass.

Ils se saluèrent d'un signe de tête, mais rien de plus. Un silence s'installa, l'un de ces affreux silences où les secondes semblent être des minutes. On aurait dit que chacun des deux hommes attendait que l'autre capitule et parle le premier. Je n'avais aucune intention de le faire pour eux.

L'horloge de l'entrée sonna quatre heures, et Mr Barratt finit par prendre la parole.

— Je suis ravi de voir que vous allez bien après tout ce que vous avez traversé hier.

Puis, avec un signe de tête à mon intention :

— Miss Steele était justement en train de me raconter ce qui vous est arrivé. Une bien sale histoire.

— En effet.

Matt accepta la tasse de thé que je lui tendais et s'assit à côté de moi sur le sofa, un peu plus près que ne le voulaient les convenances. Si Mr Barratt s'en aperçut, il ne le montra pas.

— Les autres ne sont pas avec vous ? demandai-je à Matt.

— Ils sont à l'auberge des Cross Keys.

— Avez-vous parlé à l'Inspecteur Brockwell ? demandai-je.

Matt hocha la tête.

— Je lui ai raconté tout ce que je pouvais lui dire. Il enverra des agents interroger les voisins, mais si aucun ne s'est encore manifesté, c'est sans doute que personne n'a vu le tireur. Il semblait attendre que quelqu'un ajoute autre chose, mais voyant que personne ne disait rien, il reprit :

— Étiez-vous venu pour me voir, Mr Barratt ?

— Non, pas spécialement, répondit Mr Barratt. Je m'inquiétais pour Miss Steele après avoir appris l'accident. Je me suis inquiété pour vous aussi, naturellement.

Matt répondit par un grognement bourru.

— Naturellement.

— Je suis soulagé de voir qu'elle est toujours aussi jolie et en parfaite santé.

— Ce n'est pas le cas.

Mr Barratt et moi le dévisageâmes, stupéfaits.

— Enfin, je veux dire qu'elle est toujours aussi jolie, c'est vrai, mais il est faux de dire qu'elle n'a pas été blessée, dit Matt.

Barratt plissa les yeux pour me détailler à nouveau.

— Elle a mentionné quelques contusions. Miss Steele, y a-t-il une chose que vous ne m'avez pas dite ?

— Ce n'est pas à vous de vous en inquiéter, m'interrompit

Matt alors que je m'apprêtais à répondre. C'est moi qui veillerai sur sa santé et son bien-être.

— Matt !

Il tourna vers moi son regard furibond, et je regrettai aussitôt de m'être emportée. Pourquoi était-il d'une humeur aussi massacrante, ce matin ?

Il détourna le regard et se passa la main sur les yeux.

— Veuillez m'excuser, Mr Barratt. C'était aimable à vous de venir prendre de ses nouvelles. La journée d'hier a été éprouvante. Je ne sais pas pour Miss Steele, mais moi, je ne me suis pas encore tout à fait remis du choc. Je n'imagine que trop facilement ce qui aurait pu arriver.

Mon cœur s'emballa devant un aveu d'une telle franchise. Sa sincérité était indubitable. Il n'aurait pas pu feindre l'émotion que trahissait sa voix. Je tendis mon petit doigt sur le sofa pour toucher le sien, peut-être pour le remercier, ou le rassurer, ou... j'ignorais pourquoi. Je voulais juste établir un lien avec lui.

Mais sa main était trop loin, et quand Mr Barratt reprit la parole, je ramenai mes doigts contre moi.

— Je dois partir, dit-il avec un coup d'œil à l'horloge. J'ai rendez-vous. Merci pour le thé. J'ai prévu d'écrire quelques articles sur le meurtre de Hale, alors prévenez-moi si vous découvrez de nouveaux éléments.

— Nous n'apprendrons rien de plus, dit Matt. Nous ne nous en mêlons plus.

Nous le raccompagnâmes jusqu'à la porte d'entrée, et j'eus l'impression, à la façon hésitante dont Mr Barratt prenait congé, qu'il voulait en dire plus. Matt avait dû s'en apercevoir aussi.

— Y a-t-il autre chose ? s'enquit-il.

Mr Barratt se balança d'un pied sur l'autre en me regardant à travers ses cils.

— Et pour le théâtre, Miss Steele ?

— Oh, dis-je. Oui, bien sûr.

— Vendredi soir, alors.

Oh non. Je n'avais fait que lui montrer que je me souvenais de son invitation, mais il croyait que je venais d'accepter, et maintenant, il semblait que nous avions convenu d'aller ensemble au théâtre. Je sentis le regard de Matt sur moi et je n'osai détourner les yeux.

— Je vous ferai savoir l'heure plus précisément quand j'aurai consulté le programme.

Mr Barratt prit congé et sortit.

Je retournai au salon mais regrettai ma décision en voyant que Matt me suivait. Au lieu de retourner s'asseoir, il resta sur le seuil, occupant l'espace de sa présence. Je me sentais comme prise au piège.

— Y a-t-il quelque chose qui ne va pas ? demandai-je en décidant de rester debout, moi aussi.

— Vous allez au théâtre, dit-il. Avec Barratt.

— Oui.

— Pourquoi ?

— Parce qu'il m'a invitée.

Il croisa les bras et me toisa de toute sa hauteur.

— Pourquoi ne m'avez-vous pas dit que vous vouliez aller au théâtre ? Je vous y aurais emmenée.

— Parce que je n'avais pas spécifiquement envie d'aller au théâtre. Il me l'a proposé, et il se trouve que j'ai accepté. Ce n'est pas plus compliqué que ça.

— Pas plus compliqué que ça ?

Il s'avança dans la pièce.

Je fis un pas de côté en jetant des regards furtifs vers la porte. J'avais l'atroce pressentiment que cette conversation prenait une direction dans laquelle je n'étais pas prête à m'engager.

Heureusement, nous fûmes tous les deux distraits par de grands coups frappés contre la porte. Je fis mine de contourner Matt, mais il me saisit le coude.

— Il faudra bien que nous ayons cette conversation, India, dit-il. Vous ne pourrez pas vous y dérober éternellement.

Il me lâcha au moment où sa tante, Lady Rycroft, entra dans le salon, flanquée de ses trois filles. Je soupirai en regrettant de ne pas m'être échappée plus vite. Je pourrais peut-être me servir de ma douleur comme prétexte pour me retirer.

Je saluai Lady Rycroft d'une révérence, mais c'est à peine si elle me vit. Elle avait les cheveux entièrement recouverts par un turban turquoise à la teinte vive. Elle portait une veste rayée de la même couleur. On aurait pu qualifier sa toilette d'élégante sans les rayures roses qui la déparaient. Ces couleurs vives accentuaient l'aspect cireux de son teint.

— J'ai deux mots à vous dire, Matthew.

Passant droit devant lui, elle s'installa sur le sofa comme si c'était un trône sur lequel elle était parfaitement en droit de s'asseoir.

— Venez, mes filles.

Elles la suivirent, obéissant à tous ses ordres comme des marionnettes au bout d'un fil. Seule Hope leva les yeux au ciel à l'intention de Matt et lui fit un clin d'œil en passant devant lui. Il ne lui sourit pas en réponse.

— Y a-t-il quelque chose qui ne va pas, ma Tante ? demanda-t-il avec une impatience à peine voilée.

— Il y a quelque chose qui ne va pas, en effet.

Elle fixa la chaise d'un regard insistant, mais il n'eut pas l'air de comprendre.

— Asseyez-vous, Matthew. Je vais me tordre la nuque, à lever la tête pour vous regarder d'en bas.

Un muscle de sa mâchoire se contracta, mais il s'assit.

— Un peu de thé ?

— Je ne suis pas venue pour échanger des politesses.

— Si c'est au sujet de l'accident, je tiens à vous rassurer : India et moi sommes sains et saufs.

— Quel accident ?

— Il y a eu un accident ? demanda Hope.

De toute évidence, elles ne lisaient pas les journaux.

— Peu importe, marmonna Matt.

— Je suis venue vous dire d'arrêter d'interroger notre pharmacien, dit Lady Rycroft avec une intonation encore plus affectée qu'à l'accoutumée. Il m'a rapporté vos actions, et ça ne me plaît pas. Vous devez cesser immédiatement.

— Et qui est votre pharmacien ?

— Mr Pitt.

Matt fronça les sourcils.

— Son associé a été assassiné, et il est l'un des suspects du meurtre.

— Ne soyez pas ridicule. Mr Pitt est au-dessus de tout soupçon.

— Pourquoi cela ?

— Parce qu'il est mon pharmacien, et le pharmacien de presque tous mes amis. Ses remèdes sont très demandés, mais votre présence dans sa boutique lui crée des ennuis.

— Pourquoi donc ?

— Parce qu'aucune personne comme il faut ne veut qu'on la voie entrer dans la pharmacie de Pitt et en sortir si c'est un suspect ! Doux Jésus, Matthew, ne pensez-vous donc jamais aux autres avant de foncer sans réfléchir et d'accuser les braves gens de tout et n'importe quoi ? Respectez plutôt la façon dont les choses se font ici, en Angleterre.

— Je n'ai jamais accusé Mr Pitt de quoi que ce soit. Je n'ai fait que l'interroger.

Matt ne cherchait même plus à dissimuler la dureté de sa voix. La seule qui semblait ne pas s'en être aperçue, c'était sa tante. Ses deux filles aînées avaient les yeux baissés sur leurs genoux et les épaules crispées. Quant à Hope, elle s'efforçait de croiser le regard de sa mère, mais sans succès.

— Dans ce cas, vous mettrez fin à vos interrogatoires, exigea Lady Rycroft. Me suis-je bien fait comprendre ? C'est un ordre.

Matt se figea. Un ange passa. Suivi d'un second.

— Un ordre ?

Le calme inquiétant de sa voix n'augurait rien de bon.

— Et qui êtes-vous pour me donner des ordres ?

Elle le dévisagea en clignant plusieurs fois des yeux, comme si une telle question ne lui était jamais venue à l'esprit, ce qui faisait qu'elle n'avait jamais eu à réfléchir à une réponse.

— Je suis votre tante ! Vous me devez le respect ! Je suis...

— Vous n'êtes personne à mes yeux. Comprenez-vous bien ? Sortez. Toutes les quatre.

— Je vous demande pardon ?

Matt semblait prêt à les jeter de force hors de la pièce.

— Puis-je proposer une solution ? intervins-je avant qu'il ne commette une action qu'il risquait de regretter plus tard.

— Oui, je vous en prie, Miss Steele, m'implora aussitôt Patience.

Sa mère ne me prêta aucune attention. Elle avait l'air de reprendre son souffle et de se préparer à recommencer à invectiver Matt.

— Et si vous envoyiez plutôt vos domestiques à la boutique de Mr Pitt ? suggérai-je. Ce serait plus discret, ne croyez-vous pas ?

— C'est déjà ce que nous faisons, répondit Hope d'un ton las.

Matt fronça les sourcils. Il se pencha en avant et appuya ses coudes sur ses genoux. La nuée chargée d'orage qu'il avait apportée avec lui s'était quelque peu dissipée, mais il restait des éclairs de menace dans ses yeux.

— Votre femme de chambre... C'est elle que nous avons vue hier dans la boutique de Pitt. Je me disais bien que je la reconnaissais.

— L'envoyer à notre place, elle ou un autre domestique, ne réglera pas le problème, reprit Hope, jugeant sa mère bien trop en colère pour continuer, et ses sœurs trop timides ou trop idiotes.

— Vous comprenez, s'il s'avère que Mr Pitt est le coupable... je suis sûre qu'il ne l'est pas, mais ce ne serait pas la première fois que la police arrêterait un innocent. Mais s'il est coupable, nous nous retrouverons sans pharmacien. Et c'est vraiment le meilleur de Londres. Ses remèdes spéciaux font des miracles pour toutes sortes de maux.

— Ses remèdes spéciaux ? répétai-je en même temps que Matt.

Il me regarda à l'instant précis où je tournais les yeux vers lui.

S'agissait-il de remèdes spéciaux *magiques* ? Mais le Dr Hale nous avait dit qu'il n'instillait sa magie que dans ses propres remèdes, pas dans l'Élixir Miracle. Si les remèdes que vendait Pitt dans sa boutique contenaient de la magie, cela signifiait qu'il en avait forcément imprégné les flacons lui-même.

Il nous avait menti. C'était bien un magicien, en fin de compte.

CHAPITRE 16

— *M*r Pitt ne les vend pas aux clients ordinaires, poursuivit Hope. Seulement à ses clients privilégiés, comme nous. Ils sont réservés à l'élite.

— Lord Coyle, par exemple, dis-je, réfléchissant tout haut.

— Matt, vous devriez demander à Mr Pitt s'il a quelque chose pour vous, dit Hope. Dites-lui que vous êtes de notre famille, et que c'est Maman qui vous envoie.

Matt la dévisagea, mais sans paraître la voir. Son esprit était sans doute occupé, comme le mien, à essayer d'assembler toutes les pièces du puzzle.

— Votre maladie, insista Hope, qui semblait surprise qu'il ne réponde pas. Il a peut-être quelque chose pour le mal dont vous souffrez. Mr Pitt dit qu'il ne peut pas guérir les maladies, mais il peut soulager les symptômes, au moins pour un certain temps. Dans notre cercle d'amis, tout le monde ne jure que par ses remèdes spéciaux.

— Parlez-moi de ces remèdes spéciaux, dit Matt.

— Il les garde sous le comptoir ou dans l'arrière-boutique. Ils ne sont pas exposés à la vue de tous. Ils sont bien trop précieux, d'après Mr Pitt, et il les réserve à ses meilleurs clients.

C'était donc pour cela que je n'avais détecté aucune chaleur dans les flacons disposés sur ses étagères. Les remèdes magiques étaient rangés ailleurs, et vendus uniquement à une clientèle triée sur le volet, à qui il devait certainement demander un prix exorbitant. Si Pitt était un magicien apothicaire, alors c'était *forcément* lui qui avait mis du poison dans le flacon personnel d'élixir du Dr Hale. La question était : pourquoi avoir tué son associé ? Ils n'étaient pas rivaux. Pitt avait certes hérité de la fortune de Hale, mais il était déjà riche, et en versant du poison dans l'élixir, il avait nui à ses affaires, au contraire.

— Vous devriez aller voir Mr Pitt vous-même, Matt, reprit Hope. Pour lui acheter un médicament, je veux dire, pas pour l'interroger. Celui que vous prenez n'a pas l'air si efficace que cela. Vous avez une mine épouvantable aujourd'hui.

— Je ne prends aucun médicament, dit Matt d'un air absent.

— Cette substance qui illumine votre peau d'un halo violet.

Matt la transperça d'un regard menaçant.

— Ne dis pas de sottises, la réprimanda Lady Rycroft. Un médicament qui donne la peau violette, ça n'existe pas. Voilà que tu recommences à affabuler, Hope.

— Comme d'habitude, renchérit Charity avec un claquement de langue désapprobateur. Il faut toujours que tu fasses ton intéressante.

Hope serra les dents et attendit que Matt leur confirme qu'elle disait la vérité.

— Si vous voulez bien m'excuser, dit-il en se levant. J'ai une course à faire.

Il poussa sa tante et ses cousines jusqu'à la porte d'entrée, où Bristow les attendait. Matt sortit en hâte, ce qui scandalisa Lady Rycroft.

— Qu'il est mal élevé, cet Américain, maugréa-t-elle. Je me demande bien pourquoi nous venons ici.

— Dans l'espoir qu'il s'entiche de l'une de nous.

Hope n'avait même pas pris la peine de parler bas ni de cacher l'amertume dans sa voix.

— Votre plan est un échec retentissant, Maman, j'en ai bien peur. C'est à peine si notre cousin Matthew sait que nous existons. Toute son attention est concentrée ailleurs. N'est-ce pas, Miss Steele ?

— Bonne journée, dis-je en rassemblant mes jupes avant de suivre Matt.

Je le rattrapai sur le palier entre le premier et le deuxième étage, mais cela me demanda plus d'efforts que mon corset ne me le permettait.

— Pas si vite, Matt, dis-je, hors d'haleine.

Il ralentit mais sans s'arrêter pour autant.

— Ce n'est pas le genre d'information que nous pouvons partager avec Brockwell, dis-je à son large dos.

— Non.

— Que comptez-vous faire, alors ?

— M'expliquer avec Pitt.

— N'est-ce pas trop dangereux ?

— C'est pour ça que vous ne venez pas.

— Bien sûr que si ! Si vous y allez, je vous accompagne.

Il s'arrêta enfin et fit volte-face.

— Restez là, gronda-t-il.

Je me redressai fièrement.

— Si je n'avais pas été avec vous dans la voiture, vous seriez mort. Et si vous n'aviez pas été dans la voiture, c'est moi qui serais morte. Nous formons une bonne équipe, on dirait. Une équipe ne doit pas se séparer, c'est son unité qui fait sa force.

Il souffla d'un air exaspéré, tourna à nouveau les talons et partit vers sa chambre.

— Où allez-vous ? lui demandai-je alors qu'il s'éloignait.

— Je vais utiliser ma montre. Et ensuite, nous irons voir Pitt.

Nous ? Il avait donc cédé. Mais, juste ciel, si son humeur s'assombrissait encore, il allait exploser. J'espérais juste qu'il parviendrait à garder son sang-froid jusqu'au moment de notre confrontation avec Pitt. Sinon, il risquait de s'en prendre à la personne la plus proche de lui... c'est-à-dire moi.

* * *

SANS COCHER POUR NOUS CONDUIRE, nous décidâmes de prendre un fiacre jusqu'à la boutique de Pitt. L'attaque de la veille devait être aussi fraîche dans la mémoire de Matt que dans la mienne, parce qu'il me poussa précipitamment dans la voiture sans la moindre cérémonie. S'il ne m'avait pas rattrapée, j'aurais manqué perdre l'équilibre.

— Je n'en reviens pas, que vous m'ayez convaincu de vous emmener, dit-il en fermant les rideaux.

Comme il avait l'air de chercher une occasion de se disputer, je ne répondis pas. Il écarta légèrement le rideau et colla son œil contre la fente. Il tambourinait du bout des doigts sur son genou, puis ce fut son genou lui-même qui se mit à tressauter. Les chevaux de trait n'allaient pas assez vite à son goût.

Au bout de quelques secondes, je n'y tins plus.

— Calmez-vous, Matt.

Matt dirigea vers moi son regard glacial.

— Je suis calme.

Son genou cessa de s'agiter, mais seulement un court instant, avant de recommencer.

Je tâchai de l'ignorer. Je voulus regarder par ma fenêtre, mais il m'intima d'un ton menaçant de laisser le rideau tiré. Tiens, tiens ! Apparemment, il avait le droit d'écarter le rideau pour épier au-dehors, mais pas moi. Je consultai ma montre, et vérifiai à nouveau l'heure cinq minutes plus tard. Ce trajet me parut durer une éternité.

— Nous devons parler de ce qui est arrivé, dit-il enfin.

Je poussai un soupir de soulagement.

— Dieu merci ! Je suis bien d'accord. Ainsi donc, le magicien que nous cherchions depuis tout ce temps, c'était Pitt. Ses clients privilégiés ignorent qu'il utilise la magie dans ses remèdes, bien sûr, même si Coyle s'en doute probablement. Je suppose que la magie qu'il instille dans certains flacons dure assez longtemps pour être efficace sur les maux de crâne, ce genre de choses. Mais pourquoi Mr Pitt aurait-il assassiné son associé ? Je ne comprends pas son mobile. Qu'en pensez-vous ?

Il se mit à rire jaune.

— Vous avez gagné, India.

— Gagné ?

— Soit, parlons de l'enquête.

Il rectifia sa posture et s'assit le dos bien droit. L'habitacle me paraissait plus petit et l'air étouffant.

— L'arme de prédilection de Pitt est peut-être le poison magique, mais il n'est pas impossible qu'il ait recours à des méthodes plus violentes en cas de confrontation. Nous devrons procéder avec la plus grande prudence, et tout en douceur.

— Je suis parfaitement capable de faire preuve de douceur, mais vous, en ce moment, je n'en suis pas si sûre.

— Je vais bien, dit-il sur un ton qui tenait autant de la bouderie que de l'entêtement.

— Il faudra vous montrer sous votre jour le plus charmant. Pour l'instant, je vous trouve un peu trop à cran. Il ne faudrait surtout pas perdre votre sang-froid avec lui et lui dévoiler nos soupçons. Nous devons utiliser la ruse pour l'amener à avouer.

— Je me débrouillerai, grommela-t-il.

— Vous voyez ? C'est bien ce que je disais. Vous êtes à cran.

Lorsque le fiacre s'arrêta, je sortis ma montre de mon réticule et la serrai dans ma main.

— Attendez ici, ordonna Matt au cocher en sautant à terre.

Il balaya du regard les environs, puis me garda tout près de lui le temps de faire les quelques pas qui séparaient le fiacre de la porte de la boutique.

Elle était verrouillée. Une pancarte sur la porte indiquait que Mr Pitt serait bientôt de retour. Matt toqua à la porte, mais personne n'ouvrit. Il poussa un juron dans sa barbe.

— Couvrez-moi, dit-il.

— Pardon ?

— Mettez-vous là pour qu'on ne puisse pas me voir. Je vais crocheter la serrure.

— Matt !

Mais il était déjà en train de triturer la porte, insérant dans la serrure deux outils tout en longueur qui ressemblaient à des aiguilles. Elle s'ouvrit avec un bruit métallique. Il entra et rangea les outils dans sa poche.

— Il faudra que vous m'appreniez à faire ça, dis-je en le suivant.

Je refermai la porte derrière nous. La boutique était plongée dans la pénombre, mais il n'y faisait pas complètement noir, et une fois accoutumée à l'obscurité, je parvins à y circuler sans me cogner dans les meubles.

— Allez voir si les remèdes derrière le comptoir contiennent de la magie, dit Matt.

Il inspecta le dessus du comptoir, puis il se pencha pour fouiller dans les tiroirs et dans les placards qui étaient en dessous.

Je fis le tour du comptoir et passai rapidement les mains devant les flacons et les bocaux alignés contre le mur du fond. Ils étaient tous normaux et n'émettaient aucune chaleur. J'ouvris la porte du fond et passai la tête dans l'arrière-boutique. L'odeur qui en émanait était encore plus forte que celle qui régnait dans la boutique. Elle se colla à mon palais et forma une boule dans ma gorge. L'atelier exigu comprenait un établi, un tabouret et des dizaines de petits tiroirs qui occupaient tout un pan de mur et montaient presque jusqu'au plafond. L'étagère sur l'autre mur était chargée de flacons, de pots et de bocaux de toutes les tailles et de toutes les formes. Leur chaleur magique flotta jusqu'à moi comme portée par un courant d'air, et ma montre se mit à palpiter en réponse. Je touchai peut-être une douzaine de flacons pour en avoir le cœur net.

Je rejoignis Matt dans la boutique.

— Il y a de la magie dans l'arrière-boutique, lui dis-je.

Il ne leva pas les yeux du registre ouvert devant lui. Non, ce n'était pas un registre, c'était le journal où il consignait tout. Il tapota du doigt l'entrée du jour, où l'on pouvait lire : *Barratt, Gazette, 12h30.*

Je sentis mes genoux se dérober sous moi. Je me rattrapai au comptoir pour ne pas tomber.

— India ? Matt me prit par le coude.

— Tout va bien ?

— J'avais tort, murmurai-je, et vous aviez raison. Barratt et Pitt sont de mèche.

J'avais été si naïve, de croire un homme qui me flattait et flirtait avec moi plutôt que de me fier à mon bon sens. Cela devenait chez moi une fâcheuse habitude.

— Il est clair qu'ils se connaissent. La conclusion s'impose d'elle-même.

Matt referma le journal et le remit sur son étagère, sous le comptoir.

— Ça ne prouve rien. Il est possible que ce soit un rendez-vous très innocent. Il n'y a pas d'autres entrées mentionnant Barratt pour les jours précédents.

Était-il en train de défendre Barratt ? Pour m'éviter de trop m'en vouloir ? Je reniflai et ravalai des larmes brûlantes.

— Ne tirez pas de conclusions hâtives avant d'en avoir le cœur net.

Il posa sa main sur le creux de mon dos et me guida hors de la boutique.

— Venez, allons voir par nous-mêmes.

Il ordonna au cocher de nous conduire au siège de la Gazette Hebdomadaire de toute urgence.

* * *

LE CLAQUEMENT métallique régulier des machines s'amplifia lorsque nous entrâmes dans les bureaux de la *Gazette Hebdomadaire*. Le dernier numéro devait être en cours d'impression.

Comme il n'y avait personne pour nous accueillir à la réception, nous passâmes la porte qui menait à la pièce principale. Deux hommes, un jeune et un vieillard, étaient penchés au-dessus d'un journal étalé devant eux sur le bureau. Aucun des deux ne nous avait entendus entrer par-dessus le fracas de la presse.

Matt demanda où nous pourrions trouver Oscar Barratt, et on nous répondit qu'il avait emmené un ami au sous-sol pour lui montrer le fonctionnement des machines.

— Pouvons-nous les voir aussi ? demanda Matt.

— Je vous en prie, dit le jeune homme. Mais ne touchez à rien, et dites au chef d'équipe que vous êtes des amis d'Oscar.

Matt alla pour ouvrir la porte qu'on lui indiquait, mais elle était verrouillée. Le plus jeune des deux hommes fronça les sourcils et essaya à son tour de manœuvrer la poignée.

— Elle ne devrait pas être verrouillée à cette heure-ci, dit-il. Pas pendant que la presse tourne, et surtout, jamais de l'intérieur.

— Avez-vous une clé ? lui demanda Matt.

L'autre secoua la tête.

— C'est le chef d'équipe qui l'a.

Son collègue plus âgé nous rejoignit et essaya lui aussi d'ouvrir la porte.

— Ça alors ! Mais enfin, que se passe-t-il ?

— Allez à Scotland Yard, leur dit Matt d'un ton pressant. Demandez l'Inspecteur-chef Brockwell et dites-lui que c'est Matthew Glass qui vous envoie. Il faut qu'il vienne ici immédiatement. Allez-y !

Le jeune homme hocha promptement la tête et partit en courant. Le plus vieux réessaya d'actionner la poignée, puis il se mit à cogner du poing sur la porte.

— Ouvrez !

Personne n'aurait pu l'entendre par-dessus le tapage des machines. J'avais l'impression que le bruit de la presse ne cessait de s'amplifier, ses craquements et grincements s'élevant de sous la terre comme ceux d'un monstre mécanique.

Matt fouilla dans sa poche pour trouver ses outils.

— Qui y a-t-il d'autre, en bas ? demanda-t-il.

— Juste Jones, le chef d'équipe, et un ouvrier pour l'empaquetage. Une fois les presses lancées, il n'y a besoin de personne d'autre. Pourquoi ? Qu'allez-vous faire ?

Quelques secondes plus tard, Matt avait réussi à déverrouiller la porte, mais il ne l'ouvrit pas. Il rangea ses outils et déboutonna sa veste. Il tira de la ceinture de son pantalon deux pistolets et en tendit un au barbu. Le vieil homme hésita avant de le prendre, le serrant entre ses doigts noueux et déformés.

— Restez là, nous dit Matt à tous les deux. Servez-vous du pistolet si nécessaire.

Le vieil homme gardait les yeux fixés sur l'arme qu'il tenait dans ses mains tremblantes.

— Pourquoi ? Qui est en bas avec Oscar ?

Sans répondre, Matt entrouvrit légèrement la porte. Une bouffée de chaleur s'échappa de l'entrebâillement comme si elle avait attendu une occasion d'en sortir. J'entrevis des rames de papier qui circulaient sur un convoyeur et une gigantesque bouche métallique qui s'ouvrait et se refermait. Des tuyaux crachotaient en sifflant de la vapeur qui formait comme des champignons dans l'air. Cela faisait tellement de bruit qu'il était impossible de s'entendre.

Matt m'adressa un regard appuyé avant de disparaître de l'autre côté et de refermer la porte.

Je ne lui avais même pas dit d'être prudent.

Nous restâmes, le vieil homme et moi, à regarder la porte. Je n'osais pas détourner les yeux, craignant, si je le faisais, qu'il n'arrive quelque malheur. Au bout d'un moment, il baissa son arme comme si elle était trop lourde pour lui.

— Je m'appelle Baggley, dit-il. Je suis le rédacteur en chef.

— Miss Steele, répondis-je. Je suis une amie de Mr Barratt.

— Je vous ai vue, la dernière fois que vous êtes venue ici. Il a parlé de vous après votre départ, et encore ce matin.

— Vraiment ?

Il me sourit d'un air un peu triste.

— Il a demandé si quelqu'un savait quelle pièce on jouait au Savoy vendredi soir, parce que vous aviez accepté d'aller au théâtre avec lui.

— Oh.

Les larmes me montèrent de nouveau aux yeux, mais cette fois, je ne savais pas vraiment pourquoi.

Ma montre, que je portais au bout d'une chaîne autour de mon cou, se mit à sonner.

— Pouvez-vous m'expliquer ce qui se passe, au fait ? me demanda Mr Baggley.

Je retirai ma montre au moment où elle recommençait à sonner. Je la regardai en regrettant de ne pas la comprendre plus clairement. Soudain, la porte s'ouvrit à la volée en tremblant sur ses charnières. Mr Pitt sortit en titubant, puis il s'immobilisa. Il braqua un pistolet sur ma tête.

Je ravalai mon cri, mais ne pus réprimer un gémissement de terreur.

— Dites donc ! s'écria le rédacteur en chef en levant son arme, mais à demi seulement.

— Je me doutais que vous ne seriez pas loin, Miss Steele ! hurla Mr Pitt par-dessus le bruit des machines. Il s'écarta de la porte à l'instant précis où Matt surgit derrière lui.

Il s'arrêta à son tour en apercevant l'arme pointée sur moi. Son visage devint blanc comme un linge.

— Baissez vos armes ! cria Mr Pitt. Tous les deux !

Mr Baggley posa le pistolet sur le bureau à côté de lui et leva les mains en l'air. Il me supplia de l'imiter.

— Je vous en prie, Monsieur, laissez-nous partir, dit-il. Ou permettez au moins à la dame de s'en aller.

Pitt l'ignora, à moins qu'il n'ait été trop concentré pour l'entendre. Il fit quelques pas de côté en nous gardant dans son champ de vision, Matt et moi. Matt baissa son arme et la pointa vers le sol sans quitter Pitt des yeux. Ils étincelaient d'une fureur froide, et tout son corps s'était raidi. Il semblait prêt à bondir à la première occasion.

Mais Pitt ne lui en laissa aucune.

— Venez avec moi, Miss Steele, m'ordonna-t-il. Passez devant et marchez jusqu'à la porte. Si qui que ce soit essaye de nous suivre ou de jouer les héros, je la descends. C'est compris ?

Il me poussa en appuyant sur mon épaule blessée, me causant une douleur fulgurante qui me fit siffler entre mes dents.

Matt fit un pas vers nous.

— Lâchez-la !

Pitt pressa le canon de son arme contre ma tempe et Matt s'immobilisa. Sa poitrine se soulevait au rythme de sa respiration haletante et ses narines étaient dilatées. Mais il ne tenta pas de nous suivre. J'avançai d'un pas chancelant, en proie au doute. Pitt bluffait-il ? Était-il vraiment prêt à me tuer ? Pourquoi ma montre ne faisait-elle rien de plus que de sonner ? Je ne la tenais peut-être pas correctement.

Et où étaient Oscar Barratt, le chef d'équipe et l'ouvrier ? Je n'osais même pas y penser.

— C'est de la folie.

Les paroles de Matt avaient résonné avec clarté à travers la pièce.

— Lâchez-la !

— Pour que vous risquiez de m'attraper ? Pas question, Glass.

Poussée en avant par Pitt, je traversai la pièce où se trouvait l'accueil et sortis du bâtiment. Le cocher de notre fiacre poussa un cri terrifié et rassembla les rênes dans ses mains.

— Belgrave Square, lui ordonna Pitt en me poussant dans la voiture. Et au galop !

Belgrave Square ! Avait-il l'intention d'aller chez Lord Coyle ?

J'atterris maladroitement en travers de la banquette et faillis lâcher ma montre. Une douleur aiguë parcourut tout le côté de mon corps, me faisant oublier momentanément toutes pensées d'évasion. La porte se referma en claquant et le fiacre démarra à toute allure. L'espace d'un instant, Pitt perdit l'équilibre et tomba sur l'autre siège. Toutefois, il se rassit aussitôt et pointa à nouveau son arme sur moi.

Je jetai un bref coup d'œil à travers la vitre arrière, juste à temps pour voir Baggley, le rédacteur en chef, qui nous regardait d'un air hagard et désespéré. Je ne vis aucun signe de Matt. Une boule se forma sans ma gorge et je laissai échapper un sanglot étranglé.

— Il ne prendra pas le risque de nous suivre, déclara Pitt en s'essuyant la bouche du revers de la main.

Il avait le front luisant de sueur.

— Je suis désolé, Miss Steele, mais je n'ai pas le choix. Si vous n'étiez pas venus fourrer votre nez dans mes affaires, rien de tout cela ne serait arrivé. Vous n'auriez pas dû vous en mêler.

Je desserrai la main dans laquelle je tenais ma montre pour passer le pouce sur sa surface chaude. Elle palpita sous mes doigts, mais elle ne jaillit pas pour s'enrouler autour de Mr Pitt. Je priai intérieurement pour qu'elle l'étrangle.

— La police a accusé Mr Glass d'avoir assassiné le Dr Hale, lui dis-je. Nous étions contraints d'intervenir, ou il aurait pu être arrêté.

Le trafic devant nous se fit plus dense et le véhicule ralentit avec une secousse.

— Oh non, grommela Pitt.

Il tambourina contre le plafond de l'habitacle.

— En avant !

— Qu'avez-vous fait à Mr Barratt et aux autres employés du journal ?

— Les deux ouvriers sont simplement assommés et ligotés. Je n'avais rien contre eux. Barratt, en revanche, est un imbécile. Il voulait me voir aujourd'hui pour que je lui parle de Jonathon en vue d'un article qui révélera l'existence de la magie. Quelle bêtise ! Vous rendez-vous compte ? J'étais prêt à le laisser partir s'il renonçait à l'écrire, mais il a refusé.

Il secoua la tête.

— Il fallait bien le réduire au silence, ou la terre entière risquait de découvrir notre existence, et à quoi cela nous mènerait-il ? Au chaos, Miss Steele.

Ma bouche s'assécha.

— Vous l'avez tué ?

— Je ne sais même pas si je l'ai touché, pour tout vous dire. Tout ce que je sais, c'est qu'il est tombé. Je n'ai pas pu entendre sa réaction, avec le bruit des machines. C'est la raison pour laquelle je l'avais emmené là-dedans. Ce vacarme infernal couvre même le bruit des coups de feu. Je comptais vérifier s'il était vivant ou pas, mais j'ai été interrompu par Glass.

Je fermai les yeux et priai pour que Mr Barratt n'ait rien. Mais il n'était pas sorti de la salle d'impression après Matt. Un frisson glacial me parcourut tout entière. Mr Pitt était bien plus impitoyable que nous ne l'avions imaginé.

— Pourquoi avez-vous tué le Dr Hale ? lui demandai-je.

Il desserra légèrement sa prise sur le pistolet. Peut-être était-ce ma voix tremblante qui le rassurait, ou le fait que personne ne nous ait suivis, et que la voiture ait repris de la vitesse. Nous ne devions plus être très loin de Belgrave Square, à présent.

— Lui aussi, c'était un imbécile. Le monde en est plein, Miss Steele. Nous savions depuis des années que nous étions tous les deux magiciens, et un jour, nous avons fini par parler de combiner nos pouvoirs pour créer un médicament, espérant qu'une double dose de magie ferait effet plus longtemps. Ça n'a pas marché. Mais la magie a tout de même duré un peu plus longtemps dans certains flacons d'élixir dont nous avons réussi à tirer un excellent parti, et la renommée de notre remède n'a pas tardé à se répandre. Moi, je voulais en rester là et mettre fin à l'expérience, mais pas lui. Il en voulait toujours plus. Ce n'était pas l'argent qui l'intéressait, mais l'attention. Avec son nom sur tous les flacons d'Élixir Miracle, il est devenu la coqueluche du grand public. J'imagine que c'est ce succès qui lui a valu un poste à l'hôpital. Et ensuite, ce *Barratt* a commencé à s'intéresser à lui.

Il cracha ce nom comme s'il supportait à peine de le prononcer.

— Il voulait écrire un article sur Jonathon. Il n'arrêtait pas de le complimenter et de le flatter, et Jonathon buvait ses paroles comme du petit-lait. Et puis, ce patient qui a eu l'air de revenir à la vie a fourni à Barratt et à Jonathon l'angle qu'ils cherchaient pour leur article. C'était l'occasion qu'attendait Barratt pour que son rédacteur en chef accepte enfin de l'imprimer.

— Mais l'article n'évoquait la magie qu'à mots couverts. Seuls les gens qui savent déjà qu'elle existe auraient relevé l'allusion, pas le grand public. Cet article ne révélait aucun secret. Pourquoi pensiez-vous qu'il vous mettrait en danger ?

— Vous oubliez que la guilde est au courant de l'existence de la magie. Mr Clark a lu l'article, et il s'est mis, lui aussi, à s'intéresser à Hale d'un peu trop près. S'il soupçonnait Jonathon, il risquait bientôt de me soupçonner à mon tour. C'était trop dangereux.

— Vous aviez peur qu'ils découvrent que vous êtes un magicien.

Je comprenais, à présent. Ce n'était pas la cupidité qui l'avait poussé à tuer Hale, mais la crainte. La crainte de perdre sa licence d'apothicaire, ou pire.

— Je n'aurais jamais retrouvé de travail, se défendit-il. Tous mes efforts, toutes ces années passées à me faire un nom auprès de la haute société londonienne... envolés. Je ne pouvais pas le laisser faire. Je ne pouvais pas laisser l'ambition et la bêtise de Jonathon détruire ma vie.

— Et pourtant, vous avez maintenant les autorités à vos trousses, et tout ce que vous redoutiez est sur le point de se produire. S'ils vous arrêtent, vous serez pendu. Si vous leur échappez, vous ne pourrez pas retourner à Londres ni garder votre boutique. Vous êtes un fugitif, maintenant.

— Je recommencerai à zéro ailleurs. Nous sommes en Angleterre, Miss Steele. Il y a d'autres villes où les guildes de Londres n'ont aucun pouvoir. Des villes assez grandes pour qu'un homme puisse y disparaître au nez et à la barbe de la police.

Ses paroles paraissaient peut-être déterminées, mais sa voix hésitante le trahissait : il était tétanisé à l'idée de devoir recommencer à zéro.

— Et qu'allez-vous faire de moi ? lui demandai-je.

— Tout dépend si j'arrive à m'en sortir facilement ou pas. Je n'aurai aucun scrupule à vous tuer si ça m'aide à m'échapper.

— Me tuer ne vous avancera à rien. Ça ne fera qu'enflammer la colère de Mr Glass. Sans moi, vous n'aurez plus de monnaie d'échange, plus aucun moyen de faire pression sur lui. Il fera tout pour que vous soyez arrêté pour vos crimes.

Il se contenta de hausser une épaule en resserrant sa prise sur son arme.

— Est-ce vous qui avez effrayé les chevaux en nous tirant dessus hier ? lui demandai-je.

— Je ne me suis même pas approché.

— Coyle, alors ?

— Lord Coyle fait ce qu'il veut. Je n'ai aucune influence sur lui. S'il a décidé de me protéger du scandale et des soupçons, ce n'est pas mon problème.

— Pourquoi voudrait-il vous protéger ?

— Je suis un magicien et il aime les objets magiques, surtout mes médicaments. Ils soulagent ses humeurs bilieuses pour quelques jours.

— Est-ce la raison pour laquelle vous allez chez lui à présent ? Pour qu'il vous protège ?

Il ne répondit pas.

Le fiacre ralentit. Nous étions arrivés à Belgrave Square. Pitt donna quelques coups de poing contre le plafond.

— Arrêtez-vous ici !

Il ouvrit la portière et m'ordonna de sortir.

— Comportez-vous normalement. Pas un mot, ou je tire.

Il rabattit le pan de sa veste par-dessus la main qui tenait le pistolet.

Il jeta quelques pièces au cocher en sortant du fiacre. Le cocher ne vérifia même pas la somme avant de repartir au grand galop. Pitt me fit monter sans ménagement les marches qui menaient à la demeure de Lord Coyle, le canon de son arme appuyé sur ma colonne vertébrale. Une goutte de sueur froide me coula dans la nuque.

— Frappez à la porte, m'ordonna-t-il.

Mais je n'eus pas à le faire car le majordome ouvrit. Il nous considéra, d'abord moi, puis Pitt, en haussant ses sourcils broussailleux.

— Oui ?

Pitt me força à passer devant le majordome, puis il referma la porte d'un coup de pied.

— Allez me chercher Coyle, exigea-t-il.

— Mais enfin, Monsieur !

Le visage du majordome prit une inquiétante teinte violacée.

— C'est un scandale.

— Allez chercher Coyle *tout de suite*.

Pitt rejeta en arrière le pan de sa veste, révélant le pistolet.

Ma lèvre inférieure se mit à trembloter. Je la coinçai entre mes dents et fis de mon mieux pour implorer du regard le majordome, qui opina et s'en alla promptement. Un instant plus tard, Lord Coyle sortit de la bibliothèque où se trouvait sa collection d'objets magiques, bien cachée derrière une porte secrète. Son majordome ne reparut pas, mais Coyle était suivi d'un autre homme tout aussi corpulent que lui, et avec une moustache tout aussi imposante. Il poussa un cri en voyant le pistolet de Pitt et recula jusqu'à la porte de la bibliothèque, sans toutefois disparaître complètement.

— Qu'est-ce que cela signifie ? s'indigna Coyle. Qui êtes-vous, et pourquoi pointez-vous cette arme sur cette femme ?

— Monsieur, dit Mr Pitt en se passant nerveusement la langue sur les lèvres, je suis votre pharmacien. Pitt. Vous savez bien ? En général, vous envoyez quelqu'un à votre place, mais vous êtes déjà venu dans ma boutique.

Lord Coyle répondit par un vague grognement. Cela devait vouloir dire qu'il le reconnaissait, parce qu'il n'avait pas l'air dérouté par les affirmations de Pitt.

— Répondez à mes autres questions.

— J'ai besoin de votre protection, Mylord.

La voix de Pitt monta d'une octave et la sueur se remit à perler sur son front. Il ignorait si cette partie de son plan allait fonctionner. Il jouait sa vie sans aucune certitude que la chance serait de son côté.

— Qui est cet homme, Coyle ? s'enquit l'autre homme. Que se passe-t-il, ici ?

Il s'exprimait avec une autorité naturelle et un port de tête clairement altier. Il était l'égal de Coyle, ce n'était pas un domestique. Contrairement à Lord Coyle, il gardait un œil prudent sur le pistolet. Coyle, lui, l'ignorait complètement, concentrant toute son attention sur Pitt.

— Bonne question, dit Coyle. Vous avez besoin de ma protection ? Que voulez-vous dire ?

— J'ai besoin que vous me protégiez de la police, répondit Pitt. On veut m'arrêter pour le meurtre de mon associé.

— Seigneur, bredouilla l'autre aristocrate. Un meurtre !

— Est-ce vous qui l'avez tué ? demanda Coyle à Pitt.

Pitt essuya sa lèvre supérieure sur son épaule, laissant une trace sur sa veste.

— Je n'avais pas le choix.

Quelque chose me disait qu'il n'aurait pas répondu si la question était venue de qui que ce soit d'autre. Mais avec Lord Coyle, il était comme un enfant qui a fait une bêtise et qui ne demande qu'à se racheter sous le regard sévère de son père.

— Il allait raconter à un journaliste tout ce qu'il savait sur la magie. Sur *ma* magie.

La moustache blanche de Coyle frémit. Ses yeux perçants se posèrent un instant sur moi. Derrière lui, son ami semblait ne pas vraiment savoir quelle attitude adopter.

— De la magie ? rugit Coyle. Qu'est-ce que c'est que ces sornettes ?

— Des contes de fées, se moqua son ami. Il est fou.

— Mylord, vous savez bien que non, l'implora Pitt. Je vous en supplie.

Son visage ruisselait de sueur, et il se lécha de nouveau les lèvres.

— Vous devez m'aider pour que je puisse continuer à vous fournir votre...

— Assez ! rugit Coyle. Vous n'avez rien à faire chez moi ! Sortez !

Pitt appuya son pistolet contre ma tempe, et je sentis l'acier froid et dur sur ma peau brûlante. Son arme ne tremblait plus.

Une sorte de calme semblait avoir gagné Pitt. Avait-il pris conscience, comme moi, que la fin était inévitable ? Lord Coyle ne céderait pas. Il n'était pas du genre à se laisser dicter sa conduite, et visiblement, il ne voulait pas que son ami découvre qu'il s'intéressait à la magie. Lorsque les gens comme Lord Coyle voulaient garder un secret, ils le gardaient quoi qu'il en coûte. Même s'il fallait le payer de ma vie.

— Je veux un moyen de transport pour quitter la ville, de l'argent et une lettre de recommandation, exigea Pitt avec un aplomb qui avait fait défaut à sa voix jusqu'à présent. Ou vous aurez sa mort sur la conscience.

Je fermai les yeux et mes cils se trempèrent de larmes. Ma montre se mit à sonner, comme pour me montrer qu'elle partageait ma peine. Elle continua à sonner, plus fort cette fois, et je rouvris les yeux. Mon attention fut attirée par un mouvement dans l'ombre, tout en haut du luxueux escalier. Il y avait là-haut, tapi derrière un grand palmier en pot, quelqu'un qui nous observait, mais je n'arrivais pas à distinguer sa silhouette.

— Donnez-lui ce qu'il demande, Coyle ! implora son ami. Il va la tuer, morbleu !

Coyle ne dit rien.

Et Pitt était à bout de patience. Il resserra sa prise sur la crosse du pistolet.

— Je vois que nous n'avons guère de valeur, vous et moi, Miss Steele. Je suis désolé.

Le déclic du chien de son arme ne fut couvert que par la sonnerie de ma montre.

Je la laissai tomber de ma main. La chaîne me glissa entre les doigts, mais elle ne tomba pas vers le bas. Elle glissa sur le côté.

Et c'est alors que la détonation retentit.

CHAPITRE 17

C'était comme si mes organes internes venaient de se désintégrer. Des taches noires dansaient devant mes yeux, mais elles ne tardèrent pas à disparaître. Ma première pensée fut que la mort n'était pas aussi douloureuse que je ne l'aurais cru. Et pourquoi neigeait-il à l'intérieur de la maison de Lord Coyle ?

— India ! India !

La voix de Matt ! Ici ? Mais pourquoi ?

Je fis volte-face, le cherchant du regard, mais cela ne fit que me donner le vertige. Je perdis l'équilibre et tombai, mais il me rattrapa. Il m'enveloppa de ses bras. Il colla ma joue contre sa poitrine, de sorte que j'entendais les battements rapides et désordonnés de son cœur. Cependant, il avait oublié mes blessures, et la douleur cuisante qui me traversa l'épaule me tira brusquement de ma torpeur.

Je me dégageai et clignai des yeux. C'était bel et bien Matt, et il était sain et sauf, mais son regard tourmenté auquel s'ajoutait son air exténué me fendit le cœur. Mais comment avait-il su où nous trouver ?

Mes questions devraient attendre. Lord Coyle, l'autre aristocrate et le majordome étaient agenouillés autour de Mr Pitt qui, pris de convulsions, se tordait de douleur sur le sol, le visage déformé en une grimace. Ma montre était étroitement enroulée autour de son poignet, et c'était désormais Lord Coyle qui avait l'arme.

— Que lui arrive-t-il ? s'inquiéta le majordome.

— C'est une crise d'épilepsie, dit l'aristocrate. Elle tombe à point nommé.

Coyle tenait la main au-dessus de ma montre. Il tendit un doigt pour la toucher, mais il se ravisa brusquement. Il leva vers moi de grands yeux ébahis, avec un drôle de petit sourire.

M'écartant de Matt, je me penchai et libérai le poing de Pitt de la chaîne de ma montre. Je la passai autour de mon cou, ayant laissé mon réticule dans le fiacre. Coyle suivait des yeux le moindre de mes mouvements.

— Allez chercher les agents, ordonna Matt au majordome. S'ils veulent nous interroger, ils pourront nous trouver au numéro seize de la rue Park Street.

— Attendez.

Lord Coyle se releva péniblement.

— Miss Steele, puis-je voir votre montre ?

Il tendit la main, mais je refusai d'un signe de tête.

Matt passa un bras autour de moi et m'escorta au-dehors, où le ciel était d'un gris morne. Nous rentrâmes à pied, puisque la maison n'était pas loin, et j'en fus bien contente. J'avais besoin d'air frais et d'exercice pour reprendre mes esprits. Matt lâcha ma taille en arrivant à Hyde Park Corner et m'offrit son bras à la place. Je sentis ses muscles contractés par une colère que son coup de feu tiré au plafond n'avait pas suffi à calmer. Il aurait sans doute préféré tirer sur Pitt, mais n'avait pas voulu prendre le risque de me toucher.

— C'est vous qui avez tiré ce coup de feu ? demandai-je pour confirmer ma théorie.

— Oui.

Quatre longues minutes s'écoulèrent avant qu'il ne reprenne la parole.

— Vous n'avez rien ?

— Je vais bien, je crois.

Mes contusions de la veille me faisaient souffrir le martyre, mais cette mésaventure ne m'avait pas occasionné de nouvelles blessures.

— Avez-vous suivi le fiacre jusque chez Coyle ?

— J'ai fait le chemin avec vous, accroché à l'arrière.

— Vraiment ? Je ne vous ai pas vu.

— Et Pitt non plus, de toute évidence. Je n'en étais pas entièrement sûr jusqu'à ce que nous ayons atteint notre destination.

Il avait dû réussir à se glisser derrière le fiacre au moment où il avait démarré, quand Pitt avait perdu l'équilibre.

— Je suis entré chez Coyle par la porte de service et j'ai convaincu le valet de pied qui voulait me barrer la route de me laisser passer. Une fois qu'il a réalisé ce qui se passait à l'étage, il a accepté. Je suis monté au premier étage par l'escalier de service et j'ai attendu le moment opportun. Ça a duré une éternité, conclut-il d'un ton bourru. Impossible de le viser correctement.

— C'est pourquoi vous avez fait diversion en tirant au plafond.

— Je ne sais pas ce qui a le mieux fait diversion : mon coup de feu ou votre montre.

Il me guida le long de l'allée de Hyde Park, marchant plus vite que les promeneurs.

— En fin de compte, vous n'avez pas vraiment eu besoin de moi.

— Bien sûr que j'avais besoin de vous, Matt, lui dis-je à mi-voix. J'avais besoin... j'ai besoin de vous, Matt, vraiment.

Je m'appuyai contre son bras et j'eus la satisfaction de le sentir se détendre en poussant un profond soupir.

Il ralentit l'allure.

— Je suis désolé. Je marche trop vite. Je veux juste vous ramener chez nous.

— Nous ne risquons plus rien, maintenant. Pitt est soit mort, soit sous les verrous.

Je levai soudain les yeux.

— Et qu'est-il arrivé à Oscar Barratt ? Est-ce qu'il est... ?

— Il est vivant, mais blessé. Pitt lui a tiré dans l'épaule. J'ignore s'il cherchait à tuer Barratt ou simplement à le blesser.

— Il voulait le tuer, répondis-je gravement. Il me l'a avoué.

Je lui répétai tout ce que m'avait dit Pitt, terminant mon récit au moment où nous arrivâmes à la maison. J'appris avec un soulagement immense que tous les autres étaient sortis. Je n'aurais pas eu la force de leur raconter à tous les trois les événements de l'après-midi. Toutes ces émotions, après l'accident de voiture et la mort de Bryce, c'était trop d'un coup.

Il m'emmena dans la bibliothèque et me versa un brandy. Il plaça mes doigts autour du verre d'un geste doux et assuré, et versa un autre verre pour lui. Enfin, il s'assit dans un fauteuil et expira lentement, de façon mesurée.

— Si Brockwell vient cet après-midi, je lui dirai de revenir demain, dit-il. Vous n'êtes pas en état de lui parler.

— Je vais bien.

— Vous tremblez encore.

Je resserrai mes doigts autour de mon verre, mais cela ne fit qu'agiter encore plus le brandy ; aussi reposai-je le verre sur la table à côté de moi. Je me touchai les cheveux et m'aperçus qu'ils s'étaient détachés. J'avais dû perdre des épingles quand Pitt m'avait fait entrer de force dans le diacre. Je retirai le reste des épingles et les peignai avec mes doigts.

Matt déglutit bruyamment, puis il but une longue gorgée de brandy.

— Quel rôle jouait Coyle dans toute cette histoire, à votre avis ? lui demandai-je.

Matt me considéra les yeux mi-clos en effleurant du doigt sa lèvre supérieure. Il mit quelques instants avant de répondre, puis il dit :

— Je pense que c'est un client de Pitt et qu'il a tout intérêt à ce que Pitt n'aille pas en prison, mais pas assez pour se laisser compromettre directement. En se rendant chez Coyle pour le supplier de l'aider, Pitt est allé trop loin. L'aider de façon anonyme, c'est une chose, mais le faire devant un de ses amis, et devant nous ? Coyle n'est pas du genre à s'exposer comme ça.

— Pitt a dû s'apercevoir que Coyle cherchait à le protéger, et qu'il était même prêt à envoyer quelqu'un pour nous intimider, et il a cru pouvoir s'adresser à lui. Mais il a surestimé la valeur qu'il avait aux yeux de Coyle.

— Coyle parviendra certainement à se donner le rôle de la victime, dans cette affaire.

Je pris à la main la montre que je portais autour du cou et je fermai les yeux, laissant sa chaleur familière se diffuser sous ma peau.

Au bout de quelques secondes – ou peut-être plus long-temps ? – , j'entendis la voix de Matt dans ma tête.

— India. India, réveillez-vous.

Je me redressai sur mon siège et étouffai un bâillement.

— Je ne dors pas.

Ses lèvres esquissèrent ce demi-sourire que j'aimais tant. Il s'accroupit près de moi, sa main posée sur la mienne, la caressant de son pouce. Ce geste rassurant était tout juste ce dont j'avais besoin.

— Mrs Bristow vous a fait couler un bain, dit-il. Il est prêt.

— Oh. C'est gentil de sa part.

Il m'aida à me lever de mon fauteuil, m'attirant contre lui. Ses mains me tenaient délicatement par les coudes pour m'aider à garder l'équilibre. Il me sourit et je sentis tous mes organes se liquéfier. Était-ce vraiment si grave que ça, que son milieu social soit trop différent du mien ? Était-ce vraiment si grave que ça, de savoir que sa tante ne m'adresserait plus jamais la parole si je le suppliais de me faire l'amour ? Je pourrais me pardonner de l'avoir déçue, du moment que j'avais l'affection de Matt.

Non, je ne le pourrais jamais. C'était de la folie d'oser ne serait-ce qu'envisager d'aller à l'encontre de sa volonté. J'avais bien trop à perdre, trop d'amis qui m'étaient devenus chers. Je ne pouvais pas prendre le risque de perdre leur amitié sous prétexte que je m'étais amourachée d'un bel homme qui n'était pas pour moi, et qui ne le serait jamais. J'étais une simple fille de commerçant, et lui, il était l'héritier du titre des Rycroft. Un tel fossé n'était jamais comblé par un mariage. Une amourette, oui, mais pas une union légitime.

Je me reculai et le remerciai, bien que je ne sache pas trop de quoi.

Il me sourit.

— Profitez bien de votre bain.

* * *

L'Inspecteur-chef Brockwell tourna une page de son carnet et relut ce qu'il y avait écrit de sa petite écriture soigneuse.

— Hum, dit-il avant de tourner lentement la page suivante comme pour mieux savourer l'anticipation et prolonger cet instant. Il lut aussi cette page, dans son intégralité, et répéta l'opération, tournant les pages et lisant à trois reprises.

Je commençais à grincer des dents. Comment Matt faisait-il pour rester assis là, les jambes croisées nonchalamment, à regarder Brockwell sans ciller ? Cela dépassait l'entendement. Hier encore, il se serait emparé violemment de son carnet et en aurait arraché les pages pour les lui jeter au visage. Mais aujourd'hui, il laissait Brockwell procéder avec sa lenteur d'escargot, comme s'il avait tout le temps d'attendre que l'inspecteur nous pose enfin ses questions.

Willie craqua juste avant moi.

— Vous allez rester là toute la journée comme un pochard avec son bourbon, ou vous comptez poser les questions que vous êtes venu poser ?

Brockwell referma son carnet et la dévisagea.

— Et quel est votre rôle dans toute cette affaire, au juste ? Veuillez me le rappeler, je crois que je ne m'en souviens pas.

J'entendis l'air siffler entre ses dents serrées.

— Je suis la cousine de Matt. J'ai rien à voir avec tout ça, moi. Ça m'intéresse, c'est tout.

Et elle n'était pas la seule, dans le salon, à s'intéresser à la discussion. Outre Willie, Matt et moi-même, Cyclope et Duc étaient venus entendre ce que Brockwell avait à dire. La seule personne de la maison qui n'était pas là, c'était Miss Glass. Elle était sortie après avoir écouté avec les autres notre bref compte-rendu des événements de la veille.

Brockwell était arrivé en milieu de matinée. Nous pensions qu'il viendrait la veille au soir pour nous interroger mais, fidèle à ses principes, il avait attendu le lendemain.

Heureusement, sa lenteur n'était pas un signe de sa réticence à arrêter Pitt. Il nous avait informés que Pitt était bien vivant et que les domestiques de Lord Coyle l'avaient empêché de quitter la maison jusqu'à l'arrivée des agents et de Brockwell. Ayant d'abord été appelé au siège de la *Gazette Hebdomadaire*, Brockwell avait mis un peu plus longtemps à recevoir le message, mais il n'avait pas tardé à prendre la situation en main et à arrêter Pitt à la demande de Lord Coyle. Le rôle qu'avait joué ma montre fut passé sous silence.

On m'avait déjà assuré qu'Oscar Barratt, touché d'une balle à l'épaule, serait bientôt parfaitement remis, et que les autres hommes qui travaillaient dans la salle de la presse n'avaient pas été blessés. Lord Coyle avait donné sa propre version des événements, mais il était resté évasif sur les circonstances qui avaient amené Pitt à se présenter chez lui en me menaçant d'une arme.

— Mr Pitt a avoué avoir tué le Dr Hale, nous dit Brockwell. Mais il ne nous a pas dit pourquoi.

— Son mobile est-il important ? lui demanda Matt. Il a avoué. C'est suffisant pour qu'un jury le condamne.

— C'est vrai, dit Brockwell en rangeant son crayon et son carnet d'un geste si lent que Willie se mit à marmonner dans sa barbe.

— Mais j'aimerais tout de même savoir.

— Dans ce cas, il vous faudra interroger Mr Pitt plus en détail, dit Matt. Je ne peux pas vous fournir la réponse.

— Je ne vois pas quelle raison il aurait eue de tuer le Dr Hale, voyez-vous.

— Pour l'héritage ? suggéra Matt en haussant les épaules.

— Mais Hale avait plus de valeur pour lui vivant que mort. Son nom lui avait permis de faire fortune grâce à leur Élixir Miracle. En empoisonnant le flacon d'élixir, il a saboté son propre produit. C'est ce qui me rend perplexe, une fois de plus.

Willie leva brusquement les mains en l'air.

— Tout un tas de gens s'entretuent tous les jours, il suffit d'un mot plus haut que l'autre.

— Oui, mais c'est généralement sous l'effet de la colère, ou sur un coup de sang, à mains nues, ou avec un couteau ou une arme à feu. Le poison implique qu'il y a eu préméditation.

— J'imagine sans problème qu'on puisse tuer quelqu'un parce qu'il nous tape sur les nerfs.

— J'ai bien peur de ne pas pouvoir vous donner la réponse, dit Matt.

— Alors comment saviez-vous que Pitt était le coupable ?

— Nous n'en savions rien jusqu'à notre arrivée au siège de la Gazette, où nous avons appris qu'il avait attaqué Barratt.

Il avait prononcé ce mensonge le plus naturellement du monde, et je vis, à l'expression de Brockwell, qu'il le croyait. Matt était redevenu l'homme sûr de lui que je connaissais, parfaitement maître de son tempérament et de ses émotions. À le voir maintenant, avec son front lisse et son air détendu, il était presque impossible de deviner qu'il avait en lui une part de noirceur, enfouie sous cette façade charmeuse.

— Nous avons simplement eu la malchance de nous trouver là au mauvais moment, poursuivit-il. Comme je vous l'ai déclaré après l'accident, Miss Steele et moi avions renoncé à notre enquête. C'était devenu trop dangereux.

— Pitt a-t-il avoué que c'était lui qui avait tiré sur votre voiture ou menacé Miss Steele ? demanda Brockwell.

— Non.

Matt n'ajouta rien de plus. Visiblement, il n'avait pas l'intention d'informer Brockwell du rôle de Coyle dans l'affaire. Je n'étais pas entièrement sûre qu'il soit judicieux de garder cette information pour nous. Coyle devrait assumer les conséquences de ses actes, mais je savais qu'il serait presque impossible de prouver son implication.

— C'était forcément lui.

Brockwell secoua la tête comme s'il avait encore du mal à croire que Pitt ait pu faire une chose pareille.

— Je dois dire que cela m'étonne. Je pensais qu'il était du genre à chercher à me soudoyer pour que je néglige des preuves, mais pas à vous tirer dessus.

Matt se pencha en avant, montrant ainsi son premier signe d'intérêt pour la conversation depuis l'arrivée de Brockwell.

— Il a cherché à vous soudoyer ?

Brockwell lui répondit avec un sourire pincé.

— Maintenant que l'affaire est close, je peux vous le dire. Scotland Yard a reçu une lettre anonyme qui m'était adressée, dans laquelle on m'incitait à ne pas trouver de coupable dans l'affaire du meurtre du Dr Hale. C'est sans doute Pitt qui l'a envoyée.

Il était plus probable que ce soit Coyle.

— On vous a proposé de l'argent ? s'enquit Matt.

— Une somme considérable, répondit Brockwell.

— Et vous avez refusé ?

Willie semblait incrédule à l'idée qu'on puisse tourner le dos à de l'argent facile.

— Parfaitement, Miss Johnson, j'ai refusé. Je ne suis pas un homme riche, mais mon salaire suffit à assurer à un célibataire une vie confortable.

Elle eut un hochement de tête approbateur et se remit à le détailler comme si elle le découvrait sous un jour nouveau.

— Ce qui me passionne, c'est l'énigme à résoudre, reprit Brockwell. Ainsi que la satisfaction de voir des gens comme Pitt payer pour leurs crimes.

Il se leva et tapota la poche où il avait rangé son carnet et son crayon.

— J'ai tout ce qu'il me faut pour l'instant.

Matt se leva et lui tendit la main.

— Nous avons eu quelques différends, mais je crois que je comprends mieux votre façon de fonctionner, maintenant.

Brockwell lui serra la main.

— Je l'espère.

Duc sonna et Bristow arriva pour raccompagner Brockwell à la porte.

— Il n'a peut-être pas un mauvais fond, finalement, dit Cyclope en retournant s'asseoir.

— Il fait juste son boulot, confirma Willie. C'est pas sa faute si le shérif Payne essaye de l'embobiner. Tant qu'il fait son devoir et qu'il enquête correctement, t'auras aucun souci à te faire de côté-là, Matt.

Matt, qui regardait la porte par laquelle venait de sortir Brockwell, se tourna alors vers moi.

— Et vous, India, qu'en pensez-vous ?

— Moi ?

Je le dévisageai, stupéfaite.

— Je ne crois pas être la mieux placée pour juger de l'intégrité de quelqu'un.

— Je ne suis pas de votre avis. Et quoi qu'il en soit, ajouta-t-il pour m'empêcher de protester, je voudrais connaître votre opinion.

Il avait su trouver les mots justes pour m'inciter à parler, et à en juger par son petit sourire, il le savait.

— Eh bien, dis-je d'un ton hésitant…

Ils avaient tous les quatre les yeux fixés sur moi. Je m'éclaircis la gorge et regardai Matt droit dans les yeux.

— Ce n'est pas parce que Brockwell ne se laisse pas corrompre qu'il découvrira toujours la vérité et qu'il ne se trompera jamais de coupable.

— Tout juste.

Il frappa du plat de la main sur son accoudoir et se releva.

— India, vous sentez-vous d'humeur à sortir faire quelques emplettes ?

Chaque fois qu'il m'emmenait faire les boutiques, il m'achetait des sucreries, une robe, un chapeau ou quelque babiole. Et chaque fois, je tombais un peu plus amoureuse de lui. Non pas à cause des sucreries, des robes, des chapeaux et des babioles qu'il m'offrait, mais parce que nous passions du temps ensemble, rien que tous les deux, et que cela nous donnait l'occasion de parler simplement. Plus nous parlions, plus je réalisais que je ne l'appréciais pas seulement pour son physique. Je l'appréciais parce qu'il était gentil et drôle, intelligent et curieux, et qu'il s'intéressait à ce que j'avais à dire. Il y avait là assez de qualités pour tourner la tête de n'importe quelle femme, sans parler de sa fortune et de son statut social.

— Je crois que je vais rester ici, dis-je sans prêter attention au pincement de regret que j'avais au creux du ventre.

— Tant pis, dit-il en haussant les épaules comme si cela ne faisait aucune différence pour lui. J'espère ne pas faire d'erreur en choisissant ma montre.

Il savait si bien faire vibrer la corde sensible, le scélérat ! Il me tendit la main, une étincelle au fond des yeux. Je lui offris la mienne.

— Contrairement à l'Inspecteur Brockwell, il s'avère que moi, je ne suis pas incorruptible.

* * *

— Voulez-vous rendre visite à Mr Barratt ? me demanda Matt en m'aidant à remonter en voiture.

Je m'arrêtai sur le marchepied pour le dévisager. Il était toujours plus grand que moi malgré la marche, et avec la lumière trouble du soleil derrière sa tête, je devais plisser les yeux pour bien le voir. J'entendais dans ma tête la voix de Catherine qui m'avertissait que j'allais avoir des rides, et je tâchai alors de les ouvrir plus grand. Je finis par cligner furieusement des yeux ne serait-ce que pour parvenir à le voir.

— Je... Je ne sais pas, dis-je. Pourquoi ?

— Parce qu'il est blessé, et que j'imagine qu'il y a des choses dont vous voulez lui parler.

Il se rapprocha de moi.

— Comme la magie. Et l'entretien que vous avez prévu pour vendredi soir.

Je laissai échapper un éclat de rire.

— Un entretien ?

— Vous savez de quoi je parle. Alors ? Voulez-vous le voir, oui ou non ?

Je fis non de la tête et montai dans la voiture.

— Pas tout de suite. Il aura besoin de temps pour se remettre. J'imagine qu'il a toujours un peu mal. Je lui écrirai un mot pour lui faire savoir qu'il n'est pas obligé de m'emmener au théâtre. Il n'est pas en état d'y aller pour l'instant.

— On rentre à la maison, Duc, dit Matt à son ami qui était assis sur le siège du cocher.

Nous avions sorti le deuxième carrosse et Duc avait proposé de nous conduire. Cyclope et lui se partageaient le rôle de cocher le temps que Matt en engage un nouveau. Personne n'insistait pour qu'il cherche à le remplacer tout de suite ; la mort de Bryce était encore un sujet sensible.

Nous avions acheté au père de Catherine une superbe montre chasseur en or à double boîtier. Ce n'était pas la montre la plus chère du magasin, mais c'était la meilleure. J'avais hâte de rentrer à la maison et de vérifier qu'elle était en parfait état de marche. Mr Mason m'avait garanti qu'elle l'était, mais il fallait tout de même que je m'en assure. C'était même Matt qui avait suggéré cette idée.

— Vous avez dit *pour l'instant*, dit Matt alors que la voiture s'élançait.

Son sourire avait disparu, remplacé par un air sombre. Ce sourire me manquait.

— Comment ?

— Vous avez dit que Barratt n'était pas en état de vous emmener au théâtre *pour l'instant*.

Ses doigts se mirent à tambouriner sur sa cuisse et son regard parut attiré par un point sur le mur derrière mon oreille gauche.

— Vous comptez donc toujours y aller avec lui ?

— Je ne sais pas. Je n'y ai pas réfléchi. J'étais préoccupée par d'autres choses.

Il croisa aussitôt mon regard.

— Quel genre de choses ?

— Toutes sortes de choses.

Ses baisers et ses gentilles attentions, principalement, mais il n'était pas question d'aborder ce sujet maintenant.

— L'idée de révéler au monde l'existence de la magie, par exemple.

Il cligna lentement des yeux.

— Ah.

— Je réfléchissais à l'idée de Mr Barratt d'écrire des articles sur la magie. Il faudrait évoquer le sujet seulement à demi-mot, au début, mais une lente et subtile introduction à l'art de la magie pourrait aider la population à prendre conscience de son existence. Les journaux ont un immense pouvoir, Matt. Ils peuvent influencer l'opinion publique à grande échelle. Prenez l'élixir du Dr Hale, par exemple. Sa réputation était telle que les journaux en ont parlé, et tout le monde se l'est arraché, et ensuite, plus personne n'en a voulu après l'annonce de la mort de Hale. Imaginez si une telle influence pouvait être mise au service de la magie. Si les articles de Barratt rapportent tout le bien qu'elle peut faire, cela orientera sûrement l'opinion publique en notre faveur. Et une fois que nous aurons le soutien des gens, les gouvernements changeront les lois, et les guildes perdront leur monopole. Si elles sont si puissantes aujourd'hui, c'est uniquement parce que les gouvernements successifs leur ont permis de le devenir, mais l'opinion publique ferait pencher la balance de notre côté.

Plus je parlais, plus cette idée me séduisait. Elle avait également séduit Oscar Barratt, et je comprenais pourquoi.

— Le seul moyen d'assurer la sécurité des magiciens, c'est de révéler au monde l'existence de la magie.

Matt ne m'interrompit pas, mais je voyais bien à son expression qu'il ne partageait pas mon enthousiasme. Alors que je trépignais pratiquement sur mon siège, il restait assis pareil à une statue imposante, le front barré par un pli pensif.

— C'est vrai que les journaux ont du pouvoir, dit-il au bout d'un moment. Je vous l'accorde. Mais ce serait un pari risqué de penser que l'opinion publique serait favorable à la magie plutôt que de s'y opposer.

— Les paris, c'est votre spécialité.

— Ça l'était autrefois. Mais vous, India, vous n'êtes absolument pas du genre à prendre des risques. Pas d'une telle ampleur.

Il se pencha vers moi et posa ses mains jointes sur mes genoux. La familiarité de ce geste me chamboula tout autant que l'avait fait son baiser.

— Je pense qu'il vaut mieux que la magie reste un secret, dit-il.

— Nous n'avons aucun pouvoir sur Mr Barratt. S'il en parle dans son journal, nous ne pourrons rien faire.

— S'il parle de vous spécifiquement, je lui tords le cou.

— Merci, Matt, mais je peux très bien le lui tordre moi-même, répliquai-je en agitant les doigts. J'ai de grandes mains, et son cou n'est pas bien épais.

Il éclata de rire.

— Et sinon... pour le théâtre...

— Oui ? demandai-je, ayant soudain le souffle court.

— Me permettez-vous de vous y emmener à sa place ?

— À condition que les autres nous accompagnent.

J'avais répondu immédiatement pour ne pas risquer de changer d'avis et de laisser ma résolution fondre sous l'intensité de son regard.

Il se redressa lentement sur son siège. Ses mains retombèrent le long de son corps et agrippèrent les deux côtés de son siège.

— Vous ne voulez pas être seule avec moi.

— Nous sommes seuls en ce moment même.

— Ne vous moquez pas de moi, India.

L'intonation monocorde et maussade de sa voix avait laissé place à une brutalité que je détestais.

Je déglutis péniblement et me jetai à l'eau.

— Il faut que nous parlions de ce baiser, Matt.

— On dirait bien, oui.

— Nous avons agi sans réfléchir, après une journée éprouvante et riche en émotions. Nous étions tous les deux soulagés que l'autre soit en vie. C'est tout.

Il se retourna vers la vitre et, l'espace d'un instant, je crus qu'il allait m'ignorer purement et simplement.

— Vous avez des sentiments pour Barratt, dit-il au bout d'un moment.

— Non ! Ça n'a rien à voir avec lui.

— Ce baiser avait l'air de vous plaire, sur le moment.

Je piquai un fard et je fus forcée de baisser les yeux sur mes genoux. Mais cela ne m'empêchait pas de sentir son regard sur moi.

— Vous étiez enthousiaste, India. Ne prétendez pas le contraire.

Je ne cessais de croiser et décroiser mes doigts. Je cherchais désespérément quoi dire pour mettre un terme à cette conversation avant qu'il ne finisse par me faire avouer mes véritables sentiments et exposer mon mensonge. Mais je ne trouvai rien à répondre, et un long silence s'installa. Je contemplai son profil rigide tandis que la voiture roulait à travers les rues pour nous ramener chez nous. Mais non, ce n'était pas chez moi. Plus pour très longtemps.

Lentement, à mesure que les minutes s'écoulaient, sa mâchoire se desserra. Les veines de son cou cessèrent de palpiter aussi fort, et il ouvrit son poing.

— Je vois, dit-il si bas que je faillis ne pas l'entendre.

— Qu'est-ce que vous voyez ?

— Parfois, j'oublie trop facilement que je suis malade, dit-il, tourné vers son reflet. Parfois, je me laisse aller à faire des projets d'avenir. Et je me rappelle ensuite que je ne peux pas me le permettre. Pas tant que ma montre ne sera pas réparée.

La douleur qui perçait dans sa voix me serrait le cœur. Je baissai les paupières. Je ne pouvais plus supporter de le regarder.

— Je n'aurais pas dû dire ce que je viens de vous dire, reprit-il. Je n'aurais pas dû me bercer d'illusions. Un simple baiser ne me donne pas de droits sur vous. Vous devez prendre la meilleure décision pour vous, India, et pour votre avenir. Vous n'êtes pas une femme qui prend des risques inutiles, et il serait injuste de ma part de vous demander de miser sur la possibilité que je puisse même avoir un avenir.

Ma gorge se contracta et mes yeux s'emplirent de larmes brûlantes. C'était à la fois atrocement douloureux et grisant. J'entendais sa souffrance, mais en même temps, à l'idée qu'il puisse tenir suffisamment à moi pour vouloir partager plus qu'un baiser...

J'ignore comment, mais je parvins à acquiescer en balbutiant, et la fin du trajet jusqu'à Park Street se déroula dans un silence pesant. Je ne regrettais pas de lui avoir caché la véritable raison de mon refus. Matt, avec ses idéaux américains d'égalité, aurait balayé d'un revers de main les obstacles que nous aurait opposés sa tante... de même que l'Angleterre tout entière. Il aurait trouvé qu'ils n'avaient rien d'insurmontable, et m'aurait cité l'exemple de ses parents. Mais son père n'était pas l'héritier du titre, et sa mère n'était pas liée à quelqu'un par une dette de reconnaissance.

Miss Glass voulait que son neveu ait le genre de vie que devrait mener un homme de sa condition, et moi, je voulais qu'il vive la vie qu'il méritait. Dans son enfance, il n'avait jamais connu la sécurité d'un foyer stable dans un seul pays, et sa vie d'adulte n'avait été qu'une succession de dangers. En Angleterre, il pourrait avoir une famille qui ne penserait pas qu'il l'avait trahie, et un foyer que personne ne pourrait jamais lui enlever. Un foyer dont il serait le maître. Une épouse issue d'une famille convenable, qui l'aiderait à devenir un acteur majeur du domaine qu'il choisirait, quel qu'il soit.

Mais avec moi, il ne serait jamais autre chose que le parvenu américain dont la mère venait d'une famille de hors-la-loi. Je ne pourrais jamais lui permettre d'échapper à son passé comme pourrait le faire une femme aussi distinguée que Hope Glass ou Lady Abbington.

— Dès que l'achat de la maison de Willesden sera finalisé, je m'y installerai, lui dis-je.

Il se tourna brusquement vers moi.

— Cela vaut mieux ainsi, ajoutai-je sans pouvoir me résoudre à le regarder.

* * *

— Ah, tu es là, India, et pas elle. Tant mieux, dit Willie en se ruant dans le salon où j'étais.

Je venais d'y prendre une collation avec Miss Glass, mais elle était partie ensuite voir quelques amies. Elle aurait voulu que Matt l'accompagne, mais il avait refusé. Cela avait donné lieu à une querelle entre eux, jusqu'à ce que Matt décide que la discussion était close. Elle était partie, empruntant la rue Park Street d'un pas un peu plus lourd.

J'avais craint que Matt ne vienne pour me parler. Je n'étais pas prête à avoir une autre conversation sur son avenir – notre avenir – si peu de temps après la dernière. C'était épuisant. Toutefois, il ne l'avait pas fait, mais j'étais loin de m'en réjouir. J'étais soulagée, mais cela ne me réjouissait pas.

— Je suis seule, si c'est ce que tu veux dire, répondis-je à Willie.

Elle se servit une tasse de thé et, en constatant qu'il était froid, elle fit la grimace et reposa la tasse. Elle se laissa tomber dans un fauteuil. Ses cheveux s'échappèrent de son chignon défait et lui tombèrent en cascade sur les épaules.

— Tu es très jolie, cet après-midi, lui dis-je.

— Quoi ?

— Miss Glass dirait que tu es toute décoiffée, mais moi, je trouve que ça te va bien. Ça met ton visage en valeur.

Elle s'essuya le nez avec un drôle de rire de gorge.

— Ne dis pas de bêtises.

— Je sais que tu crois prouver quelque chose en te comportant comme un homme, et un homme grossier, par-dessus le marché, mais je vois ce que tu caches derrière cette façade. Et Duc aussi.

— Quel rapport avec lui ?

— Tu devrais lui donner une chance. Ne sois pas si cruelle envers lui quand tout ce qu'il veut, c'est être gentil avec toi.

— Gentil avec moi ! Il n'arrête pas de me faire la morale et de me dire ce que j'ai à faire. Il me court sur le haricot.

Je baissai les yeux en souriant sur la nouvelle montre de Matt, dont les mécanismes internes étaient étalés devant moi sur la table.

Elle posa ses deux pieds bien à plat sur le sol et se releva.

— Attends ici. Il faut que j'aille chercher Matt.

Elle partit avant que je puisse l'en empêcher. En attendant, je m'occupais à replacer les différentes pièces de la montre dans le boîtier, mais je ne tardai pas à m'apercevoir que l'opération me prenait plus longtemps que je ne l'aurais cru. J'avais du mal à me concentrer, cet après-midi.

— Bon, annonça Willie en revenant dans le salon. Asseyez-vous, tous les deux. J'ai quelque chose à vous dire.

Matt restait debout devant la cheminée, les yeux tranquillement fixés sur sa cousine. C'est à peine s'il avait regardé dans ma direction.

— Je suis sortie me promener toute seule, commença Willie.

Elle ne s'était pas assise non plus, préférant faire les cent pas. Son agitation m'intriguait. Je reposai mes instruments.

— Je voulais réfléchir, reprit-elle. Et j'ai réalisé quelque chose. À propos de toi, India.

— À propos de moi ?

Je la regardai en clignant des yeux.

— Alors vas-y, continue.

— On a eu tort de supposer que le Dr Hale était le seul magicien dans son association avec Mr Pitt.

— C'est vrai, c'était une erreur, confirma Matt. Et après ? Quel est le rapport avec India ?

— Et si elle était le produit de deux magiciens plutôt que d'un seul ?

— Quand tu parles de produit, tu veux dire la fille, dis-je.

— La petite-fille. Votre journaliste pense que c'était ta grand-mère, la magicienne, mais on sait que c'était Chronos.

— En supposant que Chronos soit bien mon grand-père. Mais j'en doute. Il n'a pas cherché à me contacter depuis qu'il est arrivé à Londres, et il n'est pas venu à l'enterrement de son propre fils.

Je m'aperçus avec surprise que j'avais prononcé cette phrase d'une voix tremblante. Pourquoi un homme que je n'avais jamais connu provoquait-il en moi de telles émotions ?

Matt me toucha l'épaule. Son pouce caressa le dessous de ma mâchoire.

Puis il retira sa main et s'assit sur une chaise.

— Si vos grands-parents étaient tous les deux magiciens, cela expliquerait que votre magie soit si puissante, dit-il.

— Elle n'est pas si puissante que ça.

— Mais si. C'est ce que pensait Mr Gibbons, et je suis du même avis.

— Je ne vois pas pourquoi deux magiciens spécialistes des horloges n'auraient pas pu se marier, dit Willie. C'est logique, si on y réfléchit. Leurs familles devaient se connaître. Ils s'intéressaient tous les deux aux montres et aux horloges.

Elle se frotta les mains et se dirigea vers la porte.

— Voilà, j'ai fait mon travail pour aujourd'hui. Je vais retrouver Cyclope et Duc aux Cross Keys pour boire un coup. Tu veux m'accompagner, India ? Je pourrai t'apprendre des jeux à boire.

— Pas aujourd'hui, lui répondis-je.

Je la regardai s'éloigner, espérant presque que Matt irait avec elle pour éviter le moment gênant qui s'annonçait. Mais il ne se leva pas, et je me rendis compte que j'étais contente qu'il reste avec moi. Nous avions besoin de passer ce cap qui nous empêchait d'être à l'aise ensemble comme avant, et le plus tôt serait le mieux.

Je refermai le boîtier de la montre et la tendis à Matt, mais je regrettai aussitôt de la lui avoir rendue : je n'avais plus rien à manipuler, désormais. Je me contentai de croiser mes mains sur mes genoux.

— Matt, dis-je pour commencer. Je veux que nous restions amis.

— C'est ce que je veux, moi aussi.

S'il était aussi anxieux que moi, il le cachait bien. Il avait l'air plus calme et sûr de lui que jamais. C'était terriblement injuste.

— Je veux que les choses redeviennent comme avant entre nous, lui dis-je.

— Ça viendra, India. Je vous le promets. Mais ce sera plus difficile lorsque vous habiterez ailleurs.

— Je serai là tous les jours où vous aurez besoin de moi.

— Dans ce cas, autant rester. Vous passerez plus de temps ici que dans votre nouvelle maison.

Je lui répondis par un sourire, et il me le rendit. C'était un bon début.

— L'avez-vous dit à ma tante ?

Je secouai la tête.

— J'essaye de trouver le courage de le lui annoncer.

— Parlez-lui en ma présence. Je vous apporterai mon soutien si vous en avez besoin.

— Vraiment ?

Je devais avoir eu l'air totalement abasourdie, parce qu'il eut un petit rire.

— India, je vous soutiendrai toujours, quoi qu'il arrive.

— Même quand je voudrai faire quelque chose que vous désapprouvez ?

— Comme déménager et partir vivre ailleurs, vous voulez dire ? Oui, même dans ce cas-là. Je ronchonnerai dans mon coin, bien tranquille dans ma chambre, mais en apparence, je vous soutiendrai. Je ne peux pas faire mieux.

— C'est déjà suffisant, Matt. Merci.

Son sourire devint mélancolique, triste. Je m'efforçai de retenir mes larmes et baissai les yeux sur mes mains jointes.

— Matt !

Le hurlement strident de Willie emplit toute la maison, nous empêchant de déterminer avec certitude d'où il provenait.

— Matt, viens vite !

Il se leva d'un bond et se rua vers la porte. Je le suivis, mais il me distança rapidement.

— Willie ! l'appela-t-il sur le même ton. Que se passe-t-il ?

Je n'entendis pas sa réponse. Je les rattrapai en haut de l'escalier, penchés pour regarder le hall d'entrée au-dessous d'eux. Bristow était devant la porte d'entrée, en train d'enlever le manteau et le chapeau d'un visiteur aux cheveux blancs. Le visiteur n'avait pas l'air de l'entendre. Il avait les yeux fixés sur nous.

— Pierre DuPont ! m'exclamai-je, le souffle court.

Je le reconnaissais, l'ayant brièvement aperçu à la fabrique de Worthey avant qu'il ne prenne la fuite.

— C'est lui, dit Willie avec un sourire jusqu'aux oreilles. C'est lui, Matt.

— Chronos, souffla Matt.

Dieu merci. Nous l'avions trouvé. Nous avions retrouvé l'homme qui était capable de réparer la montre de Matt. Il était là, et il ne pouvait pas s'enfuir, avec Cyclope posté derrière lui pour lui barrer la route.

Chronos n'avait pas l'air de vouloir s'enfuir. En posant les yeux sur Matt, il montra d'un signe de tête qu'il le reconnaissait. Matt lui répondit de la même façon.

Et enfin, le regard de Chronos s'arrêta sur moi. Il ne cligna pas même des yeux en nous voyant descendre l'escalier côte à côte, Matt et moi. Je ne savais pas quoi en penser.

Plus nous approchions, plus les rides sur son visage m'apparaissaient clairement. Il était vieux, cela ne faisait aucun doute, et son visage était sillonné de lignes qui racontaient une histoire longue et mystérieuse. Sa barbe blanche comme neige était fournie, mais ses cheveux étaient fins et clairsemés. Ses yeux, en revanche, étaient limpides. Limpides et brillants d'intelligence.

Matt lui tendit la main.

— Mon nom est Matthew Glass, dit-il. Vous m'avez sauvé la vie à Broken Creek, au Nouveau Mexique, il y a cinq ans. Je vous cherchais.

Après un instant d'hésitation, Chronos lui serra la main.

— Eh bien, vous m'avez trouvé.

Il me regarda à nouveau. J'aurais voulu me blottir contre Matt et disparaître, mais je ne me laissai pas impressionner. Chronos, ou plutôt, DuPont, avait une façon troublante de vous fixer des yeux. Et il n'avait pas non plus d'accent français. Il était tout ce qu'il y avait de plus anglais.

— Voici Miss Steele, dit Matt. Miss India Steele, la fille d'Elliot Steele.

Chronos hocha la tête sans témoigner la moindre surprise.

— Oui, c'est ce que m'a dit votre ami pendant le trajet.

Il me tendit la main. Je la saisis. Il ne portait pas de gants et sa main était froide et rêche ; une main d'ouvrier.

— La dernière fois que je t'ai vue, India, tu étais encore un bébé dans les bras de ta mère.

Je le dévisageai, stupéfaite. J'avais l'impression d'ouvrir des yeux comme des soucoupes et ma main me paraissait minuscule dans la sienne.

— Vous êtes mon grand-père.

Cela me semblait tout naturel, si bien que je sus que c'était forcément la vérité, avant même qu'il ne réponde :

— Oui, c'est moi.

L'histoire de Matt et India se poursuit dans:

Le Journal du Magicien

Le troisième tome de la série *Glass and Steele* par C.J. Archer

Abonnez-vous à la lettre d'information de C.J. pour être informé des nouveaux livres traduits en français. Les abonnés bénéficient également d'un accès exclusif à une nouvelle GRATUITE de GLASS AND STEELE. S'abonner : WWW.CJAR-CHER.COM

OBTENEZ UNE HISTOIRE COURTE GRATUITE.

J'ai écrit une histoire courte pour la série Glass & Steele, qui précède LA FILLE DE L'HORLOGER. Elle s'intitule LE JEU DU TRAÎTRE et suit Matt et ses amis dans la ville de Broken Creek, au Far West. Elle contient des spoilers pour LA FILLE DE L'HORLOGER, il faut donc l'avoir lue avant. Mais le plus beau, c'est que l'histoire est GRATUITE, exclusivement pour les abonnés à ma newsletter. Inscrivez-vous dès maintenant sur mon site, si ce n'est pas déjà fait :

WWW.CJARCHER.COM

Si vous êtes déjà abonné, vous trouverez les instructions dans ma newsletter.

MESSAGE DE L'AUTEURE

J'espère que vous avez pris autant de plaisir à lire **Le Poison de l'Apothicaire** que j'en ai pris à l'écrire. En tant qu'écrivaine indépendante, j'ai absolument besoin de faire connaître mes livres pour assurer leur succès. Aussi, si ce livre vous a plu, n'hésitez pas à en parler à vos amis et à laisser un avis sur le site de la boutique où vous l'avez acheté.

DU MÊME AUTEUR

SÉRIE AVEC 2 LIVRES OU PLUS

After The Rift

Glass and Steele

The Ministry of Curiosities Series

The Emily Chambers Spirit Medium Trilogy

The 1st Freak House Trilogy

The 2nd Freak House Trilogy

The 3rd Freak House Trilogy

The Assassins Guild Series

Lord Hawkesbury's Players Series

Witch Born

TITRES UNIQUES PAS DANS UNE SÉRIE

Courting His Countess

Surrender

Redemption

The Mercenary's Price

À PROPOS DE L'AUTEUR

C.J. Archer aime l'histoire et les livres depuis aussi long-temps qu'elle se souvienne et se sent chanceuse d'avoir trouvé un moyen de combiner les deux. Elle a passé sa petite enfance dans la beauté spectaculaire de l'arrière-pays du Queensland, en Australie, mais vit désormais dans la banlieue de Melbourne avec son mari, ses deux enfants et un chat noir et blanc espiègle nommé Coco.

Abonnez-vous à la newsletter de C.J. via son site Web pour être averti lorsqu'elle publie un nouveau livre : http://cjar cher.com Suivez-la sur les réseaux sociaux pour obtenir les dernières mises à jour :

facebook.com/CJArcherAuthorPage

instagram.com/authorcjarcher

www.ingramcontent.com/pod-product-compliance
Lightning Source LLC
Chambersburg PA
CBHW011923190726
48283CB00009BA/2881